De bouleversantes retrouvailles

*

Un aveu à te faire

*

L'enfant du rancher

JANICE MAYNARD

De bouleversantes retrouvailles

Traduction française de
GABY GRENAT

HARLEQUIN

Titre original :
THE SECRET CHILD & THE COWBOY CEO

Ce roman a déjà été publié en 2017

HARPERCOLLINS FRANCE
83-85, boulevard Vincent-Auriol, 75646 PARIS CEDEX 13
Service Lectrices — Tél. : 01 45 82 47 47 - www.harlequin.fr
ISBN 978-2-2804-3355-6

Composé et édité par HarperCollins France. Achevé d'imprimer en février 2021.
par CPI Black Print - Barcelone - Espagne
Dépôt légal : mars 2021.

FSC www.fsc.org MIXTE Papier issu de sources responsables FSC® C159065

Pour limiter l'empreinte environnementale de ses livres, HarperCollins France s'engage à n'utiliser que du papier fabriqué à partir de bois provenant de forêts gérées durablement et de manière responsable.

1

Six années s'étaient écoulées… Et pourtant, à l'instant où le regard de Trent croisa les grands yeux bleus de la jeune femme, il se sentit redevenir un pantin prêt à toutes les folies.

Les battements de son cœur ralentirent. Il avait du mal à respirer. *Bryn…* Elle était de retour !

Il devait se reprendre au plus vite, dissimuler l'émotion qui l'étreignait… Quelle était la meilleure tactique ? Sans aucun doute, prétendre ne pas avoir remarqué la visiteuse qui se tenait au chevet de son père malade.

Pourtant, sa présence le bouleversait. Le désir, le mépris et une violente colère bouillonnaient en lui, le mettant au défi de se comporter normalement. Il ne savait d'ailleurs même pas si la colère qu'il éprouvait était dirigée contre elle ou contre lui-même.

Son père, Mac Sinclair, les regardait tous les deux, attentif à leurs réactions. Au bout d'un moment, intrigué par le silence de Trent, il dit d'une voix hésitante :

— Trent, tu ne dis pas bonjour à Bryn ?

Trent jeta sur le montant du lit la serviette avec laquelle il se séchait les cheveux quand il était entré dans la chambre et croisa les bras sur sa poitrine nue. Ensuite, il se tourna vers la visiteuse qui gardait le silence et, d'une voix qu'il espérait être parfaitement indifférente, lança :

— Salut, Bryn. Ça fait longtemps qu'on ne t'a pas vue par ici…

Son ton désinvolte parut la désarçonner et son visage se crispa un instant. Mais très vite, elle reprit une expression sereine.

Ses yeux d'un bleu profond retrouvèrent le calme glacé d'un lac du Wyoming.

— Bonjour, Trent.

Elle avait légèrement incliné la tête en parlant.

Il remarqua que, pour la première fois depuis des semaines, une lueur d'intérêt brillait dans le regard d'ordinaire terne et morne de son père. Le vieil homme était encore bien faible, mais, quand il prit la parole, sa voix trahissait un entrain perdu depuis longtemps.

— Bryn va me tenir compagnie pour le mois à venir. Je suis sûr qu'elle sera bien plus agréable que les gardes-malade qui l'ont précédée. Elles ne m'ont pas soigné, elles m'ont rendu encore plus malade avec leurs questions à propos de tout et de rien.

Il fit une courte pause avant de reprendre :

— Je déteste que des étrangers se mêlent de mes affaires ! Et en particulier de ma santé.

Les derniers mots avaient été prononcés avec difficulté, comme si l'effort qu'il devait fournir pour parler l'épuisait.

Trent fronça les sourcils.

— Tu nous avais pourtant assuré la semaine dernière que tu ne voulais plus d'infirmière ! ? Le médecin était tout à fait d'accord avec ta décision, il te trouve suffisamment rétabli pour t'en passer.

Mac émit un grognement.

— Et alors ? J'ai bien le droit d'inviter une vieille amie à me tenir compagnie ? C'est encore moi le patron ici, que je sache !

Trent retint un petit sourire. Son père avait toujours eu un caractère épouvantable, même dans ses meilleurs jours, et dernièrement, sous l'effet de la maladie, il était devenu un véritable tyran. Trois infirmières avaient donné leur démission et Mac en avait renvoyé deux de sa propre initiative. Finalement, le fait qu'il soit de nouveau aussi hargneux qu'à l'accoutumée était plutôt bon signe, même si la fatigue tirait encore les traits de son visage amaigri.

Une crise cardiaque l'avait terrassé deux mois plus tôt à l'annonce de la mort de son plus jeune fils, Jesse, survenue par overdose, ce qui avait bien failli porter à deux le nombre de vies arrachées à la famille Sinclair.

Bryn leva son visage vers Trent avant de prendre la parole d'une voix douce.

— J'ai été très contente que Mac me demande de venir au ranch pour la fin de sa convalescence.

Puis elle détourna le regard de Trent pour le poser sur Mac et ajouta plus bas :

— Vous m'avez tous beaucoup manqué.

Trent se redressa. Les mots polis, irréprochables, ne renfermaient-ils pas quelque sarcasme caché ?

Il se força à la regarder. Quelques années plus tôt, à la sortie de l'adolescence, la beauté radieuse qui l'auréolait l'avait attiré comme un aimant. Mais il avait vingt-trois ans à l'époque et, plein d'ambition professionnelle, il était déjà lancé dans la course à la réussite. Où trouver place dans sa vie pour l'amour, même celui d'une jeune fille aussi charmante ?

Aujourd'hui, Bryn était encore plus belle qu'autrefois. Sa peau avait toujours cette couleur de miel et son visage aux traits délicats était encadré par une masse de cheveux sombres et brillants. Elle le fixait intensément de son regard presque violet, et il se demanda comment lui cacher les battements violents de son cœur.

Jamais encore il ne l'avait vue habillée de manière aussi stricte et conventionnelle : tailleur-pantalon noir et chemisier blanc impeccablement repassé. Sa taille était toujours aussi fine, ses hanches un peu plus épanouies peut-être… La veste, de coupe classique, dissimulait sa poitrine, mais son imagination suffisait à rendre présent ce qu'il ne voyait pas.

Un sentiment d'amertume l'envahit. La présence de Bryn parmi eux allait causer des problèmes, il en était sûr. Ne serait-ce qu'à cause de l'envie qu'il avait de l'entraîner dans son lit…

Les dents serrées, il murmura à voix basse :

— Viens un moment avec moi dans le couloir.

Un instant plus tard, ils se retrouvèrent face à face dans l'espace étroit, qui les obligeait à se tenir tout près l'un de l'autre.

Si près qu'il voyait la gorge de Bryn palpiter. Une bouffée du parfum autrefois familier parvint à ses narines. Un parfum de fleurs, léger, délicat, comme celle qui le portait.

Il décida d'ignorer l'attirance physique qui le poussait vers elle pour demander d'une voix sèche :

— Qu'est-ce que tu es venue faire ici ?

Elle le dévisagea, apparemment surprise.

— Tu le sais très bien. Ton père a souhaité ma présence auprès de lui pour la fin de sa convalescence.

Cette réponse n'était pas faite pour apaiser sa colère. Pour un peu, il aurait frappé du poing contre le mur.

— Alors c'est que tu as réussi à le manipuler pour lui faire croire que l'idée venait de lui. Tu te rends compte ? Jesse est à peine enterré que te voilà déjà de retour parmi nous pour réclamer… Dieu sait quoi !

Calmement, et malgré sa petite taille, elle le regarda d'un air de défi.

— Quel imbécile tu fais !

— Peu importe, dit-il d'une voix tranchante.

Pourquoi accorder la moindre valeur aux mensonges qu'elle proférait ? Car elle mentait, il en était persuadé. Elle avait essayé de faire porter à Jesse le poids d'une erreur commise par un autre homme. Hélas, malgré tout, malgré sa colère et le mépris qu'il éprouvait pour elle, il continuait à la désirer.

Cette fois, il la toisa de toute sa hauteur.

— Apparemment, tu n'as pas estimé utile de te déranger pour assister aux obsèques.

Les lèvres de Bryn se mirent à trembler.

— Personne ne m'a avertie de la mort de Jesse. Quand je l'ai su, il était trop tard.

— Voilà une excuse bien pratique, n'est-ce pas ?

Il essayait d'être aussi cynique que possible, dans l'espoir qu'en alimentant sa colère il perdrait l'envie de poser la main sur sa peau dorée et ses cheveux soyeux.

Elle lui jeta un regard impuissant, désarmé, et il eut le très désagréable sentiment de donner des coups de pied à un chiot sans défense.

Dire que, à un moment donné, ils avaient été amis tous les deux ! Et qu'un peu plus tard ils auraient pu être bien davantage… L'attirance flagrante qu'ils éprouvaient l'un pour l'autre leur aurait sans aucun doute permis de vivre une relation physique intense, et sans doute autre chose de plus profond. Si cela n'avait pas eu lieu, c'était entièrement sa faute à lui, il en était parfaitement conscient.

Le jour où, avec la fraîcheur et la naïveté de ses dix-sept ans, elle lui avait demandé de l'accompagner à la soirée de fin d'année de son lycée, l'intensité de son désir pour elle l'avait effrayé. Comme il redoutait de se laisser emporter par la passion physique qui le poussait vers elle, il avait refusé. Mais il l'avait fait de manière si brutale et si maladroite qu'elle en avait été profondément affectée. Quelques semaines plus tard, elle avait commencé à fréquenter son plus jeune frère, Jesse.

Avait-elle fait cela dans le but de le blesser, de lui montrer que, s'il la méprisait, elle n'avait pas de mal à trouver d'autres prétendants ? Il n'avait jamais eu de réponse à cette question et n'en aurait sans doute jamais, mais il n'en avait pas voulu à Jesse. Lui et Bryn avaient le même âge et avaient beaucoup de goûts communs. Leur relation lui avait paru normale, même si son orgueil avait souffert de se voir oublié si rapidement.

Et voilà qu'aujourd'hui, des années plus tard, elle se tenait devant lui, pâle et mal à l'aise. Visiblement, elle aurait préféré se trouver n'importe où ailleurs que dans ce couloir étroit, face à lui.

Eh bien, tant pis pour elle, il n'allait pas se laisser attendrir.

— Jamais je ne te laisserai profiter de la maladie d'un vieil homme pour servir tes intérêts !

Ce qu'il disait était horrible, mais il ne pouvait pas s'en empêcher. La machine était lancée, et il était emporté par son propre élan.

Elle fit un pas en arrière et releva le menton.

— Je me moque de ce que tu penses de moi, Trent. Je suis venue ici pour m'occuper de Mac, c'est tout. Libre à toi d'imaginer ce que tu veux. De toute façon, tu ne vas pas tarder à retourner à Denver, n'est-ce pas ?

En d'autres circonstances, il aurait ri de voir le peu d'efforts qu'elle faisait pour dissimuler son envie de le voir disparaître le plus loin possible. Mais, aujourd'hui, il voulait connaître la raison véritable pour laquelle elle était revenue dans le Wyoming.

Il haussa les épaules.

— Désolé de te décevoir, Bryn, mais je vais au contraire rester ici pour une période indéterminée. A vrai dire, j'ai été réquisitionné pour diriger le ranch en attendant que mon père soit de nouveau sur pied. Tu vas malheureusement être obligée de supporter ma présence.

Le rouge monta aux joues de Bryn, chassant l'air guindé qu'elle avait arboré jusque-là. Pour la première fois, il retrouva la jeune fille qu'il avait connue autrefois, avec son expression timide et réservée. Le trouble qu'elle manifestait lui donnait, comme à l'époque, envie de la rassurer et de l'apaiser. Quel idiot il faisait ! C'était au contraire le moment de lui montrer la porte et de la renvoyer chez elle sans autre forme de procès.

Son bon sens était en totale opposition avec sa libido. Pourquoi désirait-il aussi ardemment écraser sa bouche contre la sienne ? Le passé lui jouait des tours en faisant remonter à sa mémoire des souvenirs précis et très doux.

Une de leurs dernières rencontres avant que tout n'aille mal entre eux avait eu lieu à l'occasion d'un anniversaire de son père. Trent était revenu de Denver pour la circonstance et elle était venue l'accueillir à l'aéroport. Elle était toute mince, fine, pleine d'énergie. Et folle amoureuse de lui.

Pourtant, si elle avait su qu'il l'avait deviné depuis longtemps, elle en aurait été profondément mortifiée. Aussi, tout au long de cette journée maintenant bien lointaine, il l'avait traitée avec la camaraderie pleine de gentillesse qui caractérisait leur relation, et rien de plus. Il avait dû faire des efforts démesurés pour s'en tenir à ce registre et refréner l'élan de sensualité qui le poussait vers elle !

A vrai dire, il n'avait pas dû réfléchir longtemps pour comprendre qu'ils n'étaient pas faits l'un pour l'autre.

Ou tout au moins, c'était ce dont il avait réussi à se persuader.

Et voilà qu'aujourd'hui, debout dans ce couloir étroit, il se sentait pris en étau entre le passé et le présent.

Malgré lui, il porta la main à la joue de Bryn. Elle était tiède et douce. Ses yeux avaient toujours cette nuance de bleu qui le faisait penser à la lavande et aux petits bouquets que sa mère suspendait dans les placards de leur maison.

— Bryn...

Sa gorge se crispa en articulant son prénom.

Elle leva les yeux vers lui, mais son regard demeura impénétrable. Il nota seulement qu'il n'y avait plus trace de l'adoration qu'elle lui vouait autrefois. Pourtant, il demeura sur ses gardes. Cette indifférence n'était peut-être qu'une apparence qu'elle se donnait. Qui sait si elle n'était pas en train d'ourdir un plan machiavélique pour faire avancer au mieux ses intérêts ?

Si c'était le cas, elle allait vite comprendre qu'il n'était pas un adversaire à négliger. Il était prêt à tout pour protéger son père. Absolument tout. Et si cela impliquait d'attirer l'ennemi dans son lit afin de mieux déjouer ses plans, il le ferait ! Sans le moindre état d'âme par-dessus le marché.

A son grand étonnement, ses lèvres se trouvèrent soudain plaquées sur celles de Bryn. Leurs bouches se soudèrent l'une à l'autre. Ses mains se posèrent sur les seins de la jeune femme et il les caressa doucement. Il lui sembla qu'elle acceptait son étreinte, mais il ne l'aurait pas juré. Quelle étrange situation ! Il vivait dans deux époques à la fois... Le passé, plein de douceur, et le présent, qui les dressait l'un contre l'autre comme deux ennemis. Lorsque l'élan de sensualité qui le poussait vers elle devint si violent que la respiration lui manqua, il se rejeta en arrière, et prit une profonde inspiration.

« Non ! » se dit-il, en se passant la main dans les cheveux.

Etait-ce à lui-même qu'il s'adressait ? Ou à elle ? Peu importait, au fond. Il était hors de question qu'il essaie d'expliquer son geste.

Elle lui faisait face, pâle comme un linge à l'exception des deux taches rouges qui enflammaient ses pommettes. D'une main tremblante, elle s'essuya la bouche et s'écarta de lui, le regard plein de détresse. Puis, lentement, elle pivota sur elle-même et s'éloigna sans se retourner.

La gorge nouée, il la regarda partir. Si elle était venue dans l'espoir de le persuader que Jesse était le père de son enfant, il l'enverrait au diable. Accuser un homme qui n'était plus là pour se défendre était du plus mauvais goût et il saurait le lui dire sans mâcher ses mots.

Hélas, évoquer Jesse était une erreur car cela ramenait toute la souffrance qu'il avait éprouvée en découvrant que son frère cadet sortait avec la femme que lui-même désirait. La situation lui avait paru insupportable. La seule parade qu'il avait trouvée pour l'endurer avait été de rester à Denver, loin de la tentation qu'elle représentait pour lui.

Et pourtant, au creux de ses nuits, c'était toujours Bryn qui revenait dans ses rêves. Bryn…

Il s'était dit que tout était terminé entre eux. Il s'était juré qu'il la détestait.

Mais tout cela n'était que pur mensonge.

Bryn retourna au chevet de Mac qui s'apprêtait à faire sa sieste. Elle ne pouvait pas s'offrir le luxe de se réfugier dans sa propre chambre pour laisser libre cours aux émotions qui la bouleversaient. Pourquoi avait-il fallu qu'elle se retrouve face à Trent ? Pourquoi est-ce que ce n'était pas Gage, ou Sloan, les autres fils de Mac, qui s'étaient trouvés là ? Elle les aimait tous les deux aussi tendrement que des frères et aurait été heureuse de les revoir. Mais Trent ! S'était-elle trahie ? Pourvu qu'il n'ait pas deviné qu'elle n'avait jamais surmonté la fascination qu'il exerçait sur elle depuis toujours…

Elle ne devait plus jamais repenser à la scène qu'ils venaient de vivre. Pour cela, mieux valait ne pas reconnaître à quel point elle avait été heureuse de sentir son torse nu sous ses doigts. L'avait-elle repoussé, ou s'était-elle laissé aller contre lui ? Elle était incapable de s'en souvenir, tant le contact de la peau tiède de son amour de jeunesse l'avait bouleversée.

« Arrête, Bryn… Rien de bon ne peut sortir de ce genre de trouble. Tu ne peux que souffrir davantage ! »

Quelques instants plus tard, une fois Mac endormi, elle retourna à sa voiture chercher sa valise. Trent, sans doute occupé aux tâches du ranch dont il était chargé, demeurait invisible, et elle apprécia vivement ce répit.

Elle leva les bras et s'étira un moment afin de faire disparaître la raideur due aux heures de vol et au trajet en voiture. Observant le ciel, elle redécouvrit avec surprise à quel point il pouvait être bleu dans le Wyoming. Même à la mi-mai, les pics montagneux au loin étaient couverts de neige et découpaient une magnifique ligne d'horizon.

En dépit de sa fatigue et de son émotion, après six années d'exil elle voyait comme un signal de bienvenue le grand portail en fer forgé au milieu duquel était inscrit le nom du ranch, « Crooked S. ».

Avant de rentrer, elle s'accorda le temps de contempler la maison avec une certaine nostalgie. En fait, bien peu avait changé depuis son départ. Des années auparavant, en l'honneur de sa jeune épouse, Mac avait fait construire cette vaste demeure au sommet d'une colline.

C'était une construction superbe. Il suffisait de la regarder pour comprendre que le maître des lieux n'avait pas lésiné sur la qualité des matériaux. Une immense terrasse couverte entourait la bâtisse en pierre, soutenue par de grosses poutres, de simples troncs d'arbres débarrassés de leur écorce. Des arbustes en fleurs soigneusement entretenus adoucissaient de leurs couleurs délicates l'ensemble imposant, mais elle n'était pas dupe : cette maison respirait la richesse et l'assurance de son propriétaire. Il n'avait pas hésité à faire construire un relais hertzien pour que, malgré son isolement, son ranch dispose de tout le confort des communications modernes.

Une fois rentrée dans sa chambre, elle prit son téléphone et appela sa tante. Dès que la voix familière se fit entendre, elle se sentit apaisée et réconfortée. Une confiance totale régnait entre elles deux depuis que, six ans auparavant, sa tante l'avait accueillie chez elle, encore adolescente et déjà enceinte. Elle l'avait aidée à s'inscrire à l'université et à trouver un travail à temps partiel. Et par-dessus tout, le moment venu, elle avait su jouer auprès du petit Allen le rôle d'une grand-mère aimante et dévouée.

Bryn s'efforça de bavarder sur un ton enjoué, feignant d'être parfaitement à l'aise, puis, au bout d'un moment, elle demanda à parler à son fils. Ce dernier n'avait qu'une patience limitée pour les conversations téléphoniques, mais elle éprouvait toujours un grand réconfort à entendre sa petite voix haut perchée. Il lui fit part en vitesse des dernières nouvelles qui paraissaient le combler de bonheur : la chienne des voisins avait eu des petits, tatie Beverley allait l'emmener à la piscine le lendemain et sa voiture de pompier avait perdu une roue.

— Je t'aime, maman, ciao !

Et voilà !

— Tu es sûre que tout va bien ? demanda Beverley en reprenant la communication. Personne ne t'oblige à rester si tu n'en as pas envie.

— Ne t'inquiète pas, tatie. Il n'y a pas de problème, tout se passe bien, si ce n'est que Mac est plus faible que je ne le pensais. Ils sont tous très affectés par le décès de Jesse.

— Je comprends bien, répondit Beverley, mais toi ? Comment est-ce que tu supportes ce deuil ?

Elle chercha un instant ses mots. Ses sentiments étaient confus et elle avait du mal à voir clair en elle-même.

— A franchement parler, je n'ai pas encore surmonté le choc, mais il n'y a jamais eu de grand amour entre Jesse et moi. Plutôt une histoire d'hormones en folie qu'un sentiment fait pour durer. Je ne lui ai pas encore pardonné d'avoir détruit mon univers, mais je n'ai jamais souhaité sa mort pour autant.

— Nous avons toujours réussi à nous débrouiller sans son argent, Bryn. Je t'assure que ça ne vaut pas la peine que tu t'abaisses ni que tu te laisses humilier. Promets-moi de quitter le ranch à la moindre anicroche.

Bien que sa tante ne puisse pas la voir, Bryn eut un petit sourire triste.

— Allen a droit à sa part d'héritage. Il en aura besoin plus tard pour payer ses études et démarrer dans la vie. Pourquoi renoncer à l'aider à se construire un avenir solide ? Ce serait stupide de ma part. Ne t'inquiète pas ! Je vais régler cette question et je serai de retour dans un mois.

Nièce et tante bavardèrent encore quelques instants, puis Allen commença à s'impatienter et Beverley retourna s'occuper de lui. Bryn raccrocha, luttant contre une vague de tristesse. C'était la première fois qu'elle quittait son petit garçon plus de deux jours et la séparation lui pesait déjà horriblement. Tout se passerait bien, elle en était sûre, mais la période pendant laquelle elle allait en être privée lui paraissait aussi interminable qu'une condamnation à une longue peine.

Avant d'aller rejoindre Mac, elle échangea sa tenue de voyage, trop élégante pour le ranch, contre un jean confortable et un pull-over rose pâle.

Puis elle s'avança sur la pointe des pieds jusqu'à la chambre du malade. Heureusement, la maison était parfaitement calme, car il avait besoin de beaucoup de tranquillité. Sans doute était-il encore en train de dormir ? Sa chambre disposait de tout le confort souhaitable, et, dans la mesure où les médicaments soulageaient ses souffrances, il pouvait se reposer dans les meilleures conditions.

Bien sûr, le travail de deuil qu'il devait faire se poursuivrait pendant longtemps encore, mais c'était déjà un point important que son corps recouvre la santé.

Comme elle pénétrait dans la pièce, elle aperçut Trent assis à côté du lit de son père. Instinctivement, elle retint son souffle et fit un pas en arrière.

Trent murmurait des mots à voix basse, dans une conversation à sens unique puisque son père dormait encore. Elle ne réussit pas à les intercepter clairement mais, en le voyant lui caresser doucement le front, l'émotion lui serra la gorge.

Le contraste entre les deux hommes était flagrant. Dans son grand lit, Mac paraissait fragile et décharné, alors que son fils aîné respirait la force et la santé. Une caresse d'une telle tendresse la surprit de la part de Trent qu'elle avait toujours vu si retenu, et même indéchiffrable. Impressionnant, certes, mais peu délicat.

Ses yeux gris comme l'acier et ses cheveux très noirs allaient de pair avec un teint tanné par le grand air et le soleil. Malgré plusieurs années loin du ranch, il avait conservé le physique d'un homme qui passe la plus grande partie de son temps à l'extérieur.

Elle déglutit et s'avança dans la pièce.

— Quand est prévue la prochaine visite du médecin ?

Sa voix n'avait été qu'un chuchotement, mais Trent réagit vivement. Il retira sa main du visage de son père et se leva. De nouveau, il arborait une expression sombre et peu engageante.

— Je pense que c'est pour mardi prochain. Tu peux vérifier sur le calendrier de la cuisine.

Elle hocha la tête.

— Très bien, dit-elle d'une voix mal assurée.

Comme elle passait devant lui, il la prit par le bras.

Comment réussissait-elle à le bouleverser autant, alors qu'il était anéanti par la mort de son jeune frère ? La crainte de perdre son père si peu de temps après ce dernier ne le quittait ni le jour ni la nuit, et pourtant, en présence de Bryn, il découvrait un nouveau registre de souffrance, lui qui croyait en avoir éprouvé toute la gamme.

Il serra son bras pour lui faire comprendre qu'elle ne jouerait pas sur du velours avec lui. Puis, par bravade, il rapprocha son visage du sien pour lui prouver qu'il était capable de résister à l'envie de l'embrasser.

— Garde tes distances, Bryn Matthews, et tout ira bien.

Maintenant qu'il se tenait tout près d'elle, il apercevait les petites rides qui s'étaient formées au coin de ses yeux. Non, elle n'était plus l'adolescente d'autrefois, mais une femme adulte. Une femme qui avait souffert elle aussi, il l'aurait parié.

Elle baissa les paupières un instant, comme pour briser la tension qui était montée entre eux.

— Pas de problème, répondit-elle à voix basse afin de ne pas réveiller le malade. Tu ne remarqueras même pas ma présence dans cette maison.

Trent sortit aussitôt après cet échange bref mais intense. Il avait besoin de se dépenser physiquement pour détendre ses nerfs soumis à rude épreuve. Il entreprit de ranger la sellerie et, au bout d'un moment, son front ruisselait de sueur. A Denver, il fréquentait régulièrement une salle de sport mais cela n'avait rien à voir avec le travail qu'il fallait accomplir au ranch. Ici, les tâches étaient dures mais étrangement cathartiques. Il lui semblait qu'elles lui vidaient l'esprit de tout souci et c'était exactement ce dont il avait besoin. Il y avait bien une dizaine d'années qu'il n'avait plus joué de rôle actif au Crooked S. Ranch, mais ses réflexes, bien que rouillés par le manque de pratique, lui revenaient rapidement.

Il avait déjà recommencé à réparer des clôtures, nettoyé les box des chevaux, rattrapé quelques veaux qui s'étaient sauvés et aidé le vétérinaire à faire naître deux poulains. Jusque-là, ses deux frères, Gage et Sloan, avaient accompli leur part des travaux, mais il allait désormais se retrouver seul pendant un bon mois. Ce serait seulement à la fin de ce délai que l'un d'eux viendrait prendre la relève.

Il soupira. Un mois… autant dire une éternité…

Pendant longtemps, son père avait employé de nombreux ouvriers mais, avec l'âge, il était devenu acariâtre et avait perdu toute indulgence vis-à-vis des étrangers. En fait, il ne supportait pas que des personnes de l'extérieur, quelles que soient leurs compétences ou leur bonne volonté, viennent s'occuper de ses affaires, à tel point que, peu de temps avant le décès de Jesse, il avait congédié son contremaître et menait désormais son affaire sans l'aide de qui que ce soit.

La mort brutale de son plus jeune fils l'avait fait vieillir du jour au lendemain. Huit semaines plus tard, affaibli et abattu, il n'en était pas encore remis.

Quant à Trent, il ne se passait pas un jour sans que quelque souvenir de Jesse ne lui revienne à la mémoire et ne brouille ses yeux de larmes. Le rapport de l'officier de police lui paraissait dépourvu de sens. Comment croire que la mort de son frère était effectivement due à une overdose d'héroïne ? C'était absurde. Jesse ne fréquentait personne susceptible de l'entraîner à pareille déchéance. Quelqu'un lui avait peut-être fait absorber de la drogue sans qu'il s'en rende compte ?

Tout en se posant ces questions, il finit de brosser l'étalon qu'il avait sorti de son box, puis jeta un coup d'œil sur sa montre. Il avait pris l'habitude d'aller voir son père au moins une fois par heure et la présence de Bryn ne l'incitait pas le moins du monde à relâcher sa vigilance. Malgré ses airs polis et ses paroles de droiture, il ne lui accordait pas la moindre confiance. Pourquoi aurait-elle changé ? Six ans plus tôt, elle avait menti à tout le monde pour s'insinuer dans leur famille. Si elle était revenue, c'était sans aucun doute pour faire une nouvelle tentative. Il fallait garder l'œil ouvert, et il le ferait, même si les semaines à venir promettaient d'être un enfer.

Et même pire encore, puisqu'il lui faudrait se méfier de la sournoiserie de son corps toujours prêt à le trahir dès qu'il se trouvait en présence de la jeune femme.

2

En voyant Trent quitter précipitamment la pièce, Bryn n'aurait su dire si elle se sentait déçue ou soulagée. Il la mettait en colère, mais elle ne se sentait jamais aussi vivante que lorsqu'il se trouvait près d'elle, comme si sa présence exacerbait tous ses sens. Hélas, les six années passées loin de lui n'avaient rien changé.

Silencieuse, elle s'installa au chevet de Mac et regarda la poitrine du vieil homme qui avait tant représenté à ses yeux autrefois s'abaisser et se soulever au rythme de sa respiration. L'affection qu'elle éprouvait pour lui était intacte, au point qu'il lui semblait avoir rêvé sa longue absence.

Lorsque enfin il s'éveilla de sa sieste et se redressa contre son oreiller, elle lui tendit un verre d'eau qu'il but avec avidité. Après l'avoir reposé sur la table de chevet, il la dévisagea et demanda :

— Tu dois me détester, n'est-ce pas, Bryn ?

Elle haussa les épaules avec un soupir, puis décida de parler avec franchise.

— Je vous ai détesté pendant un certain temps, en effet. Parce que vous n'avez pas tenu la promesse que vous m'aviez faite.

Et quelle promesse !…

Quand, plusieurs années auparavant, sa mère et son père, qui était le contremaître de Mac, étaient morts dans un accident de voiture, il avait convoqué la petite Bryn, alors âgée de quatorze ans, dans son bureau et lui avait assuré qu'elle aurait toujours sa place dans le grand ranch où elle avait grandi.

Hélas, moins de quatre ans plus tard, cette promesse avait été oubliée à cause de Jesse. Un instant, un seul, dont elle conservait un souvenir abominable, avait suffi à ce dernier, enfant gâté et menteur expert, pour retourner toute la famille Sinclair contre elle.

Mac remua dans son lit, à la recherche d'une position plus confortable.

— J'ai fait ce que j'avais à faire…

C'était du Mac tout craché ! Pas question pour lui de revenir sur ses actes ni de se remettre en question. Mais maintenant qu'elle savait combien il avait souffert, elle ne pouvait pas lui en vouloir autant qu'elle l'aurait pensé ni même souhaité.

Malgré elle, la compassion lui serrait la gorge. Il s'était trompé. Mais qui ne se trompe jamais ? Elle-même avait commis bien des erreurs dans sa courte existence. Mac avait fait de son mieux pour prendre soin d'elle après la disparition de ses parents. Jusqu'à ce que tout soit gâché…

A ce moment-là, il l'avait envoyée chez sa tante Beverley. L'exil était le châtiment qu'il lui avait imposé et oui, elle en avait souffert ! Mais au bout de six ans, elle n'avait plus vraiment la force de lui en tenir grief.

Elle soupira.

— Je suis très triste que Jesse soit mort. Et je sais combien vous l'aimiez.

— Je t'aimais toi aussi, répondit-il en évitant son regard.

C'était vrai, elle en avait eu des preuves régulièrement puisque, à chaque Noël, à chacun de ses anniversaires, il lui avait envoyé un cadeau. Jamais un oubli. Jamais un retard. Il avait continué à penser à elle, même après l'avoir chassée de chez lui. Mais, chaque fois, avec la même régularité et la même obstination, Bryn, très attachée à sa jeune fierté, avait renvoyé le cadeau, sans l'ouvrir et sans le moindre mot.

Maintenant, elle avait honte de s'être montrée aussi intraitable. Comment oublier toutes les années pendant lesquelles il s'était comporté comme un véritable grand-père avec elle ?

— Même si vous ne m'aviez pas demandé de revenir dans le Wyoming, j'y serais revenue en apprenant la mort de Jesse. J'ai beaucoup de choses à vous dire, Mac.

Et quelles choses ! Elles seraient bien difficiles à aborder, puisqu'il ne s'agissait rien de moins que de faire effectuer un test de paternité pour prouver qu'Allen était bien le fils de Jesse. Et que, en tant que tel, il pouvait prétendre à sa part d'héritage de la fortune Sinclair.

Les lèvres de Mac tremblaient. Il ramena la couverture sur sa poitrine.

— Ne sois pas trop pressée, petite. Nous avons tout le temps.

Sur ce, il se laissa glisser dans le lit et ferma les yeux, mettant fin à la conversation.

Elle quitta la chambre en prenant soin de laisser la porte ouverte de manière à l'entendre s'il l'appelait. Le bureau se trouvait juste à côté. Elle ne put se retenir d'y entrer.

La pièce lui parut inoffensive, pas du tout comme dans ses cauchemars. Pourtant, le jour terrible était gravé dans sa mémoire, avec son cortège de souffrances et de désillusions. Elle avait toujours pensé être bien considérée par la famille Sinclair mais, ce jour-là, à sa grande surprise et à son immense déception, ils s'étaient tous mis sans hésiter du côté de Jesse.

— Qu'est-ce que tu fais là ?

La voix dure de Trent la fit sursauter si vivement qu'elle faillit en perdre l'équilibre. Elle prit appui sur le bureau à cylindre et se mordit la lèvre de surprise.

— Tu m'as fait peur !

Le rictus de Trent s'accentua.

— Je t'ai posé une question, Bryn.

Les jambes en coton, elle parvint néanmoins à trouver une réponse plausible.

— Je voulais envoyer un mail à mon fils.

Le visage de Trent devint livide et elle remarqua qu'il serrait les poings.

— Ne mentionne jamais ton fils en ma présence si tu veux que nos rapports restent cordiaux.

Elle acceptait avec courage les coups du sort et les duretés de la vie, mais elle ne permettrait jamais que son fils soit rejeté par qui que ce soit.

Elle se redressa.

— Mon fils s'appelle Allen et il est le fils de Jesse. Je suis sûre que tu le sais, et Mac, Gage et Sloan tout autant que toi. Pourquoi est-ce que je vous mentirais ?

Il prit un air suspicieux.

— Pourquoi ? Mais parce que c'est comme ça que les femmes obtiennent ce qu'elles veulent ! Elles font des manières, elles mentent, et le tour est joué.

Pour la première fois, elle comprit quelque chose qui lui avait toujours échappé. C'était normal pour une toute jeune fille, mais maintenant, avec le recul que la vie lui avait apporté, elle se rendait compte à quel point la famille de Mac avait été atteinte lorsque la jeune et volage épouse de ce dernier l'avait abandonné avec leurs quatre fils.

La famille de Bryn les avait tant bien que mal aidé à se remettre de ce désastre. Pendant plus de dix ans, Bryn et sa mère avaient été les deux seuls éléments féminins dans un univers entièrement masculin. Et elle avait toujours cru que la confiance circulait dans les deux sens. Pourtant, lorsque Jesse avait juré qu'il ne l'avait jamais touchée, Mac et Trent l'avaient immédiatement cru. C'était aussi simple que cela.

Elle choisit soigneusement ses mots.

— Je ne mens pas. Tu as peut-être joué de malchance avec les femmes qui ont croisé ton chemin, mais je n'y peux rien. J'ai dit la vérité il y a six ans et je la répète aujourd'hui.

Il eut une moue méprisante.

— C'est facile ! Tu peux dire ce qui te plaît, Jesse n'est pas là pour se défendre.

Elle s'efforça de faire taire sa colère, bien décidée à percer, par des paroles mesurées et un ton posé, la cuirasse d'incrédulité dans laquelle il s'était barricadé.

— Jesse était un adolescent à problèmes qui est devenu un homme à problèmes. Vous l'avez beaucoup gâté et il est resté immature, toujours prêt à se servir de votre affection comme d'un bouclier. Ce comportement ne m'a pas laissée indemne. J'en porte encore les cicatrices mais je suis toujours là. Et mon fils aussi. Il mérite de connaître ses droits et sa famille.

Il prit appui contre le mur, le visage dur, vide de toute trace de remords.

— Tu veux combien ?

La question abrupte lui fit l'effet d'un électrochoc, et elle demeura sans voix.

— Dis-moi quel montant je dois inscrire sur le chèque pour que tu quittes le ranch et n'y remettes plus jamais les pieds ?

On l'aurait giflée qu'elle ne se serait pas sentie davantage humiliée.

— Va au diable, Trent Sinclair ! dit-elle, les dents serrées.

Il l'attrapa par le poignet au moment où elle allait franchir la porte.

— Si j'y allais, je pourrais bien t'y entraîner avec moi…

Cette fois, il n'y avait pas une once de tendresse entre eux. Il était en colère et son baiser en témoignait. Leurs bouches luttèrent l'une contre l'autre, il enfouit rageusement les mains dans les cheveux de Bryn, qui lui enfonçait sans le moindre ménagement les ongles dans les épaules.

A dix-huit ans, elle croyait savoir ce qu'étaient le sexe, le désir et l'amour. Après la trahison de Jesse, elle avait compris que ses sentiments n'étaient qu'une illusion. Exactement comme ceux que Mac et Trent disaient éprouver pour elle.

Aujourd'hui, après six ans de célibat et un cœur en morceaux depuis qu'elle avait découvert qu'elle n'avait jamais cessé d'aimer Trent Sinclair, elle était complètement perdue.

A un moment, elle eut la surprise de sentir la violence de leur baiser basculer dans une autre dimension. Sans l'avoir voulu, elle passa une main autour du cou de Trent et caressa sa nuque et les cheveux qu'il ne laissait jamais arriver au col de sa chemise. Sa peau était tiède, dangereusement douce.

Elle se sentit faiblir entre ses bras. Ses seins étaient écrasés contre sa poitrine musclée. Ses lèvres arrêtèrent de lutter contre les siennes. Etre lovée contre lui était d'une telle douceur que cela la fit capituler. Elle oublia momentanément son agressivité. Et tant pis s'il la prenait pour une menteuse qui avait essayé de les manipuler... Pour l'instant, seul comptait le bonheur d'être dans ses bras.

Graduellement pourtant, elle retrouva la maîtrise d'elle-même et se redressa avant d'atteindre le point de non-retour où elle se serait abandonnée corps et âme.

L'expression de Trent était indéchiffrable.

Nerveusement, elle fit un petit signe de tête en direction de l'ordinateur.

— Je l'utiliserai plus tard. Tu dois avoir du travail à faire.

Comme il ne répondait rien, elle se dépêcha de quitter la pièce.

Trent n'avait pas l'habitude de se torturer l'esprit. La confiance qu'il avait en lui-même, sa détermination et sa capacité de travail l'avaient propulsé tout en haut de son domaine de compétence, les énergies nouvelles, solaires ou éoliennes. Lorsqu'il avait reçu la nouvelle de l'attaque de son père, il était sur le point de conclure un énorme marché. Il avait prévu de racheter une demi-douzaine d'entreprises plus petites afin de les incorporer dans le groupe déjà bien connu et respecté des Sinclair Synergies.

Mis à part la somme, modeste, que son père lui avait allouée pour démarrer sa première start-up, il n'avait jamais eu recours à la fortune paternelle. Très vite, il s'était révélé un excellent homme d'affaires, doué des connaissances nécessaires, et d'une intuition et d'un flair tout aussi indispensables mais qui ne s'enseignent nulle part.

Alors pourquoi le fondateur d'une entreprise aussi florissante se trouvait-il en train de nettoyer des box à chevaux au fin fond du Wyoming ?

Et pourquoi n'était-il pas capable de lire la vérité dans les yeux d'une femme qui était restée dans son cœur pendant de si longues années ?

Autant de questions qui restaient sans réponse mais n'empêchaient pas le passé de peser lourdement sur sa vie présente.

Néanmoins, l'assurance tranquille avec laquelle Bryn s'adressait à lui l'amenait à s'interroger. Etait-il possible que Jesse ait menti ? Et si c'était le cas, pour quelle raison ?

Bryn avait vu juste sur un point : Mac, Sloan, Gage et Trent avaient outrageusement gâté le petit Jesse, arrivé longtemps après ses frères aînés qui, eux, se suivaient à un an d'intervalle. Enfant, Jesse avait souffert de fréquentes crises d'asthme qui ameutaient chaque fois toute la famille autour de lui. Sans doute lui avaient-ils passé trop de caprices ? Et encore plus après le départ de leur mère. Mais cela ne signifiait pas pour autant que Jesse ait été un mauvais garçon.

Overdose d'héroïne…

Repenser au rapport de police le mettait mal à l'aise et il s'assit dans le fauteuil de Mac. L'inspection des livres de comptes du ranch, qui avaient été tenus par Jesse, allait s'avérer plus compliquée qu'il ne l'avait pensé. Jesse n'était pas un aigle en mathématiques, et Trent n'arrivait pas à comprendre pourquoi Mac l'avait chargé de cette tâche. Le simple fait qu'il soit aussi jeune aurait dû le dissuader de le faire. Sans parler de son inexpérience totale en la matière.

Déjà, Trent avait rencontré plusieurs difficultés, en particulier pour comprendre comment certaines sommes importantes avaient pu passer d'un compte sur un autre. Il avait prévu d'avoir une discussion serrée à ce sujet avec Mac, mais étant donné la faiblesse actuelle du vieil homme, le moment n'était pas encore venu.

L'évocation de la santé de son père le ramena d'ailleurs à Bryn. Pour quelle raison Mac lui avait-il demandé de revenir au ranch ? Aurait-il changé d'avis à son sujet ?

Il se redressa, s'écarta du bureau et commença à s'étirer. Automatiquement, son regard se posa sur le magnifique paysage qui s'offrait à lui derrière la fenêtre. Il était né dans le Wyoming. Il y avait grandi. Il l'adorait. Et pourtant, le ranch n'avait pas été capable de le retenir. Pas plus que Gage ni Sloan d'ailleurs.

Très tôt, Gage avait manifesté le désir de bourlinguer à travers le monde. Quant à Sloan, il était si brillant que jamais il n'aurait pu épanouir toutes ses qualités dans un ranch. Jesse avait peut-être éprouvé le désir de devenir le successeur de leur père ? Pourtant, cela ne cadrait pas avec ce qu'il connaissait du caractère de son jeune frère et il ne réussissait pas à comprendre pourquoi la responsabilité de gérer le ranch avait échu à ce dernier. Mac avait sans doute eu ses raisons pour effectuer ce choix, mais il ne les comprenait pas.

Lorsqu'il entendit Bryn parler au téléphone, il se décida à aller voir son père. Il trouva ce dernier assis dans son lit, le regard plus vif et le teint plus coloré. Fallait-il attribuer ce changement à l'arrivée de la jeune femme ? Mieux valait ne pas s'appesantir sur cette hypothèse…

Il s'installa sur une chaise, posa une jambe sur l'autre et, les mains croisées sur la nuque, se renversa légèrement en arrière.

— Je trouve que tu as meilleure mine, Pa.

Mac émit un grognement.

— Tant mieux.

La réponse était laconique, mais cela n'avait rien de surprenant. Ni le père ni le fils n'avaient jamais été doués pour les longues conversations.

— Est-ce que tu te sentirais de venir faire un tour en voiture avec moi ? Je dois aller faire quelques achats en ville. Cela te ferait peut-être du bien de sortir un peu ?

Le visage de Mac parut perdre de son éclat tout à coup, comme si la perspective de l'effort à fournir l'avait par anticipation vidé de toute son énergie.

— Non, je ne pense pas. Je n'ai pas encore assez de forces. Mais Bryn serait peut-être contente de t'accompagner ?

Trent se raidit. Franchement, il n'était pas disposé à passer une heure enfermé dans une voiture en compagnie de la femme qui bouleversait ses sens.

— Non, elle doit être fatiguée de son voyage, je ne pense pas que ce soit une bonne idée de le lui proposer.

Mac insista, obstiné.

— Elle m'a promis d'aller acheter dès que possible une nouvelle couverture pour mon lit, dans le magasin des Pendleton. Il paraît qu'on en fait de très chaudes et très légères maintenant, qui seraient bien plus agréables que ce vieux molleton. Il pèse sur mes jambes. Je ne veux pas lui faire perdre cette occasion.

Trent paraissant toujours aussi peu enthousiaste, Mac poursuivit :

— Vous pourriez rester dîner en ville si vous voulez. Julio a prévu de venir jouer au poker avec moi en fin de journée.

Julio était l'un des plus anciens ouvriers du ranch et Mac avait coutume de passer la soirée avec lui de temps à autre.

Trent soupira. Il était en train de se laisser embobiner... mais il n'avait pas envie de contrarier son père. Tout au moins, pas encore.

Un instant plus tard, il frappait à la porte de Bryn et attendit impatiemment dans le couloir qu'elle ait fini de parler au téléphone.

C'est avec une contrariété certaine que la jeune femme découvrit Trent debout dans l'entrebâillement de sa porte. Décidément, il avait le chic pour faire son apparition au moment où elle ne l'attendait pas et elle détestait être ainsi surprise.

— Qu'est-ce que tu veux ? demanda-t-elle d'un ton sec, encore sous le coup de leur précédente conversation.

— Il paraît que je dois te conduire en ville pour que tu achètes une couverture pour mon père. Tu lui as décrit un modèle moderne qui a l'air de lui plaire beaucoup.

— Oui, je lui ai promis de le lui procurer au plus tôt.

— Et il m'a demandé de t'inviter à dîner en ville.

Elle pencha la tête sur le côté, comme pour mieux prendre la mesure du malaise de Trent.

— Et tu préférerais affronter un coyote du désert plutôt que de passer la soirée avec moi, n'est-ce pas ? dit-elle, moqueuse.

Il haussa les épaules, le visage impassible.

— Je passe ce mois-ci au ranch afin de rendre la vie de mon père plus agréable. Cela signifie que, s'il a envie de me donner des ordres, je lui obéis sans discuter.

— Quel fils modèle tu fais ! dit-elle, pleine d'ironie.

Il serra les dents.

— Sois prête dans vingt minutes, je t'attendrai dehors.

Sur ce, il tourna vivement les talons, la laissant sur le pas de sa porte.

Elle s'enferma à clé pour être sûre de pouvoir se changer tranquillement et troqua son jean contre un pantalon noir et un pull léger de demi-saison d'un bleu soutenu, assorti à la couleur de ses yeux. Elle n'arrivait pas à comprendre Trent, mais elle percevait clairement son hostilité. Et il fallait absolument qu'elle se protège de lui. Pour commencer, elle s'arrangerait pour qu'il ne l'embrasse plus jamais. Il était inutile de replonger dans le passé, il ne revivrait pas. Son but en venant au ranch était d'obtenir réparation des torts qu'elle avait subis, point final. Trent et sa mauvaise humeur n'étaient finalement qu'un détail mineur dans cette perspective.

Elle s'efforça de penser ainsi jusqu'au moment où elle s'installa dans le siège passager de la Mercedes gris acier de ce dernier. Un parfum d'after-shave parvint à ses narines et… voilà qu'elle oubliait déjà ses bonnes résolutions.

Son estomac commença à se nouer d'émotion. Elle croisa les mains sur les genoux, et se redressa de son mieux sur son siège.

A l'intérieur de l'habitacle, l'ambiance était de glace. Trent alluma la radio et ils se débrouillèrent pour effectuer la totalité du trajet dans un silence mortel.

En arrivant en ville, il la déposa devant le magasin des Pendleton.

— J'en ai pour une heure à peu près. Est-ce que tu peux trouver à t'occuper pendant ce temps ?

— Bien entendu.

— Je passerai te prendre à 18 heures.

— Parfait. Je serai au rendez-vous.

La mâchoire serrée en un rictus qui paraissait lui devenir habituel, il fit crisser les pneus de la voiture en s'écartant du trottoir et s'éloigna rapidement.

Sitôt seule, elle perdit instantanément sa belle assurance. Sa lèvre se mit à trembler. Pourquoi ne pouvait-il pas laisser le passé où il était ? Pourquoi refusait-il qu'ils se retrouvent comme deux amis ?

Elle chassa ces questions d'un haussement d'épaule et pénétra dans le magasin où elle trouva vite une couverture pour Mac. Parmi les différents modèles qu'on lui présenta, elle retint celui qui était décoré d'un motif indien traditionnel dans les tons tabac et beige. Ensuite, elle laissa son paquet au magasin et profita du temps qui lui restait pour regarder les vitrines. Elle acheta un foulard en coton coloré pour sa tante et une petite carriole de bois tirée par deux chevaux pie pour Allen. Cela fait, elle décida de marcher un moment afin de se dégourdir les jambes.

Dans le Minnesota, avec sa tante Beverley, elle sortait tous les soirs quand le temps le permettait. Elles adoraient toutes les deux prendre l'air et c'était bon pour Allen de dépenser un peu de son énergie avant d'aller se coucher. Son petit garçon lui manquait beaucoup. En fait, il avait beau aller sur ses cinq ans, elle pensait encore à lui comme à un bébé, ce qui le mettait très en colère quand par hasard elle laissait échapper ce mot. Il allait entrer à l'école à l'automne, mais elle n'était pas du tout prête pour cette séparation. Sans doute parce que cela la forçait à reconnaître qu'il n'aurait pas toujours besoin d'elle et que, peu à peu, il ferait sa vie à sa façon, toujours plus indépendante, jusqu'à ce qu'un jour une belle jeune fille le lui enlève à jamais.

Cette perspective la fit rire. Il lui restait encore tout le temps de profiter de lui ! En outre, elle n'avait que vingt-quatre ans. Dans deux mois, elle aurait terminé son mastère en communication et pourrait envisager d'occuper un poste intéressant et bien rémunéré.

Alors, pourquoi se sentait-elle aussi déprimée ?

La réponse était simple : elle voulait que Trent lui fasse confiance. Afin d'assurer le futur d'Allen, elle n'avait pas d'autre choix que d'insister pour faire effectuer un test de paternité, mais tout en elle s'insurgeait contre cette idée. Elle n'avait aucune envie d'entrer en guerre contre la famille Sinclair.

Elle aurait aimé que Mac, Trent, Gage et Sloan la reconnaissent comme l'une des leurs et lui présentent des excuses. Si seulement elle pouvait lire sur le visage de Trent autre chose que de la méfiance et de la colère !

Lorsque ce dernier arriva au rendez-vous, elle était assise sur un banc, ses paquets posés à côté d'elle. Sans lui adresser la parole, il descendit de la voiture pour ouvrir le coffre et attendit qu'elle y ait déposé ses achats. Puis, se tournant vers elle, il lui demanda :

— Où est-ce que tu souhaites dîner ?

Elle lui adressa un regard mécontent. Elle en avait assez de ces manières cavalières et ne souhaitait pas lui imposer sa présence plus longtemps.

— Il y a un vendeur de sandwichs au coin de la rue. Allons lui acheter deux hot dogs, nous mangerons dans la voiture en rentrant. Cela nous évitera de perdre du temps.

Elle venait de marquer un point. Il ouvrit la bouche pour lui répondre, puis la referma, gardant pour lui la repartie sans doute désagréable qui lui était montée aux lèvres.

— Parfait. Si c'est ce que tu souhaites, je n'ai pas de raison de te contrarier.

Quelques instants plus tard, ils avaient repris la route. Elle mâchonnait un sandwich au poulet parfaitement insipide. Au bout d'un moment, lasse de faire des efforts pour avaler quelque chose d'aussi peu savoureux, elle remit ce qui restait du sandwich dans son emballage et rangea le tout dans son sac.

Trent avait réussi à manger le sien complètement et fixait la route avec attention. Il n'était en effet pas rare dans cette région de croiser du gibier de grande taille, ce qui pouvait s'avérer extrêmement dangereux. Elle appréciait sa prudence et se sentait tout à fait en sécurité avec lui.

C'était déjà le cas autrefois… Ah, si seulement elle avait pu remonter le temps ! Si elle avait pu revenir au jour où elle l'avait invité à l'accompagner à la soirée de fin d'année du lycée… Il avait refusé, bien sûr, et elle était partie se cacher derrière la grange pour pleurer toutes les larmes de son corps. C'était là que Jesse l'avait trouvée et avait entrepris de la consoler.

En fait, aujourd'hui, une question lui venait à l'esprit : la principale motivation de Jesse en intervenant n'aurait-elle pas été de se substituer à son frère, quitte à créer des histoires ?

Comme le silence qui régnait dans la voiture devenait de plus en plus pesant, elle se décida à intervenir.

— Je suis franchement désolée pour Jesse.

Les doigts de Trent tambourinèrent sur le volant.

— Je ne crois pas un mot du rapport de la police. Jesse était un garçon super.

— Tu l'avais perdu de vue les derniers temps, dit-elle. Il avait beaucoup changé.

— Qu'est-ce que tu veux dire ?

Sa voix n'était pas du tout aimable, comme si, déjà, il se tenait sur la défensive, mais cela ne l'empêcha pas de poursuivre.

— Tu ne t'es jamais demandé pourquoi il n'avait pas réussi à terminer sa licence ?

— Mon père m'a dit qu'il avait eu du mal à choisir une spécialité et qu'il en avait changé plusieurs fois. Finalement, il s'est rendu compte qu'il préférait s'investir dans le ranch.

Elle ne put retenir un petit grognement. C'était pire qu'elle ne le pensait. Mac ne pouvait pas ignorer les gros problèmes rencontrés par son plus jeune fils, mais il avait apparemment tenu à garder ces informations pour lui, sans doute afin d'épargner des soucis aux trois autres.

Etait-ce à elle de dissiper le mythe qui s'était construit autour de Jesse ?

Le petit visage d'Allen lui vint à l'esprit. Non, elle ne pouvait pas reculer. Il fallait qu'elle défende son fils !

— Trent, Jesse a été radié de quatre universités parce qu'il buvait et se droguait. Ton père l'a fait revenir au ranch pour pouvoir le surveiller.

La voiture fit une embardée. Trent avait freiné brutalement. Il gara la voiture sur le bas-côté. Brusquement, il se tourna vers la jeune femme.

— Tu as le culot d'insulter la mémoire de mon frère ! De quel droit ?

Ses yeux noirs lançaient des éclairs.

Il en aurait fallu davantage pour la faire changer d'avis.

— Je suis vraiment désolée, Trent, mais Mac ne t'a pas rendu service en te cachant la vérité. Tu aurais peut-être pu l'aider si tu avais été au courant.

Le regard de Trent s'était fait aussi coupant qu'un laser. Parce qu'elle était certaine de faire ce qu'il fallait, elle réussit pourtant à le soutenir. Jamais elle n'avait vu pareille vulnérabilité sur son visage.

Le déni était une attitude normale face à pareille découverte, mais elle n'avait pas l'intention de le laisser s'installer.

— Je ne mens pas, dit-elle calmement. Jesse m'appelait de temps à autre. Et chaque fois, c'était la même chose, il n'était jamais dans un état normal. Soit il était ivre, soit il était drogué. Il radotait et rabâchait sans cesse qu'il voulait que je revienne dans le Wyoming.

— Si ce que tu dis est vrai, c'est encore pire. Il avait sans doute envie de fonder une famille avec toi et le bébé, même si ce n'était pas le sien.

— Pas du tout.

— Jesse adorait les enfants !

— Regarde les choses en face, Trent. Quand je lui ai appris que j'étais enceinte, il m'a offert de l'argent pour que je me fasse avorter.

— Tu mens !

— Pas du tout. Quand il m'appelait, Jesse ne savait pas ce qu'il disait. Tout ce qu'il souhaitait, c'est que je l'aide à arranger les problèmes qu'il avait avec Mac parce qu'il avait commis une nouvelle folie.

— Je ne crois pas un mot de ce que tu dis.

— Il me racontait toujours qu'il avait des plans grandioses pour l'avenir et qu'il n'y avait pas de place pour un enfant. Ni pour moi, d'ailleurs… C'est pour cette raison que je suis entrée dans le bureau de Mac ce jour-là et que j'étais si bouleversée. J'espérais que ton père allait me soutenir.

Le visage de Trent était livide. Il fixait obstinément la route, les mains crispées sur le volant.

Elle poursuivit.

— Mais au lieu de prendre ma défense, tu sais ce qu'il a fait ?

Il ne prononça pas un mot.

— Il m'a mise dans le premier avion pour le Minnesota !

« Je t'en prie, Trent, crois ce que je te dis… »

Mais il ne se laissa pas toucher par cet aveu. Au contraire, il n'y vit qu'un mensonge de plus et répondit froidement :

— Avec tes talents de comédienne, tu pourrais faire une belle carrière au théâtre !

Ces mots blessants lui transpercèrent le cœur, mais hélas, elle s'y était déjà préparée. Trent avait été abreuvé de mensonges. Son rôle à elle était de lui ouvrir les yeux. Rôle ingrat s'il en était…

— Demande à Mac, tu verras.

Il secoua la tête.

— Mon père a failli mourir, il est en train de pleurer la mort de son fils, et tu crois que je vais le contrarier en lui racontant tes bêtises ?

Elle s'enfonça dans son siège, vaincue. Puis elle détourna le visage pour qu'il ne la voie pas pleurer.

— Alors nous sommes dans une impasse.

Comme il demeurait silencieux, elle ajouta :

— Ramène-moi au ranch, je veux voir comment va Mac.

Elle aurait aimé qu'il lui dise quelque chose. Peu importe quoi… mais qu'il lui adresse la parole. Il n'en fit rien.

Le visage fermé, il remit le moteur en marche et reprit la route sans un mot.

3

Le portrait que Bryn avait dressé de Jesse laissait Trent complètement démuni. Dans son souvenir, Jesse était un jeune homme sans doute un peu immature, qui adorait s'amuser, mais qui ne manquait pas de repères moraux ni de principes pour guider sa conduite.

Sans le vouloir, elle avait mis le doigt sur un point délicat. En fait, il se sentait coupable de ne pas avoir réellement assumé son rôle de grand frère auprès de son cadet. Si ce n'était à l'occasion des anniversaires de Mac à l'automne, de Thanksgiving et de Noël, il ne s'était que très rarement déplacé du Colorado où il travaillait pour passer du temps avec lui.

Son entreprise marchait à merveille mais l'atmosphère de compétition à couteaux tirés absorbait tout son temps et toute son énergie. En fait, cette ambiance agissait sur lui à la manière d'une drogue. Il avait déjà réuni un beau capital et ce qui le maintenait désormais dans la course, c'était plus le désir de se prouver qu'il pouvait continuer à être le meilleur que celui de gagner davantage d'argent.

Hélas, cela avait un prix… Il n'avait pas aperçu les signes de changement chez Jesse. A moins qu'on ne l'ait volontairement tenu à l'écart de cette transformation ? Gage n'était certainement au courant de rien puisqu'il était toujours quelque part au bout du monde. Quant à Sloan, plongé dans son univers de formules mathématiques abstraites, il était à mille lieux de s'intéresser aux émotions et aux évolutions psychologiques de qui que ce soit. C'était lui, Trent, qui aurait dû se montrer vigilant au lieu de se laisser absorber par ses occupations professionnelles.

Afin de se rassurer, et d'alléger le sentiment de culpabilité qui l'envahissait, il se dit que Bryn exagérait certainement. Peut-être même inventait-elle complètement ce scénario ? C'était une hypothèse parfaitement plausible. Pourtant, en dépit du fait qu'il n'avait aucune envie de la croire, la lueur de sincérité qui brillait dans les yeux de la jeune femme aurait été difficile à truquer.

La voiture à peine arrêtée devant la maison, elle en sortit et rassembla ses paquets avant qu'il n'ait eu le temps de faire le moindre geste pour l'aider. Visiblement, elle était furieuse.

Il ne la laissa pas disparaître ainsi. Il attrapa son poignet, qu'il fut étonné de sentir si menu sous ses doigts.

— Je ne veux pas que tu parles de Jesse à Mac. En tout cas, pas pour le moment. Dieu sait ce que tu espères retirer de cette prétendue visite de compassion, mais je t'avertis que je t'ai à l'œil. N'essaie pas de dire ou de faire quoi que ce soit susceptible de le troubler, sinon tu auras affaire à moi…

Elle lui jeta un regard moqueur.

— Si tu crois que tes menaces m'impressionnent ! J'ai beaucoup d'affection pour Mac et je me comporterai de manière à ce qu'il se rétablisse au plus vite. Ta première proposition était pleine de bon sens : je t'éviterai le plus possible et tout ira bien.

Bryn n'aperçut pratiquement pas Trent pendant trois jours, ce dont elle se réjouit. Chaque fois qu'il faisait son apparition dans la chambre de son père pour passer un moment avec lui, elle s'éclipsait de manière à s'éviter une confrontation houleuse et pour leur laisser toute l'intimité qu'ils pouvaient souhaiter.

Mac se rendait compte du travail colossal abattu par son fils, ce qui paraissait l'inquiéter. Il en parlait à Bryn assez régulièrement.

— Tu ne peux pas faire quelque chose pour qu'il ralentisse le rythme ? Il travaille comme un forcené ! Entre les heures qu'il fait sur la propriété et ses entretiens téléphoniques avec les collaborateurs de son entreprise qui durent la moitié de la nuit, je pense qu'il n'a même pas le temps de dormir.

— Comment voulez-vous que je m'y prenne ? Il est prêt à faire son possible pour vous aider à maintenir le ranch à flot, mais il ne peut pas non plus mettre sa propre activité entre parenthèses pendant un mois tout entier, cela lui porterait trop de préjudice.

Le visage de Mac se ferma.

— Je suis sûr qu'il t'écouterait, Brynnie.

— Et moi, je suis sûre du contraire !

— Comment peux-tu dire une chose pareille ?

— Vous savez très bien qu'il ne me fait pas confiance. Il est devenu quelqu'un de très important. Même si autrefois nous avons pu être proches l'un de l'autre, j'ai le sentiment de ne plus le connaître.

C'était tout à fait cela : il était devenu un étranger. Celui qui était autrefois à ses yeux la personne la plus merveilleuse du monde avait disparu depuis longtemps. Aujourd'hui, sa place était parmi les hommes d'affaires brillants et fortunés. Ils n'avaient plus rien à se dire.

Cette pensée la plongea dans une grande tristesse.

Bryn aurait trouvé normal de participer aux travaux de la maison, mais le ménage, la cuisine ou le linge étaient pris en charge par toute une équipe d'employés, ce qui donnait à la jeune femme l'impression de vivre dans un hôtel de luxe. Elle n'avait même pas à se préoccuper du nettoyage de sa chambre et de sa salle de bains, qui était fait tous les jours.

Habituée qu'elle était à s'occuper d'un enfant et à travailler à mi-temps tout en poursuivant ses études, elle se sentait un peu désœuvrée pendant les moments où Mac se reposait.

Le surlendemain de leur malheureuse équipée à Jackson Hole, Trent la trouva en grande conversation avec le cuisinier.

Il s'approcha d'elle.

— Je me demandais si Mac ne pourrait pas venir à table avec nous ce soir, pour le dîner… Qu'est-ce que tu en penses ? dit-il.

— Cela me paraît une très bonne idée. Cela lui ferait beaucoup de bien de sortir un peu de sa chambre.

La chambre en question était en réalité une véritable suite, mais reprendre contact avec la vie de la maison ne pouvait être qu'une bonne chose pour un convalescent.

C'est ainsi que, le soir même, Mac fit son apparition au bras de son fils pendant qu'elle aidait à mettre le couvert. Une bonne odeur de gratin provenait de la cuisine, propre à aiguiser l'appétit de chacun.

Au début, Mac parut hésiter à manger, comme si, tout à coup, le fait de se retrouver à la table familiale l'intimidait. Puis, très vite, il goûta le plat préparé avec soin par le cuisinier, et elle vit avec plaisir qu'il terminait son assiette sans se faire prier.

— La visite chez le médecin a bien lieu demain ? demanda-t-elle.

— Oui, c'est ça, répondit Trent. Nous avons rendez-vous à 11 heures. Tu resteras ici, ça te fera du temps libre.

Elle fronça les sourcils. Quelle arrogance ! Il la traitait comme une employée à qui on donne son heure de congé, alors qu'elle était venue tenir compagnie à Mac par pure amitié… C'était si déplaisant qu'elle répondit :

— Non, j'aimerais vous accompagner.

Il secoua la tête. Qui savait quelles pensées se cachaient derrière son calme apparent…

— C'est inutile.

Le ton était sec, il était impossible de répliquer. Il en serait donc ainsi.

Après le repas, Mac et Trent firent une partie d'échecs sur un échiquier en jade et onyx que Gage avait ramené d'un de ses voyages en Asie. Elle les observa pendant quelques minutes. Aucun homme de la famille Sinclair n'avait coutume d'afficher ses sentiments, mais des liens d'une immense affection les attachaient les uns aux autres.

Malheureusement, elle ne faisait pas partie de ce cercle…

Le lendemain matin, Trent chassa la jeune femme de la chambre de Mac afin d'aider ce dernier à s'habiller pour son rendez-vous. Comme personne n'avait besoin d'elle, elle se dirigea vers la chambre que Jesse s'était choisie, à l'autre bout de la maison. Un soupçon lui vint à l'esprit. Etait-ce volontaire ? Jesse avait-il souhaité s'éloigner de la vigilance de son père ?

Elle poussa la porte avec précaution. Une couche de poussière recouvrait le mobilier. Le ménage était pourtant fait quotidiennement dans la grande maison, mais des ordres avaient dû être donnés pour que la chambre du fils disparu demeure en l'état. Rien ne paraissait avoir été touché depuis sa mort. Même le lit était resté entrouvert, comme si Jesse venait juste de se lever.

L'estomac serré, elle ramassa quelques objets susceptibles d'être utiles pour les analyses qu'elle souhaitait faire effectuer. Un peigne, une brosse à dents, un rasoir. Elle était gênée mais ne pouvait se permettre de laisser les scrupules l'envahir. Puisqu'elle était revenue au ranch dans le but de faire reconnaître les droits de son fils, elle devait s'en donner les moyens.

Son esprit était envahi de questions encore sans réponses. Elle avait lu le rapport de l'officier de police. Mac l'avait laissé bien en évidence sur la coiffeuse de sa chambre, sans doute pour ne pas avoir à prononcer lui-même les mots abominables : « Mon fils se droguait »…

Quel gâchis Jesse avait fait de sa vie ! Une pile de disques posée sur la commode lui rappela les bons moments qu'ils avaient passés ensemble. Un titre familier attira son regard : *Jesse's girl.* Aussitôt, la vague de nostalgie déferla. Combien de fois n'avaient-ils pas écouté cet air tous les deux en se promenant en voiture dans la campagne ?

Elle avait cru à l'amour de Jesse et, même s'il n'avait pas le charisme de Trent, elle avait été amoureuse de lui. Il lui avait donné pendant un certain temps le sentiment d'être quelqu'un d'unique et la joie de se rapprocher encore davantage de la famille Sinclair à laquelle elle était profondément attachée.

Hélas… tout cela n'avait été qu'une illusion de courte durée.

Lorsqu'elle ouvrit la porte de la penderie, une boîte à chaussures dont le couvercle était retenu par un gros élastique tomba à ses pieds. Bizarrement, un frisson glacé la secoua. Qu'allait-elle découvrir là-dedans ?

Le cœur battant, elle s'assit sur le lit et fit glisser l'élastique de manière à libérer le couvercle. Elle se prépara mentalement à trouver de la drogue cachée par Jesse, mais ce qu'elle découvrit la surprit bien davantage.

La boîte contenait une douzaine d'enveloppes. Elle les parcourut rapidement du regard et découvrit que les premières remontaient à l'année où Jesse avait eu seize ans. Elle en ouvrit une au hasard et commença à la lire. La lettre provenait d'Etta Sinclair, la mère de Jesse.

Est-ce que quelqu'un avait questionné Jesse à leur sujet ? Mac était-il au courant de cette correspondance ? Il se pouvait très bien que personne n'ait jamais remarqué qu'il recevait ce courrier puisque les trois aînés étaient déjà à l'université quand Etta avait commencé à l'envoyer.

Horrifiée par ce qu'elle découvrait au fur et à mesure de sa lecture, la jeune femme poursuivit tout de même, l'estomac noué.

Quel genre de mère jouerait ainsi avec l'esprit de son plus jeune fils, un enfant qu'elle avait abandonné alors qu'il avait à peine six ans ?

Les dégâts avaient dû être insidieux car un adolescent ne pouvait pas percevoir clairement le venin caché sous ces mots anodins. Qu'est-ce que Jesse avait pensé de ces lettres ? Avait-il été heureux que sa mère reprenne contact avec lui ? Sans doute… et c'était pour cette raison qu'il n'avait sans doute pas perçu la perversité de ces apparentes démonstrations d'affection. Peut-être, un peu plus tard, avait-il été capable de distinguer la manipulation à l'œuvre sous les phrases plaintives ?

Jesse, tu as toujours été mon préféré.

Jesse, Mac était un véritable tyran. J'étais profondément malheureuse. Il ne m'a pas laissée t'emmener avec moi.

Jesse, tu me manques.

Jesse, tes frères ne m'ont jamais aimée comme ils auraient dû.

Jesse, tu es intelligent comme moi. Tu mérites mieux que l'existence étriquée que tu mènes...

Bryn n'arrivait pas à comprendre les raisons profondes de cette étrange correspondance. Etta voulait-elle se venger de son ex-mari ? Pour amener la discorde au sein de la famille ? Comme c'était étrange... Car c'est *elle* qui était partie, et non pas eux qui l'avaient quittée.

Les lettres les plus récentes étaient les plus terrifiantes. Etta Sinclair y évoquait ses nombreux amants et laissait entendre qu'elle avait eu des aventures alors qu'elle vivait encore avec Mac. Elle allait jusqu'à insinuer que Mac n'était peut-être pas le père de Jesse.

Ses jambes ne la portaient plus. Elle demeura assise un moment, abasourdie par sa découverte. Quelle importance désormais si Mac et Trent ne croyaient pas que Jesse était le père d'Allen ? Si lui-même n'était pas un Sinclair, Allen l'était encore moins...

Les mains tremblantes, elle rassembla les lettres, les rangea dans la boîte et descendit dans sa chambre en l'emportant avec elle.

Montrer cette correspondance à Mac pouvait-il présenter un intérêt quelconque ? Il s'était certainement remis depuis longtemps de l'abandon de sa femme, mais elle estima qu'il valait mieux cacher les lettres. Du moins, jusqu'à ce qu'elle ait une idée plus claire sur ce qu'il convenait d'en faire.

Plus elle y pensait, plus elle était troublée. Elle avait vu des photos d'Etta. Trent, Gage et Sloan étaient le portrait craché de leur père : grands, forts, bruns à la peau foncée. Jesse, lui, était blond et mince, exactement comme sa mère. Que penser de ces lettres ? Contenaient-elles une vérité cachée jusque-là ?

Lorsque Trent et Mac rentrèrent au ranch, elle s'était pratiquement rendue malade à force d'échafauder des hypothèses. Tant et si bien qu'elle préféra ne pas assister au dîner et se retira dans sa chambre.

Après avoir pris une douche, elle téléphona longuement à sa tante Beverley, puis se mit au lit et lut pendant plusieurs heures avant qu'un sommeil agité ne la terrasse enfin.

Le bilan de santé de Mac dressé par le médecin avait grandement tranquillisé Trent. Le malaise cardiaque avait été sérieux, mais la foncière bonne santé du patient, ses habitudes de vie saine au grand air avaient évité les pires lésions. Mac Sinclair était un dur à cuire !

Ces bonnes nouvelles poussèrent Trent à poser quelques questions à son père sur le chemin du retour.

— Tu crois que c'était vraiment nécessaire de demander à Bryn de venir au ranch ? Elle risque de nous causer bien des ennuis. Tu te rappelles ce qu'elle a fait il y a six ans ? Je suis persuadé qu'elle n'a pas changé et qu'elle est capable de recommencer son manège.

Mac croisa les bras sur la poitrine, puis regarda pensivement à travers le pare-brise.

— Je n'ai pas su faire face à la situation à ce moment-là. Elle mérite d'être écoutée. C'est pour cette raison que je lui ai demandé de revenir.

Trent était stupéfait.

— Mais elle nous a menti !

Mac haussa les épaules.

— Peut-être. Peut-être pas. Quoi qu'il en soit, je suis content de la revoir.

Trent se retint avec difficulté de protester. Son père n'avait jamais été porté à la sentimentalité. Qui savait si, dans l'état de faiblesse où il se trouvait, il ne risquait pas d'être manipulé par une femme belle et intelligente, dont on pouvait penser qu'elle avait des vues sur la fortune de la famille ?

Il devait faire en sorte de découvrir la vérité et d'empêcher son père de céder à une impulsion, qui pourrait être lourde de conséquences pour eux tous.

Il pesa ses mots.

— Tu ne crains pas que Bryn cherche à te soutirer de l'argent ?

— Bryn ne menace personne. Elle est la même qu'autrefois.

— C'est bien ce qui m'inquiète ! Je n'ai pas oublié ce qu'elle a essayé de faire à Jesse.

Lui aussi avait tendance à se faire piéger par le charisme de la jeune femme, d'autant plus que s'y ajoutaient des souvenirs agréables et la nostalgie d'émotions délicieuses. Mais il n'allait pas se laisser embobiner par des sourires aimables et de gentilles paroles. Son parcours dans les affaires lui avait appris que les gens ne sont pas toujours ce qu'ils paraissent.

— Jesse a joué un rôle important dans ce qui s'est passé il y a six ans, dit Mac.

— Tout ce que je te demande, Pa, c'est de ne rien lui promettre. Bryn a beau avoir un visage d'ange, rien ne nous dit qu'elle n'est pas ici pour parvenir à ses fins par quelque moyen que ce soit.

Mac commença à s'agiter sur son siège, visiblement fatigué par la conversation.

— Tu deviens paranoïaque, Trent ! Ne sois pas aussi méfiant.

— Je vais essayer, Pa. Pour te faire plaisir.

Mais, plus que jamais, il se promit de vivre selon cet adage : « Garde tes amis près de toi, et tes ennemis encore plus près. »

Restait à déterminer si Bryn était leur ennemie ou pas, mais il allait demeurer vigilant, au cas où elle jouerait la comédie. Il s'astreindrait à devenir un hôte agréable, mais, à la moindre menace, elle le trouverait prêt à contrecarrer ses plans, aussi bien ourdis fussent-ils.

La tension et le stress étaient en train de faire de Bryn une véritable insomniaque. Elle n'avait pratiquement pas fermé l'œil de la nuit lorsqu'on frappa à sa porte. Déjà, le soleil brillait derrière les rideaux.

— Entrez ! dit-elle, s'attendant à voir apparaître la femme de ménage.

C'était Trent.

Un sourire contraint sur le visage, il lui apportait un plateau chargé d'œufs brouillés, de pain grillé, de confiture et d'une grande tasse de café.

— Je suis venu te remercier d'avoir répondu si rapidement à l'invitation de mon père.

Elle s'assit dans son lit, les couvertures remontées sur la

poitrine. Trent était encore tout frais de sa douche matinale. Elle, par contre, se sentait épuisée par sa nuit sans sommeil.

Il déposa le plateau sur la petite table de la chambre et repartit vers la porte.

— Je te remercie…, dit-elle, décontenancée par ce traitement de faveur.

— Mac va avoir de la visite aujourd'hui. Un de ses vieux copains de lycée. Je pense que nous ferions bien de les laisser tranquilles tous les deux. Tu accepterais de venir faire une balade avec moi, comme dans le bon vieux temps ?

— Une balade ?

Elle avait du mal à croire ce qu'elle entendait.

Il lui adressa un sourire.

— Je crois que nous avons mal démarré, Bryn. En fait, je te suis très reconnaissant de ce que tu fais pour mon père.

— Si je comprends bien, tu viens me proposer de faire la paix ?

De joie, son cœur bondissait dans sa poitrine.

Il haussa les épaules.

— Disons tout au moins que nous pouvons arrêter de nous faire une guerre qui contrarie Mac. Je te promets de faire un effort quand nous nous trouvons en sa présence.

Sur ce, il quitta la pièce, la laissant perplexe.

Le petit déjeuner s'avéra délicieux, mais l'esprit de la jeune femme n'était pas pour autant débarrassé de tout souci. Les mots de Trent lui paraissaient assez énigmatiques et il ne lui avait pas donné l'impression de croire en sa bonne foi. Il souhaitait simplement mettre le passé entre parenthèses.

Mais pour elle, c'était impossible. Il lui fallait penser à l'avenir d'Allen.

Elle s'habilla rapidement d'un jean et d'une chemise à manches courtes, puis enfila ses chaussures de marche, qu'elle avait heureusement emmenées avec elle.

Le grand soleil devait être un médicament miracle car elle

trouva Mac d'excellente humeur lorsqu'elle vint l'installer dans son lit pour la matinée.

— Vous êtes sûr que vous pourrez vous passer de moi aujourd'hui ?

— Sans problème ! Profite de cette belle journée pour redécouvrir les environs du ranch.

Bryn et Trent partirent donc ensemble quelques instants plus tard avec une jeep du ranch. Trent conduisait comme toujours avec beaucoup de prudence, mais le silence la mettait assez mal à l'aise.

— Où allons-nous ?

— A Falcon Ridge, répondit-il en rétrogradant car la pente devenait plus escarpée.

Elle y était souvent allée avec les fils de Mac et en avait de nombreux souvenirs de pique-nique pleins de rires et de soleil.

Une fois arrivés à mi-versant, Trent arrêta le moteur et prit son sac à dos ainsi qu'un plaid qu'il roula et attacha au-dessus des provisions.

— Laisse-moi porter quelque chose ! dit-elle.

— Réserve tes forces pour l'escalade, j'ai tout ce dont nous avons besoin.

Ils prirent un sentier qui montait presque à pic. Il était devant, le dos droit, le pas assuré. Elle suivait de son mieux, les mollets en feu et les poumons à court d'air.

Elle était à bout de souffle lorsqu'ils parvinrent au sommet.

— Oh, Trent, j'avais oublié comme c'est beau ici ! dit-elle, la gorge serrée d'émotion.

La vallée de Jackson Hole s'étendait à leurs pieds, nichée au pied des montagnes qui servaient de toile de fond. Un aigle planait dans le silence au-dessus de leurs têtes. Comment avait-elle pu rester aussi longtemps loin de cette splendeur ?

Il demeura silencieux un moment, puis murmura :

— De toute la propriété, c'est cet endroit que je préfère.

Il avait parlé d'une voix si grave. Malgré ses succès professionnels, regrettait-il d'avoir quitté le ranch pour faire sa vie ailleurs ?

Comme pour mettre fin à un intermède trop émouvant, il étendit le plaid sur le sol. Ils s'y installèrent en silence, charmés l'un et l'autre par le panorama qui s'offrait à leurs yeux. Elle percevait de façon aiguë la présence de Trent à son côté, si proche qu'elle sentait la chaleur qui émanait de son corps. Il s'était allongé et prenait appui sur les coudes, le Stetson rejeté en arrière. Comme autrefois, il était mince, musclé et extrêmement viril.

Elle avait été amoureuse de lui pendant presque toute sa vie. A la mort de ses parents, c'est Trent, alors âgé de dix-neuf ans, qui avait su la réconforter. Elle avait pleuré sur son épaule pendant des heures, et avait fini par le croire quand il lui assurait que sa souffrance s'apaiserait avec le temps.

Puisqu'il le disait, il ne pouvait en être autrement…

Comme elle aurait aimé retrouver une relation apaisée avec lui ! Elle chercha un moyen de combler le gouffre qui les séparait en évoquant gaiement des souvenirs agréables.

— C'est toi qui m'as appris à monter à cheval. Et à conduire… J'avais toujours rêvé de te donner mon premier baiser mais, finalement, c'est Jesse qui l'a eu.

Le visage de Trent se figea.

— Tout cela, c'est du passé. Les choses changent.

Elle replia les genoux contre la poitrine et les entoura de son bras. Elle n'avait plus rien à voir avec la jeune fille désespérée qui avait quitté le ranch six ans plus tôt. Entre-temps, elle avait eu un enfant, repris ses études et appris à surmonter les déceptions de la vie.

Mais ici, au sommet de cette montagne, l'émotion la bouleversait. Elle refusa pourtant de considérer que c'était le premier pas vers la catastrophe.

— Qu'a dit le médecin hier, à propos de la santé de Mac ?

L'épaule de Trent frôla la sienne.

— Il a été tout à fait satisfait des progrès physiques. Par contre, quand il m'a parlé en tête à tête, il ne m'a pas caché que son moral l'inquiète davantage.

— Vraiment ?

— D'après lui, Mac se sent plus fragile qu'il ne l'est en réalité. Il n'a plus besoin d'avoir quelqu'un à son chevet en permanence et nous conseille de faire notre possible pour l'amener à sortir de sa chambre et reprendre une vie normale.

Elle chassa d'une pichenette une fourmi qui se hasardait sur le bord du plaid.

— Il paraît que, même dans le cas d'une simple crise cardiaque, c'est difficile de retrouver son quotidien. Comme dans son cas la mort de Jesse s'ajoute à la maladie, j'imagine que c'est très compliqué.

Le débit de sa voix s'était fait plus lent. Au bout d'un moment, sans la regarder et sans que rien ne laisse présager la teneur de ce qu'il allait dire, il murmura :

— Je regrette de ne pas t'avoir accompagnée au bal de ton lycée.

L'évocation de ce lointain souvenir la prit totalement de court.

— Je n'étais qu'une gamine, tu étais déjà adulte. C'est une histoire qui aurait mal fini.

— Tout de même… j'aurais pu me montrer plus diplomate avec toi.

Finalement, il se tourna vers elle.

— Tu me plaisais beaucoup, Bryn, vraiment beaucoup… et ça me terrorisait.

— Tu dis ça pour me consoler, répondit-elle sans oser croiser son regard. J'ai eu tellement honte sur le coup ! J'aurais voulu disparaître dans un trou et y mourir. Vraiment.

Le simple souvenir de l'horrible après-midi qui avait suivi son refus lui donnait encore la chair de poule.

Du revers de la main, il lui caressa la joue.

— J'ai détesté te voir commencer à fréquenter Jesse.

Enfin, elle trouva le courage d'affronter son regard. Il était calme. Un petit sourire amusé flottait sur ses lèvres.

— Il avait beau être mon petit frère, j'avais envie de lui mettre mon poing dans la figure !

— Tu sais, je n'ai rien fait pour que les choses se terminent comme ça. Jesse m'a trouvée en train de pleurer derrière la grange et m'a proposé d'être mon cavalier pour le bal. C'était la meilleure façon de me consoler... Du coup, j'ai arrêté de me sentir rejetée et j'ai repris confiance en moi.

— Mon refus t'avait affectée tant que ça ?

— Oui.

Il hocha la tête.

— Je me suis demandé mille fois si les choses auraient pu tourner différemment. Si c'était moi qui t'avais accompagnée au bal à la place de Jesse, nous aurions peut-être fait notre vie ensemble, qui sait ?

Elle appuya le front sur ses genoux repliés.

— Et moi, je me suis demandé mille fois pourquoi Jesse m'avait proposé de sortir avec lui. A la fin, je suis arrivée à la certitude que s'il l'avait fait, c'est parce qu'il savait que j'étais amoureuse de toi. Je crois même qu'il pensait que tu avais un peu le béguin pour moi... Il voulait terriblement te ressembler ! A mon avis, il a passé le plus clair de sa vie à essayer de se hisser à ta hauteur ou à celle de Gage ou de Sloan. Hélas pour lui, il n'était jamais assez grand, jamais assez fort pour y parvenir. Il était toujours le petit dernier, et ça lui faisait horreur !

— Tu crois qu'il me détestait ?

Une inquiétude réelle perçait dans la voix de Trent.

Spontanément, elle lui prit la main.

— Peut-être à certains moments. Mais seulement parce qu'il t'aimait énormément.

— Ah, Bryn...

L'émotion retenue de sa voix lui alla droit au cœur. Comme il devait souffrir ! Mais elle savait qu'il garderait l'œil sec et une expression stoïque. Il était l'aîné et, en tant que tel, Mac l'avait habitué à refréner toute manifestation de ses sentiments.

— Personne n'est à blâmer pour la mort de Jesse, dit-elle. Il est le seul responsable. Chacun choisit sa route dans la vie, il a eu toutes les opportunités, toutes les facilités, il en a fait ce qu'il voulait.

Le visage de Trent demeura impassible.

— C'est peut-être un accident.

— Peut-être. Mais sachant ce que je sais de Jesse, je ne le

pense pas. Il y avait un côté obscur chez lui, que tu n'as jamais vu parce que tu ne le souhaitais pas. Je comprends cela parfaitement. Il était ton petit frère que tu aimais tendrement. Le fait que Mac vous ait toujours caché ses écarts de conduite n'a pas arrangé les choses.

— A t'entendre, on dirait que tu parles d'un monstre !

— Non, mais Jesse mentait de façon pathologique, il utilisait les gens à son avantage. Je sais que mes paroles paraissent dures, mais Mac aurait mieux fait de vous tenir au courant plutôt que de vous cacher la vérité.

Une brise agréable rafraîchissait le visage de Trent. Il avait envie de croire ce que Bryn lui disait, mais cela lui paraissait trop dur à admettre. Comment croire qu'elle était désintéressée, alors qu'elle avait un jeune enfant à sa charge ? En outre, en six ans, elle avait eu largement le temps de construire une histoire susceptible de les émouvoir tous et d'ouvrir le carnet de chèques de Mac.

Il était persuadé que, même si Mac ne lui avait pas demandé de venir, elle aurait trouvé une raison de réapparaître au Crooked Ranch.

A cet instant précis, il regretta plus encore que d'habitude l'absence de ses frères. A eux trois, ils auraient été mieux à même de la percer à jour et de découvrir si elle était sincère ou pas.

Il s'autorisa à la regarder, à la regarder vraiment. On pouvait se perdre dans le bleu profond de ses yeux. Elle paraissait sincère, certes, mais lui qui connaissait son histoire n'arrivait pas à se persuader de son désintéressement.

Pourtant... malgré tout, il la désirait. Et cette faiblesse ne lui inspirait que mépris. Elle lui apparaissait aussi séduisante qu'un beau papillon qui volette dans le vent. Que se passerait-il s'il l'attrapait ? Quelles conséquences cela aurait-il ? Il risquait de la détruire, et de se détruire aussi. Sans parler du vieux Mac...

Il posa les mains sur son épaule. Elle respirait par à-coups. A chaque inspiration, sa poitrine se soulevait, comme pour lui offrir la tentation de ses seins, qu'il apercevait dans l'échancrure de la chemise entrouverte.

Elle plongea le regard dans le sien. Alors il l'allongea sur le plaid. Lentement. Très lentement. Elle ne lui opposa aucune résistance, sans cesser de le regarder.

Une vague de désir et d'exaltation s'empara de lui. Elle lui appartenait. Elle avait toujours été sienne. Le passé était oublié. Jesse n'avait jamais existé. Il n'y avait plus de place pour la méfiance. La mort elle-même avait disparu. Seul demeurait cet instant fragile suspendu dans le temps.

S'appuyant sur un coude, il suivit de sa main libre la courbe de la joue de Bryn, puis la ligne de son cou. Lorsque ses doigts rencontrèrent le premier bouton de la chemise, elle ne l'arrêta pas.

— Bryn…, dit-il dans un souffle, la voix rauque.

Elle lui passa les bras autour de la nuque.

— Embrasse-moi, Trent.

L'invitation était superflue. Rien au monde n'aurait pu l'arrêter. Ses lèvres trouvèrent celles de la jeune femme, pulpeuses, douces, gonflées. Mais lorsqu'elle lui répondit, il perdit complètement la tête.

Elle avait entrouvert la bouche et il y plongea, impatient de sentir sa douceur. Il était presque couché sur elle lorsqu'il libéra la chemise de la ceinture de son jean.

Puis il défit la fermeture de son pantalon, découvrant la peau si douce de son ventre. Sa main remonta jusqu'à rencontrer le soutien-gorge qu'il écarta pour prendre un sein dans sa main. Sa tête bourdonnait, sa vision était brouillée. Lorsqu'il sentit le mamelon se dresser entre ses doigts, il le pinça doucement. Elle laissa échapper un gémissement de volupté et s'arc-bouta contre lui.

Elle lui répondait de façon si intense que son envie d'elle devint presque douloureuse. Il la désirait comme un fou. Son corps était en feu. Il avait perdu tout contrôle de lui-même.

Maladroitement, elle entreprit de défaire la boucle de son ceinturon. Il n'en pouvait plus d'impatience. Lorsque enfin elle saisit son sexe dans sa petite main, il crut qu'il allait s'évanouir de volupté.

Quel genre d'homme était-il pour trahir ainsi la mémoire de son frère ? Pour faire passer son plaisir sexuel avant la loyauté envers sa famille ? Haletant, il chercha à reprendre le contrôle de lui-même. Son ardeur diminua et son estomac se serra. Elle était soit une sorcière pleine de sensualité, soit une menteuse qui utilisait sa beauté pour servir ses intérêts. Il n'allait tout de même pas tomber dans ce piège grossier !

Brusquement, il se releva, moite de transpiration. Elle le regarda sans comprendre, les joues en feu, une lueur de désespoir dans le regard. Puis, dignement, elle remit de l'ordre dans ses vêtements et boutonna sa chemise.

A son tour, elle se mit debout et lui fit face, de l'autre côté du plaid froissé.

— Il y a quelque chose que tu ne me dis pas, Trent. Quelque chose d'important. Tu n'es pas le genre d'homme à être délibérément cruel. Pourquoi avoir commencé à te laisser aller avec moi pour tout à coup te retirer comme si je mettais ta vie en danger ? Tu gardes un secret. Pour l'amour du ciel, Trent, qu'est-ce que tu me caches ?

Il répondit alors ce qu'il aurait dû lui dire dès le début. Les mots tombèrent de sa bouche comme autant de pierres dures et sèches.

— Le jour où Mac t'a mise dans l'avion pour le Minnesota, Jesse m'a avoué la vérité. Il m'a dit que tu étais souvent venue le retrouver dans sa chambre pour le supplier de faire l'amour avec toi afin de me rendre jaloux. Il n'a jamais accepté. Tu as couché avec l'un de ses amis jusqu'à ce que tu sois certaine d'être enceinte. Dès le début, tu avais prévu de dire que l'enfant était le sien.

Elle le regardait, pétrifiée.

— Cette histoire ne tient pas debout…, dit-elle avec difficulté.

— Et le pire, Bryn, c'est que ton plan a marché ! J'étais fou de toi. Si tu avais laissé Jesse tranquille, nous serions ensemble toi et moi, mais tu as fait en sorte que ce soit impossible. Tu as essayé de faire porter à Jesse la responsabilité de l'enfant d'un autre. Quel aplomb il faut pour imaginer une chose pareille !

Il s'arrêta un instant, à bout de souffle, puis reprit :

— Tu me dégoûtes !

Muette, figée sur place, elle le fixait, frappée de stupeur. Elle chancela, et, instinctivement, il avança la main pour la soutenir.

Elle recula d'un bond.

Il sentit un sursaut de honte l'ébranler. Il regrettait ce qu'il venait de dire. Pourquoi ne pas s'en être tenu à ce qui avait été sa décision première : éviter la jeune femme ? Cette précaution leur aurait évité ce moment fort désagréable.

Elle recula de nouveau, une main posée sur la bouche comme pour s'empêcher de crier.

Tout à coup, le pouls de Trent s'accéléra. Elle arrivait trop près du bord du précipice.

— Bryn !

Il l'attrapa par la main.

Il était temps, le rebord s'effritait sous son poids. Penchée en arrière, elle essaya vainement de retrouver son équilibre et poussa un grand cri. Il la rattrapa juste avant qu'elle ne tombe dans le vide.

4

En l'espace des quelques secondes qu'il lui avait fallu pour rattraper Bryn, Trent avait eu le temps d'entrevoir une douzaine de scénarios plus horribles les uns que les autres. Dieu soit loué, la chute n'avait pas eu lieu ! Rien en effet n'aurait pu la freiner, si ce n'était une petite excroissance rocheuse ici ou là, et quelques buissons épineux.

Il la retint solidement tandis qu'un soulagement intense gonflait sa poitrine.

— Espèce de folle ! Tu aurais pu te tuer ! A quoi est-ce que tu pensais ?

Elle était mortellement pâle. Et si elle était en train de faire un malaise ?

— Ça va ? Parle-moi, nom d'un chien !

La peur qu'il venait d'éprouver donnait un ton dur à sa voix, plus autoritaire qu'il ne l'aurait souhaité.

Elle vacilla encore une fois, puis une expression plus sereine apparut sur son visage.

— Tout va bien. Laisse-moi passer.

Puis, comme il ne bougeait pas, elle reprit d'une voix dure :

— Ôte-toi de mon chemin !

— Ne fais pas l'idiote, Bryn. Tu vois bien que tu es sur du terrain instable. Laisse-moi t'aider.

— Non.

Un seul mot. Trois lettres. Mais le ton véhément lui donna le sentiment de ne compter pour rien.

Malheureusement, la situation ne lui permettait pas de

prendre en compte ce genre de détails. Il ne perdit pas de temps à argumenter et souleva la jeune femme dans ses bras sans plus lui demander son avis. Sa réaction fut immédiate. Elle se mit à hurler et à se débattre de toutes ses forces.

— Bryn, arrête immédiatement ou nous allons tomber tous les deux ! dit-il, sur le ton sans appel qu'il employait parfois dans le cadre du travail.

La menace fit son effet. Instantanément, elle se mua en poupée de chiffon entre ses bras. Avec mille précautions, il recula, conscient que le moindre faux pas risquait de les faire tomber dans le précipice.

Lorsque enfin ils se trouvèrent tous les deux en sécurité, il la reposa sur la terre ferme, loin du danger.

— Partons, dit-il en ramassant leurs affaires. Nous avons assez traîné par ici.

Elle le regarda bien en face.

— Je rentrerai par mes propres moyens.

Puis elle fit demi-tour et commença à descendre le versant de la montagne pendant qu'il la regardait faire, bouche bée de surprise.

— Bryn ! hurla-t-il. Ne fais pas l'imbécile !

Il partit en courant derrière elle et la rattrapa bientôt. Il lui fit faire volte-face, s'attendant à découvrir un visage furieux et des yeux étincelants de colère. Il ne trouva rien de tout cela. Pour la première fois, son regard bleu sombre ne reflétait rien. Il était morne et terne. Presque mort.

— Tu es devenue débile tout d'un coup ? Où est-ce que tu crois aller comme ça ?

— Tu as l'intention de continuer à m'insulter longtemps ? demanda-t-elle, calme et hautaine.

D'une secousse, elle échappa à son emprise et reprit sa descente.

Ne sachant trop que faire, il se mit à marcher derrière elle et remarqua qu'elle boitait légèrement. Sans doute ne portait-elle pas les chaussures appropriées à ce genre d'équipée... Quelle femme têtue ! Il fallait mettre un terme à cette situation. Il la dépassa et s'arrêta brusquement devant elle. Puis il posa une main sur son épaule.

— Tu ne peux pas rentrer à pied au ranch. Il y a presque dix kilomètres à parcourir et tu as mal aux pieds.

Les yeux brillants, elle lança :

— Ça m'est complètement égal. Laisse-moi tranquille !

« Si seulement j'en étais capable… »

Finalement, alors qu'il ne l'espérait plus, elle accepta de le suivre. Sans un mot, bien entendu. Et sans le regarder.

Comme ils arrivaient près de la jeep, il sortit un mouchoir de sa poche.

— Tu as le visage plein de poussière… Faisons une trêve, Bryn. Je t'en prie ! Au moins pendant le trajet de retour.

Elle le laissa lui nettoyer le visage, dents serrées, yeux clos. Puis elle monta dans la voiture, boucla sa ceinture et riva les yeux sur le paysage. Elle savait ce que c'était que d'avoir le cœur brisé. Mais le choc qu'elle avait connu six ans plus tôt n'était qu'un pâle avant-goût de ce qui lui arrivait en ce moment. Elle se sentait plonger dans un désespoir total, un anéantissement complet de tout son être. Les mensonges de Jesse étaient encore pires que ce qu'elle avait redouté, ils avaient réussi à empoisonner complètement le cœur de Trent. Jamais elle ne réussirait à le convaincre de la vérité.

Pendant tout le temps du trajet, elle l'ignora. Finalement, il l'imita et cessa d'alimenter une conversation réduite à un monologue. Ce fut sans un mot qu'il la déposa devant la maison avant d'aller ranger la voiture dans le garage.

Elle aurait voulu monter dans sa chambre sans être remarquée, mais Mac l'aperçut comme elle passait devant la cuisine où il se préparait une tasse de café.

— Qu'est-ce qui t'est arrivé, Brynnie ? Tu ressembles à un épouvantail !

Le surnom affectueux fit battre son cœur. Allait-elle lui expliquer ? Et quoi ? Finalement, la tristesse qui menaçait de l'étouffer la fit parler.

— Trent croit que j'ai cherché à séduire Jesse par tous les moyens. Jamais il ne me pardonnera.

Sur ce, elle fondit en larmes.

Et tout à coup, elle s'écroula complètement. Elle avait mal partout, ses pieds étaient couverts d'ampoules, son cœur était à vif… Elle n'en pouvait plus.

Lorsque Mac la prit paternellement dans ses bras, elle posa la tête sur son épaule et se laissa aller à sangloter. Ce moment d'abandon lui faisait cruellement ressentir combien les conseils et l'affection du vieil homme lui avaient manqué ces dernières années.

Il la berça un long moment, puis, quand elle fut un peu calmée, il l'entraîna dans son bureau et l'invita à prendre place à côté d'elle sur le grand canapé en cuir brun.

— Allons, Brynnie… Raconte-moi. Qu'est-ce qui ne va pas ?

Elle fit un effort pour sourire.

— Rien de grave. J'ai seulement besoin de prendre une bonne douche et de changer de vêtements.

Puis, se ravisant, elle se mordit la lèvre avant de poursuivre :

— Il nous faudra tirer un certain nombre de choses au clair, Mac. Je ne veux pas rester trop longtemps loin d'Allen. Vous vous remettez tout à fait comme prévu. Bien sûr, il vous faudra beaucoup de temps pour surmonter votre peine mais, physiquement, vous êtes bien maintenant. Avec encore un peu de repos et une bonne nourriture, vous allez très vite redevenir vous-même. Par contre, moi, je ne peux pas rester ici en même temps que Trent. C'est une situation insupportable.

Mac se laissa aller contre le dossier du canapé.

— Je suis ici chez moi, et j'invite qui je veux.

Elle secoua la tête, malheureuse devant son incompréhension.

— Vous n'imaginez pas ce qu'il pense de moi !

— Il a tort.

Son cœur sauta un battement. Mac la croyait-il enfin ? Après tout ce temps ?

Il se passa la main dans ses cheveux gris.

— Je me suis douté assez vite après ton départ que j'avais

commis une erreur. Mais si je t'avais demandé de revenir au ranch pour épouser Jesse, je n'aurais fait qu'aggraver les choses. Tu méritais beaucoup mieux. Quant à Jesse… qui sait ce qu'il méritait… ?

— Avez-vous jamais parlé de moi avec Jesse ?

Il haussa les épaules.

— Pas clairement, mais il savait que je doutais de sa version des choses.

— Vous ne lui avez jamais demandé s'il avait menti ?

Il ne répondit rien. Il paraissait fatigué tout à coup. Son teint était devenu gris, son regard terne.

En voyant cette métamorphose, elle fit passer ses propres sentiments au second plan. Elle était venue au ranch pour l'aider et non pour augmenter ses soucis. Gentiment, elle le prit par la main.

— Peu importe… Je peux attendre encore un peu pour parler de tout cela. Venez faire votre sieste.

Il se laissa guider jusqu'à sa chambre, mais il paraissait agité et inquiet.

— Ne pars pas, Brynnie. Jure-moi que tu vas rester ici.

Elle l'aida à s'allonger dans son lit, puis le borda avec la couverture légère et chaude qu'elle avait choisie pour lui quelques jours plus tôt.

— A chaque jour suffit sa peine, Mac. Pour l'instant, tenons-nous-en à cela.

Après avoir installé Mac pour sa sieste, Bryn se retira dans sa chambre. Elle ne voulait surtout pas courir le risque de rencontrer Trent. Il était persuadé qu'elle avait manœuvré afin de séduire Jesse, et l'idée lui était trop atroce.

Un coup de fil à Beverley était ce qui l'apaiserait le plus.

— Ma chérie… qu'est-ce qui se passe ? demanda aussitôt cette dernière, alertée par la voix altérée de sa nièce.

— Eh bien… Mac me paraît s'être un peu adouci. Je pense qu'il sait qu'Allen est son petit-fils, mais je n'ai pas abordé la question du test de paternité. Il est encore bien fragile. Quant à Trent, il ne me fait pas la moindre confiance et ne cherche pas à dissimuler son hostilité.

— Tu crois qu'il aimerait que le test prouve que tu mens ?

— Il pense surtout que je veux manipuler Mac pour l'amener à modifier son testament.

— Mac ne m'a jamais donné l'impression d'être un homme faible, dit Beverley.

— C'est vrai, mais son alerte cardiaque l'a beaucoup fragilisé.

— Ecoute, ma chérie, ne bouscule rien. Fais confiance au temps. Je suis sûre que tout finira par s'arranger.

— Je l'espère, tatie. Mais il y a autre chose encore.

— Quoi donc ?

— J'ai trouvé des lettres.

— Des lettres de qui ?

— D'Etta Sinclair à Jesse.

— Et que disent-elles d'intéressant ?

— Elles laissent entendre que Jesse n'est pas le fils de Mac.

Ce soir-là, le dîner fut extrêmement pénible. Mac s'appliquait tellement à animer la conversation que Trent finit par lui jeter des regards suspicieux, mais sans jamais regarder Bryn.

Une fois la dernière bouchée de tarte aux pommes avalée, Mac mit fin à ses efforts et fixa Trent droit dans les yeux.

— Bryn m'a dit qu'elle souhaitait repartir chez elle. J'imagine que tu n'es pas pour rien dans cette décision.

Trent adopta un ton provocant.

— Bryn connaît le chemin. Personne ne l'empêche de faire ce qu'elle veut.

Puis, pour la première fois de la soirée, il se tourna vers elle.

— J'espère que tu ne me reproches pas de protéger mon père ?

Mac répliqua, hérissé de colère :

— Je n'ai pas perdu l'esprit, que je sache ! Tu penses réellement que je suis faible au point de me laisser manipuler par un chantage affectif ?

Cet échange mettait Bryn profondément mal à l'aise, d'autant plus que Mac les tenait tous les deux sous son regard perspicace. Elle se revit sur le sommet de la montagne avec Trent, elle se rappela sa main chaude sur son sein, ses lèvres brûlantes sur les siennes…

— Je ne suis une menace ni pour toi, Trent, ni pour ton père. Il serait temps que tu le comprennes.

Le souvenir de ce qui avait failli se passer entre eux rendait sa voix rauque et la vidait de toutes ses forces. Le passé et le présent s'étaient rejoints un instant, un instant magique, qui, hélas, n'avait pas duré.

La confession de Trent, « je te désirais tant… », avait jailli de sa bouche malgré le peu d'estime en laquelle il la tenait. Quant à elle, malgré l'antipathie qu'il lui manifestait, elle ne pouvait s'empêcher de le désirer. Question de sexe, purement et simplement. Car si elle avait le moindre bon sens, comment pourrait-elle souhaiter avoir une relation amoureuse avec un homme qui la méprisait autant ?

Toutes ces réflexions lui donnaient le tournis, elle n'en pouvait plus de les agiter dans sa tête. Autant abandonner…

Elle se leva.

— Mac, je vous prie de m'excuser, je me sens très fatiguée, j'ai besoin de me reposer.

Elle regagna sa chambre et se mit immédiatement au lit.

Plus tard dans la soirée, Trent s'installa de nouveau devant l'ordinateur afin de consulter les comptes du ranch. L'évidence s'imposait à lui dans toute sa clarté, il ne pouvait plus l'ignorer : Jesse avait détourné de l'argent du ranch à son profit. Autrement dit, il avait volé son propre père.

Cela le plongea dans un tel malaise qu'il en eut la nausée. Pourquoi Jesse s'était-il comporté ainsi ? Mac lui aurait donné tout ce qu'il voulait ! Il adorait son dernier-né et ne savait rien lui refuser, ce n'était pas la peine de le voler. Comment Jesse avait-il pu ne pas s'en être rendu compte ?

Mort causée par une overdose d'héroïne.

Le rapport de police n'était pas falsifié. Jesse avait pris de la drogue. Au moins une fois. Le petit frère qu'il gardait dans son souvenir n'aurait jamais fait une chose pareille. Bryn avait raison. Il n'avait guère vu Jesse au cours des dernières années. Parce que sa carrière le retenait au loin, certes, mais aussi parce que le ranch lui ramenait trop de souvenirs de Bryn. Et en particulier, le fait qu'elle avait couché avec son frère. Ou menti. Ou les deux…

Il referma l'ordinateur avec un grognement désabusé. Si elle disait la vérité à propos de l'addiction de Jesse, cela signifiait que lui-même connaissait bien mal son frère. Si elle mentait, pourquoi Jesse serait-il mort d'une overdose ? Aucun des deux cas de figure n'était acceptable.

Selon Bryn, Mac avait protégé Jesse au point de dissimuler sa mauvaise conduite à ses aînés. Quelles raisons auraient pu amener leur père à faire une chose pareille ? Etait-ce pour tenter de compenser le fait qu'Etta avait abandonné Jesse alors qu'il était encore si jeune et vulnérable ?

Incapable de trouver une réponse à ces questions, Trent se leva et quitta le bureau sans faire de bruit. La porte de la chambre de son père était ouverte. Il entendit un ronflement tranquille et rassurant en sortir. Comme les autres soirs, Mac était parti pour une bonne nuit de sommeil.

Il continua donc à avancer dans le couloir et s'arrêta devant la porte de Bryn. Une lueur filtrait sous le bas de la porte.

Après tout, il n'était pas si tard que cela…

5

La surprise que Bryn éprouva en l'apercevant sur le pas de sa porte se lut clairement sur son visage, mais Trent n'en fit pas cas.

— Il faut que je te parle.

Il referma derrière lui et s'avança dans la pièce.

Posée sur le lit, il aperçut la robe de chambre de la jeune femme. C'était une petite chose en dentelle d'un beige crémeux dont il détourna les yeux le plus vite possible pour fixer Bryn, qui était encore habillée.

— Il faut que je parte demain matin, dit-il.

— Déjà ?

— Pour peu de temps seulement. Je dois me rendre à Denver pour un rendez-vous important que je ne peux pas gérer de loin. Je ne serai pas absent plus de vingt-quatre heures.

— Je veillerai sur Mac, tu peux être tranquille, dit-elle d'une voix tranquille. En dépit de ce que tu crois, j'éprouve beaucoup d'affection pour lui.

— Bien qu'il t'ait obligée à quitter le ranch ?

— J'essaie d'oublier le passé, je te l'ai dit.

— C'est un luxe que certains ont bien du mal à s'offrir…, dit-il en s'avançant vers le lit.

Elle était pieds nus, le visage dépourvu de tout maquillage. Jeune, vulnérable, sincère. En tout cas, en apparence.

— Tu peux me faire confiance, Trent.

Il la regarda de nouveau.

Oui, elle était sincère. Et désirable… Terriblement désirable, son corps le lui rappelait violemment. Mais comment faire confiance à ce qu'elle lui disait quand le désir qu'il avait d'elle venait brouiller son jugement ?

Il secoua la tête, mais cela ne lui suffit pas pour s'éclaircir les idées. Elle lui paraissait plus séduisante de minute en minute. Sans qu'il l'ait décidé, ses pieds le portèrent près d'elle.

Quand il la prit dans ses bras, il la sentit se raidir pour lui résister.

— Je ne joue pas à ce jeu-là avec toi, Trent.

— Ce n'est pas un jeu.

Et il l'embrassa. Il n'avait plus la force de se retenir. S'il avait résisté, quelque chose en lui serait mort sans doute.

Elle était tout ce qu'il désirait depuis toujours. Ses lèvres étaient douces et parfumées. A leur contact, le passé et le présent se rejoignaient en un mélange complexe et inextricable.

En posant la tête contre son épaule, elle sentit ses repères vaciller, puis disparaître totalement. Sans réfléchir, elle lui passa les bras autour de la taille pendant qu'il glissait une main sous son chemisier et commençait à caresser son dos.

Au bout d'un moment, il lui souleva le menton et leurs regards se rencontrèrent. Celui de Trent était avide, et celui de Bryn plein d'une appréhension qu'il voulait faire disparaître. Il ne fallait pas qu'elle s'inquiète. Ce qui les réunissait, ce qui les avait toujours attirés l'un vers l'autre, c'était une violente attraction sexuelle, rien de plus. Inutile d'en faire un roman. Inutile surtout d'en faire un sujet d'inquiétude.

Lentement, pour lui laisser le temps de protester et d'échapper à son étreinte si elle le souhaitait, il rapprocha son visage. Leurs lèvres se rencontrèrent, parfaitement synchronisées.

Leurs bouches pressées l'une contre l'autre leur procurèrent aussitôt un plaisir intense qui leur fit battre le cœur plus vite à tous deux. Ce qui leur était arrivé dans la montagne n'avait fait qu'accroître le désir de Trent. Jusqu'où accepterait-elle d'aller ? Il voulait le savoir. Il avait envie d'elle.

Il eut bientôt la réponse à sa question. Enflammés l'un et l'autre par leur interminable baiser, ils envoyèrent leurs vêtements voltiger dans la pièce. Leurs peaux nues brûlaient de passion, leurs voix étaient rauques de désir. Mais, cette fois, ce fut elle qui mit une halte à leurs ébats. Pâle mais calme, elle se releva du lit où il l'avait allongée et enfila sa robe de chambre.

— J'ai envie de faire l'amour avec toi, Trent. Mais pas dans les conditions actuelles. Pas tant que la confiance ne règne pas entre nous.

Avant qu'il n'ait pu imaginer une réponse, la sonnerie stridente de l'alarme à incendie se mit à retentir.

La pensée de son père le ramena à la réalité. A son tour, il sauta du lit et enfila son jean.

— Nous reprendrons cette conversation, Bryn…

Passer de l'excitation sexuelle à la peur de façon aussi brutale était bouleversant. Pourtant, Bryn descendit en hâte dans la cuisine où elle retrouva Trent et Mac. Trent jurait comme un charretier et Mac contemplait, désolé, une poêle contenant ce qui aurait dû être une omelette.

Trent grimpa sur un tabouret pour arrêter l'alarme. Puis, dans le silence inconfortable qui s'ensuivit, ils se contemplèrent tous les trois.

Alors qu'elle s'était attendue à une tragédie, Bryn trouva la situation si comique qu'elle éclata de rire.

Trent lui jeta un regard furieux qui eut pour effet de déclencher le fou rire de Mac.

Quelques secondes plus tard, ils riaient tous les trois de soulagement.

Trent fut le premier à retrouver le contrôle de lui-même.

— Pour l'amour du ciel, Pa, qu'est-ce que tu faisais ici ? Je croyais que tu dormais !

Mac eut un air gêné.

— Oui, je dormais. Mais la faim m'a réveillé, alors je suis venu me faire une petite omelette avec beaucoup de beurre et…

Il se remit à rire en contemplant le charbon qui restait dans la poêle.

— Je serais venue vous aider, Mac, dit Bryn d'une voix douce. Depuis quand faites-vous la cuisine vous-même ?

— Depuis jamais… voilà pourquoi j'ai mis le feu.

Il passa la main dans ses mèches de cheveux gris.

— Enfin, ce n'est pas réellement un feu, n'est-ce pas ? Je me suis juste absenté deux minutes pour aller aux toilettes et quand je suis revenu…

Elle attrapa la poêle qu'elle posa dans l'évier pour la laisser refroidir.

— En voilà une qui partira directement à la poubelle !

Trent commençait à sentir la migraine le gagner. Il regarda Mac et Bryn.

— Je n'ai pas très envie de vous laisser seuls ici tous les deux ! Promettez-moi de ne pas faire de bêtises pendant mon absence.

— Sois tranquille, Trent, je veillerai sur ton père nuit et jour.

Puis elle prit gentiment Mac par le bras.

— Tant pis pour l'omelette ! Je crois qu'il vaut mieux que tout le monde aille dormir.

Evidemment, il était hors de question que Trent réitère sa tentative de séduction, tout au moins pour l'instant. Mais une fois que Mac eut regagné son lit, ils se retrouvèrent face à face dans le couloir, aussi gênés l'un que l'autre, et elle en profita pour disparaître dans sa chambre sans engager la conversation.

Elle referma la porte derrière elle et poussa un soupir de soulagement. Après tout, c'était peut-être mieux ainsi. Elle ne comprenait pas le comportement de Trent. Tant qu'elle n'y verrait pas plus clair, mieux valait qu'elle se protège.

Sans doute à cause des émotions de la veille, elle dormit plus tard qu'elle ne l'aurait souhaité et fut éveillée par le bruit d'un moteur de voiture qui s'éloignait. Trent venait de partir. Déjà, la maison lui paraissait vide. Il était une force avec laquelle il fallait compter à chaque instant. Sans lui, tout paraissait vide et plat.

Afin d'éviter d'analyser plus en détail cette curieuse impression, elle se leva et descendit dans la cuisine où Mac la rejoignit bientôt, plein d'énergie et de bonne humeur, alors qu'elle avait les idées embrouillées et manquait totalement d'entrain.

Malgré tout, elle lui prépara une omelette et des toasts qu'il dévora avec entrain, sans doute pour compenser ce qu'il n'avait pu déguster pendant la nuit.

— Avant que Trent ne s'en aille ce matin, je lui ai demandé de ne plus t'ennuyer, dit-il. Je veux te garder ici encore quelque temps.

Elle se sentit rougir.

— Oui, dit-il, je lui ai fait promettre de n'ouvrir la bouche que pour te dire des choses agréables.

Elle eut bien du mal à retenir un sourire amer. Voilà qui ne serait pas facile ! Il n'était pas au courant de ce qui s'était passé entre eux la veille au soir.

— Ne vous inquiétez pas, Mac. Je suis capable d'affronter Trent si c'est nécessaire. Mais il faut que nous ayons une conversation tous les deux.

Mac fronça ses sourcils broussailleux.

— Voilà qui ne me paraît pas de bon augure…

Pressée d'en venir au point qui la préoccupait, elle ne s'attarda pas à cette réflexion.

— Est-ce que vous pensez que les problèmes de Jesse ont quelque chose à voir avec l'abandon de sa mère ?

— Qu'est-ce que tu veux dire ?

— Jesse était très jeune quand Etta est partie. Parfois les enfants ont des séquelles liées à ce genre d'abandon.

Un afflux de sang au visage le fit rougir et il répondit aussitôt :

— Tout cela est bien vieux. Je ne vois pas comment on pourrait tenir pour responsable une femme qui n'a plus donné signe de vie depuis plus de vingt ans !

— Elle a peut-être essayé d'entrer en contact avec Jesse ?

Mac était-il au courant des lettres qu'elle avait trouvées ?

— Oublie la mère de Jesse, dit-il, je ne veux plus jamais en entendre parler.

Le changement de physionomie du vieil homme était impressionnant. Quelques instants plus tôt, il était l'image même de la santé et de la bonne humeur. Et maintenant…

Il se leva si brusquement qu'il faillit renverser sa chaise.

— Jesse est mort. Rien ne me le rendra. Point final.

— Pardon, Mac. Je ne reviendrai plus sur le sujet. Tout va bien, ne vous inquiétez pas !

Mais tout n'allait pas bien, loin de là.

Elle vit le vieil homme pâlir, blêmir, vaciller, et s'effondrer de tout son poids.

6

En cet instant de détresse abominable, Bryn eut la chance de pouvoir tout de suite entrer en contact avec l'hôpital qui envoya un hélicoptère chercher le malade en urgence.

Par contre, ce fut plus compliqué de joindre Trent qu'elle devait déranger en plein milieu de son rendez-vous important. Elle le fit malgré la culpabilité qu'elle ressentait, estimant que les circonstances ne lui laissaient pas le choix.

Puis elle se rendit à l'hôpital au volant de sa voiture et attendit qu'on vienne lui donner des nouvelles. Mac était encore en salle de réanimation lorsque Trent arriva, complètement bouleversé.

— Que s'est-il passé ? Je ne comprends pas ! Nous avons bu le café ensemble ce matin et il était tout à fait bien. Quelque chose l'a contrarié ?

Elle se sentit devenir livide, mais son honnêteté foncière lui dicta sa réponse.

— Mac a eu un malaise après que je l'ai questionné à propos de la mère de Jesse.

— Evidemment ! dit-il. Tu voulais le tuer ? Tu as vécu assez longtemps chez nous pour savoir qu'Etta est un sujet de conversation tabou dans notre famille. Ma parole, Bryn, tu penses à quoi ?

Elle se sentait d'autant plus mal qu'effectivement elle savait qu'il avait raison. Elle n'aurait jamais dû aborder une question aussi épineuse tant que Mac n'était pas complètement remis.

— Je suis désolée, Trent. Je voulais seulement connaître la vérité. Il y a trop de secrets dans ta famille.

Tout en lui parlant, elle le regardait et ne reconnaissait pas l'homme qui l'avait tenue dans ses bras quelques heures plus tôt. Comme il était venu tout droit de sa réunion de travail, il portait un costume sombre sans aucun doute taillé sur mesure, des chaussures italiennes et une montre de marque qui avait dû coûter plusieurs semestres de son salaire de serveuse.

Quand ils se rencontraient au ranch, elle pouvait penser qu'il était un homme comme les autres. Aujourd'hui, il lui apparaissait comme appartenant à un autre monde que le sien. Un monde où l'argent et le pouvoir creusaient un gouffre entre eux deux.

Elle l'observa pendant qu'il faisait les cent pas dans la salle d'attente. On aurait dit un lion en cage. Elle au contraire ne tenait plus sur ses jambes. L'attente devenait insupportable. Que leur arriverait-il à tous si Mac mourait ? Jamais Trent ne le lui pardonnerait. Pas plus qu'il n'admettrait qu'Allen avait droit à sa part d'héritage. Si c'était bien le cas toutefois, étant donné le doute qui planait désormais sur les liens de parenté unissant Mac et Jesse…

« Mon Dieu, faites que Mac aille bien… »

Lorsqu'un jeune médecin fit son apparition, elle bondit sur ses pieds, mais Trent fut encore plus rapide qu'elle.

— Comment va mon père ? C'est le cœur encore une fois ?

Le médecin secoua la tête.

— Non, il s'agit seulement d'une crise d'angoisse. Il va très bien. Simplement, quand il a senti que son pouls s'accélérait, il s'est affolé, ce qui a induit une situation de panique, éprouvante certes, mais qui n'a jamais mis sa vie en danger.

Trent et Bryn poussèrent ensemble un soupir de soulagement.

— Avez-vous une idée de ce qui a pu provoquer cet épisode ? demanda le médecin.

Elle prit une profonde inspiration, sans pour autant réussir à apaiser le tremblement qui l'agitait.

— Je lui ai posé une question à propos de son épouse, qui a quitté le foyer il y a dix-huit ans. Je ne pensais pas qu'il s'agissait encore d'un point aussi sensible chez lui.

Elle s'interrompit, si émue qu'elle était sur le point de suffoquer.

— Pensez-vous que ce malaise va lui laisser des séquelles ? demanda Trent.

— Aucune. Je vais garder votre père en observation cette nuit, mais c'est uniquement par précaution. M. Sinclair est un homme âgé, certes, mais de constitution robuste. Il a encore bien des années devant lui.

Le soulagement de Trent et de Bryn se fit encore plus apparent.

— Si vous voulez lui rendre visite, dit le médecin, il est en chambre 312.

Sur ce, il leur adressa un signe de tête et s'éloigna.

Comme elle s'apprêtait à se diriger vers la chambre de Mac, Trent la figea sur place d'un regard.

— Toi, tu restes ici ! Je ne veux pas lui faire courir le risque d'un nouveau malaise.

— Mais le médecin a dit que…

— Non.

La réponse était implacable. Elle le laissa donc prendre l'ascenseur tout seul, puis prit le suivant et attendit dans le hall, devant la chambre de Mac. De là, elle entendit sa voix, qui, heureusement, lui parut tout à fait normale.

Lorsque la voix de Trent, affectueuse et tendre, résonna à son tour, elle faillit fondre en larmes.

— Je vais rester avec toi cette nuit, Pa. Le médecin a dit qu'il te laisserait sortir dès demain matin. Tu as passé tous les tests brillamment et rien ne justifie que tu fasses un séjour ici.

— Est-ce que tu sais ce qui a causé mon malaise ? demanda la voix rocailleuse de Mac.

— Oui.

— C'est Bryn qui te l'a dit ?

— Oui.

— Où est-elle ?

— Je n'ai pas voulu qu'elle vienne.

— Oh, arrête tes bêtises, Trent ! Elle n'est absolument pour rien là-dedans.

— Bien sûr que si. Si c'est tous les bons soins qu'elle est

capable de te donner, nous ferions aussi bien d'engager la première venue !

— Tu sais bien que je n'ai plus besoin de personne pour veiller sur moi.

— Alors renvoie-la chez elle !

Mac eut un petit rire amer.

— Ça te ferait plaisir, n'est-ce pas ? Eh bien je suis désolé, mais il va falloir que tu affrontes la réalité. Je suis pratiquement sûr que Jesse nous a menti.

La voix de Trent se fit glaciale.

— Dans ce cas, il faut faire faire un test. Nous serons fixés une bonne fois pour toutes.

A ce moment-là, alors qu'elle tendait l'oreille pour entendre la réponse de Mac, une infirmière passa dans le couloir, la bousculant involontairement avant d'entrer dans la chambre de Mac.

Elle ne saurait jamais ce que Mac avait répondu...

Comme personne ne l'invitait à entrer, elle griffonna un mot à l'intention de Trent et le laissa à une infirmière pour qu'il lui soit remis quand il quitterait son père.

Une fois dehors, l'air frais lui fit un bien immense. Son manque de jugement la stupéfiait. Pourquoi n'avait-elle pas su tenir sa langue ? Hélas, les reproches et la culpabilité ne servaient à rien. Mieux valait qu'elle aille se reposer pour être capable de se rendre utile le cas échéant.

Elle s'installa donc dans le petit hôtel proche de l'hôpital, comme elle l'avait indiqué à Trent dans son message. « S'installer » était d'ailleurs un bien grand mot car elle avait quitté le ranch si rapidement qu'elle n'avait ni nécessaire de toilette ni linge de nuit. Après un long coup de fil à sa tante et à Allen, elle regarda les lits jumeaux qui meublaient la chambre et, une fois débarrassée de ses vêtements, elle se glissa dans le plus proche. Elle le trouva doux, accueillant. Au bout de quelques secondes, elle dormait déjà profondément.

Trent sortit dans le couloir pendant que l'infirmière faisait la toilette de son père. Mac était totalement redevenu lui-même, c'est-à-dire qu'il donnait des ordres à tout le monde et trouvait à redire à tout. Mais ce comportement réjouissait Trent qui avait eu très peur.

Maintenant qu'il avait un peu repris ses esprits, il estimait devoir des excuses à Bryn. L'émotion et l'inquiétude l'avaient amené à la traiter durement alors qu'elle ne le méritait pas. Où était-elle maintenant ? Etait-elle rentrée au ranch ?

Une infirmière s'avança vers lui et lui remit un papier plié en quatre.

Je suis à l'hôtel du coin de la rue. Bryn.

Le médecin arriva pour effectuer une nouvelle visite.

— Je vais administrer un léger sédatif à votre père pour lui permettre de bien se reposer cet après-midi. Pourquoi ne sortiriez-vous pas manger quelque chose ? Vous pourriez revenir vers 16 heures, quand il s'éveillera. Je vous promets qu'il n'y a pas d'inquiétude à avoir.

Trent retourna bavarder encore quelques instants avec Mac, mais le traitement placé dans la perfusion commença rapidement à faire effet. En voyant les paupières de son père s'alourdir, Trent remonta les couvertures sur lui et sortit.

Quelques instants plus tard, il arriva à l'hôtel où Bryn se reposait. Dans une petite ville comme Jackson Hole, tout le monde se connaissait plus ou moins. La jeune femme qui se tenait à l'accueil était une de ses anciennes camarades de classe.

— Salut, Janine. Bryn s'est installée ici tout à l'heure, n'est-ce pas ?

— Oui, en effet.

— Elle t'a dit que mon père venait d'être hospitalisé ?

— Oui. La pauvre, elle était très fatiguée. Et tu n'es pas bien brillant toi non plus !

Il haussa les épaules.

— Nous allons nous relayer tous les deux auprès de mon père. Si tu veux bien me donner une clé de la chambre, cela m'évitera de déranger Bryn.

Il se dirigea vers la chambre que Janine lui avait indiquée et ouvrit la porte. Les rideaux étaient tirés et dans la pénombre, sur l'un des deux lits, il aperçut Bryn, profondément endormie. Ce spectacle suffit à déclencher son désir. Il avait envie d'elle, une fois de plus… Oui, même si elle avait menti, il la voulait. Il voulait lui faire l'amour. Et il le ferait ! Mais cela arriverait seulement quand il maîtriserait la situation. Quand il serait sûr de ne pas se laisser emporter plus loin qu'il ne le souhaitait.

Pestant contre l'ambivalence de ses émotions, il retira ses chaussures et s'écroula sur le lit voisin de celui de Bryn.

Une bonne odeur de pizza aux poivrons réveilla la jeune femme, qui se rendit compte qu'elle mourait de faim.

La voix grave de Trent, qu'elle aurait reconnue entre toutes, lui fit ouvrir les yeux de surprise.

— Le médecin a dit que nous n'avions pas besoin de retourner auprès de Mac avant 16 heures. Ça te laisse largement le temps de manger la moitié de la pizza que j'ai apportée.

Encore mal réveillée, elle remonta soigneusement le drap sur sa poitrine, puis écarta les mèches de cheveux qui retombaient devant ses yeux. Elle remarqua alors que le lit voisin avait été ouvert, Trent était lui aussi venu se reposer. Dire que quelques heures auparavant, elle était dans ses bras, prête à tout, et qu'en ce moment elle osait à peine le regarder…

Elle avait tellement faim que la tête lui tournait. Elle n'avait pas eu le temps de manger avant le malaise de Mac. Son estomac était vide depuis la veille au soir.

— Ferme les yeux, dit-elle.

— Non.

La réponse la surprit. Elle le regarda plus attentivement. Lui aussi avait les yeux cernés, mais il ne paraissait plus en colère.

— Dans ce cas, passe-moi mes vêtements.

— Pas question !

Cette fois, un sourire accompagnait le refus.

Elle croisa les bras sur la poitrine, peu disposée à se lancer dans un affrontement.

— Si tu étais un gentleman, tu aurais pris une chambre pour toi tout seul. Pourquoi es-tu ici alors que tu es assez riche pour acheter l'hôtel tout entier ?

— Parce que c'est là que tu te trouves !

Il baissa les yeux, comme s'il était lui-même surpris par sa spontanéité.

— Je te dois des excuses, Bryn. Je me suis laissé emporter ce matin, mais tu sais… j'ai mauvais caractère. Si mon père a eu un malaise, ce n'est pas ta faute. Il est fragile encore et n'importe qui aurait pu commettre une maladresse qui l'affecte tout autant. Ce qui est sûr, c'est que je te suis reconnaissant d'avoir réagi si vite et pris les mesures qui s'imposaient. S'il te plaît, pardonne-moi de m'être mis en colère contre toi.

Elle aurait dû être soulagée, d'autant qu'elle le sentait spontané et parfaitement sincère, mais il n'en fut rien. Au contraire, il lui semblait qu'elle ne méritait pas cette absolution.

— Non, Trent, ce qui est arrivé est entièrement ma faute. Jamais je n'aurais dû mentionner Etta.

Il la dévisagea.

— Je peux savoir pourquoi tu as eu envie de parler d'elle ?

Il n'était pas question qu'elle mentionne les lettres qu'elle avait trouvées. Bien sûr, elle avait l'intention de les lui montrer, mais pas tout de suite. Mieux valait donner une raison d'ordre général.

— Je cherchais à savoir si les problèmes de Jesse n'étaient pas liés à cet abandon. Pourtant, Gage, Sloan et toi avez bien réussi dans la vie.

— Oui, mais nous étions plus âgés quand notre mère nous a quittés. Nous ne l'avons jamais idéalisée et nous n'avons jamais non plus fantasmé sur son retour, comme l'a fait Jesse.

— Tu n'avais que onze ans, Trent. A cet âge-là, un enfant a encore besoin de sa mère.

Il haussa les épaules.

— Nous nous sommes raccrochés à notre père. Si Etta se souciait si peu de sa famille qu'elle pouvait nous quitter sur un coup de tête, nous n'avions pas plus besoin d'elle qu'elle n'avait besoin de nous.

Elle fut frappée par le fait qu'il n'utilisait pas le mot « mère » pour parler d'Etta et préférait utiliser son prénom, exactement comme si elle était une étrangère pour lui.

— Jesse n'a peut-être pas réagi comme vous…

— C'est vrai. Il n'avait que six ans et il a eu une réaction beaucoup plus violente. Pendant des mois, il a fait des cauchemars toutes les nuits, à tel point que nous prenions des tours pour dormir avec lui pour pouvoir le calmer aussi vite que possible. De nous trois, c'est Gage qu'il préférait parce qu'il savait lui raconter des histoires qui se passaient dans tous les coins du monde. Il lui parlait aussi des aventures qu'ils vivraient ensemble quand ils seraient grands tous les deux. Jesse adorait ça.

— Il a mis combien de temps avant d'accepter que sa mère soit partie ?

— Je ne suis pas sûr qu'il y soit jamais parvenu… Je pense qu'en grandissant il a appris à cacher sa peine pour faire croire qu'il n'avait pas besoin d'elle pour être heureux.

Ce qui était complètement faux… Il avait un énorme besoin d'elle et lorsque, à l'adolescence, Etta s'était réintroduite dans sa vie, il en était pratiquement devenu fou.

Le besoin que Bryn ressentait de tout dire à Trent devenait de plus en plus fort, mais la possibilité que Jesse ne soit pas un Sinclair la plongeait dans l'incertitude quant à ce qu'elle devait faire. Il n'y avait aucune raison pour qu'il croie qu'Allen était le fils de Jesse si elle n'en apportait pas la preuve. Elle avait donc le devoir de le prouver, car qu'arriverait-il à Allen si elle disparaissait ? Beverley n'était pas toute jeune et ne serait pas toujours là pour prendre soin de lui… Pendant six années, elle avait été persuadée qu'Allen était un Sinclair, et qu'à ce titre il hériterait d'une partie de la fortune de cette riche famille, suffisamment en tout cas pour être à l'abri du besoin. Il fallait que la vérité éclate, ce serait mieux pour tout le monde.

Une fois encore, elle jeta un coup d'œil sur son jean posé sur une chaise à l'autre bout de la chambre.

Les bras croisés, il la regardait, l'œil moqueur.

— Tu ne crois pas que tu es un peu ridicule ? Je t'ai déjà vue toute nue !

Elle rougit violemment.

— C'était différent.

— Ah oui ? En quoi donc ?

— J'en avais envie à ce moment-là.

— Et moi, j'en ai envie en ce moment-ci !

Sa plaisanterie dénoua le nœud qu'elle avait dans la gorge. Pourtant, elle ne souhaitait pas qu'il décide seul de ce qu'ils feraient ou ne feraient pas.

— Trent, l'heure tourne, il ne faut pas nous mettre en retard.

— Nous avons tout le temps qu'il faut…

Il lui tendit le carton de pizza.

— Mais il ne sera pas dit que j'aurai cherché à te séduire alors que tu mourais de faim.

— Pas question de me séduire. Nous devons aller voir Mac.

Il jeta un coup d'œil à sa montre.

— Il n'est que 14 h 30. Je peux faire plein de choses en une heure et demie ! Tu veux que je te montre ?

Leurs regards se rencontrèrent et ce fut comme si la pièce se vidait de son oxygène. Au souvenir des scènes torrides qu'elle avait maintes fois imaginées seule dans sa chambre, elle se mit à trembler d'impatience. Cette fois, en prime, il y avait le parfum de Trent et la chaleur de sa peau.

Elle lâcha le morceau de pizza qui tomba dans la boîte en carton avec un bruit sourd. Il s'empara de la boîte et la jeta dans la poubelle. Puis il s'assit sur le lit à côté d'elle et enroula une mèche de cheveux autour de ses doigts.

— Nous finirons bien par tout comprendre, Bryn, tu verras.

— Je ne sais pas…

L'idée qu'elle lui cachait quelque chose la gênait.

En la voyant de nouveau indécise, il posa les lèvres dans son cou.

— Arrête de réfléchir, Bryn ! Laisse-toi aller… Profite de l'instant présent, le reste ne compte pas.

Hésitantes, leurs lèvres se rencontrèrent enfin. Et une évidence s'imposa à elle. Trent Sinclair était peut-être dur et intraitable en affaires mais, sous l'assurance, voire l'arrogance, qu'il affichait il cachait une sensibilité pleine de passion.

Elle lui embrassa le menton, le nez, les paupières.

— Nous devrions être à l'hôpital, Trent.

— Mais non ! Pa fait sa sieste, le médecin me l'a garanti. Oublie ta montre et laisse-moi t'aimer.

Quand il lui caressa le dos, sa résistance fondit instantanément. Pourtant, lorsqu'il se mit à murmurer des mots d'amour, elle s'obligea à ne pas y répondre. Les hommes disaient toujours ce genre de choses quand ils désiraient une femme, mais cela ne signifiait pas pour autant qu'ils étaient amoureux, elle le savait parfaitement. Pas question par conséquent de se laisser abuser, elle était trop avertie pour cela. Par contre, les caresses n'avaient pas besoin d'être accompagnées de paroles pour qu'elle les apprécie.

Trent s'était allongé sur le côté et l'avait entraînée contre lui. Du doigt, il suivait la dentelle du soutien-gorge, déclenchant en elle une suite de frissons voluptueux. Déjà, sa respiration se faisait pressée, haletante. Elle ferma les yeux, vaincue, prête à accepter la loi de l'homme qu'elle aimait depuis toujours.

Penché sur elle, il contemplait son visage aux yeux clos. Comme il devenait mystérieux une fois privé de la lumière des grands yeux bleus… A quoi pensait-elle en ce moment ? D'ordinaire, il s'estimait assez perspicace en matière féminine, mais Bryn était une énigme qu'il ne réussissait pas à déchiffrer. Elle était jeune, mais plus mûre que son âge. Inexpérimentée, mais violemment passionnée.

Il rencontra dans le dos la fermeture du soutien-gorge qu'il dégrafa. Ses seins, libérés de leur écrin de dentelle, s'offrirent à lui, généreux, souples, doux comme de la soie. Il y enfouit son visage, respirant jusqu'à l'ivresse leur parfum qui à lui seul résumait Bryn tout entière. Lorsqu'elle glissa les doigts dans ses cheveux, il regretta plus encore de n'avoir que quelques brefs instants à passer avec elle dans une chambre impersonnelle au lieu de toute une nuit pour l'aimer à son gré.

Il allait lui faire l'amour, c'était certain. Mais il allait être patient, retarder son propre plaisir pour assurer le sien. Ses mains parcoururent ses cuisses, descendirent jusqu'au secret qu'elles cachaient, encore protégé par la dentelle du string. La caresse, bien que très légère, la fit gémir et elle écarta les jambes pour l'inviter à continuer. Alors, fort de cette autorisation muette, il commença à la caresser, d'abord timidement, puis de façon de plus en plus appuyée, jusqu'à ce qu'elle lui réponde par une moiteur excitante. Alors, il accéléra le mouvement et accentua sa pression. Instinctivement, elle s'arc-bouta pour mieux accueillir sa caresse.

Lentement, afin de lui accorder chaque once du plaisir qu'elle était capable de ressentir, il fit passer deux doigts sous le léger tissu qui faisait encore obstacle et les glissa au creux de l'intimité tiède de la jeune femme. Elle laissa échapper un cri de surprise aigu et se mit à bouger au rythme qu'il suggérait pour bientôt s'abandonner aux spasmes de volupté qui la secouèrent un long moment.

Il était si plein de désir que son érection était presque douloureuse, mais il voulait choisir le moment où il céderait au plaisir de lui faire l'amour, d'autant qu'il ne pouvait plus se mentir : elle n'était pas une femme comme les autres. Il éprouvait pour elle des sentiments qu'il ne ressentait pour aucune autre et, même si cela le contrariait terriblement, il n'avait aucune envie qu'elle quitte le ranch. Le problème était que le désir qu'il avait d'elle le rendait faible et vulnérable, le poussait à croire qu'elle était innocente. Voilà pourquoi il devait rester sur ses gardes.

Elle avait connu du plaisir avec lui, il en était heureux. Quant à lui, il préférait attendre encore, pour être sûr de ne pas se tendre à lui-même un piège dangereux.

Tout le monde savait qu'une fois amoureux les hommes les plus intelligents du monde se laissent mener par le bout du nez par des femmes dépourvues de scrupules. Il ne voulait pas en faire partie. Il espérait qu'elle avait dit la vérité mais, si ce n'était pas le cas, il n'hésiterait pas une minute : son camp, c'était celui de la famille Sinclair, du côté de Mac et de Jesse.

Une fois les dernières vagues de la jouissance de Bryn apaisées, il se redressa.

— Tu as raison, Bryn, l'un de nous deux devrait être à l'hôpital. Je regrette de ne pas avoir plus de temps à t'accorder. Nous reprendrons tout cela plus tard, d'accord ? Tu m'attendras ?

Elle le regarda, les cheveux emmêlés, plus belle que jamais.

— Je t'attendrai le temps qu'il faudra, mais toi, Trent, est-ce qu'un jour tu seras capable de me faire confiance ?

7

Bryn sentait son cœur battre la chamade dans sa poitrine : elle était amoureuse de Trent Sinclair…

Au début, elle s'était raconté qu'elle voulait seulement qu'il lui pardonne, pour retrouver la complicité amicale qu'ils avaient autrefois.

Ensuite, elle s'était persuadée qu'elle avait bien le droit de coucher avec lui. Après tout, depuis le temps qu'elle vivait comme une nonne, elle pouvait s'accorder un peu de plaisir !

Et maintenant…

Elle avait plongé dans l'irrémédiable. Tête la première. Elle était amoureuse d'un homme inaccessible, elle ne pouvait plus se le cacher. Il ne lui faisait pas confiance et il ne changerait peut-être jamais. Et même si un jour la vérité éclatait au grand jour et prouvait qu'elle avait raison, elle avait un enfant, le fils de Jesse, qui les séparerait à jamais.

La situation était sans espoir. Même la personne la plus bornée ou la plus optimiste du monde aurait reconnu que leur histoire était vouée à l'échec.

Elle se tourna vers l'homme qui venait de mettre sa vie sens dessus dessous. Assis sur le lit voisin, il parlait au téléphone, d'une voix qu'elle ne reconnaissait pas : autoritaire, intransigeante. Il donnait des ordres, et elle pouvait sans peine imaginer les employés lui obéir sur-le-champ.

Comment lui reprocher de croire Jesse plutôt qu'elle-même ? C'était son petit frère, il l'avait aidé à grandir, l'avait consolé, dorloté…

Ils étaient unis par le même genre de sentiment que celui qui l'attachait à Allen. Trent était prêt à tout pour défendre son frère, exactement comme elle-même était prête à tout pour défendre son fils, y compris à déclencher la colère de Trent.

Par contre, elle ne pouvait pas laisser cette histoire se développer. Peu importait qu'elle en meure d'envie. Peu importait que ce soit si bon de se trouver dans ses bras. Ensemble, ils n'avaient pas de futur.

Elle s'habilla rapidement, le laissant continuer sa conversation au téléphone, et regagna l'hôpital. Lorsqu'elle arriva, Mac venait à peine de se réveiller de sa sieste. Une infirmière lui apporta une tasse de thé qu'il but avec plaisir et un plateau-repas qu'il regarda d'un air dégoûté.

— La nourriture est abominable ici !

— C'est normal, dit Bryn en riant. On n'a pas envie de vous retenir à l'hôpital avec de bons petits plats.

— Où est Trent ? demanda-t-il en découpant son filet de poisson. Il n'est pas venu avec toi ?

— Il était au téléphone quand je l'ai quitté.

Il avala une bouchée, puis la regarda attentivement.

— Dis-moi, Bryn, qu'est-ce qui se passe entre vous deux ?

— Rien, Mac, répondit la jeune femme, fière de réussir à lui cacher son trouble. Il n'est toujours pas disposé à m'accorder sa confiance.

— C'est un imbécile !

Elle rit.

— Il n'y a pas si longtemps, vous étiez du même avis que lui.

Il baissa le nez et piqua une carotte avec sa fourchette.

— Je ne voulais pas que les trois aînés sachent à quel point Jesse allait mal. Je croyais arriver à le remettre en selle tout seul en le surveillant de près. En fait, j'ai une grande responsabilité dans sa mort.

Elle ne put supporter de voir le grand Mac Sinclair au bord des larmes. Elle déplaça le plateau du repas pour venir s'asseoir près de lui.

— C'est faux. Il faut vous débarrasser de cette idée. Vous

avez été un père formidable pour vos fils et un grand-père merveilleux avec moi.

— Comment peux-tu dire une chose pareille alors que je t'ai chassée du ranch ?

— Vous avez fait ce qui vous semblait juste à l'époque.

— Tu crois que tu peux me pardonner ?

— Evidemment ! Je n'ai manqué de rien. Ma tante Beverley a été fantastique. Allen l'adore ! Je n'ai pas de raison de vous garder rancune.

Ils demeurèrent un moment silencieux tous les deux, puis il reprit :

— Trent pense qu'il faudrait faire un test le plus tôt possible, pour couper court à toutes les questions.

— Cela me paraît une bonne idée, répondit-elle, soulagée de ne pas avoir à faire elle-même cette proposition.

— C'est moi qui ne veux pas, dit-il.

— Mais… pourquoi ? Nous avons tous envie de connaître la vérité !

— Je te fais confiance, Brynnie, cela suffit.

Ils en étaient là lorsque Trent pénétra dans la chambre. Elle se demanda s'il avait entendu leur conversation, mais il n'y fit aucune allusion.

— Salut, Pa. Tu as l'air en pleine forme ! Rien de tel que la visite d'une jolie femme pour remettre le cœur en place, n'est-ce pas ?

Mac se mit à rire, mais le regard que Trent adressa à Bryn la transforma en chiffe molle. Seigneur… c'était déjà bien difficile d'avoir affaire à lui quand il était en colère, comment allait-elle s'en sortir s'il jouait la carte de la séduction ? Un regard de ses yeux de velours, et elle était prête à le suivre partout, y compris dans le placard à balais le plus proche s'il le lui demandait…

— Je vais passer la nuit ici avec Mac, dit-elle. L'infirmière va m'apporter un lit d'appoint, j'en ai parlé avec elle. Cela te permettra d'aller faire un tour au ranch voir si tout se passe bien et de venir nous chercher demain matin.

Trent prit un air contrarié.

— Je pensais que nous irions à l'hôtel tous les deux.

— Non, j'ai été contente de me reposer cet après-midi, mais j'ai l'intention de passer la nuit ici.

— Je suis soulagé que Brynnie reste avec moi, dit Mac. Comme on annonce de la tempête et que j'ai donné congé à plusieurs ouvriers pour le week-end, je préférerais que tu ailles au ranch. A moins que cela ne te contrarie beaucoup, bien sûr.

— Pas du tout, Pa. Ce sera comme tu souhaites.

Ils passèrent la soirée avec Mac. Trent alla chercher un repas à la cafétéria et ils discutèrent tous les trois comme au bon vieux temps, en évitant soigneusement tout sujet de conversation susceptible de troubler le convalescent.

Finalement, Trent se décida à les quitter.

— Tu veux bien m'accompagner jusqu'à la voiture, Bryn ?

Elle obéit, un peu à contrecœur car elle appréhendait de se retrouver en tête à tête avec lui.

— Je t'appellerai demain pour te préciser l'heure à laquelle tu peux venir nous chercher.

— Parfait.

Il ouvrit la portière de sa voiture.

— Tu ne veux pas que nous gardions la chambre à l'hôtel et que nous nous relayons cette nuit, tu en es sûre ?

— Oui. Mac sera plus tranquille en te sachant au ranch.

Une rafale de vent soudaine fit voler ses cheveux.

— Dépêche-toi de partir ! dit-elle. Il vaut mieux que tu n'aies pas à conduire avec le mauvais temps qui s'annonce.

Il se pencha vers elle, prit son visage entre ses mains et la regarda dans les yeux.

— J'ai envie de te faire confiance, dit-il dans un murmure.

Ces mots lui allèrent droit au cœur. Y avait-il vraiment de la tendresse dans sa voix ? Mieux valait ne pas chercher la réponse. Elle s'écarta de lui pour résister à l'envie de se blottir dans ses bras.

— Oui… mais tu ne peux pas…, dit-elle, finissant la phrase à sa place.

Il fourra les mains dans ses poches.

— Tu me demandes beaucoup.

— Et moi, je ne peux pas avoir d'intimité avec quelqu'un qui me méprise.

— Mais je ne te méprise pas, Brynnie, c'est bien ça le problème !

On entendit au loin un grondement de tonnerre.

— Regardons les choses en face, Trent. Nous n'avons rien en commun. Tu vas partir bientôt, dès que Gage sera de retour. Je ne veux pas que, d'ici là, Mac apprenne que nous…

— … que nous avons pris un peu de bon temps tous les deux ?

Le ton moqueur et méprisant était délibéré. Il poursuivit :

— Si c'est comme ça que tu résumes ce qui s'est passé entre nous, le message est clair. Je ne t'intéresse plus. Tu as envie de passer à autre chose. Parfait. Mais, décidément, tu te lasses vite de tes fréquentations !

Cette pique amère ne l'empêcha pas d'abaisser le visage vers elle, sans lui laisser le temps de protester.

Ses lèvres se révélèrent plus douces que ses mots, caressantes, enjôleuses. Lorsqu'il glissa la langue dans sa bouche, ce fut avec une ardeur qui lui ôta toute défense. Elle se raccrocha à lui, incapable de tenir sur ses jambes.

Il plaqua les hanches contre elle pour qu'elle sente son érection et n'ait aucun doute sur ses intentions. Elle tremblait d'émotion. Il était prêt à lui donner ce qu'elle désirait avec tant de ferveur, et pourtant…

Il mit brusquement fin à leur étreinte.

— Nous ne nous en tiendrons pas là, Bryn, tu peux être tranquille.

Puis il monta dans sa voiture et s'éloigna, la laissant seule sur le parking.

Sur le chemin qui le ramenait au ranch, Trent était furieux contre lui. Une fois de plus, il s'était laissé séduire par Bryn et avait eu énormément de mal à se maîtriser. Suivait-elle un plan machiavélique pour le prendre dans ses filets ? Avait-elle prévu de faire de lui un homme prêt à tout pour accéder à son lit ?

Il avait commencé à lui faire confiance, mais voilà qu'elle le rejetait. Sous les prétextes les plus suspects.

Une fois au ranch, il exécuta les tâches urgentes comme un automate, l'esprit ailleurs. Il essayait de décrypter l'attitude de Bryn, sans succès. Tout à coup, l'orage éclata, violent, impitoyable. Le peu de temps qu'il lui fallut pour passer de l'étable à la maison suffit à le tremper des pieds à la tête. Il alla prendre une douche puis, seul dans la grande maison, il erra de pièce en pièce, rendu plus nerveux encore par l'électricité qui imprégnait l'atmosphère.

Dire qu'il s'était persuadé qu'elle avait répondu à ses caresses avec sincérité ! Il aurait parié sa fortune qu'elle avait été heureuse dans ses bras, mais sa façon de prendre froidement ses distances avec lui en disait long sur la dissimulation dont elle était capable.

Malheureusement, le souvenir de la douceur de sa peau, de son parfum léger et pourtant reconnaissable entre tous, la manière qu'elle avait de frémir sous ses doigts, tout cela le rendait immensément triste.

Et il lui semblait que Jesse aussi avait tissé autour de lui un réseau inextricable de mensonges et de tromperies.

— Qu'est-ce que tu as fait, Jesse ? Pourquoi est-ce que tu as menti à propos de Bryn ? Pourquoi est-ce que tu as volé de l'argent ? Pourquoi la drogue ?

Autant de questions auxquelles le vent qui mugissait dans les arbres de la cour ne pouvait pas répondre.

— Salut, patron, ça fait plaisir de vous revoir !

Trent adressa un sourire au jeune stagiaire qui venait de pointer le nez à la porte de son bureau.

— Retourne au travail, Chad, ou je me verrai dans l'obligation de revoir ton salaire à la baisse ! répondit Trent d'un ton jovial.

Le jeune homme venait de l'université du Colorado. A vingt ans, il était intelligent, motivé et travailleur. Il s'était battu pour obtenir ce stage non rémunéré, et il donnait le meilleur de lui-même. En fait, Trent trouvait qu'il lui ressemblait un peu au même âge.

Une fois seul de nouveau, il s'écarta de son grand bureau et arpenta la moquette bleu roi. La magnifique ligne de gratte-ciel de Denver s'étirait comme un tableau derrière l'immense baie vitrée, mais il ne lui accorda qu'un regard rapide.

Après avoir ramené Mac au ranch, il était revenu terminer ce qu'il avait laissé en plan pour accourir à l'hôpital, avec l'espoir que le travail l'aiderait à oublier Bryn.

Le remède ne s'était pas avéré efficace.

Boucler en trois jours de travail intensif ce qu'il aurait normalement effectué en deux semaines était un défi exaltant. Certes. Mais pour la première fois, sa vie sentimentale prenait le pas sur tout le reste, quels que soient ses efforts pour la faire passer au second plan.

Carol, sa secrétaire, fit son apparition.

— Je viens vous rappeler que M. Greenfield doit arriver dans vingt minutes. Avez-vous besoin de la salle de réunion ?

— Oui. Et assurez-vous que Ed et Terence sont bien présents.

Comme elle s'apprêtait déjà à sortir, il la retint d'un geste.

— Carol, dites-moi… pensez-vous que je peux me fier à mon intuition en matière de relations humaines ?

La jeune femme rit, croyant à une plaisanterie. Puis, comprenant qu'il ne s'agissait pas d'une boutade, elle reprit son sérieux.

— Complètement, monsieur Sinclair. Je ne connais personne qui soit aussi fiable que vous à ce sujet.

— Je vous remercie, Carol.

Voyant qu'il demeurait pensif, elle ajouta :

— Y a-t-il un problème pour lequel je peux vous aider ?

— Non, je vous remercie. C'est une question d'ordre personnel… sentimental, à vrai dire.

Cette fois, Carol se mit à rire franchement.

— Dans ce cas, permettez-moi de vous donner un conseil, monsieur Sinclair. N'essayez pas d'appliquer à ce domaine les principes qui régissent votre vie d'homme d'affaires. Ce serait le meilleur moyen d'aller droit à l'échec.

Cela dit, elle sortit discrètement, le laissant dans le plus complet embarras.

Quel plan d'action prévoir pour son retour au ranch ? A part entraîner Bryn dans son lit, il était incapable d'imaginer quoi que ce soit ! Son incapacité à élaborer une stratégie l'avait empêché de lui donner signe de vie depuis son départ. Comme de son côté Mac continuait à ne pas répondre à ses questions à propos de Jesse, il avait le sentiment que chacun gardait précieusement ses secrets pour lui.

Cette situation lui était devenue insupportable. Il était grand temps de mettre un terme à ces cachotteries.

Une fois les affaires urgentes expédiées et le planning des deux semaines à venir dûment mis en place, Trent, assuré que son équipe pouvait se passer de lui, retourna au ranch.

Il était tard déjà lorsqu'il y arriva et son père dormait calmement. Il s'avança alors jusqu'à la chambre de Bryn et s'apprêta à frapper. Mais il suspendit son geste. Etait-il devenu fou pour se précipiter chez elle à peine de retour ?

Le front en sueur, il préféra sortir et se dirigea vers la grange. Si la situation ne se clarifiait pas rapidement, il allait réellement y laisser sa raison ! Il alla droit vers le box du plus fringant des étalons et le conduisit à l'extérieur. Comme il s'apprêtait à l'attacher à la barrière du corral, il aperçut la petite silhouette silencieuse juchée sur la clôture.

Tenant le cheval par la longe, il s'approcha d'elle, cherchant les mots qui lui permettraient de renouer le contact, mais ce fut elle qui parla la première, de sa voix douce et mélodieuse.

— Tu sais qu'il ne faut pas se promener à cheval la nuit, c'est dangereux…

— Désolé, j'ai besoin de vivre dangereusement, dit-il en mettant le pied à l'étrier et en se hissant sur la selle d'un mouvement souple.

Une fois à cheval, ses yeux se trouvaient à la même hauteur que ceux de la jeune femme. Il la défia du regard.

— Voilà pourquoi tu ferais bien de te tenir à l'écart.

Malgré la fraîcheur de la nuit, l'air lui paraissait brûlant. Tant d'émotions le rongeaient… la colère, la déception, l'inquiétude… et pourtant, elles disparurent toutes comme par enchantement pour laisser place à un désir physique si violent qu'il dut se cramponner à la selle pour le maîtriser.

Elle le regardait en silence, de son regard bleu sombre. Au bout d'un moment, elle lui tendit la main.

— Emmène-moi avec toi.

Bryn n'essayait plus de se masquer la réalité. Elle désirait Trent. Son corps ne trouverait la paix qu'une fois qu'elle serait dans ses bras. Elle n'avait plus la force de résister à l'appel silencieux qu'il lui adressait. Plus tard, il serait bien temps d'envisager les conséquences de cet abandon.

Etait-il encore en colère contre elle ? Il en avait parfaitement le droit, mais cela ne changeait rien à ce qu'elle éprouvait. Elle avait chaud, elle avait froid, elle n'en pouvait plus de nier le besoin physique qu'elle avait de lui.

Pendant un long moment, il ne bougea pas, indécis. Puis, d'un coup de talon appliqué sur le flanc de l'animal, il l'approcha de la clôture et tendit le bras vers la jeune femme.

— Pourquoi pas ? dit-il à voix basse.

Il l'aida à enfourcher sa monture et l'installa devant lui, calée entre ses bras.

Elle ressentit aussitôt dans son dos la chaleur qui émanait du corps de Trent et la sensation délicieuse de ses jambes musclées enserrant fermement les siennes. Ses fesses, lovées contre la partie la plus virile du corps de son cavalier, lui transmettaient la réaction que leur contact provoquait chez lui. Elle essaya de se laisser glisser en avant de la selle, mais il la ramena contre lui d'un geste sans équivoque. Alors, elle accepta cette invitation à se laisser aller à la griserie de ses sens.

Autour d'eux, la nuit était calme. Seuls quelques craquements de branches provoqués par des animaux qui se faufilaient entre les buissons la troublaient de temps à autre. Elle avait pourtant l'impression que le bruit des battements de son cœur résonnait à des kilomètres à la ronde.

Quand elle fut bien installée, de la façon qu'il avait choisie, Trent mit le cheval au pas. Il tenait les rênes souplement, son corps ne faisait qu'un avec celui de sa monture, en cavalier émérite qu'il était. Elle montait à cheval depuis son plus jeune âge, mais elle connaissait ses limites de cavalière. Sans lui, elle ne se serait jamais aventurée à une chevauchée nocturne.

Il dirigea le cheval vers un sentier qu'il connaissait bien et qui les conduirait vers le lieu idéal pour ce qu'il avait en tête.

— Oublie tout ! dit-il en se penchant contre elle.

Elle sentit son haleine chaude contre son oreille.

Comme elle ne répondait rien, il reprit :

— Oublie mon père, mon frère, ton fils… Il fait nuit, nous sommes seuls au monde, laissons nos démons s'emparer de nous.

Cette fois, elle hocha la tête en signe d'assentiment. Il avait raison. Ils le souhaitaient aussi ardemment l'un que l'autre. Dans la maison, ils étaient sans cesse en train de s'éviter, de se contenir, tant ils étaient soucieux du bien-être de Mac. Ce soir, au cœur de la nuit parfumée, plus rien d'autre qu'eux deux n'existait.

Une fois qu'ils furent engagés sur le sentier, il mit le cheval au trot, puis au galop. Le fougueux animal n'attendait que ce signe pour s'élancer et donner toute sa puissance. A chaque foulée, ses sabots rythmaient avec un bruit mat leur fuite au creux de la nuit. La vitesse aurait dû effrayer Bryn, mais avec les bras de Trent autour d'elle, elle se sentait invincible. Là, rien ne pouvait lui arriver.

Le cheval galopa pendant plusieurs kilomètres. Elle avait les doigts glacés, mais tout le reste de son corps était délicieusement tiède. Elle laissait sa tête reposer au creux de l'épaule de Trent, et lorsqu'il posa les lèvres sur sa tempe, elle ne fit rien pour s'écarter de lui.

Lorsque le cheval commença à montrer des signes d'essoufflement, Trent le fit repasser au pas jusqu'à ce qu'ils atteignent le petit bois qu'il avait en tête depuis le début de leur escapade. Là, il aida Bryn à mettre pied à terre et attacha leur monture à une branche, près du ruisseau voisin.

Ses yeux s'habituaient à l'obscurité et elle distingua bientôt une cabane en rondins que les ouvriers du ranch utilisaient l'été pour manger et se reposer à l'abri du grand soleil. Etaient-ils arrivés ici par hasard ou bien avait-il choisi cette destination depuis le début ? Elle ne voulait pas le savoir. Seuls existaient le désir qu'elle avait de lui et son cœur qui battait comme un fou dans sa poitrine. Et tant pis pour ce qui arriverait plus tard… Cette nuit serait volée au quotidien et à la réalité.

Lorsqu'il se tourna vers elle pour la prendre par la main, il ressemblait à une apparition avec sa chemise claire, seul point lumineux dans l'obscurité de la nuit. Leurs doigts se rencontrèrent, se nouèrent, et elle le suivit le plus naturellement du monde.

Une fois à l'intérieur, il alluma un feu dans la cheminée avec le bois préparé par les derniers occupants. Elle le regarda faire, amusée de voir qu'il portait encore ce qu'elle appelait son « uniforme » : un vieux jean délavé et une chemise d'un bleu fané. Une parmi la douzaine qu'il devait posséder car elle l'avait toujours vu habillé de cette façon. Voilà qui résumait parfaitement cet homme, capable de passer en un instant du rôle d'homme d'affaires policé à celui de cow-boy habitué aux rudes travaux du ranch.

La pièce était toute petite, la chaleur se fit rapidement sentir et la transforma en un refuge extrêmement accueillant. Bryn commençait à se détendre avec délices après leur longue chevauchée.

Dans un coin se trouvait une cantine en fer dans laquelle il alla chercher deux plaids. Il en étendit un sur le matelas du lit en fer qui meublait le fond de la pièce et déposa l'autre par-dessus.

Puis il se tourna vers elle.

— Si tu retirais ta veste, Bryn, il fait bon maintenant…

Etait-elle en train de l'inventer ou y avait-il du défi dans sa voix ?

Peu importait.

Ce soir-là, elle avait négligé d'enfiler un soutien-gorge. Il s'en rendit compte dès qu'elle enleva sa veste et que le fin coton de son T-shirt moula ses seins. Il eut un petit sourire d'approbation. Elle sentit ses mamelons durcir et il ne fit aucun effort pour détourner le regard.

Ce fut elle qui, inexplicablement, eut un mouvement de recul vers la porte. Ses jambes la portaient à peine et son souffle s'était précipité.

Il s'approcha, puis leva une main pour lui saisir le menton.

— Tu veux faire l'amour avec moi ?

La question était directe. Crue. Il ne s'embarrassait pas de tournures alambiquées.

Elle prit une profonde inspiration.

— Est-ce que tu crois ce que je t'ai dit à propos de Jesse ?

Il recula d'un pas.

— Je ne sais pas. C'est trop tôt encore pour te répondre, mais je peux mettre tout cela entre parenthèses si tu en es capable toi aussi.

— Le temps de faire l'amour avec moi ?

— Oui. Nous sommes fous de désir l'un de l'autre. Et ne me raconte pas que tu ne le sais pas ! Voilà six ans que nous attendons ce moment. Je te veux, Bryn, j'ai envie de toi depuis trop longtemps.

Elle mit les mains dans les poches de son jean.

— Et après ?

Il la regarda droit dans les yeux.

— Après ? Je recommencerai. Encore et encore. Jusqu'à ce que j'aie épuisé cette envie que j'ai de toi. Jusqu'à ce que nous soyons rassasiés tous les deux l'un de l'autre.

Ce qu'il était en train d'évoquer la faisait trembler d'impatience. Il la désirait autant qu'elle avait envie de lui… Mais comment survivrait-elle s'il l'abandonnait une fois qu'ils auraient consommé la passion qui les dévorait ?

— J'ai peur, Trent.

— Peur ?

Un sourire fit étinceler ses dents blanches.

— Il n'y a pas de quoi avoir peur, Bryn ! Vraiment pas.

8

Un coup de tonnerre, aussi violent qu'inattendu, les fit sursauter tous les deux. Bryn laissa échapper un petit rire nerveux.

— Au moins, tu ne manques pas de franchise !

— C'est vrai. Et j'ajouterai que, sauf si tu changes d'avis, rien au monde ne m'empêchera de te faire l'amour dans les minutes qui viennent.

L'attitude calme de Trent, son ton de voix mesuré étaient en fait conquis de haute lutte. En réalité, il mourait d'envie de lui arracher ses vêtements et de plonger en elle jusqu'à ce que son désir si longtemps refréné soit enfin satisfait.

— Viens, dit-il, approche !

Elle hésita un instant, suffisamment pour qu'il imagine le pire, puis, le regardant droit dans les yeux, elle fit un pas en avant.

Il comprit que c'était sa façon de se livrer à lui. Il la souleva dans ses bras pour la déposer sur leur lit improvisé. Les mille et une fois où il avait imaginé faire l'amour avec elle, la scène se déroulait dans un lit confortable, avec des draps parfumés et une douce musique d'ambiance. La réalité était bien loin de ses rêves ! Elle était peut-être déçue de la rusticité de leur environnement ?

— Si tu n'es pas d'accord, c'est le moment de le dire…, dit-il dans un souffle après l'avoir allongée sur le plaid.

Elle se tourna sur le côté pour mieux le regarder.

— Je suis sûre que ce que nous allons faire n'est pas raisonnable, mais je suis d'accord.

— C'est vrai, dit-il, c'est une folie. Mais je trouve que nous méritons cette nuit d'amour.

Le lit grinça sous son poids quand il s'y assit pour déshabiller sa compagne. Cette fois encore, il découvrit sa peau satinée, lumineuse. Une fois nue, elle paraissait encore plus fragile. Et innocente. Mais elle avait bien les formes épanouies d'une femme.

Il posa les mains sur les seins qui s'offraient à lui et se mit à les embrasser longuement, soupesant leur souplesse généreuse, taquinant le mamelon sombre de la langue et les dents. A chacun des soupirs qui s'échappaient de la bouche de Bryn, il sentait son désir s'aiguiser davantage.

Voyant qu'elle se mordait les lèvres pour les retenir, il lui caressa la joue.

— Ne sois pas gênée… J'adore te voir répondre à mes caresses. Tu es belle. Bien plus belle que quand tu avais dix-huit ans !

— La grossesse m'a laissé des marques, dit-elle, inquiète de le décevoir.

Il s'immobilisa un instant. Il ne voulait pas que le passé fasse intrusion dans le présent qu'ils partageaient. Pourtant, un petit garçon qu'il ne connaissait pas vint s'interposer entre eux et il dut faire un effort pour chasser de son esprit le conflit qui l'opposait à la femme qu'il tenait dans ses bras.

Du doigt, il suivit le tracé nacré d'une vergeture sur sa hanche.

— Aucune mère au monde ne doit éprouver le besoin de s'excuser pour ça. Tu es jeune, tu es belle et incroyablement sexy.

Comment interpréter le regard qu'elle lui adressa ? Reconnaissance ? Doute ? Peu importait…

— Oublie tout ça, dit-il. Ce soir, c'est uniquement pour le plaisir que nous sommes ensemble.

Elle le regardait, les pupilles dilatées, le souffle court.

— Alors laisse-moi te découvrir…, dit-elle.

Elle le poussa par les épaules.

— Allonge-toi, je veux toucher ton corps.

Elle n'avait pas vu un homme nu depuis six ans. Et à franchement parler, Jesse était plus un adolescent qu'un homme fait. Le corps de Trent, musclé et dans la pleine force de l'âge, avait de quoi la surprendre et l'émerveiller. En découvrant sa peau bronzée, elle se demanda s'il ne s'était pas offert récemment de coûteuses vacances au soleil en compagnie de quelque jolie secrétaire, puis elle se reprit. Quelle importance ? Ce soir, il était ici, avec elle, cela seul comptait, cela seul suffisait à son bonheur.

Docilement, il avait croisé les mains sous la nuque afin de la laisser poursuivre sa découverte, comme elle le désirait. Lorsque la poitrine musclée au creux de laquelle apparaissait une légère toison brune frissonna sous ses doigts, une inquiétude l'envahit. Trent était un homme sexuellement expérimenté, aux goûts sophistiqués, comment s'y prendrait-elle pour le satisfaire ?

Elle se pencha sur lui, maladroite, et embrassa ses paupières, son nez, ses lèvres, mais sans s'attarder sur celles-ci de peur qu'il n'en profite pour reprendre la maîtrise de la situation. Tout chez cet homme la fascinait, mais elle refusait de se retrancher dans la passivité. Elle prit son temps pour contempler ses oreilles, délicatement ourlées. Du doigt, elle en suivit le bord, puis fit la même chose avec la langue, ce qui le fit grogner de plaisir.

Il ne s'était pas rasé depuis le matin et sa barbe avait recommencé à pousser. Elle la sentait sous ses doigts, dure et drue, mais cela lui plaisait. Il lui paraissait moins parfait, plus humain et proche d'elle. Pourtant, elle ne se faisait pas d'illusion. Même s'il se livrait docilement à elle, il n'était pas du genre à se soumettre à qui que ce soit, et l'intimité qu'il lui accordait en ce moment n'était qu'une concession temporaire. Il reprendrait bientôt son autorité naturelle.

Lorsque ses mains arrivèrent à la hauteur de ses hanches, elle sentit le courage l'abandonner. Non, elle n'osait pas poursuivre son exploration, c'était trop hardi. Il comprit son hésitation. Sans ouvrir les yeux, il prit sa main et plaça ses doigts autour de son sexe dressé. Elle le saisit et sentit l'excitation lui brûler le creux de l'estomac.

Doucement, elle commença à le caresser. Aussitôt, elle sentit qu'il se raidissait, brûlant, dur comme de l'acier gainé de soie, étonnamment vivant. Sans réfléchir, seulement guidée par un instinct qu'elle ne savait pas posséder, elle baissa la tête et y porta les lèvres. Il souleva les hanches et laissa échapper un cri de plaisir.

— Que c'est bon, Bryn !

Ces simples mots l'encouragèrent. Elle manquait d'expérience, mais souhaitait lui donner du plaisir de toutes les manières possibles. Elle testerait tout ce qui le faisait frissonner de passion.

L'intimité qu'ils partageaient l'enchantait. En découvrant qu'elle réussissait à lui procurer de la volupté malgré son inexpérience, un sentiment de puissance, une sorte de griserie s'étaient emparés d'elle. Mais il l'arrêta bientôt.

— Attends, ne continue pas cette fois-ci. Je veux jouir en toi, pas comme ça.

Elle rougit si violemment qu'elle sentit la chaleur sur ses joues. La panique venait de lui fondre dessus. Pensait-elle réellement pouvoir passer une nuit avec lui sans en payer plus tard les conséquences ? Il ne lui laissa pas le temps de réfléchir.

— A mon tour maintenant de te regarder tout entière.

Il se redressa et commença à l'étudier intensément. Son regard glissa de ses seins jusqu'à son sexe qu'elle sentait brûlant.

— Que tu es belle, Bryn ! Tu étais trop jeune autrefois…

Cette fois, ce fut elle qui lui prit la main pour la placer sur sa poitrine.

— Rien ne compte en dehors de cette pièce, Trent, tu te rappelles ? Cette nuit nous appartient. Ne pense pas au passé, ni au futur. Touche-moi. Je t'en prie, caresse-moi…

Cette requête brisa la retenue qu'il avait encore. Obéissant, il se mit à jouer avec les mamelons durcis, les mordilla, les pinça doucement, jusqu'à ce qu'elle crie de plaisir. Alors il la serra contre elle et se mit à l'embrasser sauvagement. Sa langue se faufila entre ses dents et explora tous les secrets de sa bouche tiède.

Elle avait le vertige. Tant de sensations lui faisaient perdre la tête, d'autant qu'elles se mêlaient aux odeurs du feu, de la lampe à pétrole et de l'eau de toilette de Trent. Cocktail étrange mais extraordinairement aphrodisiaque.

Lorsqu'il la fit passer sous lui, la crainte la gagna. Il fallait qu'elle lui dise…

Mais il lui mordillait l'oreille tout en murmurant :

— J'ai envie de toi, Bryn. Tellement envie de toi que je ne peux plus attendre !

A tâtons, il rapprocha son jean, en fouilla les poches d'où il sortit trois préservatifs.

Son estomac se serra.

— Tu es toujours aussi bien préparé ?

— Non, répondit-il sans la moindre hésitation. Mais je me promène avec ça depuis que tu es arrivée. Question de sécurité, tu comprends ? Je sais ce que je ressens pour toi, je l'ai toujours su, et je ne voulais pas te faire courir le moindre risque. Tu me crois ?

Elle comprit alors quel homme il était au fond.

— Oui, je te crois.

Malgré elle, un léger sursaut la secoua lorsqu'il écarta ses cuisses et qu'elle sentit l'extrémité de son sexe la pénétrer.

— Détends-toi, ne crains rien, je ne vais pas te faire mal.

Et pourtant, la douleur était inévitable. A la première poussée, il sentit une étroitesse qui lui opposait sa résistance.

Depuis six ans qu'elle vivait en célibataire, le corps de Bryn n'était pas prêt à accueillir une pénétration. Elle inspira profondément et serra les dents. Déjà, la souffrance s'estompait. Très vite, elle se mua en une sensation inconnue qui pouvait bien ressembler à du plaisir.

Il avait reculé, sans pour autant désunir leurs corps.

— Brynnie ?

Comment croire ce qu'il découvrait ?

Elle gardait les yeux fermés, tout entière concentrée sur la sensation incroyable. Il la remplissait totalement.

— Ça va, continue, ne t'inquiète pas, dit-elle dans un souffle. Tout va bien.

Mais, à partir de là, tout fut différent. Il continua ses coups de reins, mais il était devenu si attentif à ne pas la brusquer, si protecteur, qu'elle en eut les larmes aux yeux. Même s'il n'était pas prêt à prononcer le mot « amour », c'était bien de cela qu'il s'agissait.

Le regard brillant d'impatience, il veillait à ce que son poids repose sur ses avant-bras pour ne pas l'écraser. La transpiration faisait luire son torse et il haletait. Lorsqu'il se cambra pour exciter le petit bouton de chair qui déclencherait sa volupté, elle se mit à soupirer et lui entoura la taille de ses jambes de manière à le presser encore davantage contre elle.

Enfin elle vivait ce dont elle rêvait depuis des années… Mais la réalité dépassait infiniment tout ce qu'elle avait imaginé. Longtemps, elle demeura sur la crête du plaisir, prête à s'y laisser sombrer, mais encore capable d'y résister.

S'il l'avait maintenue au-dessus de cet abîme toute la nuit, elle n'y aurait fait aucune objection, mais la tension à laquelle il était soumis finit par vaincre sa résistance. Lorsqu'elle l'entendit pousser un cri étouffé, elle se mit elle aussi à gémir de plaisir et une ultime saccade de coups de reins la fit basculer dans la volupté. Une prodigieuse explosion d'étoiles multicolores secoua son corps, éblouissante, interminable. Magique.

Trent était incapable de reprendre son souffle et de calmer les battements de son cœur.

Bryn, au contraire, dormait calmement dans ses bras, les cheveux moites de transpiration, un léger sourire sur les lèvres. Il écarta une mèche qui lui barrait le visage et soupira. Il venait de se mettre dans une situation bien embarrassante ! Car maintenant qu'il avait fait l'amour avec elle, il ne voyait pas comment il pourrait consentir à la laisser partir. Elle lui appartenait. Ce n'était pas un simple mot mais une certitude viscérale.

Il considéra leurs deux corps et la façon dont elle s'enroulait autour de lui. C'était un geste parfaitement naturel, il n'aurait pas été différent s'ils dormaient ensemble depuis des années. Son bras pressa un peu plus fort la taille qu'il enserrait. Combien de temps devait-il la laisser dormir avant de recommencer ?

Inutile de la bousculer. Même si son téléphone restait branché au cas improbable où Mac aurait eu besoin de lui, ils avaient la nuit devant eux. Quelque chose d'extraordinaire, d'indicible et de parfaitement imprévisible venait de leur arriver, peu importait qu'il ne sache pas exactement de quoi il s'agissait.

Il avait découvert qu'elle était pratiquement vierge. Son corps n'était pas prêt à l'accueillir bien que son désir n'ait pas fait de doute. Il avait eu beaucoup de mal à la pénétrer tant le passage était étroit, ce qui signifiait qu'elle n'avait pas fait l'amour depuis fort longtemps. Cela contredisait sérieusement les affirmations de Jesse qui lui avait décrit la jeune femme comme une séductrice qui couchait à droite et à gauche sans le moindre scrupule, une manipulatrice qui utilisait le sexe pour s'attacher les hommes.

La jeune femme avec laquelle il venait de faire l'amour était innocente et sans expérience. Son corps n'était visiblement pas habitué aux rapports sexuels. A la lumière de cette expérience, il lui apparaissait clairement que Jesse avait menti.

Dire qu'il avait une confiance aveugle en son frère ! Il devenait de plus en plus évident qu'il n'était pas la personne qu'il croyait. Il avait volé son père et, avec cet argent, il avait acheté de la drogue, au moins une fois…

Pour la première fois, Trent eut une pensée pour le fils de Bryn. Quelque part, dans le Minnesota vivait un petit garçon qui appartenait à la famille Sinclair… Si Bryn disait la vérité, Mac et ses fils l'avaient abominablement mal traitée. Mais pour quelle raison Jesse aurait-il ainsi enchaîné mensonge sur mensonge ? Il savait parfaitement que Mac aurait été très heureux d'accueillir la jeune fille au sein de sa famille.

La réponse s'imposa à lui dans sa douloureuse crudité : Jesse ne voulait tout simplement pas assumer la responsabilité d'une femme et d'un enfant.

C'était du moins la seule explication qu'il voyait, mais saurait-il jamais la vérité ? Il y avait trop de questions, et trop peu de réponses.

Avec mille précautions, il se leva pour ranimer le feu sans la réveiller. Il était 3 heures du matin. Bientôt, il leur faudrait regagner le ranch et il ne savait pas quelle attitude il allait adopter. Devait-il dévoiler à son père encore convalescent la perfidie de Jesse ? Ou bien se taire ?

Trop de secrets pesaient sur la famille Sinclair. Des secrets qui avaient empoisonné la vie de tout le monde et causé beaucoup de souffrances. Malheureusement, avec ce qu'il venait de découvrir, il n'était pas plus avancé sur le moyen de débrouiller cet imbroglio.

Il retourna dans le lit en frissonnant et grogna de plaisir lorsque le corps de Bryn, tiède et doux, vint se lover contre le sien.

Elle remua un peu, puis s'assit sur le lit.

— Trent ?

Son cœur s'arrêta un instant de battre. Comme elle était belle à la lumière des flammes de la cheminée ! Son visage, ses épaules, sa poitrine épanouie étaient baignés d'une lumière dorée qui la faisait ressembler à une icône inaccessible. Avec les cheveux bruns qui l'auréolaient, elle avait tout d'une vision, d'une créature imaginaire et tentatrice.

Pourtant, lorsqu'il posa la main sur elle, son cœur se remit à battre. Elle était bel et bien vivante. Il allait lui donner ce dont il était capable et prendre ce qu'elle voudrait bien lui offrir, tout au moins tant que cette nuit magique durerait.

Allongé sur le dos, il la contemplait. Elle n'eut qu'à lui sourire pour que le désir renaisse en lui, aussi violent et exigeant que la première fois.

— Je suis très heureux que tu m'aies accompagné ce soir, dit-il en lui caressant la jambe.

— Je suis contente d'être venue. Tu m'as manqué, répondit-elle simplement en remontant les genoux contre la poitrine et en y appuyant le visage.

Il avait une question embarrassante sur les lèvres, mais l'envie de savoir fut plus forte.

— Comment se fait-il que… que tu aies eu mal quand…

— Quand tu me pénétrais ?

Il fit une petite grimace.

— Oui.

— Devine…

— J'ai pensé que tu n'avais pas fait l'amour depuis très longtemps. C'est bien ça ?

Elle baissa les yeux.

— J'ai fait cinq fois l'amour dans toute ma vie. Et chaque fois avec Jesse. J'avais déjà décidé de rompre quand j'ai découvert que j'étais enceinte.

Elle laissa échapper un profond soupir.

— Depuis… plus rien. Entre mon fils que j'élève seule, les cours que je suis à l'université et l'aide que je tiens à apporter à ma tante qui m'accueille, les petits copains ne sont pas ma priorité.

Un élan de pitié le traversa. Incontestablement, elle avait dû connaître des moments bien difficiles. Et tout cela, par la faute de sa propre famille qui l'avait laissée sans aide et sans soutien. Cette pensée le bouleversait, c'était plus qu'il ne pouvait supporter.

— Viens près de moi, Bryn. Je te promets qu'à partir de maintenant ce sera différent.

Elle eut un petit sourire en se glissant sous les couvertures.

— Ce n'était pas si terrible que ça, tu sais !

Cette fois, elle tint à enfiler le préservatif elle-même. Sa maladresse attendrit Trent et l'amusa à la fois, excitant davantage encore son désir. Il bascula sur elle pour sentir sa chaleur. Posant la main entre ses cuisses tièdes, il remonta jusqu'à sentir la moiteur qui lui disait qu'elle aussi était prête à l'accueillir une nouvelle fois.

Mais elle ne voulut pas s'en tenir à un rôle passif et s'employa à le caresser comme il le lui avait montré, jusqu'au moment où il l'interrompit tant le plaisir qui montait en lui risquait de devenir incontrôlable. Elle apprenait vite ! Et bien… Déjà, elle savait ce qui lui plaisait et augmentait son désir. Au contact de ses petites mains tièdes, il se sentait brûler, embrasé de passion.

Maintenant, le bruit de la pluie résonnait sur le toit de tôle. L'isolement où ils se trouvaient, cette cabane rudimentaire et les circonstances qui les avaient conduits jusqu'ici, le parcours à cheval, tout apportait une note surréelle à leur nuit. Il regrettait seulement de ne pas avoir le pouvoir d'étirer les heures.

— J'aimerais pouvoir faire machine arrière et changer le passé, dit-il contre son oreille.

Elle remua légèrement contre lui.

— J'ai un enfant, Trent. Même si j'en avais le pouvoir, je ne changerais rien à cela. Jamais je ne cacherai mon fils, jamais je ne regretterai son existence. L'issue de notre relation dépend de la manière dont tu prendras cela en compte.

Il hocha la tête. Elle était novice au lit, mais pour le reste elle était une femme mûre, d'une force et d'une assurance étonnantes. Quel mélange fascinant de vulnérabilité et de détermination chez elle !... Déjà, elle était devenue une drogue dont il ne pouvait se passer.

Il lui passa un bras sous le cou et l'attira contre lui pour l'embrasser. Au diable les questions et les problèmes ! Pour l'instant, elle lui appartenait. Il s'inquiéterait des détails plus tard.

Leurs langues se retrouvèrent, un peu hésitantes, puis, très vite, impatientes de reprendre leur joute amoureuse. Tourné vers elle comme il l'était, il pouvait jouer à loisir avec ses seins, caresser le creux de sa taille et la courbe si douce de sa hanche. Lorsqu'elle glissa une de ses jambes entre les siennes, son cœur fit un bond dans sa poitrine.

— Bryn, laisse-moi te prendre !

Elle écarta les jambes, déclenchant aussitôt chez lui une vague d'excitation sensuelle. Les mots lui manquaient, ils avaient laissé la place à des émotions d'une immense douceur, qui se révélaient à lui au fur et à mesure que l'oubli le gagnait.

Il devait se souvenir de son manque d'expérience, il voulait se montrer délicat et patient, mais la situation lui échappait. Il s'élançait en elle de toutes ses forces, ils respiraient tous deux de plus en plus vite et fort. Il avait conscience de forcer encore le passage étroit, qui l'accueillait pourtant plus facilement. Il la vit faire une petite grimace.

— Excuse-moi..., dit-il en s'efforçant de refréner son élan.

Mais elle souleva les hanches, lui permettant ainsi de la pénétrer plus profondément.

— Ne t'arrête pas ! dit-elle, suppliante. Je veux sentir toute ta force.

Il abandonna alors tout contrôle, laissant libre cours à sa vigueur, encore et encore, jusqu'à ce qu'il se sente enserré encore plus étroitement. Elle jouissait. Même alors, il ne put s'arrêter et continua longtemps son mouvement, aveugle à la raison, à toute volonté.

L'intensité de la jouissance qu'il éprouva le laissa complètement désemparé. Jusque-là, il avait bâti sa vie sur son pouvoir, sa faculté à dominer, à contrôler ce qu'il vivait. Et voilà que son corps avait frissonné, tremblé d'impuissance. C'était comme s'il s'était vidé complètement, éternellement. Le temps n'existait plus. Il avait oublié qui il était et où il se trouvait.

A travers la brume de son épuisement, il ne distinguait que Bryn. Bryn et rien d'autre.

Elle était devenue tout pour lui.

9

Ils réussirent à regagner le ranch avant le lever du jour, mais ce fut de justesse. La tempête était terminée, seuls quelques éclairs au loin témoignaient de son passage. Bryn était épuisée. Si les bras solides de Trent ne l'avaient pas solidement maintenue, elle serait certainement tombée de cheval.

Contrairement à l'aller, le retour ne se fit toutefois pas au grand galop. Blottie contre le torse de Trent, bercée par le pas régulier du cheval, elle avait envie de pleurer à la pensée que leur moment de bonheur était arrivé à son terme. Tout à l'heure, à la lumière crue du jour, tous les problèmes allaient resurgir. La faiblesse de Mac. La tragédie qui avait emporté Jesse. L'incertitude sur la paternité d'Allen. Les lettres…

Elle se serra contre Trent. Son hostilité envers elle s'était sans doute atténuée, mais elle ne se faisait pas d'illusions. Il n'avait pas dit qu'il la croyait. Du moins, pas encore.

Une fois arrivés devant la maison, il l'aida à descendre de cheval et la retint contre lui pendant un long moment. Puis il baissa la tête et l'embrassa avant de lui conseiller d'une voix rauque de fatigue :

— Va te reposer. Je te verrai plus tard dans la matinée.

Il devait s'occuper de leur monture, mais elle eut le sentiment qu'il la rejetait. Tout allait donc recommencer comme par le passé ? Il allait redevenir cet homme distant et réservé, alors qu'elle était affamée de sa tendresse et de ses attentions ? Cette perspective lui brisait le cœur. Pendant six longues années, elle avait tout fait pour se prouver qu'elle était une femme courageuse, assez forte pour gérer sa vie et faire avec ce qu'elle avait. Les sentiments qu'elle éprouvait pour lui ne devaient pas lui faire oublier qu'elle était avant tout la mère d'Allen.

Elle était venue au ranch Sinclair pour s'occuper de ses intérêts et pour veiller sur Mac. Ce qui s'était passé durant la nuit ne changeait rien à ces projets.

Strictement rien.

Trent était bien conscient que sa vie avait atteint un tournant. Malgré la douleur qu'il éprouvait, il devait reconnaître que Jesse n'était pas la personne qu'il pensait. Et, entraînés par leur sens exacerbé de la famille, ils étaient tous à blâmer pour leur refus de regarder la réalité en face.

Mac avait amorcé le processus de réconciliation. C'était à lui maintenant de le continuer.

Aussi, lorsque son père se retira pour faire sa sieste quotidienne, Trent retint Bryn sous le porche. Cela lui paraissait être un lieu assez neutre pour ce genre de conversation. Elle resta sans poser de question et s'installa sur une chaise, prête à écouter ce qu'il avait à lui dire.

Tout à trac, il laissa tomber :

— J'ai enfin compris que tu nous as toujours dit la vérité. Je sais que ton fils est celui de Jesse.

Elle lui adressa un sourire de reconnaissance.

— Pourtant, dit-il, pour des raisons légales, il vaut mieux que nous fassions effectuer un test de paternité. Le problème, c'est que Mac ne me paraît pas acquis à cette idée. Est-ce que tu as une idée des raisons pour lesquelles il s'y oppose ?

Elle secoua la tête.

— Pas du tout. Je pense qu'il ne m'a pas tout dit.

— Et toi, est-ce que tu me caches quelque chose ?

Elle marqua une hésitation qui le blessa cruellement. Il ne pouvait pas se tromper, il la connaissait suffisamment pour savoir que la lueur qui avait brillé dans ses yeux était un aveu de culpabilité.

Cette découverte le toucha au vif. Elle le trahissait… Il avait beau essayer de se persuader que ce qu'elle lui cachait n'était pas important, il n'y réussissait pas.

— Bryn ?

Elle était pâle et le regardait d'un air suppliant.

— Il faut que je te parle de quelque chose, mais je ne veux pas que Mac risque de nous entendre.

— Et quand as-tu l'intention de me révéler ce grand secret ?

— Ce n'est pas facile… Toi et tes frères, Mac aussi, risquez de souffrir…

Il serra les poings.

— Parle-moi. Tout de suite.

— Non, Trent. Le moment n'est pas encore venu.

Furieux d'être confronté à cette résistance inattendue, il frappa du poing la balustrade de fer forgé.

— Qu'est-ce qui te prend d'être aussi têtue ? C'est incroyable tout de même !

— Si tu crois que tu vas pouvoir mener tout le monde à la baguette, c'est que l'argent t'a tourné la tête, Trent. En tout cas, ne compte pas sur moi pour t'obéir au doigt et à l'œil !

Comme elle se levait, il l'attrapa par le bras.

— Dis-moi ce que tu sais.

Elle hocha lentement la tête.

— Oui, je te le dirai. Bientôt.

Ils maintinrent une trêve tacite pendant l'après-midi et le repas du soir, auquel Mac prit également part. Bryn évitait de regarder Trent, mais elle ne pouvait s'empêcher de sentir sa présence d'homme sûr de lui. Elle n'éprouva de soulagement que lorsque les deux hommes quittèrent la table, la laissant livrée à elle-même. Elle décida d'aller donner son coup de fil quotidien à sa tante. Allen lui manquait énormément et elle avait hâte d'entendre sa petite voix haut perchée lui raconter tous les menus événements qui avaient rendu sa journée intéressante.

Une fois dans sa chambre, elle referma la porte. Elle voulait être tranquille et sans témoin au cas où, comme cela lui arrivait fréquemment, elle serait très émue en parlant à son fils.

Mais avant qu'elle ait pu former le numéro de Beverley, son téléphone sonna. En voyant le numéro de cette dernière apparaître, elle eut un sourire qui disparut très vite lorsqu'elle entendit sa voix, beaucoup plus sérieuse que d'habitude.

— Ne t'affole pas, ma chérie, disait-elle. Allen a eu un petit problème…

— Mon Dieu. Que s'est-il passé ?

— Rien de grave, une crise d'asthme, mais il a tout de même fallu l'amener à l'hôpital et il te réclame.

— Je peux lui parler ?

— Oui, bien sûr. Je te le passe.

Il y eut un silence, puis elle entendit une petite voix, assez pitoyable.

— Coucou, maman…

— Mon amour ! Je suis triste d'apprendre que tu es malade. Est-ce qu'on s'occupe bien de toi à l'hôpital ?

— Oui. J'ai eu de la glace à la fraise pour le dessert.

— Ah, c'est bien, tu adores ça.

— Maman, tu me manques.

Elle ferma les yeux. Son cœur saignait. Elle avait du mal à parler.

— Ecoute, je vais vite acheter un billet d'avion pour essayer d'être avec toi demain matin quand tu te réveilleras.

— D'accord, maman.

Sa voix était ensommeillée.

Beverley reprit le téléphone.

— Ne t'inquiète pas, Bryn. On va certainement le laisser sortir dès demain, mais c'est vrai qu'il a besoin de toi.

— Je vais faire mon possible pour arriver très vite.

Trent installa son père dans son fauteuil en cuir préféré et tira un tabouret à côté. Il s'était longuement demandé ce qu'il devait faire, mais le médecin lui avait assuré que Mac était tout à fait capable d'entendre la vérité au sujet de Jesse.

— Pa, je dois te dire des choses, et je ne sais pas trop comment m'y prendre sans te faire trop de peine… Tu sais que je travaille sur les comptes du ranch depuis deux semaines. J'ai passé en revue tous les dossiers d'achats et de ventes et j'en arrive toujours à la même conclusion : Jesse n'a pas été correct.

Pas un trait du visage de Mac ne bougea.

— Je sais, Trent…

Trent sursauta.

— Tu savais ?

Mac cala son dos contre le dossier du fauteuil.

— Oui. Je voulais qu'il reste au ranch pour avoir l'œil sur lui. En lui proposant de tenir la comptabilité, j'espérais lui offrir l'occasion de mieux se conduire. Mais je me suis vite rendu compte qu'il détournait de l'argent.

— Et tu n'as pas osé lui en parler ?

— J'avais peur. Son caractère était devenu très violent, certainement à cause de la drogue. Il était pris dans une spirale qui l'engloutissait et je n'ai pas réussi à trouver le moyen de le retenir.

— Mais pourquoi n'as-tu pas demandé à Gage ou à Sloan ou à moi-même d'intervenir ?

Mac se frotta les yeux d'un geste las.

— Je ne voulais pas que vous vous fassiez une mauvaise opinion de lui. Vous étiez ses grands frères. Il vous idolâtrait tous les trois et je sais combien vous l'aimiez en retour. S'il avait réussi à se débarrasser de son vice, il aurait été gêné que vous en ayez été informés. Voilà pourquoi j'ai gardé son secret.

— Mais Bryn était au courant pourtant.

Mac fit la grimace.

— Oui. Je ne le savais pas à l'époque, mais Jesse l'appelait quand il était sous l'effet de la drogue.

— Elle me l'a dit… et moi, je l'ai traitée de menteuse !

— Tu vois, mon fils, notre famille ne méritait pas cette petite.

Il ne protesta pas. Lui-même avait fait tout son possible pour refuser d'affronter la vérité.

— Nous devons faire effectuer un test de paternité pour que la vérité soit établie.

— Non, c'est inutile. Il suffira de dire à Bryn que nous la croyons et lui demander de nous pardonner d'avoir soutenu Jesse. Je referai mon testament pour y inclure son fils. Ce serait lui faire insulte que de demander un test.

— Je pense au contraire qu'elle aimerait qu'il ait lieu.

— Nous verrons plus tard.

— Tu as l'intention de faire connaissance avec le petit ?

— Bien sûr. Je lui demanderai de l'amener au ranch quand Gage sera revenu.

A ces mots, Trent éprouva un étrange sentiment. Il n'avait aucune envie que son frère se lie avec l'enfant. Et encore moins avec Bryn.

Brusquement, la porte s'ouvrit et Bryn entra. Elle était très pâle et parla d'une voix étouffée par l'émotion.

— Il faut que je parte !

Trent nota qu'elle tenait à la main les clés de sa voiture de location.

— Qu'est-ce qui t'arrive ?

Elle lui adressa un regard affolé.

— Allen est à l'hôpital. Il a eu une crise d'asthme très violente et me réclame sans arrêt alors que je suis loin de lui.

Il ressentit l'angoisse qui l'étreignait avec autant de force que si elle était la sienne propre. Son regard rencontra celui de son père. Tous deux se rappelaient les nuits qu'ils avaient passées au chevet de Jesse lorsque celui-ci, enfant, luttait pour trouver sa respiration.

— Ne t'affole pas, dit Trent, je vais t'accompagner. Je vais tout de suite consulter les horaires d'avion et nous partirons ensemble.

Mac leva la main.

— Laissez-moi ajouter quelque chose. Si le médecin lui donne l'autorisation de prendre l'avion, ramenez le petit ici avec Beverley, et une infirmière si nécessaire. Je prends en charge les billets de tout le monde, bien entendu. La perspective de découvrir le ranch aidera le petit à guérir très vite.

— Non, dit-elle, je ne peux pas vous laisser faire une chose pareille. C'est une dépense trop importante.

— Allons, allons… Laisse-moi faire, Bryn. Qu'est-ce que tu veux que je fasse de mon argent ? Je sais bien que cela ne rattrapera pas le passé, mais, au moins, je me sentirai un peu mieux.

Elle considéra un instant le vieil homme, puis hocha la tête.

— Si vous y tenez… Je vais tout de suite appeler le médecin.

Pendant qu'elle téléphonait à l'hôpital, Mac et Trent organisèrent le séjour des nouveaux venus. Puis Mac regarda son fils et ajouta :

— Si tu as des vues sur Bryn, dépêche-toi de le lui dire. Elle n'est plus au ranch pour très longtemps.

Trent encaissa le conseil sans mot dire, puis sortit rejoindre Bryn. Il la trouva sur la balancelle installée sous le porche, enroulée dans une couverture en guise de robe de chambre. L'air était frais et les étoiles scintillaient par milliers dans le ciel clair.

Il s'assit à côté d'elle et la prit dans ses bras.

— Qu'a dit le médecin ?

— Il a donné son autorisation.

— C'est bon signe. Tout ira bien, ne t'inquiète pas.

Elle haussa les épaules.

— Une mère s'inquiète toujours !

— Quand tu as su que tu étais enceinte, est-ce que tu as envisagé d'avorter ?

La réponse fusa, immédiate.

— Non. Jamais de la vie. Jesse et moi étions très jeunes, mais j'étais persuadée que Jesse serait heureux lui aussi et que nous n'aurions pas de souci d'argent puisque sa famille pouvait nous aider.

— Mais rien ne s'est passé comme tu le pensais.

— Rien, en effet. Jesse n'a pas du tout été content quand je lui ai appris la nouvelle. En fait, il voulait sortir avec moi parce qu'il pensait que tu en avais envie et qu'ainsi il prenait ta place.

La perspective d'un enfant l'a brutalement plongé dans la réalité et il ne l'a pas supporté, alors il a commencé à mentir.

— Et nous l'avons cru.

— Oui.

— Comment a réagi ta tante ?

— Elle a été merveilleuse dès le début. Elle n'a posé aucune question et s'est contentée de me soutenir et de me réconforter. En fait, elle aurait aimé que je demande une pension alimentaire à Jesse, mais je n'ai pas voulu.

— Pourquoi ? Elle était très riche ?

Elle posa la tête sur son épaule.

— Non, mais je gardais l'espoir qu'un jour je me réconcilierais avec vous, alors que si j'avais traîné Jesse en justice, vous m'auriez détestée.

— Ma pauvre Bryn…

Une fois de plus, il prenait conscience de la dureté avec laquelle le clan Sinclair l'avait traitée.

Il lui caressa les cheveux. Elle se mit à bâiller. Il la serra contre lui.

— Tu as besoin de te reposer, Bryn. Ces dernières heures ont été très mouvementées et il faut que tu sois en forme demain pour retrouver Allen.

— C'est vrai.

Elle se leva, trébucha dans la couverture et faillit tomber. Il la souleva dans ses bras.

— Non, Trent, protesta-t-elle. Je peux marcher !

— Laisse-moi te dorloter un peu… Détends-toi.

Il la transporta jusqu'à sa chambre et la déposa doucement sur son lit. Il lui caressa la joue.

— J'ai envie de rester avec toi cette nuit.

La chambre se trouvait dans la pénombre, mais il vit son visage se crisper légèrement.

— Trent, je ne crois pas que je pourrais…

Il se pencha pour l'embrasser sur la bouche.

— Chut… Qui parle de sexe ? Fais-moi un peu confiance ! Je veux seulement te tenir dans mes bras.

Un sourire éclaira son visage et elle se glissa dans le lit. Il se débarrassa de ses vêtements pour ne conserver que son boxer et il s'allongea à côté d'elle. Ce serait un supplice de résister à l'envie de lui faire l'amour, mais tant pis ! Ce soir, elle n'avait besoin que de sa tendresse et de sa chaleur, il ne lui ferait pas défaut.

Elle se pelotonna dans ses bras aussi facilement que s'ils dormaient ensemble depuis des années. Il posa le front sur sa tête. Il respirait son parfum, sentait contre lui le corps tiède à la peau soyeuse. Comme il avait été fou, plus jeune, de ne pas comprendre que c'était elle et elle seule qui comptait ! Il avait préféré partir à la conquête du monde, persuadé qu'elle l'attendrait. Jamais il ne lui serait venu à l'idée de l'enlever à Jesse, il aimait trop son jeune frère. Et voilà que, aujourd'hui, elle était libre et qu'elle l'aimait… Il en était persuadé. Sans cela, jamais elle n'aurait accepté de faire l'amour avec lui.

Est-ce qu'elle pensait qu'il ferait bon accueil à son fils ? Il ne savait pas trop où il en était à ce sujet. A vrai dire, à l'idée de s'occuper d'Allen, il sentait sa gorge se nouer d'appréhension.

Que se passerait-il s'il devenait père à son tour ? Aimerait-il le fils de Jesse autant que les siens ?

Elle remua dans ses bras pour chercher ses lèvres. Elle murmura de plaisir quand il l'accueillit en entrouvrant la bouche. Il mourait d'envie de la prendre mais, malgré la force de son désir, il savait que, ce soir, c'était seulement de réconfort qu'elle avait besoin.

Sa frustration avait au moins l'avantage de lui faire comprendre à quel point elle lui était devenue indispensable.

Pour la première fois de sa vie, il ne savait pas de quoi le lendemain serait fait. Qu'en pensait-elle exactement ? Aucun des moyens auxquels il avait recours d'ordinaire, argent ou pouvoir, ne pourrait acheter sa confiance.

Et quel était le secret qu'elle lui cachait encore ?

Elle s'était endormie. Il sentait sa respiration paisible et régulière.

Mais des heures s'écoulèrent avant que lui-même ne réussisse à trouver le sommeil.

10

Bryn s'éveilla avec la migraine et l'impression diffuse que quelque chose n'allait pas. Puis, tout lui revint d'un coup à la mémoire. Le coup de téléphone de sa tante et la maladie d'Allen.

Elle se leva à la hâte, s'habilla un peu au hasard et noua ses cheveux sans le moindre souci de coquetterie. Il était presque 9 heures ! Pourquoi Trent l'avait-il laissée dormir si tard ?

Dans la cuisine, elle trouva Mac qui buvait son café. Il avait l'air fatigué, comme si les soucis que lui avait causés Jesse pesaient encore de tout leur poids sur lui. Heureusement, sa santé continuait à s'améliorer, ce qui était de bon augure et l'aiderait à surmonter ce deuil difficile.

Elle essaya de joindre Beverley au téléphone, sans succès.

— Pas de panique ! dit Mac en voyant l'inquiétude marquer son visage. L'avion est déjà en route. Allen et Beverley seront ici dans moins de deux heures. Tout va bien, inutile de te faire le moindre souci.

Elle était si excitée qu'elle eut du mal à avaler son petit déjeuner.

— A quelle heure devons-nous quitter le ranch pour aller à l'aéroport ?

— Trent va amener la voiture dans une demi-heure. Tu auras assez de temps pour te préparer ? demanda-t-il pour la taquiner.

Elle lui adressa un sourire de gratitude.

Le trajet lui parut interminable. Trent était au volant, et Mac assis à côté de lui à l'avant du véhicule. Un peu plus tôt, Trent l'avait embrassée rapidement sur le front, mais ils n'avaient pas eu le temps de se retrouver de manière plus intime. Assise à l'arrière, elle regardait défiler le paysage. Elle adorait le Wyoming. Le simple fait de se retrouver chez elle, car c'était bien ici qu'elle était chez elle, apaisait ses inquiétudes. De quoi serait fait le futur ? Elle n'en avait pas la moindre idée, en particulier à cause des lettres dont elle n'avait encore révélé l'existence à personne. Mais pour l'instant, elle savourait une trêve bienheureuse. Ni Trent ni Mac ne lui avaient présenté d'excuses ouvertement et ils n'avaient pas non plus reconnu devant elle que Jesse avait menti à plusieurs reprises, mais elle sentait que désormais ils lui faisaient confiance. Elle en éprouvait un soulagement intense.

Bientôt, peut-être demain, elle prendrait Trent à part et lui montrerait les lettres qu'elle avait en sa possession. Tant pis si elles devaient prouver qu'Allen n'était pas un Sinclair. Ce serait Trent, en tant que fils aîné, qui déciderait s'il était opportun ou non de montrer à Mac ce que son ex-épouse avait écrit à Jesse. Ensuite, arriverait ce qui arriverait… elle ne maîtriserait plus rien.

Trent gara la voiture sur le petit aéroport de Jackson Hole. Mac resta à l'intérieur du véhicule, mais Trent et Bryn sortirent guetter l'arrivée de l'appareil. Lorsque le petit avion apparut dans le ciel, elle sentit ses jambes se mettre à trembler.

Enfin elle aperçut la silhouette familière de sa tante avec ses cheveux gris et frisés, coupés court. Une inconnue en blouse blanche marchait à côté d'elle et, tout à coup, le troisième personnage, jusqu'alors caché par les adultes, se mit à crier à tue-tête.

Allen échappa à Beverley et courut vers sa mère, les yeux brillants de joie, malgré les deux adultes qui lui demandaient de ne pas faire d'effort.

— Maman ! Maman !

Elle courut vers lui à son tour et l'accueillit dans ses bras où il se précipita.

— Mon amour ! Comme tu m'as manqué !

Allen sentait le beurre de cacahuète et la savonnette. Un vrai petit garçon…

Patiemment, il supporta les baisers que sa mère posait partout sur son visage parsemé de taches de rousseur. Mais au bout d'un moment, il se dégagea, sans doute désireux de prouver à l'assistance qu'il était trop grand pour ce genre de démonstration d'affection.

Elle prit enfin le temps de le regarder. Elle le trouva pâle, avec de grands cernes sous les yeux, mais il avait incontestablement retrouvé son entrain et sa joie de vivre.

— Dis-moi le nom des gens qui t'accompagnent, maman.

Elle s'exécuta avec plaisir.

— Voici Trent, et son père, M. Sinclair.

Puis elle lui souffla à l'oreille :

— Montre-toi bien poli, comme je t'ai appris.

Allen adressa un sourire adorable aux deux hommes, pencha la tête sur le côté et prononça d'une voix claire :

— Bonjour, messieurs. Je suis très heureux de faire votre connaissance.

Trent demeura immobile, le visage impassible.

Mac passa une main sur son visage, puis la tendit à Allen.

— Bienvenue dans le Wyoming, fiston.

11

Suite à cette entrée en matière parfaitement policée, ils récupérèrent les bagages dans un joyeux désordre et regagnèrent la voiture. Allen parlait à tort et à travers. L'infirmière et Beverley s'efforçaient de le calmer par des paroles gentilles et pleines de bon sens, mais sans succès. Quant à Bryn, toute à la joie de retrouver son fils, elle buvait ses paroles et le regardait sautiller autour d'elle avec une joie indescriptible.

Finalement, Allen et Beverley prirent place à l'arrière avec elle tandis que l'infirmière les suivait avec les bagages dans une voiture de location.

Lorsqu'ils arrivèrent au ranch, Bryn était épuisée, Allen surexcité, et Beverley rompue par le voyage et la nuit passée à l'hôpital pour tenir compagnie à son neveu. Quant à Trent, à part quelques rapides mots de bienvenue, il était demeuré parfaitement silencieux.

Ce fut Mac qui montra à chacun sa chambre et aida Bryn à installer les nouveaux venus. Elle apprécia qu'Allen occupe la chambre voisine de la sienne, ce qui lui permettrait de l'entendre au cas où il aurait une nouvelle crise.

Le repas de midi fut vite expédié, mais lorsque Allen demanda à visiter le ranch, les trois femmes qui veillaient sur lui s'y opposèrent et l'obligèrent à aller faire une sieste. Il fit la moue pour manifester sa contrariété.

Mac le prit en pitié.

— Si je te racontais quelques histoires à propos de ton…

Il s'arrêta net et jeta un regard de détresse en direction de Bryn.

La jeune femme ébouriffa les cheveux blonds de son fils, dans l'espoir toujours déçu d'aplatir un épi récalcitrant, puis elle expliqua :

— Mac a élevé quatre fils dans ce ranch, Allen. Trent dont tu viens de faire la connaissance est l'aîné. Je suis sûre qu'ils ont fait plein de bêtises que Mac s'amusera à te raconter.

Allen parut convaincu et suivit Mac dans le hall sans discuter davantage. Trent avait disparu sans rien dire et l'infirmière partit à son tour se reposer, ce qui laissa Bryn et sa tante en tête à tête.

— Est-ce qu'Allen a été gentil avec toi ? demanda-t-elle.

— Un amour ! C'est un petit garçon adorable et j'ai été très heureuse de m'occuper de lui.

— Il t'a tout de même donné beaucoup de souci en tombant malade. Tu dois être bien fatiguée.

— Bah… Dans un cadre pareil, dit-elle en jetant un coup d'œil autour d'elle, je vais vite récupérer ! Ce ranch est magnifique… Franchement, Bryn, les Sinclair auraient dû t'aider.

Bryn baissa la tête.

— C'était compliqué, tu sais.

Discrète, Beverley ne chercha pas à prolonger la conversation. Elle allongea les jambes et s'étira.

— Tu sais combien de temps nous allons rester ici ?

Bryn sentit son cœur se serrer. Bien peu, sans doute… Mac retrouvait chaque jour un peu plus de force et dès que l'infirmière déclarerait qu'Allen avait lui aussi recouvré la santé, sa présence au ranch n'aurait plus de raison d'être.

Ce qui signifiait qu'elle devrait bientôt parler des lettres à Trent.

Cette démarche s'annonçait délicate car il était redevenu l'homme énigmatique et réservé qu'elle avait croisé dans la chambre de Mac, le jour de son arrivée. Il ne lui manifestait aucune hostilité, mais sa froideur était pire encore. Peut-être n'avait-il aucune envie de faire connaissance avec son neveu ?

Allen s'éveilla assez grognon de sa sieste, mais un verre de jus de fruits et un biscuit l'aidèrent à retrouver sa bonne humeur. En son honneur, Mac décida de faire une petite promenade à cheval, ce qui ne lui était pas arrivé depuis la mort de Jesse. Il fit préparer un poney très calme pour le petit garçon, qui, bientôt coiffé d'une bombe, se retrouva en selle entre son grand-père et sa mère.

La métamorphose de Mac était impressionnante, quasi miraculeuse. Où était le vieil homme fatigué et triste qu'elle côtoyait depuis son arrivée ? Il avait laissé place à un homme âgé, certes, mais plein d'enthousiasme et aux yeux étincelants de malice. La promenade se déroula sans le moindre incident et Allen fit jurer à Mac de recommencer dès le lendemain. Promesse qu'il lui fit le sourire aux lèvres.

Un peu plus tard, comme ils regardaient Allen jouer avec une portée de chiots sous le porche, Mac prit Bryn par le bras.

— Il faut que j'aie une conversation avec toi ce soir.

Elle hocha la tête, une boule dans la gorge.

— Très bien. Je viendrai vous retrouver dès que j'aurai mis Allen au lit.

— Je vais demander à Trent d'être là lui aussi.

Elle approuva une fois de plus, tout en se demandant ce que Trent pouvait avoir à dire au sujet du fils de Jesse.

Après le dîner, Bryn s'occupa de son fils, puis rejoignit Trent et Mac dans le bureau de ce dernier. Mac l'accueillit d'un sourire, alors que Trent, les yeux fixés sur l'écran de l'ordinateur, remarqua à peine son arrivée.

Un instant, il lui sembla qu'elle s'apprêtait à revivre la pénible scène qui avait eu lieu dans cette même pièce six ans auparavant. Mais cette fois-ci, ce n'était pas sa propre cause qu'elle était venue plaider. Elle ne demandait rien pour elle aux Sinclair, ni argent ni amour, rien. Elle était là seulement pour plaider la cause de son fils.

Mac l'invita à prendre place dans un fauteuil si profond qu'elle s'y sentit un peu perdue, mais elle lui obéit. Trent, ostensiblement, se tenait à l'écart. Sans lui prêter attention, Mac ouvrit un tiroir d'où il sortit un cadre en argent qu'il tendit à Bryn.

Surprise, elle le prit et le regarda un instant. Très vite, elle compris en apercevant la photographie qu'il contenait. Au centre trônait un gâteau d'anniversaire décoré de cinq bougies. Juste à côté se tenait un petit garçon blond au grand sourire et aux cheveux indisciplinés. Un épi se dressait sur le sommet de son crâne. C'était Jesse. On aurait dit le jumeau d'Allen.

Muette, elle regarda Mac dont les yeux étaient humides de larmes.

Au bout d'un moment, le vieil homme rompit le silence.

— Je pense que tu comprends à quel point nous regrettons ce qui s'est produit il y a six ans… Trent et moi voulons te présenter des excuses en bonne et due forme, n'est-ce pas Trent ?

Enfin, Trent se tourna vers elle, l'expression indéchiffrable.

— Exactement.

Elle remua sur sa chaise, mal à l'aise.

Pendant des années, elle avait imaginé que le jour où elle recevrait ces excuses, sa vie serait transformée. Aujourd'hui, elle se rendait compte qu'il n'en était rien.

— Je vous remercie, mais je comprends votre réaction de l'époque. Jesse était l'objet de toutes vos attentions, et de votre amour. Jamais vous n'auriez pu vous imaginer qu'il était capable de mentir comme il l'a fait.

Mac fronça les sourcils.

— C'est sans doute le cas pour Trent, mais pas pour moi. Très vite, j'ai compris que Jesse nous jouait la comédie, mais j'essayais de le protéger de lui-même, et de te protéger toi aussi, Bryn. Seulement, je m'y suis très mal pris. En fait, j'étais complètement démuni face à cette triste situation. J'étais persuadé que, si je t'encourageais à rester et que je contraignais Jesse à dire la vérité, cela finirait mal.

— C'est pour cette raison que vous m'avez envoyée chez ma tante ?

— Ta mère parlait toujours en bien de sa sœur. Quand je t'ai vue sortir de mon bureau ce jour-là, complètement bouleversée, je lui ai téléphoné et nous avons convenu tous les deux qu'il serait bon que tu passes ta grossesse près d'elle.

Mac se leva et vint poser une main sur son épaule.

— Mais cela ne signifiait pas que je ne t'aimais plus. Je n'ai jamais cessé de t'aimer et de penser à toi.

Elle tapota la vieille main ridée.

— Pardon de m'être montrée si intraitable et d'avoir renvoyé tous vos cadeaux sans même les ouvrir !

Un large sourire s'épanouit sur le visage de Mac.

— Ils t'attendent tous dans ce placard. Tu peux les prendre quand tu veux !

Elle sourit à son tour.

— Si je comprends bien, c'est Noël en avance sur le calendrier ?

Mac hocha la tête.

— Pour en revenir à Allen, c'est ton fils et c'est à toi de décider ce que tu souhaites pour son avenir. Mais sache que mon avocat est déjà en train de refaire mon testament. Allen aura sa part en tant qu'héritier légitime.

Elle regarda Trent qui observait la scène comme si elle ne le concernait pas. Allait-il enfin dire quelque chose ? Pourquoi ce silence ? Elle ne parvenait pas à deviner dans quel état d'esprit il se trouvait. Etait-il en colère ? Allait-il contester le nouveau testament ?

Elle se redressa.

— J'imagine que vous souhaitez qu'un test d'ADN soit effectué afin que la relation entre Allen et Jesse soit établie de façon incontestable ?

Mac secoua la tête.

— C'est inutile. Allen est le portrait craché de Jesse au même âge. Leur ressemblance sauterait aux yeux de n'importe qui.

Enfin, Trent prit la parole.

— Cet enfant sera peut-être content un jour d'avoir une preuve irréfutable de sa filiation.

Elle sentit le cœur lui manquer.

— Tu continues à ne pas me croire, Trent ?

— Pas du tout. Avant même d'avoir vu ton fils, j'étais persuadé que tu disais la vérité, mais j'ai l'habitude de m'occuper des aspects juridiques des affaires. Je crois qu'il vaut toujours mieux clarifier les choses quand c'est le moment.

Elle se mordit la lèvre. On aurait dit que Trent n'arrivait pas à prononcer le prénom d'Allen. Il avait sans doute bien du mal à accepter qu'elle soit la mère du fils de Jesse.

Mac passa la main dans ses cheveux argentés.

— Mes enfants, je suis fatigué maintenant. Je vous souhaite une bonne nuit, nous continuerons demain si vous le voulez bien.

Son départ laissa un silence embarrassé dans le bureau. Elle aurait préféré que Trent soit de meilleure humeur pour lui parler des lettres d'Etta, mais il fallait le faire maintenant, avant que le travail de l'avocat et du notaire soit terminé.

Elle prit une profonde inspiration.

— Trent, je dois te montrer quelque chose que je pense être important.

Il leva un sourcil.

— Je t'écoute.

— Il vaut mieux que je te le montre, ce sera plus simple. Attends-moi une minute, je reviens tout de suite.

Quand elle regagna le bureau, tenant la boîte à chaussures contenant les lettres, il n'avait pas bougé.

— Qu'est-ce que c'est que ça ?

— Peu de temps après mon arrivée, en fait, le jour où tu as conduit ton père chez le médecin, je me suis trouvée seule ici. Je suis allée dans la chambre de Jesse et j'ai découvert qu'elle n'avait pas été touchée depuis sa mort. Même le ménage n'y avait pas été fait. J'ai commencé à mettre un peu d'ordre et je suis tombée sur des lettres écrites par Etta à Jesse. Il me semble qu'elles ont commencé à arriver quand il a eu seize ans.

Cette révélation parut beaucoup émouvoir Trent. Il tendit la main.

— Fais-moi voir.

Elle hésita, persuadée qu'il allait être malheureux de ce qu'il allait lire.

— Attends-toi à quelque chose de cruel. Peut-être que la conduite de Jesse était alimentée par quelque chose qu'aucun de nous ne pouvait soupçonner.

Il retourna s'asseoir avant d'ouvrir la boîte. Il fit passer les enveloppes entre ses doigts pendant quelques secondes avant d'en choisir une. Au fur et à mesure qu'il lisait la lettre, elle vit son visage s'obscurcir. Comment aurait-il pu en être autrement ? Elle-même avait été profondément choquée par leur contenu, comment ne pas comprendre le désarroi de Trent découvrant à quel point sa mère avait été manipulatrice et mal intentionnée ?

En fait, c'était pire encore que cela. Un enfant devrait être persuadé qu'il est aimé de ses parents, quoi qu'il arrive. Jesse aurait sans doute été beaucoup plus heureux s'il avait pensé que sa mère était partie et qu'elle ne reviendrait jamais. Un abandon aussi radical était un coup terrible pour un enfant, mais ce n'était rien par rapport à la manipulation sordide à laquelle Etta avait eu recours. Elle avait joué avec les émotions de cet enfant déjà rendu vulnérable par l'abandon.

Trent prit le temps de lire chaque lettre pendant qu'elle restait assise à côté de lui. Le tic-tac de la pendule résonnait dans le silence de la pièce. La maison était parfaitement calme. Tout le monde était allé se coucher. Le visage de Trent était terrible à regarder. Il était devenu gris, ses épaules s'étaient affaissées. Il gardait les lèvres serrées.

Lorsqu'il eut terminé, il se tourna vers elle. Ses traits étaient ravagés.

— Pourquoi ? Mais pourquoi a-t-elle fait une chose pareille ?

Elle chercha en vain les mots susceptibles d'apaiser la douleur qu'elle lisait sur son beau visage.

— Je ne sais pas, Trent. Elle pensait peut-être que si elle réussissait à s'insinuer dans la vie de Jesse, Mac finirait par accepter qu'elle revienne…

Il prit sa tête entre ses mains.

— Jesse a dû être terriblement perturbé. Il adorait Mac et tu as vu qu'Etta va jusqu'à insinuer que…

Il avait donc bien relevé lui aussi ce qui ne cessait de la tourmenter depuis qu'elle l'avait lu.

— Oui. Etta laisse penser que Jesse ne serait pas le fils de Mac.

Elle se racla la gorge avant de réussir à articuler ce qui lui serrait le cœur.

— Et si c'est le cas, Allen n'est pas un Sinclair.

Devant l'absence de réaction de Trent, son inquiétude grandit encore. Elle s'approcha de lui et noua les bras autour de son cou.

— Je suis désolée, Trent. Je comprends que tu sois dans une grande souffrance.

Il se dégagea de ses bras pour faire les cent pas dans la pièce. Au bout d'un moment, il s'arrêta et s'appuya contre un mur.

— Pourquoi ne m'as-tu pas montré ces lettres dès que tu les as découvertes ?

— J'ai eu peur. Peur de te faire de la peine, et encore plus à Mac.

— Tu n'as jamais pensé à les détruire ?

— Non, je me le serais reproché toute ma vie. Je désire ardemment qu'Allen soit un Sinclair, mais seulement si c'est vrai.

— Tu n'as pas montré ces lettres à Mac, n'est-ce pas ?

— Non. Il m'a paru trop fragile. Par contre, je me suis demandé s'il ne les connaissait pas déjà. Elles n'étaient pas cachées. La boîte m'est tombée dessus quand j'ai ouvert le placard.

— Je ne pense pas que Mac soit allé fureter dans la chambre de Jesse.

— Moi non plus.

Ils demeurèrent silencieux tous les deux un moment, puis elle reprit la parole :

— Tu crois que nous devrions les lui faire lire maintenant ? Il a repris des forces et paraît assez solide.

— C'est vrai. Mais imagine qu'il ne soit pas déjà au courant ? En découvrant ce courrier empoisonné, il risque une nouvelle alerte cardiaque. Est-ce que ça en vaut la peine ?

— D'un autre côté, nous ne pouvons pas lui laisser modifier son testament si Allen n'est pas réellement son petit-fils. Ce ne serait pas honnête.

Il réfléchit un moment.

— Mac paraît métamorphosé depuis l'arrivée de ton fils. Si cet enfant lui apporte du bonheur, qui sommes-nous pour oser nous interposer ?

Ce fut à son tour de froncer les sourcils.

— Tu as été très clair il y a six ans. Tu soutenais que vous étiez unis les uns aux autres parce que le même sang des Sinclair courait dans vos veines, alors que je ne faisais pas partie de cette famille. Pourquoi changerais-tu d'avis maintenant ?

Un sourire plein de tristesse se dessina sur ses lèvres.

— Il y a six ans… je n'avais pas encore perdu mon jeune frère, je n'avais pas vu mon père aux portes de la mort… Je n'étais qu'un imbécile égoïste et borné !

Cette manifestation d'humilité, inhabituelle de sa part, la mit mal à l'aise. Elle l'avait toujours vu solide comme un roc et n'avait nul besoin de le voir se flageller. En tout cas, pas en ce moment, alors que les jours à venir promettaient tant de remises en question.

Elle jeta un coup d'œil à sa montre. Il était près de minuit ! Le temps avait passé sans qu'elle s'en rende compte. Elle se leva et se rapprocha de la fenêtre, le dos tourné vers lui dans l'espoir qu'il s'approcherait pour la prendre dans ses bras. Mais il n'était pas homme à deviner les méandres du cœur féminin… Elle sentit son regard peser dans son dos, mais il ne s'approcha pas.

— Il faut que je réfléchisse, dit-il de sa voix grave. Est-ce que ton fils fera la sieste demain ?

« Ton fils »… Il n'arrivait toujours pas à appeler Allen par son prénom.

— Oui, répondit-elle.

— Parfait. Je suggère que nous en profitions pour aller faire une promenade à cheval pendant qu'il dormira. Nous serons tranquilles pour discuter et décider de ce que nous devons faire.

Il avait adopté un ton parfaitement terre à terre pour lui faire cette proposition. Pas la moindre trace d'émotion dans sa voix, encore moins de passion. Pourtant, elle pensa immédiatement aux moments torrides qu'ils avaient partagés dans la cabane et elle se sentit rougir autant que s'ils avaient été en train de les vivre.

Les gémissements qu'elle avait poussés… Les cris rauques de Trent… Les craquements du feu dans la cheminée et la pluie qui tambourinait, rassurante, sur le toit de tôle… Le plaisir, si intense qu'elle s'y était noyée corps et âme…

Heureusement, ils ne se faisaient pas face, car la rougeur de son visage l'aurait trahie. Elle s'efforça de se ressaisir avant de se tourner vers lui mais, lorsqu'elle le fit, l'intensité qui brillait dans ses yeux la fit tressaillir. Elle y lisait le désir à l'état brut, intense, animal. Mais il cligna des paupières et la lueur presque inquiétante disparut.

L'aurait-elle imaginée ? Est-ce qu'il la désirait encore ou bien le fait qu'elle lui ait caché les lettres avait-il détruit le lien fragile qui s'était tissé entre eux ?

— Je t'accompagnerai avec plaisir, dit-elle. Mais en fait, c'est à toi que la décision appartient. Il s'agit de ton père. Tu sais mieux que moi les choix à faire dans son intérêt et celui de ta famille. Je pense que Mac nous aiderait à tirer au clair le sens de la correspondance d'Etta, mais si tu crains que ce soit trop bouleversant pour lui, nous détruirons ces lettres et nous n'en parlerons plus.

Il se passa la main dans les cheveux.

— Je ne veux pas être le seul à trancher, c'est trop grave. Il faut que Gage et Sloan soient mis au courant.

— Tu penses qu'ils pourront se déplacer ?

— De toute façon, Gage doit venir d'ici une semaine assurer sa permanence, puisque nous avons décidé de faire un roulement mensuel. Quant à Sloan, étant donné les circonstances, je pense qu'il se débrouillerait pour se libérer. Il faut qu'ils soient informés des problèmes de Jesse, mais je me demande s'il ne vaudrait pas mieux parler des lettres à mon père sans attendre leur arrivée.

Tout à coup, ces paroles firent réaliser à Bryn qu'il allait bientôt partir. Il allait regagner Denver… Sans elle. Bien sûr, elle avait toujours su que cela finirait par arriver, mais elle avait délibérément exclu cette perspective de son esprit. Elle lui était trop douloureuse.

Elle se retourna, appuya la tête contre son torse et lui entoura la taille de ses bras.

— Comme c'est difficile…

Contre sa joue, elle entendait les battements de son cœur tandis qu'il lui caressait les cheveux.

— Va te coucher, dit-il d'une voix radoucie. Va te reposer. Nous nous retrouverons demain après-midi.

12

Au lieu d'aller se coucher, Trent sella son étalon et reprit la route qu'il avait suivie avec Bryn pour aller jusqu'à la cabane. Mais ce soir, il poussait sa monture dans l'espoir que la vitesse du galop l'aiderait à surmonter le tourbillon de pensées qui assaillaient son esprit. Chaque mot de ces horribles lettres était gravé en lettres de feu dans sa mémoire. Et Dieu savait combien cela lui était douloureux… Malgré les années écoulées, la trahison de sa mère le rendait encore immensément malheureux.

Quant à Bryn… Qu'allait-il faire ? Depuis qu'il avait posé les yeux sur Allen, il était convaincu qu'il était bien le fils de Jesse. Il n'avait plus le moindre doute à ce sujet. Mais quelle culpabilité depuis ! Dire que six ans plus tôt, il l'avait rejetée… et que Jesse l'avait laissé faire sans jamais intervenir !

De toute façon, il ne pouvait plus se mentir davantage : il était amoureux d'elle. Et ce sentiment n'allait pas disparaître comme par enchantement dans les jours à venir. En fait, il l'avait toujours été, mais maintenant qu'il l'avait retrouvée, femme et non plus adolescente naïve, il osait se l'avouer. Quoi qu'il arrive, il ne pouvait pas envisager de la perdre.

Il s'était comporté comme un mufle vis-à-vis d'Allen, alors qu'il était son oncle. Mais ce titre ne lui suffisait plus, il voulait devenir le père de cet enfant !

Et si jamais Jesse n'était pas le fils de Mac ?

Comment se sortir de cet imbroglio ?

Il galopa longtemps, comme pour se punir de sa dureté, à la recherche de réponses et en quête de pardon.

Bryn dormit à peine. Chaque fois qu'elle se tournait pour regarder le cadran lumineux du réveil, c'était pour découvrir que quelques minutes à peine s'étaient écoulées et non pas des heures comme elle le souhaitait.

Son avenir tout entier était en jeu. Elle avait grandi au ranch des Sinclair, et bien que ses parents n'y aient été que des employés, elle l'avait toujours considéré comme sa propre maison. C'était là que se trouvaient ses racines, même si ce sentiment était injustifié. A l'époque, sa grossesse lui était apparue comme le ciment qui devait consolider ce lien, quel que soit l'endroit où elle déciderait de vivre. La réalité n'y changerait rien.

Les sentiments qu'elle éprouvait pour Trent ne simplifiaient pas le cours de ses pensées. Elle était amoureuse de lui. Jamais aucun homme ne réussirait à prendre la place qu'il occupait dans son cœur. Bien sûr, elle n'envisageait pas de finir sa vie en célibataire, mais il lui faudrait beaucoup de temps, vraiment beaucoup, pour oublier l'empreinte qu'y avait laissée Trent.

Jesse était celui qui avait pris sa virginité, mais c'était Trent qui lui avait appris ce que c'était que d'être une femme.

Finalement, au petit matin, comme le sommeil ne venait toujours pas, elle se leva pour aller faire une grande promenade dans la campagne. Le contact avec la nature apaisa sa nervosité et elle put, relativement calme, retrouver sa tante et son fils à la table du petit déjeuner. Mac était de très bonne humeur et bavarda allègrement avec Beverley et l'infirmière pendant qu'Allen mangeait de bon appétit. Personne ne commenta l'absence de Trent, pourtant signalée par un bol vide.

Une fois ses céréales avalées, Allen se tourna vers sa mère, l'œil brillant.

— Et aujourd'hui, maman, qu'est-ce qu'on va faire ?

Elle aurait bien aimé lui laisser explorer le grenier, car elle-même adorait ce passe-temps quand elle était enfant, mais étant donné l'asthme dont il souffrait, ce n'était certainement pas une bonne idée. Que lui proposer qui soit un peu différent des puzzles et des jeux de dames ou de petits chevaux ?

Une idée lui vint.

— Je sais ! Viens avec moi, je vais te montrer quelque chose.

Elle se dirigea vers le salon avec Allen qui sautillait de joie à côté d'elle. Là, elle ouvrit la grande armoire de bois où étaient rangés tous les albums photo de la famille. Très tôt, Gage, le second fils de Mac, avait développé une véritable passion pour la photographie. Son père lui avait offert tout le matériel nécessaire non seulement pour faire des clichés, mais aussi pour les développer et les tirer sur papier. Jamais il n'aurait imaginé que ce cadeau inciterait son cadet, déjà amoureux de l'aventure, à parcourir le globe un appareil à la main !

Elle choisit un album et l'ouvrit sur les genoux d'Allen. Son cœur se serra en reconnaissant une photographie qu'elle avait oubliée depuis bien longtemps. Pour une fois, Gage se trouvait lui aussi sur la photo car Mac avait fait le cliché. On y apercevait cinq enfants, quatre garçons et une fille, assis sur la barrière du corral, jambes pendantes. Les trois frères aînés se ressemblaient énormément, bien que Trent, qui devait à l'époque avoir treize ou quatorze ans, apparaisse évidemment comme étant le plus âgé.

Bryn et Jesse, assis à côté des grands, se tenaient par les épaules. Elle avait des couettes, et les mèches blondes de Jesse étincelaient au soleil. Tous les cinq paraissaient heureux de vivre et en bonne santé.

Profitant d'un instant d'inattention d'Allen, elle détacha la photo et la glissa dans sa poche. Bientôt, très bientôt, elle lui dirait la vérité à propos de son père et profiterait de cette photo pour évoquer devant lui quantité de souvenirs heureux.

Elle feuilleta les pages, faisant défiler sous les yeux de son fils des photos de rodéos, de Noëls en famille, de pique-niques dans la campagne, tous chaperonnés par un Mac beaucoup plus jeune qu'aujourd'hui.

Le dernier album était plus mince que les autres. Sur la couverture, elle trouva une note écrite de la main de Mac qui disait : « Pour Bryn ». Chacune des photos qu'il contenait représentait les parents de la jeune femme. Ils étaient parfois ensemble, parfois séparés, souvent tenant leur petite fille par la main.

Elle posa le doigt sur l'une d'entre elles.

— Tu vois, Allen, c'était mon papa et ma maman. J'aurais aimé que tu les connaisses, mais ils sont morts bien longtemps avant ta naissance.

Un pli barra le front du petit garçon.

— Mon papa est mort lui aussi ? C'est pour ça qu'il n'habite pas avec nous ?

La question fusa à l'improviste et la prit complètement au dépourvu. Jamais encore Allen n'avait posé la moindre question à propos de son père. Depuis quelque temps, elle se préparait à aborder le sujet avec lui, estimant qu'il était maintenant assez grand pour comprendre, mais elle ne savait trop comment s'y prendre.

Elle s'était longuement demandé si, pour être honnête, elle devait lui avouer que son père n'avait pas souhaité sa naissance ni s'occuper de lui. Finalement, elle avait décidé que ce n'était pas nécessaire.

L'envie lui vint de poser son doigt sur le petit garçon blond de la photo et de dire à Allen : « Regarde, c'est ton papa quand il avait le même âge que toi maintenant. » Mais ce n'était pas encore le moment. Il fallait d'abord parler avec Mac et Trent.

— Oui, répondit-elle, ton papa est mort, mais il t'aimait beaucoup.

C'était un mensonge pardonnable. Un fils a besoin de savoir qu'il a compté pour son père, même si ce n'est pas vrai.

Mais, très vite, Allen se lassa du passé. Après tout, il n'avait que cinq ans !

— J'ai envie d'aller voir les petits chiens…

— D'accord. Je vais demander à Julio d'aller les chercher dans la grange et de les amener sous la véranda.

Le repas de midi prit des allures de pique-nique pour Bryn et Allen. L'hiver avait été long et rigoureux dans le Minnesota et la douceur du printemps était si bonne qu'elle prépara des sandwichs, prit une couverture à étaler sur l'herbe et décida d'aller manger dehors au soleil.

Quand Allen commença à donner des signes de fatigue, elle le ramena à l'intérieur et le confia à Beverley pour aller retrouver Trent.

— Tu es prête ?

— Oui, répondit-elle, le cœur battant.

Un ouvrier l'aida à seller une jument très douce pendant que Trent préparait son bel étalon favori. Quelques instants plus tard, ils chevauchaient côte à côte, traversant une prairie éclatante de narcisses sauvages et de pissenlits en fleurs.

Lorsqu'ils arrivèrent en bordure du ruisseau, il l'aida à descendre de sa monture, puis attacha les deux chevaux près de l'eau de manière qu'ils puissent boire et manger autant qu'il leur plairait.

Ensuite, il étala dans l'herbe le plaid qu'il avait apporté avec lui, roulé derrière sa selle. A côté d'eux, l'eau claire et encore glacée cascadait joyeusement sur les galets. La brise ébouriffait les cheveux de Bryn qui prit un foulard dans sa poche et le noua en bandeau afin de les discipliner.

— Bon, et maintenant, par quoi allons-nous commencer ? demanda-t-elle en s'efforçant de parler d'une voix calme et posée.

Il fit un pas dans sa direction.

— Par ça !

Il la prit dans ses bras et, aussitôt, l'anxiété qu'elle éprouvait encore une minute auparavant disparut, remplacée par une chaleur délicieuse qu'elle accueillit comme une bénédiction.

Elle accueillit son baiser avec passion. L'impatience qui les consumait tous les deux ne l'effrayait plus désormais, au contraire. Elle l'aurait sans discuter suivi jusqu'au bout du monde, pour le simple bonheur de sentir encore une fois ses doigts glisser sur sa peau nue.

Comme s'il avait deviné son désir, il dégrafa le pantalon qu'elle avait enfilé pour monter à cheval et prit dans ses mains ses fesses nues et tièdes pour la presser contre son érection. Ivre déjà de plaisir, elle réussissait tout juste à se maintenir debout.

Alors il se mit à déboutonner son chemisier. Le signal était donné. Ils se débarrassèrent l'un et l'autre de leurs vêtements à la hâte, pressés de se retrouver nus tous les deux sous le soleil tiède du printemps.

Ce fut à peine si elle remarqua qu'il l'attirait vers la couverture sur laquelle ils s'allongèrent, peu préoccupés par l'inconfort de leur lit improvisé. Elle haletait déjà, rougissante de lire dans les yeux de son amant un désir aussi violent.

— Trent, nous ne pouvons pas…

Il caressa le sein au mamelon dressé, le pinça doucement.

— Nous ne pouvons pas quoi ?

Sa question aurait sans doute été plus innocente s'il n'avait pas, au moment même où il la posait, glissé la main entre les cuisses de Bryn pour y apprécier la tiède humidité qui venait d'y naître. Partout où il le touchait, son corps se détendait, s'offrait de plus en plus franchement.

— Je… je croyais que tu voulais me parler…, dit-elle après s'être éclairci la gorge.

Une ombre passa rapidement sur le visage de Trent.

— Plus tard…

Il serra si fort ses hanches qu'il lui fit presque mal.

— Je veux que tu nous regardes. Ne ferme pas les yeux !

Il enfila un préservatif. Le visage redressé, elle regardait, frissonnante, prête à hurler d'excitation, son sexe la pénétrer à petits coups, mais il ne se hâtait pas. Au contraire, il savourait sans se presser chacun des coups de reins qui le faisait progresser dans la gaine soyeuse.

Le contrôle extraordinaire qu'il avait de lui-même la frustrait, son impatience grandissait à chaque avancée qu'il faisait en elle. Au-dessus de son visage, le bout des mamelons de Trent était couleur de cuivre. Instinctivement, elle se mit à les caresser. Il tressaillit et elle le sentit se gonfler encore en elle, devenir plus dur, plus long. Plus insistant.

Allongée sous lui, elle se sentait empalée, prisonnière de la folie qui les jetait l'un vers l'autre, alors qu'ils n'avaient aucun avenir ensemble. Ils partageaient un moment d'abandon qui n'aurait pas de suite.

Que possédaient-ils tous les deux ? Rien d'autre que le moment présent.

Comme elle posait les mains sur son épaule, il glissa les mains sur sa nuque et défit le foulard qui retenait ses cheveux attachés. Les longues mèches soyeuses cascadèrent sur ses seins et il les caressa avec une admiration mêlée d'une sorte de respect.

Puis ses mains saisirent la masse de cheveux et il attira la jeune femme contre son visage pour que leurs bouches se rejoignent. Leurs dents, leurs langues, leurs souffles se rencontrèrent. Son torse était baigné de sueur, les muscles des cuisses de Bryn frémissaient. Malgré tout, il continuait à la torturer de douceur, la laissant anticiper la conclusion jusqu'à ce qu'elle lui griffe les épaules et se torde sous lui. Elle voulait hâter le plaisir qui chatoyait devant elle sans qu'elle réussisse encore à l'atteindre.

Il lui prit le visage dans les mains et la fixa droit dans les yeux.

— Tu aurais dû être mienne, Bryn. Il ne te méritait pas.

Ces mots résonnèrent comme un glas dans son cœur, ternissant le bonheur qu'elle découvrait dans ses bras. Pourtant, dès qu'il recommença à l'embrasser, elle oublia tout et la joie lui revint.

L'érotisme du moment balayait tout autour d'eux. Il riait de bonheur et elle riait aussi. Rien n'aurait pu les séparer en ce moment privilégié entre tous. Elle se laissa aller contre son torse, épuisée, mais cette nouvelle position déclencha des sensations de plaisir encore inconnues, qui se mirent à irradier dans son corps tout entier. La force et l'énergie dont il faisait preuve la laissaient admirative. Alors qu'elle était totalement abandonnée et sans force dans ses bras, il paraissait se projeter en elle avec de plus en plus de vigueur.

— Dis-moi que tu me désires, Bryn. J'ai besoin de t'entendre prononcer ces mots.

Il roula tout à coup sur le côté et se plaça sur elle tout en prenant soin de soutenir son poids de ses avant-bras.

Elle passa la langue sur ses lèvres sèches.

— Je te désire, Trent.

— Dis-moi que tu as besoin de moi !

— Oui, j'ai besoin de toi.

— J'aurais voulu être le premier à te faire l'amour…

Comme elle hésitait un instant avant de lui répondre, il sentit la jalousie lui traverser le cœur comme un stylet.

— Je ne savais pas ce que je faisais à cette époque, dit-elle enfin. Je manquais de maturité. En fait, je pense que… que je me servais de Jesse pour te rendre jaloux. Je le regrette vraiment. A vrai dire, je n'ai jamais été amoureuse de lui.

Cet aveu fait, elle attendit qu'il lui murmure qu'il l'aimait. Elle espérait qu'il lui dirait les mots qui changeraient sa vie entière, la petite phrase toute simple qui permettrait à ses rêves de devenir réalité.

Mais il ne les prononça pas.

Son corps était tout entier habité par l'orgasme qui arrivait.

Finalement, lorsqu'elle ne fut plus qu'un corps pantelant de volupté entre ses bras, il se projeta en elle encore plus violemment et atteignit le point culminant de son plaisir avec un cri épuisé qui résonna autour d'eux.

Trent arrangea la couverture autour de Bryn qui s'était endormie et jeta un coup d'œil à sa montre. Il aurait voulu garder ce moment parfait toujours aussi vif dans son cœur, arrêter le temps. Hélas, celui-ci continuait à s'écouler, indifférent à sa détresse. Car le moment qui approchait risquait d'être bien pénible à vivre. Malgré son profond désir d'épargner Bryn et son fils, il n'était pas sûr que ses efforts suffisent.

La clarté du soleil traversait ses paupières closes, chauffait son visage. Il lui caressa les cheveux et, tout à coup, il eut la surprise de découvrir qu'il n'était plus jaloux de son frère. Comme s'il était désormais immunisé contre les blessures que le passé provoquait en lui autrefois.

De nouveau, il sentit son sexe se dresser. On aurait dit que c'était inévitable dès qu'il se trouvait en sa présence. Il la fit délicatement tourner sur le côté pour lui faire face, puis il fit passer l'une des jambes de Bryn par-dessus sa hanche et la pénétra de nouveau, avec lenteur, savourant la façon dont son corps l'accueillait.

Elle l'embrassa, murmurant les mots que lui dictait le plaisir. Il serra les dents pour retarder le moment de sa jouissance, ralentissant ses coups de reins tout en continuant à la pénétrer un peu plus à chaque poussée.

Leur position était parfaitement intime et sensuelle. Il glissa les mains sous ses fesses et la serra contre lui. Il sentit qu'elle arquait le dos, il la vit fermer les yeux. Comme elle était belle ! Il en était ébloui. Jusqu'à ce qu'elle revienne au ranch, il menait une vie dépourvue de sens. Il avait suffi qu'elle apparaisse pour qu'il le comprenne. Pourtant, elle n'avait rien fait d'autre qu'être elle-même : pure, généreuse, adorable.

Il déposa un baiser léger sur sa joue. Le désir urgent qu'il ressentait quelques instants plus tôt avait laissé la place à un sentiment de satisfaction profonde. Pour un homme comme lui, peu habitué à analyser ses sentiments, découvrir que la femme qu'il tenait dans ses bras lui était devenue aussi nécessaire que l'air qu'il respirait était une révélation.

Etrange sentiment, qui le remplissait à la fois d'enthousiasme et de terreur…

Il la repoussa doucement sur le dos et s'allongea sur elle avant de faire passer ses longues jambes fines autour de sa taille. Elle lui adressa un sourire somnolent qui le fit trembler de tendresse et d'impatience. C'était le regard d'une femme comblée. N'importe quel homme à sa place remuerait ciel et terre pour garder auprès de lui celle qui le regardait ainsi !

Elle enfonça ses talons dans son dos.

— Quoi qu'il arrive par la suite, Trent, je n'oublierai jamais ces instants.

Il embrassa les lèvres qui venaient de prononcer ces mots si importants pour lui.

— Ne t'inquiète pas… Je me débrouillerai pour que tout s'arrange.

Elle refusait de penser aux problèmes qui planaient au-dessus d'elle, Allen, Jesse, les lettres… Non, rien de cela n'existait en cet instant ! En guise de réponse, elle serra davantage les jambes autour de la taille de Trent. Encouragé, il la pénétra avec toute son énergie, glissant son sexe en elle comme si la douceur humide qu'elle lui offrait était le havre qu'il avait toujours attendu. En entendant le cri aigu qui lui échappa au moment de sa jouissance, il s'élança avec encore davantage de force, grisé par les spasmes violents qui enserraient son sexe rigide. La volupté atteinte à son tour, il plongea le visage dans ses longs cheveux épars.

Nulle part au monde il n'aurait pu être plus heureux.

Leurs deux corps brillaient de transpiration sous le soleil qui déclinait à l'horizon, teintant les montagnes environnantes de touches dorées.

Il était à deux doigts d'avouer l'amour qui lui emplissait le cœur. Pourtant, les vieilles habitudes acquises tout au long de sa vie refaisaient surface malgré lui : ne jamais faire de proposition, quelle qu'elle soit, quand on était en position de faiblesse... Au contraire, élaborer d'abord calmement un plan... Oui, tout était fin prêt dans sa tête, mais il ne l'en informerait que quand le moment propice serait arrivé, pas avant.

Elle demeurait si silencieuse que la panique s'empara de lui. Il sentit sa gorge se serrer jusqu'au malaise. Alors, brusquement, il se redressa et laissa s'échapper les mots qu'il retenait avec tant de peine :

— Epouse-moi, Bryn. Laisse Allen devenir mon fils.

13

Au fil des ans, Bryn avait imaginé des douzaines de scénarios au cours desquels, un genou en terre, Trent lui déclarait un amour éternel en lui offrant une superbe bague de fiançailles et un bouquet de fleurs comme on en voit dans les catalogues les plus sophistiqués. Aucun de ces fantasmes élaborés le soir quand elle était seule dans son lit ne ressemblait le moins du monde à ce qui venait de se produire.

Elle se mit debout, consciente tout à coup de sa nudité, pressée de rassembler ses vêtements et de les enfiler. Une fois prête, elle croisa les bras et osa enfin regarder Trent qui n'avait cessé de l'observer.

Péniblement, elle avala sa salive.

— Merci de me le proposer, dit-elle en articulant avec difficulté, mais ma réponse est non.

Car il ne l'avait pas « demandée » en mariage, il lui avait donné un ordre : « Epouse-moi ! » C'était encore le puissant Trent Sinclair qui imposait sa loi. Et elle ne voulait pas de cela.

Son instinct de survie avait réagi immédiatement. Elle refusait d'être l'une de ses possessions ! Sa fierté ne le supporterait pas.

Mâchoires serrées, sourcils froncés, le visage de Trent affichait le masque même de la contrariété.

— Tu refuses ! Mais pourquoi ?

Bien sûr, Bryn-la-romantique regrettait de voir son conte de fées réduit en cendres, mais Bryn-la-pratique avait autre chose à prendre en considération que ses rêves brisés.

— Si Allen est bien un Sinclair, je serai la première à me

réjouir qu'il fasse la connaissance de son grand-père et de ses oncles. Mais si jamais il ne l'est pas, je retournerai avec lui dans le Minnesota et nous vivrons là-bas tous les deux sans rien demander à personne.

Il la dévisagea d'un air profondément sérieux.

— Tu m'as dit que la décision de montrer ou non les lettres à Mac dépendait de moi. Je les détruis et on n'en parle plus ! A partir de là, nous formerons une famille sans histoire. Qu'est-ce que tu penses de cette solution ?

La tentation était violente. Si elle acceptait, elle deviendrait sa femme, Allen serait leur fils, ils auraient d'autres enfants ensemble…

Mais elle se mordit la lèvre et secoua la tête.

— J'ai eu tort. J'y ai réfléchi toute la nuit et j'en suis arrivée à la conclusion que les secrets ne sont jamais une bonne chose dans une famille. Mac doit connaître la vérité. Ensuite, nous verrons ce qui arrive.

Il acheva de boutonner sa chemise.

— Ensuite, ou bien ton fils sera un riche héritier Sinclair, ou bien il ne sera qu'un enfant illégitime de plus, élevé par une mère célibataire.

La cruauté délibérée de cette réponse l'atteignit en plein cœur. Est-ce qu'il essayait de se venger parce qu'elle lui résistait ?

— Ce n'est pas une question d'argent, tu le sais parfaitement, répondit-elle.

— Mais c'est l'argent qui mène le monde ! Tu n'as pas encore compris ça ? Tu es encore plus naïve que ce que je pensais.

Malgré la tiédeur de l'air, elle se sentait glacée jusqu'aux os.

— Pourquoi autant de haine envers moi ?

Où était passé le Trent délicat et amoureux ? Toute sa gentillesse n'avait donc été que manipulation pour arriver à coucher avec elle ?

Il haussa les épaules, un sourire amer sur les lèvres.

— Si je ne suis pas de la meilleure humeur du monde, c'est à cause de toi, Bryn. Ce n'est pas tous les jours qu'on me renvoie à la figure une proposition de mariage. Excuse-moi si je ne suis pas assez galant pour reprendre le cours de ma vie comme si rien ne s'était passé.

L'espace d'une seconde, elle eut l'impression qu'une grimace de souffrance passait dans son regard. Mais ce ne fut qu'un éclair qui s'enfuit aussitôt. Inutile de rêver, jamais elle ne réussirait à l'émouvoir. Il était insensible, indifférent aux sentiments des autres… pour lui, c'était la seule façon de réussir dans la vie.

— Pourquoi est-ce que tu m'as demandée en mariage ?

Il posa le pied sur une pierre puis y grimpa, comme s'il cherchait son équilibre avant de répondre d'une voix étouffée :

— Nous sommes tes débiteurs, Bryn. Tu as souffert à cause de nous, et la famille Sinclair acquitte toujours ses dettes.

Cette réponse détruisit le peu d'espoir qui lui restait encore. Quelle déception, quelle douleur de voir que rien d'autre que le désir sexuel ou le souci des convenances ne l'avaient poussé vers elle…

— Je te tiens pour dégagé de toute obligation envers moi. Après tout, moi aussi je suis à blâmer puisque j'ai tenu Allen éloigné de vous pendant cinq ans. Disons que nous sommes quittes.

Elle se baissa pour ramasser la couverture qu'elle roula avec des mouvements brusques.

— Allez, il est temps de rentrer au ranch, j'ai à faire là-bas.

Bryn vécut comme un supplice les heures qui la séparaient du moment où elle et Trent pourraient s'entretenir avec Mac en privé. L'énergie d'Allen, qui n'arrêtait pas de remuer et de parler, lui mettait les nerfs à vif et l'épuisait en même temps. Lorsque enfin il fut endormi, elle ne perdit pas une minute pour se diriger vers le bureau de Mac avec la boîte des lettres.

Trent se trouvait déjà là. Le cœur battant, elle essaya de déchiffrer sur son visage quelques indices de la tournure qu'allait prendre leur rencontre, mais sans succès. Avait-il déjà dit quelque chose à Mac ? Impossible de s'en faire la moindre idée. Elle s'assit donc et attendit que Trent prenne la direction des opérations.

Mac les regarda à tour de rôle.

— Qu'est-ce que vous mijotez tous les deux ? Vous avez quelque chose à me dire ? Dépêchez-vous parce que je commence à perdre patience avec tous ces mystères !

Elle lui sourit doucement.

— Oui, c'est vrai, nous avons quelque chose d'important à vous révéler, mais nous craignons que cela vous contrarie.

— Et alors ! Vous me prenez pour une mauviette ? Allez, crachez le morceau, et plus vite que ça !

Elle saisit la boîte qu'elle tenait sur les genoux.

— Voici ce que j'ai trouvé en rangeant la chambre de Jesse. Ce sont des lettres qu'Etta lui a adressées. Vous étiez au courant de cette correspondance ?

Il pâlit.

— Non.

— C'est bien ce que je craignais, dit-elle en faisant la grimace. Ces lettres sont terribles, Mac, et il est bien possible qu'elles aient affecté Jesse au point de le pousser à chercher un réconfort dans la drogue.

— Laisse-moi voir…, dit Mac d'une voix éteinte.

— Ce n'est pas tout, dit-elle, la gorge nouée. Il est possible que Jesse ne soit pas votre fils.

Les grandes mains de Mac tremblaient maintenant. Il appuya la tête contre le dossier de son fauteuil et ferma les yeux.

— Dis-nous tout, Pa, dit Trent d'une voix encourageante. Nous avons besoin de savoir. Que s'est-il passé ?

Mac se passa les mains sur le visage et poussa un soupir.

— Je n'étais pas au courant pour les lettres, mais j'ai toujours su où Etta se trouvait depuis son départ.

Trent se figea, comme foudroyé.

Malgré sa surprise, Bryn réussit à parler.

— Je ne comprends pas, Mac. Je croyais qu'Etta vous avait abandonnés, vous et les enfants.

Mac hocha la tête.

— J'ai dû la faire interner dans un hôpital psychiatrique parce qu'elle était en pleine dépression nerveuse. Les médecins ont diagnostiqué plus tard une perte totale de contact avec la réalité.

Trent et Bryn étaient complètement atterrés par cette nouvelle.

— Etta se trouve à l'hôpital de Cheyenne depuis près de vingt ans, dit Mac.

Trent se ressaisit suffisamment pour demander :

— Mais pourquoi est-ce que tu ne nous as jamais rien dit ? Pourquoi nous avoir laissé croire qu'elle nous avait abandonnés ?

— C'est bien ce qu'elle a fait au début. Mais quand je l'ai retrouvée, elle était recroquevillée dans un arrêt d'autobus, incapable de parler ni même de dire qui elle était.

Mac avait parlé d'une voix brisée par le chagrin et Bryn comprit que, malgré toutes les années écoulées et ce qui s'était passé, il l'aimait encore.

— Elle n'a jamais pu quitter l'hôpital, poursuivit Mac. Les médecins estiment qu'elle est un danger pour elle-même et les autres. Elle vit dans un monde qui n'est plus le nôtre et je suis très étonné d'apprendre qu'elle se souvenait suffisamment de Jesse pour être capable de lui écrire.

Trent était pâle à faire peur.

— Tu penses que Jesse a hérité quelque chose de sa tendance à la dépression, n'est-ce pas ?

Mac hocha lentement la tête.

— J'aurais voulu qu'il consulte, qu'il se fasse aider, mais il a toujours obstinément refusé. C'était dans ses habitudes de refuser de voir les problèmes.

Bryn se pencha vers Mac.

— Dans ses lettres, Etta parle d'hommes qu'elle aurait connus. Vous croyez que c'est vrai ?

Mac hésita un long moment. Finalement, il fit un effort pour se redresser et la regarda.

— Oui. Jesse n'est probablement pas mon fils biologique. Du moins, les dates concordent avec une foire aux bestiaux qui m'a retenu assez longtemps loin du ranch. Mais cela n'a pas d'importance…

Il se leva, vacilla un instant avant de retrouver son équilibre. Il paraissait avoir vieilli de dix ans au cours de la conversation.

— Vous avez bien fait de me montrer ces lettres. Trent, je suis désolé de ne pas t'avoir dit la vérité au sujet de ta mère, mais c'était très difficile pour moi. Vous étiez jeunes tous les quatre, j'ai voulu vous protéger. Ensuite, j'avais gardé le secret pendant si longtemps que je n'ai plus su comment m'y prendre pour vous avouer la vérité.

Mac prit Trent dans ses bras et le serra très fort contre lui. Bryn vit avec soulagement que Trent lui rendait son étreinte. Un instant, elle avait craint que la colère n'étouffe l'affection qu'il ressentait pour son père. Heureusement, il n'en était rien.

Ensuite, Mac la prit elle aussi dans ses bras.

— Je t'aime toi aussi, Brynnie.

Elle l'embrassa affectueusement sur la joue.

— Allez vous reposer, Mac. Je viendrai vous dire bonsoir quand vous serez couché.

Une fois en tête à tête avec Trent, Bryn observa son visage. Bien qu'il se tienne très droit, ses larges épaules comme toujours prêtes à affronter l'adversité, il avait les traits tirés et paraissait très affecté par les révélations qui venaient de lui être faites.

Elle le prit par la main.

— Viens avec moi dans la cuisine. Tu as besoin d'un remontant, je vais te préparer ça.

Il fit un pas en arrière, comme pour respecter une barrière invisible qui se serait érigée entre eux deux.

— Tu vois, je ne sais pas ce qui est pire : une mère qui abandonne ses enfants sur un coup de tête, ou une mère internée à vie dans un hôpital.

— Donne-toi le temps d'assimiler ce que tu viens d'apprendre, Trent. Un verre de whisky t'aidera à te détendre.

— Il n'y aura jamais assez de whisky au monde pour guérir ce que j'ai ! Il faut que je téléphone à Gage et à Sloan pour les mettre au courant. Au diable la famille et ses complications !

— Tu n'as pas besoin de faire quoi que ce soit ce soir, dit-elle. Attends demain, quand tu seras un peu apaisé.

— Va te coucher, Bryn, répondit-il d'une voix dure. Cette histoire ne te concerne pas.

— Peut-être, mais toi, tu comptes pour moi !

— Je t'ai demandé d'aller te coucher ! dit-il de nouveau, le regard étincelant.

Elle lui tint tête une fois de plus.

— Non, je ne veux pas te laisser dans cet état. Tu as besoin de moi.

Il s'immobilisa, blanc de colère, et elle comprit qu'elle avait commis une erreur en insistant. Il n'y avait plus la moindre lueur de tendresse dans son regard luisant.

— Fiche-moi la paix, Bryn, et va au diable si tu veux !

Bryn accorda à son fils une dernière journée pour profiter du ranch. Elle avait retenu leurs billets pour le lendemain. Beverley et l'infirmière rentreraient en même temps qu'eux.

Cette fois, c'était elle qui prenait la décision de partir, mais le résultat était le même, hélas : elle devait dire adieu aux deux hommes qu'elle aimait le plus au monde. Et à la maison où elle avait grandi et où elle avait tant de bons souvenirs.

Après avoir dit au revoir aux chevaux dans leurs box, Allen et elle avaient décidé de faire une grande promenade dans la campagne. Le petit garçon sautait comme un cabri autour d'elle qui traînait un peu, fatiguée par sa nuit sans sommeil. Ils grimpaient à flanc d'une colline et autant Allen avançait sans le moindre effort, autant elle-même se sentait lasse et à bout de souffle. Elle repéra une grosse pierre quelques mètres plus haut et décida d'aller s'y asseoir un moment. Tout en bas, ils apercevaient le ranch et les écuries.

Ils s'assirent tous les deux et Allen posa la tête sur l'épaule de sa mère. Elle lui caressa les cheveux.

— Allen, j'ai quelque chose à te dire.

Le petit garçon bâilla et essuya d'un revers de main son petit nez qui coulait.

— O.K.

— Tu te rappelles que j'habitais dans ce ranch quand j'étais petite ?

— Oui, tu me l'as déjà dit cent fois !

— Eh bien, Mac avait un fils de mon âge, qui s'appelait Jesse. Nous sommes tombés amoureux l'un de l'autre et c'est pour cela que tu es né.

— Pourquoi est-ce qu'il n'a jamais habité avec nous ?

Le moment le plus difficile était arrivé... Elle se mordit la lèvre tandis qu'Allen la fixait de ses grands yeux clairs.

— Ton papa était malade. Il ne pouvait pas s'occuper d'un petit garçon comme toi.

— Il avait de l'asthme, comme moi ?

— Non, c'était beaucoup plus grave. C'était quelque chose dont on ne peut pas guérir.

— C'est pour ça qu'il est mort ?

— Oui.

— Pourquoi est-ce qu'il ne m'a jamais invité au ranch ?

— Il ne voulait pas que tu le voies malade. Il n'avait même pas dit à Mac et à Trent que tu étais leur fils mais, maintenant qu'ils le savent, ils vont t'inviter très souvent à venir les voir.

— J'aimerais bien habiter ici !

— Tu sais bien que nous avons déjà une maison...

— C'est vrai, dit-il d'un air sérieux. Bon, et maintenant, si nous rentrions ? J'ai faim. J'ai envie de manger mon goûter.

— D'accord, dit-elle.

Elle se leva et emboîta le pas à Allen qui, comme à l'aller, trottait allègrement devant elle. Tout à coup, elle posa le pied dans un trou de taupe et plongea en avant. Avec un bruit sourd, elle tomba sur le sol. Un sinistre craquement se fit entendre tandis qu'une douleur fulgurante lui traversait la jambe.

En voyant Allen se pencher sur elle, l'air affolé, elle s'efforça de mentir.

— Tout va bien, ne t'inquiète pas.

Mais il n'était pas stupide.

— Non, je vois bien que tu as mal.

C'est alors qu'elle constata qu'elle avait oublié de prendre son téléphone portable.

— Je vais chercher du secours, dit-il.

— Non, tu te perdrais !

— Mais non. Je vois la maison d'ici.

Il avait raison. Que pouvait-elle faire d'autre ? Si elle s'évanouissait, ce qui risquait bien d'arriver tant elle avait mal, il se retrouverait tout seul de la même manière. Autant le laisser faire.

— Bon, d'accord, vas-y, mais reste bien sur le sentier. Et si jamais tu te perds, reviens ici, d'accord ?

Il se redressa, tout fier de la mission de confiance dont il était investi.

— Je ramènerai Trent, maman, je te le promets.

Trent se trouvait dans le corral, occupé à vérifier la ferrure de son étalon, lorsque Allen fit son apparition, seul et essoufflé.

— Qu'est-ce que tu fais là tout seul ? Où est ta maman ?

Il se tourna vers la colline.

— Là-haut. Elle a mis le pied dans un trou. Elle pense que sa cheville est cassée. Je peux te montrer où c'est.

Trent réfléchit trente secondes, puis souleva l'enfant dans ses bras et le hissa sur son cheval.

— Tiens-toi à la selle, fiston, nous allons galoper !

Un bras passé autour de la taille d'Allen, il partit à toute allure. Il ne supportait pas de la savoir toute seule là-haut en train de souffrir.

Par chance, Allen le guida sans hésiter et ils se retrouvèrent vite à côté de Bryn, qui s'était évanouie.

Trent se dépêcha de mouiller son mouchoir avec l'eau de la gourde qu'elle avait eu la prudence d'emporter avec elle. Il lui essuya le visage, lui parla avec douceur.

— Réveille-toi, Brynnie. Je suis là maintenant. Je vais m'occuper de toi.

Il fallut une bonne minute pour qu'elle revienne à elle. Elle était livide.

— Trent… tu es venu…

Trent attira Allen près de lui.

— Ton fils est un héros ! Sans lui, je n'aurais jamais su où te trouver.

Elle humecta ses lèvres desséchées.

— Je croyais que tu ne voulais pas lui parler parce qu'il est le fils de Jesse…

Sa voix était presque inaudible.

Trent la fit boire quelques gorgées d'eau à la gourde.

— En colère ? C'est ridicule ! Je l'aime comme s'il était mon propre sang.

Etait-ce de joie à entendre ces mots, ou de douleur à cause de sa cheville ? Elle s'évanouit de nouveau.

Le retour fut pénible. Trent faisait son possible pour lui éviter les chocs, mais chaque pas du cheval lui arrachait des gémissements de douleur. Enfin, ils arrivèrent au ranch où Beverley s'occupa de réconforter Allen pendant que l'infirmière examinait Bryn que Trent avait installée dans sa chambre.

Le diagnostic qu'elle avait fait fut confirmé. Elle avait bel et bien la cheville cassée. La seule solution était de la conduire à l'hôpital de Jackson Hole.

14

— Comment va-t-elle ? demanda Mac.

Il était resté au ranch quelques heures avant de rejoindre l'hôpital en compagnie d'Allen et de Beverley, pour éviter au petit garçon d'avoir à attendre que l'opération soit terminée.

— Bien, répondit Trent. L'opération s'est déroulée normalement. Vous pouvez aller la voir dans la chambre 317. Pendant ce temps, je vais me chercher un sandwich et un café.

Lorsqu'il les rejoignit, un quart d'heure plus tard, il entendit la voix joyeuse d'Allen et celle, plus douce, de Bryn qui lui répondait. Il resta dans le couloir, laissant les autres parler avec elle autant qu'ils le souhaitaient.

Au moment où ils quittèrent la chambre, Mac pressa l'épaule de son fils.

— Occupe-toi bien d'elle, fiston !

Il prit une profonde inspiration, frappa légèrement à la porte entrouverte et entra.

En voyant Trent apparaître, Bryn sentit son cœur faire un bond dans sa poitrine. Malgré les antalgiques qu'on lui avait administrés, elle souffrait horriblement et ne se sentait pas de taille à affronter Trent.

— Tu aurais dû rentrer au ranch avec les autres, dit-elle en constatant qu'il avait les traits tirés de fatigue. Je n'ai pas besoin que tu restes ici, on s'occupe très bien de moi.

Elle toucha le col de l'horrible chemise de nuit que l'hôpital lui avait enfilée. Ses cheveux étaient emmêlés et elle aurait vendu son âme pour pouvoir prendre une douche. Pourquoi fallait-il qu'il la voie dans cet état lamentable ?

Comme s'il ne se rendait compte de rien, il lui prit la main.

— J'ai attrapé des cheveux blancs aujourd'hui…, dit-il.

— Excuse-moi. J'aurais dû avoir mon téléphone avec moi.

— La réception est souvent impossible autour du ranch. Je ne crois pas que cela aurait changé grand-chose. En tout cas, ton fils est vraiment dégourdi !

« Ton fils »… Ces mots auraient pu la blesser si le visage de Trent n'avait pas rayonné de fierté au moment où il les prononçait.

Comment résister à pareil compliment ? Aucune mère n'en aurait été capable !

— C'est vrai. Je me suis inquiétée en le voyant partir tout seul, mais il s'est vraiment bien acquitté de sa mission.

— Il m'a amené directement à l'endroit où tu te trouvais. Il a un sens de l'orientation remarquable.

Le silence s'installa entre eux.

Au bout d'un moment, il écarta une mèche de cheveux du visage de la jeune femme et la cala derrière son oreille.

— Bryn… pourquoi est-ce que tu as refusé ma demande en mariage ?

— Je peux subvenir seule aux besoins de mon fils.

— Qui a parlé de ça ?

— Je ne veux pas que tu te sentes obligé de réparer quoi que ce soit.

— Ce que tu dis n'a pas de sens. Je t'ai demandé de devenir ma femme.

— Oui, avec à peu près autant de sentiment que si tu étais en train de régler une affaire commerciale.

Un petit sourire dansa sur les lèvres de Trent.

— Ah… je comprends. Tu vois, je sais faire beaucoup de choses, mais c'était la première fois que je faisais une demande en mariage. J'imagine qu'elle manquait de finesse.

Elle fit la moue.

— Il manquait quelque chose d'essentiel !

Le sourire de Trent s'élargit franchement.

— Et si j'ajoutais que je t'aime, que je t'adore, que je suis fou de toi depuis que tu étais une petite fille aux genoux écorchés ? Que ce que j'éprouvais déjà pour toi s'est transformé en un sentiment bien plus profond, que j'ai tellement besoin de toi que ça me fait mal ?

Bouche entrouverte, elle buvait ses paroles.

— Tu me dis encore non ?

— Non. Je veux dire oui ! Je dis oui !

Il avait les larmes aux yeux.

Avec un coin du drap, il les essuya délicatement, puis il l'embrassa. Doucement d'abord, puis de plus en plus passionnément, les souvenirs de leur nuit d'amour se mêlant voluptueusement à l'instant présent.

— Brynnie, je t'aime et je ne suis pas près de changer d'avis, alors autant que tu t'y habitues !

Elle l'attira près d'elle.

— Assieds-toi sur le lit.

— Tu crois ? L'infirmière va me gronder ! dit-il en riant.

Elle voulait rire elle aussi, mais l'énorme bulle de bonheur coincée dans sa gorge l'en empêchait.

— Alors, tu me dis oui ? insista-t-il.

— Oui à quoi ?

— A tout ! Au plaisir de vivre ensemble, de rire, de galoper dans la campagne !

— Je t'aime, Trent. Je suis prête à tout ce que tu me proposes.

Il lui passa un bras autour des épaules, l'attira contre lui.

Transportée de joie, Bryn sentait tous les battements du cœur de Trent. Un cœur qui battait pour elle désormais.

Finalement, une cheville cassée, c'était bien peu à payer en échange de tant de bonheur…

LINDA CONRAD

Un aveu à te faire

Traduction française de
AGNÈS JAUBERT

HARLEQUIN

Titre original :
THE COWBOY'S BABY SURPRISE

Ce roman a déjà été publié en 2014

1

Carley Mills recula sa chaise et se leva d'un bond. Incrédule, elle fixait son patron qui, debout de l'autre côté de son bureau, la dominait de sa haute taille.

— Tu veux que j'emmène ma fille d'un an en mission d'infiltration dans un ranch du Texas ? As-tu complètement perdu la tête ? s'exclama-t-elle, pas le moins du monde décontenancée par le regard courroucé de son interlocuteur, l'impressionnant Reid Sorrels.

Ce dernier, directeur adjoint de la branche du FBI de Houston, était chargé de l'opération *Rock-a-Bye*, dont le but était de démanteler un trafic de bébés mexicains.

— Vas-tu écouter ma proposition avant de t'emballer ! Tu sais bien que jamais je ne prendrais le risque de mettre ma filleule en danger ! affirma-t-il, avant de prendre place sur l'une des deux chaises en face du bureau de sa subalterne.

Carley se redressa bien droite et, assaillie par une foule de pensées, soutint son regard, comme jamais elle n'en aurait été capable quelque temps auparavant. Oh oui, songea-t-elle, elle en avait parcouru du chemin depuis le traumatisme qu'elle avait vécu dix-huit mois auparavant.

Witt Davidson, son partenaire dans la vie et au travail, le père de son enfant, s'était volatilisé. Totalement anéantie par sa disparition, elle avait traversé une période de profonde vulnérabilité, durant laquelle elle n'aurait jamais pu tenir tête à un homme aussi imposant et déterminé que Reid. Witt s'était littéralement évanoui dans la nature. Jusque-là, Carley s'était toujours crue forte, capable d'assumer tous les revers de la vie, tirant fierté de sa formation de psychologue qui lui permettait d'aider les autres à résoudre leurs problèmes et leurs traumatismes émotionnels. Mais son incertitude sur le sort de Witt l'avait brisée.

D'accord, il ne lui avait jamais dit qu'il l'aimait. Il n'avait jamais non plus montré un enthousiasme débordant à l'idée de s'installer et de fonder une famille… A cela près que Witt ne savait pas vraiment qu'il allait être père, puisque jamais elle ne lui avait soufflé mot de l'enfant qu'elle portait. Elle tenait tant à s'assurer de son amour qu'elle avait attendu pour lui annoncer la nouvelle le jour où, oubliant un temps le FBI et leurs dangereux métiers, ils seraient enfin seuls, quelque part. Elle le sentait presque prêt à essayer la vie à deux. Et si elle le savait un peu incertain à l'idée de s'engager, elle était sûre qu'il aurait fini par admettre son amour pour elle.

Or, en ce funeste soir d'août, au beau milieu d'une opération d'infiltration de première importance à Lake Houston, Witt s'était volatilisé. Elle le revoyait, lui souriant, alors qu'il se dirigeait vers un camion suspect. En l'espace d'une minute, il avait disparu, sans laisser la moindre trace. Depuis, malgré sa conviction que Witt était un homme bien, que jamais il ne se serait enfui, le doute la taraudait sans cesse.

— Tu es toujours avec moi, Carley ? demanda Reid, la tirant soudain de ses réflexions.

Elle se ressaisit aussitôt et, déterminée à régler ses problèmes immédiats, contourna le bureau de chêne pour n'être plus qu'à quelques mètres de Reid. Son patron, à peine plus âgé qu'elle, avait trente-trois ans. Pourtant, il avait la maturité d'un homme bien plus âgé.

S'adossant au bureau, elle se força à sourire à celui à qui elle devait tant, et qui, si souvent, l'avait tirée des pires situations.

— Bien sûr, je sais que jamais tu ne mettrais Camille en danger. Mais partir en mission avec ma fille dans quelque contrée lointaine de l'Ouest ne me semble pas être dans son meilleur intérêt.

Reid fronça les sourcils.

— Encore une fois, tu n'as rien écouté. Cette partie du Texas, à la frontière mexicaine, est parfaitement civilisée, expliqua-t-il en passant les doigts dans ses cheveux châtains, dérangeant sa nouvelle coupe impeccable. Le ranch n'est qu'à cinquante kilomètres de McAllen. C'est une ville d'environ cent mille habitants, à moins d'une journée de route d'ici.

— Super ! Fascinant ! s'exclama-t-elle, ironique. Mais à quoi vais-je bien pouvoir être utile ? Je n'ai jamais mis les pieds dans un ranch de ma vie !

— Arrête, Carley ! pria-t-il. Je t'ai demandé de garder l'esprit ouvert et de m'écouter. Cet endroit est avant tout une institution, un orphelinat… bien qu'ils ne l'appellent plus ainsi aujourd'hui. Avec ta formation en psychologie pour enfants, tu ne t'apercevras même pas que tu es dans un ranch.

Avec un soupir résigné, elle se prépara à ce qui allait suivre. A l'évidence, un changement drastique de vie lui pendait au nez. Depuis la naissance de Camille, qui avait tout juste un an, le FBI avait refusé d'utiliser ses services pour des missions spéciales. Elle passait donc désormais le plus clair de son temps à remplir des papiers pour les bébés mexicains récupérés au cours d'opérations spéciales, et à vérifier que les enfants étaient en bonne santé avant de les renvoyer dans leur pays d'origine.

Et maintenant, non seulement le FBI avait un besoin soudain d'elle pour une mission d'infiltration à la frontière mexicaine, mais en plus elle devait emmener Camille ! C'était parfaitement absurde.

— Le centre d'accueil est tenu par le concile de l'Eglise du Texas. Mais ce genre d'organisme n'a jamais assez de fonds, continuait Reid, qui, à mesure qu'il lui fournissait des détails supplémentaires, observait le visage de la jeune femme pour tester ses réactions. Il y a toujours plus d'enfants que d'argent. Aussi le ranch comprend un élevage de bétail et une plantation d'agrumes pour tenter de garder le centre d'accueil à flot.

— Mais qu'attends-tu de moi là-bas, exactement ? insista-t-elle.

— J'attends de toi ce que tu fais de mieux : travailler avec les enfants. Tous les enfants du centre ont été abandonnés.

On ne peut pas adopter les bébés avant que l'Etat n'ait donné son feu vert. Quant aux pensionnaires plus âgés, ce sont des délinquants juvéniles envoyés là-bas pour rééducation, ou des enfants handicapés. Tu dois te douter que l'endroit est un nid à problèmes psychologiques.

Oh ! Reid la connaissait bien. Des enfants rejetés, en manque d'une affection qu'elle seule pouvait leur donner, et déjà son imagination s'emballait.

— Et que sera mon rôle au sein de l'opération *Rock-a-Bye* ?

— L'essentiel du trafic a lieu à la frontière mexicaine, expliqua Reid, l'air soudain moins sévère. Comme tu le sais, nous avons pisté ces ordures du gang international de vente de bébés jusqu'à la région de McAllen. Il te suffira d'ouvrir l'œil sur ce qui se passe.

Manifestement mal à l'aise sur sa chaise trop étroite, il changea de position et reprit :

— Nous avons un agent dans le secteur, Manny Sanchez, qui travaille sous une couverture d'assistant vétérinaire. Ce job lui permet de voyager le long du Rio Grande. Il visite tous les ranches de la région et discute avec les ouvriers agricoles et les cow-boys. Grâce aux informations qu'il nous a fournies, nous avons déjà arrêté plusieurs douzaines de coyotes qui tentaient de faire passer la frontière à des bébés mexicains.

S'avançant, Reid posa ses coudes sur ses genoux et, l'air de plus en plus grave, enchaîna :

— Il y a quelque temps, Manny a surpris une rumeur qui courait dans la population d'immigrants illégaux : certains des bébés qui arrivent au centre d'accueil viendraient directement du Mexique, et non du bureau gouvernemental officiel du Texas, comme l'exige la procédure.

Il se leva, comme pour donner plus de poids à ses paroles.

— Manny passe au ranch tous les jours. Il assiste le vétérinaire chargé du bétail. Mais nous avons besoin de quelqu'un sur place. Quelqu'un qui s'occupe des enfants… et des dossiers administratifs.

Bien, songea Carley. Tout était déjà planifié et elle n'avait plus qu'à s'incliner.

— Comment vais-je avoir le travail ? demanda-t-elle, intriguée.

— Il t'est réservé. La personne qui avait le poste a dû partir pour raisons familiales. L'un des membres les plus anciens du comité de soutien du ranch est un ami. Il s'est porté garant pour toi. L'administrateur du centre vous attend donc, Camille et toi. Il ne connaît pas ta véritable identité. Il sait juste que tu es psychologue, et une mère célibataire qui a besoin de travailler.

— Super ! Et quand est-ce que je...

Elle s'interrompit, surprise par le regard de Reid qui était empreint d'une expression bizarre.

— J'ai autre chose à te dire, commença-t-il d'un air sombre. C'est important.

Bien ! Elle allait enfin savoir ce qui se cachait derrière tout cela, songea-t-elle, satisfaite. L'oreille tendue, elle retint son souffle. Reid lui tourna le dos et se dirigea vers le coin le plus éloigné de la petite pièce encombrée.

— Manny Sanchez travaillait avec ton ancien associé, Witt, sur une mission secrète près d'El Paso il y a cinq ans environ, commença-t-il. La mission n'a duré que peu de temps, et tous deux n'ont fait que se croiser, mais...

Carley sentit son cœur s'arrêter de battre.

— C'est au sujet de Witt ? Tu as des nouvelles ? cria-t-elle presque en se jetant contre le large dos de Reid.

Pris au dépourvu, il se retourna et la regarda.

— Dis-moi de quoi il s'agit, supplia-t-elle.

— Calme-toi, répondit Reid en redressant le dos avant d'enchaîner de sa voix d'agent supérieur du FBI. Agent Charleston Mills, vous savez que tant que le FBI n'aura pas découvert ce qui est arrivé à Witt, nos hommes ne renonceront jamais. Partout dans le monde, les agents FBI sont à l'affût de la moindre information pour retrouver sa piste. Nous ne « perdons » jamais un agent.

Reid retira doucement les mains de Carley de ses épaules et, la retenant par les poignets, lui intima de se concentrer sur ses explications.

— Manny dit qu'un type qui travaille au ranch ressemble de façon troublante à Witt Davidson.

Carley, bouche bée, soudain prise de vertiges, vit la pièce tourner autour d'elle.

— Mais... mais..., balbutia-t-elle, bouleversée.

Reid la prit par l'épaule et la guida vers une chaise.

— Tu veux un verre d'eau ?

Incapable de prononcer une parole, elle secoua la tête.

— Nous avons vérifié. D'après ses empreintes digitales, c'est bien Davidson, confirma Reid. Mais il vit sous un autre nom et n'a pas reconnu Manny.

— Pourquoi ne l'avez-vous pas ramené chez lui ? murmura-t-elle, retrouvant sa voix. Le retient-on contre son gré ? Serait-ce la raison pour laquelle il ne veut pas admettre sa véritable identité ?

— Ne sois pas absurde ! riposta Reid en haussant les épaules. Peux-tu imaginer quelqu'un retenant Davidson prisonnier contre son gré pendant dix-huit mois ?

En dissimulant un sourire, elle se contenta de secouer la tête. Les questions fusaient dans son esprit, mais elle voulait entendre la suite.

— Non ? Moi non plus, approuva Reid en s'asseyant à côté d'elle sur le bureau. Ensuite, d'après Manny, ce type va et vient comme il le veut... on dirait qu'il dirige la maison.

— Alors que se passe-t-il ? Si c'est Witt, pourquoi ne rentre-t-il pas à Houston ? demanda-t-elle, la colère la gagnant.

Comment Witt pouvait-il rester éloigné ? Comment pouvait-il faire une chose pareille au FBI ? A elle ?

Reid se leva pour faire les cent pas, puis s'arrêta. Elle sentit qu'encore une fois il se forçait à la regarder dans les yeux.

— Nous avons fait quelques vérifications avec ses collègues et sommes arrivés à une conclusion des plus surprenantes : Davidson a perdu la mémoire. Il n'a aucune idée d'où il est. L'amnésie semble être la seule explication possible. Avant de le faire ramener ici et le faire soigner, j'ai pensé que tu serais la personne idéale pour l'aider à retrouver la mémoire. Tu es psychologue, amoureuse... et j'en passe...

Carley, ébahie, en resta bouche bée. Witt, amnésique ? Le solide, le dangereux Witt Davidson avait besoin de son aide ?

— Je ne pourrai pas te donner beaucoup de temps, l'avertit Reid. Nous sommes sur le point de transférer le gros de l'opération *Rock-a-Bye* sur la frontière mexicaine, à proximité du ranch d'accueil. Pars et travaille à nous ramener Witt, Carley. Mais, vu que nous serons dans les parages, donne des nouvelles et, si tu as besoin de quoi que ce soit, préviens-moi.

Quarante-huit heures plus tard, Carley se présentait à Gabriel Diaz, un homme d'une soixantaine d'années, ancien prédicateur d'église, devenu l'administrateur du centre d'accueil. Les cheveux poivre et sel, il cachait des yeux aimables derrière des lunettes rondes et épaisses. Après l'avoir accueillie, il lui fit visiter le bâtiment principal du ranch.

Après six longues heures de route, Camille solidement attachée à son siège de bébé, elles avaient fini par trouver ce maudit endroit. Malgré l'itinéraire surligné sur une carte avant son départ, à plusieurs reprises pendant le voyage, elle avait bien cru s'être perdue. Comment pouvait-on vivre aussi loin de tout, dans un paysage aussi désolé ?

« Parfaitement civilisé », avait dit Reid. Elle restait sceptique !

Tout au long de la route, Witt n'avait pas quitté ses pensées. Elle revoyait ses cheveux blonds, son allure sympathique, qui faisaient de lui l'« infiltré » idéal pour toute opération secrète. Jamais un criminel ne se serait méfié de lui, n'aurait pu deviner la détermination inébranlable que cachait ce physique décontracté. Mais elle connaissait aussi l'autre Witt, l'amant et sa tendresse. Toute au souvenir de ses caresses langoureuses et de ses baisers inoubliables, elle avait failli plusieurs fois quitter la route.

Pendant plusieurs heures, elle n'avait pas vu la moindre station-service. Elle s'était arrêtée régulièrement pour donner à boire à Camille ou pour la changer. Enfin, au sommet d'une légère pente, soulagée, elle avait enfin aperçu les abords d'une vraie ville.

McAllen, sur la frontière du Texas et de Mexico, sur une boucle du Rio Grande, comptait environ cent mille habitants. Une ville d'aspect neuf, propre et prospère, riche de magasins, d'écoles, d'églises. Malheureusement, d'après la carte, le centre d'accueil était situé bien à l'ouest de cette cité animée, dans une plaine dangereuse et désolée.

Après avoir suivi la route jusqu'au Rio Grande, elle s'était engagée sur une piste cahoteuse et, sur des kilomètres, n'avait croisé que des cactus et des vaches.

La piste finissait sur une poignée de bâtisses et de granges. Au centre d'une esplanade en terre battue, une imposante maison à deux étages, entourée d'arbres et d'un grand parking goudronné, avait surgi. Au sommet d'un poteau, un vieux panneau battant au vent indiquait *Casa de Valle*, « la Maison dans la Vallée » : leur nouvelle maison désormais.

La voix du révérend Gabriel la ramena soudain au présent.

— Je dois m'entretenir avec l'un des éducateurs, disait-il. Laissez Camille à la garderie et allez faire un tour. Ce sont certaines de nos pensionnaires adolescentes qui s'occupent des bébés et des tout-petits. Elles sont formidables, elles vont vous étonner.

Carley confia Camille à une jeune fille à l'air adorable, puis alla poser ses bagages dans la chambre du premier étage qui leur avait été attribuée. Sans prendre la peine de se changer, elle sortit. Par où commençait-on quand on cherchait quelqu'un dans un ranch ? Elle n'en avait pas la moindre idée mais, se promit-elle, déterminée, avant la fin de l'après-midi, elle aurait trouvé celui qui était censé être Witt.

D'abord profondément choquée par la révélation de Reid, elle n'avait pas tardé à s'habituer à l'idée de l'amnésie de Witt, et, avant de faire ses valises et de prendre cette longue route, elle s'était psychologiquement préparée à toute éventualité. Si son patron disait vrai, elle avait l'intention d'aider son ancien amant de toutes les façons possibles. Elle avait d'ailleurs téléchargé toutes les informations utiles trouvées sur le Net et avait rendu visite à l'un de ses anciens professeurs de psychologie.

Mais le fruit de ses recherches ne lui laissait que de maigres espoirs. La plupart des victimes d'amnésie retrouvaient la mémoire après quelques semaines ou, au pire, après deux mois. Passé ce laps de temps, jamais. Par conséquent, même si l'inconnu était bien Witt, il pouvait ne pas se souvenir d'elle.

D'après son ancien professeur, le conseil standard était de ne pas forcer les souvenirs, de les laisser se réveiller d'eux-mêmes. « Le choc de vous revoir va peut-être stimuler sa mémoire », avait-il dit. Que n'aurait-elle donné pour que ce fût le cas ! Ne serait-ce pas le plus simple ?

En attendant, s'il était facile de donner ce genre de conseils il était beaucoup plus difficile de les appliquer quand il s'agissait de quelqu'un que vous aimiez et qui vous avait complètement oublié, songea Carley.

Lorsqu'elle sortit dans le soleil, la cour qui séparait l'arrière de la grande maison principale des dépendances voisines était déserte. Tout le monde faisait donc la sieste après le déjeuner dans cette partie du monde ? se demanda-t-elle, non sans une certaine ironie.

Une voix masculine brisa soudain le silence de plomb.

— Excusez-moi, madame, je peux vous aider ?

Un cow-boy en jean et chemise à carreaux, coiffé d'un chapeau de paille, avait surgi de l'ombre et, longeant l'une des immenses granges, il se dirigeait vers elle d'un pas tranquille.

— Euh… oui. Je cherche quelqu'un.

— Qui donc ? Vous ne devez pas connaître grand monde par ici, si vous me permettez, madame.

Carley se regarda. Certes ! Avec son tailleur-pantalon en laine mélangée et les talons plats qu'elle portait pour le voyage, elle était l'image même de la citadine. Pourquoi n'avait-elle pas pris le temps de passer un jean ? se rabroua-t-elle intérieurement.

Cela attendrait ! Pour le moment elle avait des affaires plus urgentes à régler. Mais impossible de se rappeler le nom que, d'après Reid, Witt utilisait. Qui diable devait-elle dire qu'elle cherchait ? Un autre nom lui revint soudain à la mémoire.

— Connaissez-vous l'assistant du vétérinaire, Manny… quelque chose ?

Le cow-boy la dévisagea d'un air méfiant.

— Oui. Il est à la ferme des étalons en ce moment. Voulez-vous que j'aille le chercher ?

La situation ne faisait qu'empirer. Pourquoi n'avait-elle pas réfléchi avant de passer à l'action ? Comment allait-elle trouver Witt quand elle n'avait aucune idée du nom qu'il utilisait ?

— Je…, bégaya-t-elle.

— *¿ Qué pasa amigo ?* Quelque chose ne va pas ? fit une voix familière derrière elle.

Carley se retourna vivement. Si elle pensait s'être blindée pour cette rencontre, elle eut tôt fait de se rendre compte que rien n'aurait pu la préparer à la vue de celui qui hantait ses rêves jour et nuit.

Elle le regarda se diriger d'un pas nonchalant dans leur direction, ses bottes soulevant des petits nuages de poussière. Eperdue d'émotion, elle sentit ses genoux se dérober sous elle et se retrouva soudain dans les bras de Witt qui, la soutenant contre lui, l'empêchait de tomber.

Depuis des mois, elle avait perdu tout espoir d'être un jour de nouveau plaquée contre ce corps aux muscles puissants, de sentir encore, sous son étreinte, l'odeur musquée et adorée de sa peau. L'avait-elle enfin retrouvé ? Hélas, l'illusion fut de courte durée : Witt la dévisageait comme une parfaite inconnue.

— Tout va bien, madame ? demanda-t-il. Vous souffrez de déshydratation, peut-être ? Ce n'est pas très intelligent d'être sortie en plein soleil sans chapeau.

Il la remit sur ses pieds et recula d'un pas, laissant une main sur son épaule pour la retenir.

— Et si je vous ramenais à l'intérieur ? proposa-t-il. Un verre d'eau vous ferait peut-être du bien ?

Ce n'était pas d'eau dont son corps desséché avait besoin, mais de lui. Elle avait une telle soif de ses étreintes…

La réalité la frappa soudain comme une douche glacée. La revoir n'avait réveillé aucun souvenir chez Witt.

Hélas pour elle, une multitude d'images jaillirent de sa mémoire. L'esprit embrumé, elle lutta contre le souvenir de leurs baisers passionnés, affamés, des mains de Witt sur sa peau qui la faisaient frémir de toutes les fibres de son corps. L'envie foudroyante de revivre ce tourbillon de sensations ardentes la fit de nouveau flageoler sur ses jambes.

— Tu as besoin d'aide, Houston ? demanda l'employé de ranch, la tirant de son rêve éveillé.

Witt se tourna vers l'autre homme, sans lâcher l'épaule de Carley.

— Non. Retourne travailler, vieux ! Je pense avoir la situation en main.

Witt lança un regard en coin à sa protégée et, se penchant vers elle, chuchota :

— N'est-ce pas, ma petite dame, je vais pouvoir vous tirer d'affaire ?

Au contact de son haleine chaude sur sa joue, elle se sentit un peu rassérénée et, une fraction de seconde, se demanda si Witt feignait l'amnésie. Mais au plus profond d'elle-même, elle comprit que l'homme qu'elle aimait ne pouvait pas déguiser sa véritable identité. Pas à elle ! Les yeux de Witt se plissèrent pour ne plus former qu'une mince fente. Resserrant son étreinte sur son épaule, il l'entraîna vers le bâtiment principal.

— Oh Wi…

Elle s'interrompit. Inutile de l'appeler d'un nom qu'il ne reconnaîtrait sans doute pas.

— Cow-boy, hoqueta-t-elle. Je suppose que vous saurez très bien vous occuper de moi…

Enfin, tant qu'elle arriverait à se contrôler quand elle serait avec lui, finit-elle en son for intérieur.

Lorsque Witt la fit entrer dans la cuisine, Carley avait partiellement retrouvé ses esprits. Tout d'abord, le plus important : elle avait besoin de s'adresser à lui en l'appelant d'un prénom qui ne le désorienterait pas.

Il lui tendit un verre d'eau, qu'elle prit d'une main tremblante.

Décidant d'ignorer son trouble, elle déclara avec plus d'emphase que nécessaire :

— Je m'appelle Carley, dit-elle. Carley Mills.

— Carley ? répéta-t-il en prenant sa main libre entre les siennes. Joli nom pour une aussi jolie fille.

Il lui sourit et elle l'imita, mais le cœur n'y était pas.

— On m'appelle Houston, se présenta-t-il alors. Houston Smith, madame. Je suis plus ou moins responsable du ranch ici. Vous savez, les chevaux, le bétail…

Il lui parlait soudain avec réserve et politesse. Il venait sans doute de se souvenir que les inconnues, même jolies, pouvaient être synonymes de « problèmes ». Devant sa distance méfiante, elle sentait son cœur battre douloureusement dans sa poitrine. Allait-elle pouvoir lui taire ses rêves, ses désirs ? songea-t-elle non sans une certaine angoisse.

Il lui relâcha la main, l'invita à s'asseoir sur l'une des chaises qui entouraient la table de la cuisine, et demanda :

— Et qu'est-ce qui amène une jolie fleur fragile comme vous dans notre vieux Texas perdu, Carley ?

— « Fragile » ne me correspond pas vraiment, Houston, précisa-t-elle.

Avec son mètre soixante-quinze et son corps harmonieux d'ancienne championne de natation, elle n'avait jamais été comparée à « une jolie fleur fragile ». Quoique, à cette minute précise, les jambes toujours en coton, elle n'était pas très fière.

Toujours debout, elle avala une grande gorgée d'eau pour désaltérer sa gorge desséchée. En vain. Elle avait des vertiges, elle tremblait, elle se sentait… fragile. Aïe !

— Je suis venue à *Casa del Valle* pour remplacer le psychologue pendant son congé, parvint-elle à expliquer, malgré le nœud dans sa gorge.

— Vous êtes docteur ?

— Oui, en psychologie infantile.

— Dois-je vous appeler docteur Carley ?

— Certains m'appellent docteur, mais je préfère que vous m'appeliez Carley.

— Comme vous voudrez, acquiesça Houston. Mais que faisiez-vous dans le… ?

— Madame Mills ? l'interrompit une voix juvénile.

Une adolescente apparut sur le seuil de la cuisine, la petite Camille pleurant dans ses bras. Lorsque la fillette reconnut sa mère, elle se mit à hurler, et Carley la prit dans ses bras.

— Chut, mon bébé, maman est là.

— Je suis désolée, madame Mills. J'ai essayé de lui faire faire une sieste, mais elle n'a rien voulu savoir. Ensuite, elle s'est mise à pleurer, et je n'ai rien trouvé qui la réconforte.

— Ne t'en fais pas Rosie, la rassura Carley, devinant que la jeune fille au visage rond se sentait coupable. Tout est nouveau pour elle : l'endroit, les gens. Je suis sûre qu'après quelques jours, elle va parfaitement s'adapter. Jusque-là, n'hésite pas à me l'amener dès qu'elle fait une crise.

Tout en parlant, elle essuyait les larmes de crocodile sur les joues de sa fille que rien ne semblait pouvoir consoler.

— Bien. Je dois y aller. Vous voulez que je la remmène ? demanda Rosie, pas très convaincue.

— Non merci, dut presque crier Carley. Il sera temps de répéter l'expérience demain. Je vais la garder avec moi pour le moment.

Rosie, visiblement soulagée, battit en retraite.

Après s'être un peu calmé, le bébé, toujours hoquetant, nicha sa tête au creux de l'épaule de sa mère qui lui tapotait le dos et caressait ses cheveux. Carley se tourna alors vers Houston. Le cow-boy, qui n'avait pas dit un mot, semblait intrigué.

— Quelque chose ne va pas, Houston ? demanda-t-elle, brûlante d'espoir.

Witt n'avait jamais vu sa fille. Il ne connaissait même pas son existence, mais leur ressemblance était frappante. Avait-il remarqué quelque chose ? s'interrogea-t-elle. La vue de Camille avait-elle réveillé quelque souvenir enfoui dans les replis de sa mémoire ?

2

— Votre fille ? demanda le cow-boy.

— Oui. Elle s'appelle Camille. En souvenir de ta… de sa grand-mère. La mère de son père.

— Un autre joli prénom pour une autre jolie petite chose.

— Merci, répondit Carley en faisant de son mieux pour retenir les larmes qui, soudain, lui brûlaient les yeux.

Elle avait souvent imaginé la réaction de Witt, la première fois qu'il verrait sa fille. Hélas, ce n'était vraiment pas ainsi qu'elle avait rêvé leur rencontre.

Au son de la voix de baryton qui appelait son nom, Camille, soudain calmée, leva les yeux. En voyant Witt, son visage s'illumina et, pointant un doigt dans sa direction, elle s'exclama :

— Papa !

— Ne montre pas du doigt, poussin, ce n'est pas poli, expliqua Carley en attrapant la main de Camille et en la posant contre sa poitrine.

Houston Smith, les yeux plissés, étudia le bébé qui l'examinait avec une attention soutenue. Pourquoi diable cet enfant lui était-il familier ? C'était tout à fait inexplicable, songea-t-il, perplexe.

Au cours des longs mois où il avait vécu dans la vallée du Rio Grande, il avait appris à gérer cette pénible sensation de déjà-vu qui souvent l'envahissait. Mais avec Carley Mills et ce bébé, elle était particulièrement forte. Prudence, toutefois ! se souvint-il. Gabriel et Luisa ne lui avaient-ils pas gentiment signalé qu'il était courant pour un homme sans passé de confondre ami et ennemi ? S'il ne pouvait pas imaginer Carley en ennemie, il ne devait pas non plus se fier aux apparences. Après tout, que venait faire cette femme raffinée, cette citadine, dans un centre d'accueil pour enfants, au fin fond du Texas ? Son tailleur lui avait sans doute coûté plus cher que le salaire qu'elle gagnerait en travaillant ici six mois ! Sans parler du fait qu'elle était là, dans la cour, au beau milieu de la journée, presque sur son trente et un, et sans aucune raison évidente.

Pourtant… il se sentait étrangement attiré par cette Carley. Lorsqu'il avait passé son bras autour de ses épaules pour la stabiliser, il avait senti son corps s'embraser. Sa proximité le troublait et son envie violente de la serrer contre lui et de la couvrir de baisers le laissait décontenancé.

Il lui avait vraiment fallu prendre sur lui pour s'en empêcher. Il s'était montré si prudent, jusqu'à aujourd'hui, constamment sur le qui-vive. Lorsque Luisa l'avait trouvé mourant sur le bas-côté de la piste conduisant à la ferme, il était dans un tel état que tous deux avaient conclu que ceux qui avaient attenté à sa vie allaient réessayer. Si c'était la vérité, son assassin était quelque part dans ce monde. Mais cette femme ? Pouvait-elle représenter une menace pour lui ? Une petite voix le tira de ses réflexions.

— Bras, disait le bébé en levant les bras vers lui.

Carley essaya de distraire l'attention de sa fille.

— Non, poussin. Le monsieur ne peut pas te prendre dans ses bras pour le moment. Tu ne dois pas te jeter au cou d'inconnus, Camille. Cela pourrait être dangereux.

Houston adressa un sourire hésitant à la fillette. Il n'était pas question qu'il touche à ce bébé. Il en ignorait la raison, mais elle le mettait mal à l'aise.

Carley se tourna alors vers lui, et, souriante, déclara d'un air embarrassé :

— Je suis désolée. En général, elle est timide avec les gens qu'elle n'a jamais vus. Mais je vous remercie, votre présence semble l'avoir calmée. Je déteste devoir attendre qu'elle se calme toute seule.

Puis, le fixant d'un regard inquisiteur, elle ajouta :

— Vous devez avoir un don avec les enfants.

— Non, répondit-il en reculant d'un pas. Ce bébé vous ressemble vraiment beaucoup, reprit-il, changeant de sujet. Surtout quand elle sourit.

— Vous trouvez ? La plupart des gens pensent qu'elle est le portrait craché de son père. Sauf les yeux, bien sûr.

C'était exact, s'aperçut-il. La mère et la fille avaient les yeux du même vert exotique, qu'elles plissaient de la même façon lorsqu'elles regardaient dans sa direction. L'enfant, en revanche, n'avait ni le teint de sa mère ni sa couleur de cheveux. Quant aux taches de rousseur sur le nez du bébé, il ne pouvait les imaginer sur le visage de sa mère qui frôlait la perfection.

En fait, devant cette fillette, il avait le sentiment insolite de se voir dans un miroir. Elle lui procurait une drôle d'impression, un peu comme d'être face à un vague reflet de lui-même. Quoique… il se regardait si rarement dans la glace. C'était sans doute son imagination qui lui jouait encore des tours, s'empressa-t-il de se convaincre.

— Où est le père du bébé ? demanda-t-il alors sans réfléchir.

Quel goujat il faisait ! se rabroua-t-il en lui-même, avant de reprendre :

— Je suis désolé, je n'avais pas l'intention d'être impoli. Vous ne me devez aucune explication.

Il se tourna vers la porte et sentit la douleur familière qui, régulièrement, lui vrillait la tempe. Se retenant de se frotter le front, il ferma les yeux une seconde. Ces maux de tête cesseraient-ils jamais ? songea-t-il, accablé.

— Vous ne vous sentez pas bien ? demanda Carley en posant une main sur son bras. Vous n'avez pas été impoli, votre question était parfaitement naturelle.

Elle fit passer le bébé dans son autre bras. Elle était fatiguée, c'était évident, mais il n'était pas question qu'il lui propose son aide : pour autant qu'il se souvienne, il n'avait jamais porté un bébé, et ce n'était certainement pas aujourd'hui qu'il commencerait. D'autant qu'avec celui-ci, il se sentait tout désorienté, bizarre. Un peu comme si la petite Camille pouvait lire dans son âme. Qu'y trouverait-elle, du reste ? se demanda-t-il, intrigué. Il n'en avait pas la moindre idée.

— Le père de Camille a disparu lorsqu'elle est née, était en train d'expliquer Carley. Il ne sait même pas qu'elle existe.

Les yeux de la jeune femme étaient embués de larmes, les mêmes qu'Houston avait surprises à sa première allusion au père du bébé. Sans réfléchir, il posa la main sur sa joue et, du pouce, essuya la larme qui perlait à ses cils. Au contact de la peau satinée sous son doigt, il fut sur le point de l'attirer contre lui, de…

Où diable avait-il la tête ? Il retira sa main, sans cesser de la regarder. Les yeux de la jeune femme s'étaient écarquillés, comme ceux d'un lapin apeuré. Quelqu'un avait dû la faire vraiment souffrir, pensa-t-il. Sans doute le père du bébé. Lorsqu'elle disait « disparu », était-ce une façon polie de dire qu'il s'était « enfui » ? Il aurait bien aimé le savoir.

Pour sa part, il ne pouvait imaginer acte plus lâche ! Comment pouvait-on quitter une femme aussi jolie, enceinte ? S'il tombait un jour sur ce malotru, il aurait deux mots à lui dire.

Plus il la regardait, debout devant lui, serrant l'enfant maintenant calmée contre elle, plus il devait lutter contre l'envie violente qu'il avait de les prendre toutes deux au creux de ses bras et de déposer un baiser sur les lèvres si attirantes de la mère. Comment expliquer cette pulsion ? C'était peut-être la chaleur. L'espace d'un instant, une vision lui avait traversé l'esprit, comme un tableau de sa femme et de sa fille devant lui…

Le bruit d'une porte qui claquait derrière lui le fit redescendre sur terre. Il vit soudain Carley se raidir. Son air apeuré disparut d'un coup, quelque chose dans son regard se durcit, et il y lut une volonté de fer qu'il n'avait pas remarquée jusqu'alors.

Pas de doute, sa première impression ne l'avait pas trompé. Sous les apparences se dissimulait une autre femme.

Le Dr Luisa Monsebais entra dans la cuisine et se dirigea vers Houston d'un pas allègre. Malgré ses rides et ses cheveux gris, elle avait une vivacité d'adolescente.

— Tout se passe bien ?

— Salut, toubib. Oui, tout se passe bien. Je suis en train de faire connaissance avec votre nouvelle recrue.

Se tournant vers Carley et sa fille, il les poussa vers la femme à l'air bougon et au regard perçant.

— Docteur Carley Mills, je vous présente le Dr Luisa Monsebais, le pédiatre préféré du ranch.

— Docteur ? répéta Luisa.

— Diplômée en psychologie infantile, docteur Monsebais. Je suis ici pour remplacer le Dr Lattimer.

Luisa tendit la main à Carley, mais son visage taché par le soleil ne se dérida pas.

— Appelez-moi Luisa. Carley, c'est bien ça ?

Cette dernière prit la main de Luisa en hochant la tête avec la même expression peu accueillante. Si cet échange laconique avait mis les deux femmes mal à l'aise, Houston ne sembla pas remarquer leur froide réserve. Il sentit l'inexplicable tension qui l'étreignait depuis l'arrivée du bébé dans la cuisine disparaître. Dès qu'il commençait à se sentir oppressé, la présence équilibrante de Luisa avait le don de l'apaiser.

Luisa passa son bras autour d'Houston et lui demanda, le regard pétillant :

— Tu prends ton après-midi ?

Houston fit une grimace. On pouvait faire confiance à Luisa pour garder son sens pratique. Depuis qu'elle l'avait trouvé, inconscient, en sang, sur le bord de la route, elle n'avait pris que des mesures logiques et utiles le concernant.

Il ne se rappelait en rien le moment où elle l'avait découvert. Son premier souvenir remontait au matin où il s'était réveillé dans sa chambre d'amis, dix jours plus tard. Avant, c'était le trou noir. Il lui avait fallu encore deux semaines avant qu'il puisse se demander, à travers les brumes de sa souffrance, ce qui lui était arrivé, et pourquoi.

Plutôt que de le conduire à l'hôpital le plus proche, Luisa avait décidé de le ramener dans la petite clinique installée chez elle. Quand, enfin, il avait pu lui demander pourquoi, elle lui avait expliqué qu'elle l'avait trouvé blessé par balles, un étui de revolver vide à sa cheville. Si près de la frontière, elle en avait déduit qu'il devait être trafiquant de drogue, ou contrebandier, et qu'il était recherché par la police. Le voyant entre la vie et la mort, elle n'avait pas pu se résoudre à le remettre entre les mains des autorités. S'il mourait, s'était-elle dit, elle aurait tout le temps de découvrir sa véritable identité.

Le jour où elle avait compris qu'il était tiré d'affaire, elle avait su qu'il n'aurait aucun souvenir de ce qu'avait été sa vie avant l'accident. S'étant attachée à lui, elle l'avait alors persuadé de ne pas chercher à fouiller son passé apparemment douteux, avant de l'aider à démarrer une vie nouvelle.

Aussi vouait-il une immense reconnaissance à Luisa. Grâce aux questions habiles de sa protectrice, il avait réussi à réunir quelques bribes de souvenirs sur son enfance passée dans un ranch. Voyant qu'il n'avait pas oublié les animaux au milieu desquels il avait grandi, elle lui avait trouvé un travail au ranch, lui offrant ainsi la chance de prendre un nouveau départ. Elle avait su convaincre Gabriel Diaz, le directeur au grand cœur, de l'engager sans références. Hormis Luisa, Gabriel était le seul à connaître l'amnésie de Houston, et il lui avait procuré de faux papiers avec sa nouvelle identité.

Aujourd'hui, Gabriel et Luisa étaient ce que le cow-boy avait de plus précieux au monde : ils l'avaient sauvé, protégé, et s'en étaient fait un ami. Houston aurait fait n'importe quoi pour eux. Devait-il se méfier ? se demanda-t-il encore une fois en observant Carley qui portait toujours sa fille dans ses bras. Pouvait-elle représenter une menace pour Gabriel, Luisa, ou lui ?

— Eh bien mon garçon ? insista la pédiatre, coupant court à ses réflexions. Sommes-nous un jour férié, par hasard ?

Les joues colorées par l'embarras, il sourit au docteur qui, malgré sa gentillesse, savait rester sévère.

— Non, madame. Je retourne au travail de ce pas.

Se tournant alors vers Carley, il posa une main sur le rebord de son chapeau et enchaîna :

— Je suis content que vous restiez quelque temps au ranch. Mais à votre place, à partir de maintenant, j'éviterais le soleil.

Il fit alors claquer la porte derrière lui et sortit dans la chaleur accablante de l'après-midi. Combien de temps les deux femmes de tête qu'il laissait derrière lui allaient-elles rester polies l'une envers l'autre ? Il aurait été curieux de le savoir. Tout comme il aurait aimé savoir, vu les réactions incontrôlables qu'elle provoquait en lui, si Carley Mills représentait un danger pour son bien-être émotionnel et physique.

Car pour être belle, elle était belle ! Avec ses cheveux auburn, son teint mat et ses yeux d'un vert exotique, c'était sans nul doute la femme la plus pulpeuse qu'il ait jamais rencontrée ! Et elle sentait tellement bon qu'on avait envie de la croquer. Son parfum de fraises trop mûres, avec une pointe musquée, laissait un sillage unique derrière elle : une odeur qui semblait n'appartenir qu'à elle et qui, pourtant, lui était familière.

Il reprit le chemin du travail, l'esprit toujours envahi par cette impression de déjà-vu. Pourquoi diable avait-il l'impression de connaître cette femme ? Sa bouche, qui n'avait jamais touché ses lèvres, semblait connaître leur goût, il lui semblait avoir déjà posé les mains à des endroits défendus de ce corps qu'il n'avait pourtant jamais vu… mais s'agissait-il de vrais souvenirs ? Ou prenait-il ses désirs pour des réalités ?

A travers la porte moustiquaire, Carley regarda le grand cow-boy mince traverser la cour poussiéreuse. Que n'aurait-elle donné pour le suivre ! Son cœur lui criait de rester… quelques minutes encore, de lui parler.

Sa petite fossette quand il souriait, la mèche de cheveux blond sable qui, s'échappant de son chapeau, lui barrait un sourcil, et ces yeux bleu pâle qui tournaient au gris quand il était troublé, la transportaient. Il émanait de lui une vulnérabilité qui lui donnait envie de le prendre dans ses bras et de le serrer contre elle, jusqu'à ce qu'il n'ait d'autre choix que de se souvenir d'elle.

— Notre Houston est assez unique en son genre, ne trouvez-vous pas ?

La question du docteur tira Carley de sa rêverie et elle se tourna vers son interlocutrice.

— Unique ? Oh, oui, je suis bien d'accord.

Camille porta un poing à son œil et le frotta. Le Dr Luisa scruta le visage du bébé.

— Une nouvelle pensionnaire du ranch ? demanda-t-elle. Je ne la reconnais pas.

— C'est ma fille, Camille. Elle va habiter ici avec moi.

— Hum ! Elle ne vous ressemble pas beaucoup.

— Elle a mes yeux, répondit Carley, le front soudain moite d'appréhension.

Le docteur l'observa pendant quelques secondes, puis elle lui adressa un large sourire qui lui plissa le visage de milliers de petites rides. Au mouvement de sa tête, Carley devina qu'elle avait pris une décision à leur sujet. Mais la jeune femme n'était pas d'humeur à discuter, ni avec Luisa ni avec personne. Il lui fallait d'abord trouver un téléphone.

— Camille doit faire une sieste, prétexta-t-elle. La journée a été longue pour elle comme pour moi.

— Vous êtes arrivée ce matin ? s'enquit son interlocutrice. D'où venez-vous ?

Carley fit passer Camille sur son autre hanche et répondit :

— Houston. Je ne pensais pas que c'était si loin.

— Une longue route semée de cactus et de moustiques, confirma le docteur avec un petit rire. Et pas grand-chose d'autre. Vous êtes de Houston ?

— J'y travaille. Mais je suis née en Caroline du Sud et j'ai été élevée à La Nouvelle-Orléans.

— Je suppose que vous êtes née à Charleston ? demanda Luisa, le regard pétillant d'intelligence.

— Oui, confirma Carley.

— Voilà donc ce qui explique votre prénom : Carley, un diminutif de Charleston…

Carley hocha la tête, résignée. Que n'aurait-elle donné pour s'éloigner de cette femme qui était bien trop vive et astucieuse à son goût ! Tout ce qu'il lui fallait à cet instant précis, c'était un téléphone.

— Je dois vraiment monter Camille dans ma chambre, reprit-elle alors. Si vous voulez bien m'excuser.

Luisa jeta un coup d'œil à Camille dont le visage annonçait une crise de larmes imminente et déclara en posant une main conciliante sur le bras de Carley :

— Allez. Mais nous parlerons, jeune dame. Je crois bien que vous avez certaines explications à me donner. Je suis au ranch tous les matins pour inspecter les enfants. Si ce matin je suis en retard, c'est parce que j'ai dû m'arrêter voir un enfant dont la rougeole ne passe pas.

La grimace de Camille se transforma en gémissement, mais la pédiatre, qui retenait toujours Carley par le bras, reprit, à brûle-pourpoint :

— Ce garçon compte plus que tout au monde pour moi. Jamais je ne pardonnerai à quiconque voudrait lui faire du mal.

Plissant les yeux, elle scruta le visage de son interlocutrice pour s'assurer qu'elle avait bien compris de qui elle parlait. « Inutile de me faire un dessin ! », soupira Carley pour elle-même, avant de s'éclipser.

Carley grimpa l'escalier recouvert d'un tapis qui menait du hall d'entrée aux chambres du personnel et dans le salon. Après le décor des salles à vivre et des chambres du rez-de-chaussée, avec du linoléum et de solides meubles de plastique et de métal, elle fut surprise de trouver l'aile du premier accueillante et décorée avec goût.

Une couche de peinture fraîche n'aurait pas été du luxe, les tapis étaient un peu râpés ; néanmoins l'endroit était accueillant. Les bois chauds des parquets et des meubles cirés brillaient.

L'ambiance, et même l'odeur, mélange d'huile de citron et de vanille, lui rappelaient la maison de son grand-père à la Nouvelle-Orléans.

En entrant dans sa chambre, Camille dans les bras, Carley remarqua que quelqu'un avait disposé un bouquet de fleurs sur sa commode. Le lit était fait et le landau pour Camille préparé. Reconnaissante de ne pas avoir à se préoccuper des problèmes matériels, elle déposa sa fille dans le berceau, lui chuchotant quelques paroles réconfortantes. Pourvu qu'elle ferme les yeux et qu'elle s'endorme vite, pria-t-elle.

La pauvre petite était si fatiguée qu'elle avait à peine l'énergie de pleurer. Ce qui ne l'empêcha pas de sangloter comme si son cœur se brisait.

Carley ouvrit le sac du bébé et en sortit des vêtements propres, des couches et un biberon. Après avoir changé Camille, elle se dirigea vers la salle de bains pour remplir le biberon d'eau. En revenant, elle trébucha sur le sac resté par terre. Au petit bruit métallique, elle se souvint qu'elle avait rangé une photo encadrée de Witt dans une poche latérale.

Ce fut alors que l'évidence la frappa : quoi d'étonnant à ce que Camille semble connaître le cow-boy ? Jamais sa photo n'avait quitté la commode de sa chambre tous ces longs mois. Et elle avait dit et répété à sa fille que c'était son père. Houston Smith ne lui étant pas inconnu, le bébé pleurait toutes les larmes de son corps parce que l'homme qu'elle connaissait comme « papa » ne l'avait pas reconnue, comprit-elle. Pauvre petite puce…

Carley donna alors à Camille le biberon d'eau, et son jouet en peluche préféré, une langouste rose offerte par sa grand-mère. Le sommeil ne fut pas long à fermer les paupières du bébé et à calmer ses sanglots.

Réflexion faite, songea alors Carley, il valait mieux ne pas garder la photo de Witt en évidence au ranch. Elle l'enfouit donc dans l'une de ses valises, avant d'attraper son téléphone portable. Lorsqu'elle ouvrit la fenêtre pour faire entrer un peu d'air frais, la chaude brise qui soufflait de la plaine texane l'enveloppa.

Elle composa le numéro de Reid Sorrels. Lorsqu'il décrocha, elle aspira une longue bouffée d'air pour se donner du courage.

— C'est Davidson ? lança son chef, sans même lui dire bonjour.

— Et tu l'as toujours su. Oui, je peux confirmer que c'est Witt.

Après lui avoir fait un compte rendu concis de ses découvertes, elle passa à ses requêtes.

— Il faut lancer une recherche complète sur le pédiatre local, le Dr Luisa Monsebais, et sur l'administrateur de la maison, Gabriel Diaz. Vois si tu peux m'en envoyer des copies sur CD-Rom sans que personne ne le sache.

— Je les fais parvenir à la branche locale dès demain. Quelqu'un te les apportera au ranch.

Après un silence, Reid reprit :

— Il ne t'a pas reconnue du tout ?

— Non, pas que je sache. Tout est tellement étrange ici, Reid. C'est une autre planète. En plus, avec Witt devenu ce Houston Smith, je me sens coupée de tout, seule, isolée.

— Essaye de brancher ton portable sur le satellite du FBI. Tu as peut-être le réseau là-bas. Et appelle-moi deux fois par jour.

La réponse pragmatique de Reid lui tira un sourire amer. Mais elle avait encore une chose à lui demander.

— Il faudrait contacter un certain Dr William Fields au Cannon Neurological Institute de Chicago et lui demander d'arranger un rendez-vous téléphonique aujourd'hui, reprit-elle. Nous avons tous les deux besoin d'explications. J'attends ton appel quand tu l'auras eu, enchaîna-t-elle, son regard absent allant des chênes décharnés aux ébéniers épineux, dans la cour.

Elle raccrocha et, pensive, serra son téléphone contre sa poitrine. Reid avait enfreint les règles pour Witt. D'après la loi, dès qu'il avait été reconnu par Manny, leur chef aurait dû le faire emmener et le faire mettre en garde à vue pour l'interroger. Mais il avait décidé de l'envoyer d'abord sur place, d'attendre son rapport, et il était même prêt à lui laisser encore du temps.

Elle savait que Witt avait été l'un des meilleurs agents du FBI en activité. Sa perte avait freiné l'opération *Rock-a-Bye* de plusieurs années, et sa mystérieuse disparition était comme une tache dans la carrière de Reid. C'était sans parler du fait que, d'une certaine façon, le patron l'avait perdue, elle, par la même occasion. N'avait-elle pas passé des mois à traîner dans des repaires de crapules, à l'affût de la moindre trace de Witt ? Dans les bars de la périphérie de Houston où le FBI enquêtait sur le gang des kidnappeurs ? En vain. Elle avait alors effectué des recherches sur le passé de Witt, qui l'avaient conduite dans la petite ville de l'ouest du Texas, où il avait grandi.

Elle y avait localisé ses anciens professeurs, le cimetière où était enterrée sa famille, et elle avait pu parler avec d'anciens voisins et amis.

C'était ainsi qu'elle avait découvert que son enfance lui avait laissé bien des blessures : sa mère était morte très jeune, son père avait été tué dans une bagarre d'ivrognes. Elle avait travaillé avec des enfants au parcours similaire, des enfants qui, plutôt que de courir le risque de souffrir de nouveau, préféraient refouler leurs émotions. Elle savait d'expérience que la plupart devenaient des adultes terrorisés à l'idée de s'engager, d'accorder leur confiance.

Si elle acceptait que Witt n'aurait peut-être jamais pu lui donner l'amour auquel elle aspirait, elle était sûre néanmoins qu'il était un homme d'honneur, responsable, qui, jamais, n'aurait disparu délibérément. Pourtant, il était parti sans laisser de trace. Hélas, si toutes ces recherches lui avaient appris à connaître le vrai Witt, elles ne lui avaient pas rendu son amour pour autant, se rappela-t-elle, avec tristesse.

Alors que l'accouchement approchait, les médecins lui avaient ordonné de garder le lit. Elle s'était écroulée d'épuisement et de désespoir, mais la naissance de Camille avait décuplé son énergie. Le bébé était un souvenir constant de l'homme qu'elle aimait. Elle savait que tant que Camille et elle seraient ensemble, un jour, elles trouveraient la réponse. Et elle n'avait jamais renoncé.

Or, maintenant qu'elle l'avait retrouvé, elle voulait tout savoir : ce qui l'avait empêché de venir la rejoindre cette fameuse nuit, dix-huit mois auparavant, comment il avait perdu la mémoire, ce qui lui était arrivé au cours des premiers mois de sa disparition, alors qu'il était introuvable.

L'homme qui se faisait appeler Houston Smith était sans doute le seul à pouvoir lui donner les réponses, devina-t-elle. Mais elle devait commencer par trouver un moyen de l'aider à se souvenir, un moyen de redevenir Witt.

Deux heures plus tard, Reid la rappelait pour le rendez-vous téléphonique. Le Dr Fields, peu avare de son temps, leur fournit des explications claires qui, hélas, ne laissaient pas beaucoup d'espoir sur la guérison de Witt.

— Je vous en prie, docteur, plaida Carley. Nous pouvons vous fournir quelques causes possibles pour expliquer ce cas en particulier. Ne pouvez-vous pas nous donner quelques solutions ?

Le docteur se lança alors dans un exposé interminable que Reid fut obligé d'interrompre :

— Une minute. J'ai besoin d'un interprète.

— Le docteur est juste en train d'expliquer que quelqu'un peut subir un traumatisme si violent que son esprit le refuse, expliqua Carley à son supérieur. Du coup, l'amnésique efface aussi de sa mémoire tout ce qui est antérieur au choc. Il s'agirait plutôt là d'un problème psychiatrique, vous êtes d'accord, docteur Fields ?

— Tout à fait, répondit le spécialiste. Et, plus précisément, de neuropsychologie cognitive. Malheureusement, pour que cet état persiste pendant dix-huit mois, il faut, par définition, que la personne soit atteinte de troubles très graves de la personnalité. Le traitement ne peut passer que par des années de thérapie intense.

— J'espère que cela ne concerne pas notre cas, s'exclama Carley, pétrifiée à l'idée que Witt puisse être atteint d'une telle maladie mentale. Et si ce n'était pas le refus d'un événement, mais plutôt un traumatisme physique qui avait causé l'amnésie ?

— C'est l'autre possibilité. N'importe quel choc à la tête peut provoquer un problème de cerveau et une perte de mémoire. J'aurais naturellement besoin d'examiner les radios du cerveau avant de pouvoir essayer d'évaluer l'étendue de tels dommages.

— Mais pouvez-vous nous dire, en règle générale, quels sont

les symptômes, et le temps qu'il faut compter pour en guérir ? demanda Carley.

Après quelques secondes, le docteur reprit :

— Les traumatismes du cerveau peuvent causer des pertes de mémoire temporaires. On oublie sa propre identité, par exemple. En revanche, d'autres souvenirs, comme la parole, la reconnaissance des mots, sont enregistrés dans une autre partie du cerveau et ne sont pas perdus.

— Oui. J'ai vu des films dans lesquels cela arrive, approuva Reid, qui semblait aussi impatient que Carley d'arriver à une conclusion. Mais ces souvenirs reviennent, n'est-ce pas ?

— Normalement, à la suite d'un traumatisme, les patients ont ce que l'on appelle des îlots de mémoire, à savoir des événements isolés qui peuvent servir d'ancres et mener à la guérison. Dans la plupart des cas, tous les vieux souvenirs, hormis le traumatisme lui-même, sont récupérés. C'est concevable, quoique de grands pans de mémoire seront perdus à jamais.

— Quoi ? fit Reid stupéfait. Carley, est-il en train de dire que Davidson ne se souviendra peut-être jamais de ce qui lui est arrivé ?

— Chut, Reid. Laisse finir le docteur, ensuite nous en discuterons rationnellement, lui répondit Carley, surprise du calme de sa voix, quand elle avait l'impression d'être une boule de nerfs. Est-ce que dans un tel cas, reprit-elle, forcer la personne à se souvenir pourrait l'aider ? Ou bien essayer quelque chose de drastique, comme l'hypnose ou les médicaments, par exemple ?

— Absolument pas. Tout autre choc émotionnel ou physique pourrait provoquer une perte de mémoire encore plus importante pour le sujet. Non, la meilleure méthode est de garantir un environnement sécurisant, où les choses familières au malade peuvent être réintroduites progressivement. Si le patient se renseigne sur son passé, il ne faut pas mentir, mais le pousser en douceur vers l'autorévélation.

Carley remercia le spécialiste, mit un terme à la connexion et essaya de calmer Reid. Comme elle s'y attendait, son supérieur était prêt à arrêter Witt et à le remettre entre les mains de spécialistes pour avoir une seconde opinion. Mais, à force d'implorer Reid, elle parvint à l'en dissuader. Elle voulait gagner la confiance de Witt. Une fois cette étape franchie, elle espérait qu'il retrouverait naturellement la mémoire.

Reid finit par se ranger à ses arguments, puis, semblant prendre soudain conscience du danger que, jusque-là, il avait ignoré, il ajouta :

— Je suis désolé de vous avoir impliquées dans tout ça, Camille et toi. J'ai pensé qu'en vous voyant, Witt allait retrouver la mémoire. Ce n'est pas le cas, manifestement. Que penses-tu faire maintenant ?

Comment pouvait-il même poser la question ?

— Mais rester avec lui, naturellement ! riposta-t-elle avec conviction.

— Carley, commença Reid d'une voix qui s'était adoucie. Il a une autre vie maintenant. Et si cela prend un an, deux ans, plus…

— Je serai là pour l'aider, qu'importe le temps que cela prendra.

Reid demanda alors d'une voix presque inaudible :

— Et s'il ne se souvient jamais de toi ?

Un moment, elle hésita. Soudain, toutes les fibres de fragilité humaine qui la retenaient dans ce monde si injuste la firent hurler en silence : non ! Quoi qu'il arrive, elle ne renoncerait pas à Witt.

— Dans ce cas, nous devrons nous inventer de nouveaux souvenirs, chuchota-t-elle. Je crois qu'il m'a aimée. Au fond de lui-même, il est toujours le même. Avec le temps, peut-être réapprendra-t-il à m'aimer.

— Désolée, Charleston. Je ne peux pas t'accorder plus de quinze jours annonça Reid d'un ton redevenu dur et professionnel. Il n'a pas été évident de travailler sans Davidson. Le FBI ne peut pas se permettre de se passer de tes services aussi.

— Quinze jours seulement ? répéta-t-elle, incrédule.

— C'est déjà plus que je devrais te donner. Fais bien attention à toi… et à lui, recommanda son chef. Qui que soit celui qui a provoqué son amnésie, il ne tardera pas à revenir pour finir le travail. Tu veux du temps avec Witt ? Je suis d'accord. Mais tu es entièrement responsable de sa sécurité. Dans sa condition présente, il est absolument sans défense.

3

Un quart d'heure plus tard, bardée de recommandations à n'en plus finir, Carley éteignit son téléphone portable et poussa un soupir de soulagement : Reid lui permettait de rester au ranch avec Camille. Le fait que ce répit ne soit que momentané n'était toutefois pas ce qui la préoccupait le plus. Lors de sa conversation téléphonique avec Reid, elle avait beau avoir feint la plus grande confiance, elle était glacée de peur à l'idée que Witt ne retrouve jamais la mémoire. Qui sait ? Peut-être ne sentirait-elle plus jamais son souffle chaud sur sa joue, le vertige de son corps ébloui contre le sien, si viril, si puissant…

La gorge serrée, elle étouffa un petit sanglot. A ce moment précis, un autre soupir léger brisa le silence de la chambre, baignée d'une lumière déclinante qui entrait à flots par la fenêtre ouverte.

Carley se retourna et vit Camille qui, debout dans son berceau, une main sur le rebord, l'autre dans sa bouche, regardait sa mère avec des yeux tristes.

— Maman ? Maison ?

Carley traversa la chambre et prit son bébé au regard encore somnolent dans ses bras.

— Oh mon bébé, chantonna-t-elle en penchant la tête pour déposer un doux baiser sur les boucles dorées. J'ai bien l'impression que, pour quelque temps, la maison c'est ici. Alors autant en tirer le meilleur parti.

Debout au milieu de la chambre, elle se balançait doucement d'avant en arrière en tapotant le dos de sa fille.

Un coup discret à la porte la tira de sa rêverie.

— Oui ? répondit-elle.

— Madame Mills ?

La porte s'entrouvrit et Rosie, la brune adolescente qui avait gardé Camille tout à l'heure, passa la tête dans l'entrebâillement. Lorsqu'elle vit Carley, le bébé dans les bras, elle entra.

— Le révérend Gabriel vous fait dire que le dîner du personnel adulte sera servi à 19 heures.

Relevant la tête, Camille regarda l'intruse qui, à la surprise de Carley, lui souriait.

— Camille va peut-être me donner une seconde chance d'être son amie, qu'en pensez-vous ? demanda Rosie en s'avançant d'un pas.

Carley, souriante, répondit :

— Il faudra que tu demandes à Camille. Mais elle n'est pas rancunière. Et je pense que nous serions toutes les deux heureuses d'avoir une nouvelle amie.

Rosie, son regard brun chocolat empreint de chaleur, tendit les bras au bébé.

— Tu veux être mon amie, Camille ?

La fillette, silencieuse, l'observa un moment. Puis elle se tourna vers sa mère pour tester sa réaction. Carley savait que son approbation était cruciale.

— Tout va bien, Camille. Rosie est notre amie, dit-elle à sa fille d'un air radieux.

Le visage du bébé se fendit d'un large sourire, et elle faillit se jeter des bras de sa mère à ceux, grands ouverts, de Rosie.

— Aimerais-tu lui donner son repas et rester avec elle pendant que je dîne, Rosie ? demanda Carley qui commença à s'affairer avec les vêtements du bébé.

La jeune fille hocha la tête.

— Bien. Ainsi, je vais avoir la possibilité de rencontrer…

Un fracas de moteur vint soudain troubler la sérénité du crépuscule sur la plaine, couvrant la fin de la phrase de Carley. Soudain tendue, elle s'avança vers la fenêtre et, à travers les arbres, aperçut un homme à moto, qui tournait en rond dans la poussière de la cour de ferme.

Affolée, elle remarqua le cavalier et sa monture qui débouchaient à cet instant précis. Lorsque le cheval vit la moto, il fit un écart et essaya de reculer. Le cow-boy tint bon, refusant de céder à la pauvre bête effrayée. Le cheval finit par se cabrer, son hennissement faisant écho à la pétarade du moteur.

Carley eut à peine le temps de déplorer le traitement infligé à la pauvre bête, quand le chapeau du cavalier s'envola. Elle se figea. L'homme qui montait cet animal de rodéo déchaîné n'était autre que Witt. Seigneur ! Le docteur n'avait-il pas dit « plus de traumatismes physiques » ? Et Reid l'avait bien prévenue qu'elle était désormais responsable de lui.

Si seulement il pouvait descendre de cheval ! pria-t-elle.

Refoulant les cris d'hystérie qu'elle sentait monter en elle, Carley se précipita hors de la chambre en jetant quelques instructions hachées à Rosie par-dessus son épaule. Se ruant en bas de l'escalier, elle poussa la porte de la cuisine. Les nerfs à vif, elle volait littéralement vers Houston, tant son besoin de le garder sauf était désespéré.

Une fois dehors, elle se hâta sous les frondaisons des arbres ombrageant la maison. Leurs troncs épais lui cachaient la scène. Lorsqu'elle les eut dépassés, elle pila net. Au centre de la cour se tenait Houston Smith, les rênes du cheval calmé dans une main, tandis que, de l'autre, il faisait claquer son chapeau contre le jean qui couvrait sa cuisse puissante. Un large sourire aux lèvres, il discutait avec le motard, tout de noir vêtu, qui venait d'éteindre le puissant moteur de sa machine.

Elle hâta encore le pas pour les rejoindre. L'odeur de sueur des animaux se mélangeait avec celle des gaz d'échappement de la moto. Que n'aurait-elle donné pour une bouffée d'air frais !

Elle buta presque sur les deux hommes et s'en prit immédiatement à Houston.

— Mais où diable avez-vous la tête ?

— Madame ? demanda-t-il d'un ton surpris en tournant vers elle un regard étonné, un peu las.

Elle eut l'impression de recevoir un coup de poing dans le ventre. Jamais il ne l'avait regardée ainsi quand ils étaient ensemble. Tout au long de ces longs mois, solitaire, misérable, elle avait rêvé de son petit sourire canaille, de la façon sexy qu'il avait de la dévorer de ses yeux admiratifs, de la tête aux pieds. Et maintenant, il était là, à quelques mètres d'elle à peine, et elle avait l'impression d'être transparente.

— Vous auriez pu y rester ! reprit-elle. Vous ne devriez pas monter à cheval.

Reprenant son souffle, elle essaya de contenir le tremblement dans sa voix, avant de continuer :

— Contentez-vous de marcher et de conduire, d'accord ?

— Je ne suis pas sûr de bien comprendre, madame, fit-il en la dévisageant d'un air amusé, comme s'il la trouvait drôle, tout à coup.

Eh bien, il n'allait pas tarder à la trouver plus drôle encore, se dit-elle, piquée au vif. S'il ne cessait pas de l'appeler « madame », elle allait être obligée d'ignorer les ordres du docteur et de frapper cette bouche magnifique qui lui souriait. Comment était-elle censée lui expliquer pourquoi il devait faire attention ? Comment lui dire qu'un autre choc sur la tête pouvait anéantir toute chance pour lui de se souvenir de son passé ? De son amour pour elle ?

— C'est vrai, insista-t-elle. Vous avez été trop dur avec ce cheval. Il a failli vous jeter à terre. Vous êtes trop important pour le ranch pour agir de façon aussi dangereuse.

— Madame ?

Cette fois, le ton de sa voix était nettement moins cordial. Elle serra les dents et s'approcha de lui.

— Arrêtez avec ce « madame » ! J'essaye juste de vous rappeler qu'il faut être prudent, c'est tout.

Un éclat de rire éraillé fusa alors dans son dos. Elle fit volte-face et se trouva devant l'autre homme, toujours assis sur la moto noire et chromée. Les yeux cachés derrière des lunettes type aviateur, à reflets, il souriait de toutes ses dents.

— Je crois que c'est un coup porté à tes talents de cavalier, *amigo* ! s'exclama-t-il, jovial.

L'homme à la peau mate retira ses lunettes et enveloppa Carley d'un regard éloquent. Après avoir laissé ses yeux voguer sur son visage, sa poitrine, et s'attarder sur ses hanches, il suggéra :

— Vous ne voudriez pas me parler des dangers de la moto, chérie, par hasard ?

Elle releva le menton dans un geste plein de dédain et se retourna vers le cow-boy toujours à cheval.

— Ecoutez, je…

— Non, c'est vous qui allez m'écouter, madame, l'interrompit Houston, les ombres du soleil couchant réveillant l'acier dans son regard gris bleu. Je ne sais pas ce que vous croyez avoir vu ni pourquoi vous vous sentez concernée, mais je peux vous assurer que je n'ai pas été trop dur avec ce cheval. Et je n'étais pas du tout sur le point de me faire éjecter de ma selle.

La froideur de son ton la laissa pantoise, les yeux écarquillés. Elle commençait à réfléchir à quelque mensonge qui pourrait expliquer son comportement, quand elle vit le regard du cow-boy s'adoucir et les coins de sa bouche se relever en un semblant de sourire.

— Vous vous y connaissez en chevaux ? demanda-t-il. Vous êtes déjà montée à cheval ?

— Moi ? bredouilla-t-elle en réponse à sa question inattendue. Non, mais…

Houston fit glisser son chapeau sur son crâne, abaissant le rebord de façon à cacher partiellement son visage.

— Eh bien, je pense que c'est un oubli auquel nous devons remédier. A mon avis, une leçon d'équitation est exactement ce dont vous avez besoin pour vous sentir plus à l'aise au ranch.

— Je ne crois pas, bafouilla-t-elle. En fait, je me disais que vous pourriez travailler avec un pick-up. On utilise des camions dans les ranches modernes, non ?

Avec un petit rire taquin, il tendit le bras pour tapoter les naseaux de sa monture.

— Vous n'avez pas à avoir peur des chevaux. Prenez Poncho, ici, par exemple, enchaîna-t-il, caressant maintenant le cou de l'animal. Il travaille aussi dur que n'importe quel homme, aussi longtemps que vous le lui demandez et sans jamais se plaindre, ou presque.

— A condition de le traiter comme il faut, intervint le motard. Et personne n'arrive à la cheville de Houston Smith, quand il s'agit d'animaux.

Carley se tourna vers l'homme aux yeux aussi noirs que ses cheveux de jais, qui reprit :

— Inutile de vous en faire pour Houston, mademoiselle. Les chevaux le respectent pour son autorité et pour la façon dont il les traite. Ils savent qu'il mourrait plutôt que de laisser quoi que ce soit leur arriver.

Un frisson d'effroi la traversa. C'était bien ce qu'elle craignait, justement !

Houston, visiblement embarrassé par les compliments dont il était l'objet, s'éclaircit la voix.

— Carley, je vous présente l'assistant de notre vétérinaire, Manny Sanchez.

Ce *latino* était donc la taupe du FBI ? Carley sentit tout à coup son vieil aplomb revenir : elle était de nouveau en terrain connu. Elle gratifia son guilleret collègue à califourchon sur sa moto d'un sourire sensuel qui, manifestement, fut loin de le laisser indifférent. Alors, de son plus bel accent du Vieux Sud, elle se présenta :

— Ravie de vous connaître, Manny. Je m'appelle Carley Mills et je crois que nous avons un ami commun : Reid Sorrels, de Houston. Vous vous souvenez de lui, n'est-ce pas, chéri ? demanda-t-elle de son ton le plus sarcastique.

Son collègue changea immédiatement d'expression. La stupéfaction qu'elle lut dans son regard l'enchanta. Manny redressa les épaules et lança une jambe par-dessus sa moto, pour se retrouver face à elle, presque au garde-à-vous.

— Carley ? Vous êtes Carley Mills ?

Il en balbutiait presque. Son regard allait de la jeune femme au cavalier toujours en selle. Au bout de quelques minutes, il retrouva son masque professionnel. Carley jubilait. Il y avait longtemps qu'elle ne s'était pas autant amusée.

— Oui, oui, bien sûr, continuait-il à bégayer. Reid Sorrels. Comment va notre vieux Reid, à propos ?

— La dernière fois que je l'ai vu, il allait plutôt bien, le rassura-t-elle avec un sourire. J'imagine néanmoins qu'il aimerait bien avoir de vos nouvelles. Vous devriez lui téléphoner un de ces jours.

— Euh… oui ! Je vais le faire. Je vais y aller, Houston, se dépêcha-t-il d'ajouter à l'intention du cow-boy. A demain matin, à la première heure.

— Tu peux y compter, répondit Houston, qui, les yeux plissés, testait la tension qu'il avait senti croître entre Manny et Carley. Tu es sûr que tu ne veux pas rester dîner ? Gabriel t'a dit que tu étais toujours bienvenu.

— Non, merci. Une autre fois, peut-être.

Et sans demander son reste, après un bref coup d'œil en direction de Carley, Manny enfourcha sa moto comme s'il s'agissait d'un cheval.

— Peux-tu faire reculer Poncho, Smith ? demanda-t-il.

Un peu surpris par le changement d'attitude de son ami, Houston resserra sa poigne sur les rênes et claqua la langue à l'intention de son cheval. Il avait reculé de plusieurs mètres lorsqu'il entendit le moteur pétarader. Il tourna la tête juste à temps pour surprendre Manny et Carley dans une conversation animée qu'il n'entendait pas.

Une bouffée de jalousie l'envahit. Il secoua la tête, frustré : il ne voulait pas de cette émotion. Que lui arrivait-il ? Une femme qu'il venait tout juste de rencontrer… Il était vrai qu'il n'avait sans doute jamais posé les yeux sur une femme aussi sexy. Quoique… avec une mémoire qui ne portait que sur les dix-huit derniers mois, ses références étaient limitées.

Il laissa courir sa main sur les naseaux de Poncho et regarda Carley qui se penchait vers Manny pour lui dire quelque chose avant qu'il ne démarre. Elle s'était changée et portait maintenant un jean et une chemise.

Il remarqua ses longues jambes. Sa chemise remontait au-dessus de son jean, dévoilant une large bande de peau satinée.

Il baissa les yeux sur ses fesses fermes. Le jean en moulait les douces rondeurs. Un désir brûlant fusa en lui. Depuis le jour où il s'était réveillé, chez Luisa, avec plus de douleurs et de contusions qu'il pensait possible de pouvoir supporter, aucune femme ne lui avait produit cet effet. Il ignorait pourquoi celle-là en particulier l'affectait autant. Et si vite. Si sa jalousie le surprenait, elle réveillait quelque chose d'enfoui au plus profond de lui. Il avait l'impression d'être plus vivant qu'il ne l'avait jamais été depuis l'accident.

Carley sourit à un quelconque secret que Manny venait de partager avec elle, et Houston dut refouler sa colère grandissante. L'envie le taraudait de faire descendre Manny de sa moto rugissante, de l'attraper par le cou, et de lui mettre son poing dans la figure.

Il ne le connaissait pas depuis longtemps, mais Manny était devenu l'un de ses rares amis, un bon copain avec lequel il pouvait aller boire une bière après le travail. Mais cette Carley, en revanche, ne lui inspirait aucune confiance.

Il serra les dents et laissa échapper un profond soupir. Oubliant l'idée d'aller rosser qui que ce soit, il souleva son chapeau et essuya la transpiration qui perlait à son front. Le temps lourd et humide devait être la cause de sa migraine qui recommençait.

Manny remit ses lunettes de soleil, adressa un signe de la tête à Houston, et démarra. Voyant Carley revenir vers lui, Houston, sur un coup de tête, décida qu'il n'avait aucune envie de lui parler. Imitant le salut de Manny, il tira sur les rênes de sa monture et s'éloigna à son tour : inutile de chercher les ennuis.

Etre assis en face de Carley à la table du dîner avait un effet tout à fait négatif sur l'humeur de Houston. Sa présence ne lui avait pas exactement coupé l'appétit, mais maintenant qu'il voyait que le dîner touchait à sa fin, il avait bien envie de sortir de table sans attendre le dessert.

Si voir les femmes autour de la table lui faire la fête ne l'avait pas dérangé, chaque sourire de Carley exacerbait le désir qu'elle attisait en lui.

Quant aux hommes… il y avait de la concurrence ! Gabriel, avec une coupe de cheveux toute fraîche et une chemise flambant neuve, avait tiré une chaise pour elle. Frank Silva, le responsable des éducateurs, était parvenu à prendre la place à côté d'elle et se débrouillait pour que leurs mains se frôlent chaque fois qu'ils se passaient un plat. Même le vieux Lloyd, le cuisinier aux dents jaunes, l'avait servie la première, pour se figer ensuite à côté d'elle, comme transfiguré, avant qu'un immense éclat de rire ne secoue la pièce.

Résultat, entre la salade de poivrons piquants et l'irritation que lui causait son sentiment inexplicable pour Carley, Houston avait l'estomac complètement noué. Il ferait sans doute mieux de s'en aller. Et puis, il avait besoin d'un peu d'espace pour réfléchir aux événements de la journée et à l'effet qu'ils avaient eu sur lui.

— Excellent repas, Lloyd, susurra Carley, avec son maudit accent traînant du Vieux Sud.

Lloyd, qui avait déposé une coupe de glace à la pêche devant elle, souriait comme un adolescent, tout en s'essuyant les mains à son tablier d'un air distrait.

— Quel aromate avez-vous utilisé pour le poulet ? demanda-t-elle en battant des paupières. C'était délicieux.

— C'était juste mon poulet au romarin. Je suis content que cela vous ait plu. Je vous préparerai peut-être un plat vraiment spécial demain soir.

— Ma mère me disait que le romarin était le symbole du souvenir et de la fidélité, parvint à dire Gabriel entre deux bouchées.

Carley lui adressa un sourire rayonnant, avant de jeter un coup d'œil en direction de Houston. Lorsqu'elle croisa son regard, son sourire s'évanouit et une expression attristée se peignit sur son visage. Ce n'était ni très flatteur ni très prometteur pour lui, décida-t-il.

Frank Silva, qui venait de refuser son dessert, se tourna vers

Carley pour attirer son attention. A quarante ans bien sonnés, songea Houston, il était en train de se rendre tout à fait ridicule.

— Comment s'est passée votre première journée dans la vallée du Rio Grande ? demanda-t-il. Vous sentez-vous capable de vous installer ici ?

— Je n'ai jamais rien vu de tel, répondit-elle. Le paysage est si… plat. Sans aucune colline.

Frank sourit et Houston remarqua qu'il avait couvert la partie chauve de son front avec une mèche de cheveux.

— N'oubliez pas que cette région était régulièrement inondée par le Rio Grande. Mais depuis qu'ils ont construit des barrages en amont, le fleuve est apprivoisé. Et à part le paysage, enchaîna-t-il en couvrant sa main de la sienne, que pensez-vous des gens ? Avez-vous vu quelqu'un qui vous intéresse tout particulièrement ?

Comme ce Frank était lourd ! Houston dut se faire violence pour ne pas intervenir. Il regarda Carley retirer sa main.

— Tout le monde est très gentil avec nous. Mais j'ai un peu de mal à comprendre la langue. Je ne crois pas avoir jamais entendu personne commencer une phrase en espagnol et la finir en anglais !

Un petit rire secoua l'assemblée et tous sourirent à leur nouvelle collègue. Houston, pour sa part, ne pouvait détacher les yeux du premier bouton de son chemisier blanc. Il n'était pas très bien fermé et le petit morceau de chair qu'il découvrait le troublait au plus haut point.

— Ça s'appelle du tex-mex, Carley, expliqua Gabriel. Ici, à la frontière, rien n'est vraiment comme ailleurs.

Les yeux du directeur du centre dansaient derrière ses lunettes à monture métallique.

— Excusez-moi, s'il vous plaît, interrompit une voix.

Tous les yeux se tournèrent vers le seuil de la porte. Rosie s'y tenait, comme hésitant à entrer dans la pièce pleine d'adultes. Elle portait Camille. Carley bondit de sa chaise et se précipita vers son bébé qu'elle prit dans ses bras.

— Tout va bien, Rosie ?

— Oui, madame. Mais c'est presque l'heure du couvre-feu et je me demandais si vous vouliez que je couche Camille ?

Les regards étaient rivés sur Carley et sur son bébé. La jeune femme se tourna vers l'assistance :

— Je vous présente Camille.

La fillette adressa un sourire rayonnant à la foule de ses admirateurs.

— Je vous prie de m'excuser un instant. Je vais lui dire bonne nuit et donner mes instructions à Rosie, reprit Carley avec un sourire en poussant l'adolescente vers la porte.

Houston jeta un coup d'œil à sa cuillère en suspens au-dessus de sa coupe de glace. Ce dîner lui avait décidément coupé l'appétit. Au silence anormal qui régnait dans la pièce, il releva la tête. Tous les regards étaient braqués sur lui, scrutant son visage.

— Quoi ? Qu'est-ce que j'ai fait encore ? demanda-t-il, exaspéré.

Gabriel s'éclaircit la voix.

— Rien. Mais il se fait tard, répondit-il en repoussant sa chaise et en se levant. Je dois aller parler à Carley avant de monter me coucher. Excellent repas, encore une fois, Lloyd, approuva-t-il en lançant un coup d'œil au cuisinier par-dessus son épaule.

La plupart des autres membres du personnel imitèrent leur patron, remercièrent Lloyd et se levèrent pour se dire bonne nuit. S'il ne comprenait toujours pas l'épisode du dessert, Houston était enchanté de ne plus être le centre de l'attention. Il se leva, étira ses longues jambes et s'apprêta à partir rejoindre Gabriel. Il avait quelques questions au sujet de la curiosité subite de ses collègues à son égard. A ce moment précis, la porte moustiquaire s'ouvrit et Luisa passa la tête dans la pièce.

— Bonsoir. Le dîner est fini ?

— Docteur ? Mais que faites-vous ici à une heure pareille ? L'un des enfants est-il malade ?

— Je me suis juste arrêtée pour dire bonsoir à mon ex-malade préféré et pour dire un mot à Gabriel.

— Vous feriez mieux de vous dépêcher, recommanda Houston en ramassant son chapeau sur le bar. Il a une ou deux choses à voir avec Carley avant d'aller se coucher. Bonne nuit, docteur.

Luisa, qui était déjà à mi-chemin du couloir conduisant au bureau de Gabriel, agita une main par-dessus son épaule, avant de disparaître au tournant.

Qu'avaient-ils donc tous à se comporter de façon aussi bizarre ce soir ? songea Houston en refermant la porte grillagée derrière lui. D'un haussement d'épaules, il chassa ces pensées. Il avait assez de préoccupations comme cela, inutile de se faire du souci pour les autres. Pour l'instant, il avait grand besoin d'air frais !

Il sortit dans l'air moite du soir, leva les yeux vers le ciel constellé d'étoiles et se demanda pour la énième fois si quelqu'un, quelque part, s'inquiétait de lui. Manquait-il à quiconque sur cette planète ?

4

Carley croisa les jambes et s'adossa à l'une des chaises de bois dur du bureau de Gabriel. Comment un adolescent indiscipliné ressentirait-il ce genre d'inquisition ? se demanda-t-elle, intriguée. Probablement comme elle à cet instant précis. Il serait mal à l'aise.

Gabriel fit asseoir Luisa qui entrait sur une autre chaise et, après avoir fermé la porte derrière elle, il s'installa dans son fauteuil en cuir à bascule, derrière le vieux bureau. Luisa et lui, raides comme la justice, dévisageaient Carley.

Résignée, cette dernière soupira en silence, se préparant à répondre aux questions qu'elle devinait. Ou, plus exactement, à certaines d'entre elles. Elle aussi, du reste, avait quelques questions. Elle avait bien l'intention de les poser avant la fin de cette entrevue.

Gabriel commença l'interrogatoire.

— Carley, rien de ce que nous allons dire ici ne doit sortir de cette pièce, mais je dois insister sur un point : si nous vous gardons sous notre toit, vous nous devez une totale honnêteté.

— Inutile de tourner autour du pot, bougonna Luisa, avant de lancer : ce bébé est-il vraiment le vôtre ?

Elle fixait Carley d'un regard impitoyable, la défiant de lui dire la vérité.

— Oui, confirma la jeune femme.

— Et Houston est son père, n'est-ce pas ?

— Oui.

— Comment avez-vous su où le trouver ?

— L'un de mes amis l'a reconnu et m'a contactée. Un autre ami m'a trouvé le travail, expliqua-t-elle, impassible.

— Hum ! fit Luisa qui, se laissant aller dans sa chaise, se massa la nuque. Je me suis toujours demandé si quelqu'un finirait par venir le chercher. Je ne m'attendais sûrement pas à ce que ce soit la mère de son enfant.

— Vous êtes vraiment psychologue pour enfants ? lui demanda alors Gabriel, intrigué.

— Oui, tout à fait, confirma Carley. Et j'ai bien l'intention de m'acquitter du travail pour lequel vous m'avez fait venir.

— Vous saviez qu'il était amnésique ? reprit Luisa.

Lorsque Carley hocha la tête, le docteur plissa les yeux et demanda, avec une grimace de dédain :

— Pourquoi alors ne pas lui avoir révélé sa véritable identité, ne pas lui avoir dit qui était le bébé ?

— Il a disparu avant la naissance de Camille, relata Carley avec patience. Il ne pourrait donc avoir aucun souvenir d'elle, de toute façon. Et… j'ai consulté un célèbre neuropsychiatre. Il recommande de ne surtout pas brusquer Houston, si l'on veut qu'il retrouve la mémoire. Sinon, sa santé mentale pourrait être mise en péril.

— Vous avez donc l'intention de rester jusqu'à ce qu'il guérisse par lui-même ? Et s'il ne se souvient jamais de vous ? avança Luisa, sans chercher à dissimuler son scepticisme.

Carley ne put s'empêcher de sourire. C'était la deuxième fois aujourd'hui que quelqu'un lui posait cette question. Sa réponse restait inchangée.

— J'aime cet homme, Luisa, affirma-t-elle avec conviction. Maintenant que je l'ai trouvé, jamais plus je ne le quitterai de mon plein gré. Un jour, peut-être, il se souviendra de ce que nous avons partagé, enchaîna-t-elle, sentant son visage s'empourprer à la mention de leur amour. Sinon, qui sait ? Peut-être allons-nous trouver des points communs pour tout recommencer.

Ce fut au tour de Gabriel de s'adosser à sa chaise. A l'évidence, les réponses de Carley le satisfaisaient. Luisa semblait toutefois plus difficile à convaincre.

— Houston manque-t-il à d'autres ? questionna-t-elle. Des gens qui pourraient venir ici pour le retrouver… de la famille, des employeurs, par exemple ?

— A l'exception de Camille, il n'a pas de famille, précisa posément Carley. Quant à son employeur, il sait où il est et il a l'intention d'attendre de voir s'il retrouve la mémoire.

D'un geste de la main, Luisa coupa court aux explications de la jeune femme.

— Inutile de vous fatiguer ! Vous savez très bien ce que je cherche à savoir. Cet homme que nous connaissons sous le nom de Houston Smith était-il un criminel dans sa vie antérieure ? Est-il recherché par la police ?

Carley ne put s'empêcher de sourire. Grâce à son expérience d'agent secret, elle n'avait aucun mal à voir si son interlocuteur était honnête ou pas. Si Gabriel et Luisa pensaient que Houston était un gangster, ils n'en étaient vraisemblablement pas eux-mêmes. Bien sûr, cela n'effaçait pas le fait qu'en recueillant un homme qu'ils considéraient comme un malfaiteur potentiel, ils étaient devenus son complice. Son sourire s'évanouit.

— Non, Houston n'est pas un criminel. Il ne l'a jamais été, les assura-t-elle en changeant de position.

Maintenant que leur curiosité était satisfaite, à son tour maintenant de poser quelques questions. Elle se redressa sur sa chaise et regarda les deux personnes qui lui faisaient face avec attention.

— Dans quelles circonstances avez-vous trouvé Houston Smith ? Et où ?

Carley se savait bon juge de la nature humaine. Si l'un de ses deux interlocuteurs essayait de lui mentir, elle le saurait immédiatement.

— Je l'ai trouvé battu jusqu'au sang, une balle dans la peau et inconscient, sur une route déserte, près d'ici, répondit Luisa sans ciller, d'une voix égale. Je l'ai transporté à ma clinique, pensant qu'il y serait mieux… pour mourir. Mais il est coriace. Au bout d'une dizaine de jours, il a commencé à se remettre. Il n'avait aucun souvenir de ce qui lui était arrivé. Ce qui n'est pas plus mal, je suppose, conclut-elle avec un soupir mélancolique.

A l'idée de l'homme qu'elle aimait, brisé et mourant sur un bas-côté, Carley ne put retenir une grimace.

— Vous pensez donc que son amnésie a été causée par des coups sur la tête ?

— Bien sûr ! Quoi d'autre ? Je peux même vous dire que je suis surprise qu'il ne soit pas aveugle, sourd et muet aussi, grommela Luisa.

Un sentiment de frustration similaire à celui qu'elle avait éprouvé lorsqu'elle avait été confinée au lit à l'époque de sa disparition, submergea Carley. Que n'aurait-elle donné pour avoir su où il était et pouvoir l'aider ! Allons, il était temps de se ressaisir ! Il était vivant, il allait bien et maintenant Camille et elle étaient là pour faire en sorte qu'il ne soit plus jamais seul, se dit-elle, refoulant son découragement.

Luisa était en train de se tortiller sur sa chaise d'un air gêné. C'était bien la première fois qu'elle décelait la moindre trace d'embarras chez la pédiatre, songea-t-elle. Gabriel, pour sa part, semblait s'être tassé dans son fauteuil.

— En fait, commença Luisa, je me suis tellement attachée à lui que, au moment où j'ai compris qu'il allait s'en sortir, je me suis dit : « Qu'importe s'il est recherché pour quelque crime, il a déjà tant souffert ! Quel mal y a-t-il à laisser un homme prendre un nouveau départ ? Il ne se souvient d'aucun de ses actes passés. Pourquoi lui faire subir les conséquences d'actions qu'il a oubliées ? »

Carley sentit son cœur fondre. Ainsi, sous ses apparences revêches, Luisa cachait une grande bonté. Mais elle avait besoin d'en savoir plus.

— Pouvez-vous m'en dire plus sur l'endroit où vous l'avez trouvé ? pria-t-elle.

Luisa la regarda un moment, avant de répondre :

— Est-ce un interrogatoire, jeune dame ? Vous avez le ton de quelqu'un qui a une certaine pratique en la matière. Y a-t-il quelque chose que vous aimeriez nous confier ?

— Pas tant que vous n'aurez pas répondu à ma question ! riposta Carley en lui lançant un regard obstiné.

Luisa hocha la tête et, docile, reprit :

— Comme vous voudrez. C'était juste avant l'aube. Je venais de passer la nuit à aider une immigrante à accoucher de jumeaux. Le campement se trouvait près de la rivière. La police des frontières les avait découverts et, voyant qu'il n'y avait pas d'autre solution, m'avait envoyé chercher. Bref, j'ai emprunté un raccourci qui conduisait à la digue et, tout à coup, dans la lumière de mes phares, j'ai aperçu un obstacle. J'ai d'abord pensé qu'il s'agissait d'un animal, mais à mesure que j'avançais, voyant qu'il ne bougeait pas, je me suis arrêtée pour en avoir le cœur net. Lorsque je me suis rendu compte que c'était un homme, je l'ai d'abord cru mort. Mais son pouls battait encore. Je l'ai tiré jusqu'à ma voiture et l'ai installé aussi confortablement que possible.

— Vous n'avez vu personne d'autre ? Vous n'avez rien trouvé pour vous donner une idée de ce qui lui était arrivé ?

— Non, répondit Luisa avec un haussement d'épaule impuissant. Quoique je n'ai pas vraiment eu le temps de mener ma petite enquête. J'étais plutôt occupée, si vous voyez ce que je veux dire.

— Et la balle, l'avez-vous gardée ? insista Carley qui se raccrochait à tous les indices possibles.

— La balle l'a traversé. Plus tard je suis revenue sur les lieux… à la recherche de son portefeuille ou d'un… pistolet. Je n'ai rien trouvé. Etant donné la sécheresse de ces derniers temps, on ne voyait même pas qu'une voiture était passée par là.

Devant le silence songeur de Carley, Luisa lui demanda :

— Vous êtes dans la police ?

Pour toute réponse, Carley se contenta de hocher la tête. Elle dut cependant expliquer qu'elle n'était pas libre de leur fournir plus d'explications sur son enquête, mais les assura, Gabriel et elle, que les enfants n'étaient pas en danger.

Après avoir pris congé, elle monta au premier étage voir si Camille allait bien. Puis, debout à la fenêtre de sa chambre, elle resta en contemplation devant la cour baignée de la clarté des étoiles.

— Oh, mon amour, comment as-tu fait pour atterrir dans un endroit aussi étrange ? murmura-t-elle à mi-voix.

Croisant alors les bras, elle posa son front contre la fenêtre, en proie à un sentiment d'impuissance. Comment en étaient-ils arrivés là ? regretta-t-elle alors pour la millième fois au moins au cours des derniers dix-huit mois. Pourquoi n'avait-elle pas parlé du bébé à Witt quand elle en avait la possibilité ? Pourquoi ne lui avait-elle pas fait admettre ses sentiments pour elle ?

Elle refoula ses larmes, et le revit dans la clairière, lors de leur dernière et fatale opération. Débordant de vie, il s'était éloigné en riant, lui lançant qu'il serait de retour très vite. Elle ne l'avait jamais revu.

Elle frotta sa nuque pour chasser la tension. Combien elle aurait souhaité que la réalité soit autre ! Et si elle lui avait demandé de ne pas partir à la poursuite de ce fourgon qu'il pensait avoir vu ? De rester avec elle ? Où seraient-ils à cet instant précis ?

Allons ! Ses pensées s'embrouillaient. Chassant ses regrets, elle tourna le dos aux étoiles qui, jamais, n'avaient apporté de réponses à ses questions. La journée avait été si bizarre. Apprendre à Houston, qui se montrait si fermé et si distant, à aimer de nouveau lui apparut soudain comme une tâche insurmontable, terriblement frustrante. Comment allait-elle y arriver en quinze jours seulement ?

Houston aimait le calme et le silence du petit matin, sa solitude, comme un répit entre les frayeurs nocturnes et l'activité bruyante de la journée.

Etouffant un petit rire, il traversa la maison principale, ses bottes claquant sur les dalles. La nuit dernière, pour la première fois depuis longtemps, ce n'était pas la peur qui l'avait tenu éveillé, mais des images de cette femme débordant de vie et de sensualité : Carley !

Il avait rêvé de leur étreinte passionnée, de ses mains caressant la cascade opulente de ses cheveux auburn, et s'était réveillé avec une impression familière de déjà-vu, plus concrète que n'importe quel élément de sa vie d'aujourd'hui.

Encore très troublé, intrigué par le fait qu'un rêve impliquant une femme qu'il venait tout juste de rencontrer puisse lui sembler si réel, il essaya de se concentrer sur les cauchemars qui étaient venus troubler les délicieuses visions de Carley. Des images sombres, terrifiantes, qu'il pensait avoir bannies de son esprit des semaines auparavant. La sérénité de l'aube l'apaisa, et les horribles songes s'estompèrent, lui paraissant soudain presque chimériques.

Puisqu'il n'avait aucun souvenir de son enfance, de sa famille, d'amitiés, pour le guider dans ses relations avec les autres, Houston n'aimait rien tant que sa solitude. La vie en solo vous protégeait de toutes frayeurs. Il ne craignait alors ni celui qui lui avait volé sa mémoire, ni d'oublier un ennemi, ni le souvenir d'avoir eu le cœur brisé. Mais la nuit, quand ses rêves funestes le rattrapaient, la peur reprenait le contrôle de son univers.

Au plus profond de lui-même, Houston savait que, dans sa vie antérieure, il n'était pas un lâche. Même aujourd'hui, il préférait affronter la vérité que se cacher. Mais où était la vérité ? Et à qui pouvait-il faire confiance ?

Houston prit un mug dans le placard et se versa une tasse de café. Lloyd l'avait préparé au saut du lit, avant d'aller prendre sa douche. Encore une demi-heure, et le cuisinier du centre serait en train de brasser des casseroles et des poêles partout dans la cuisine, suivant son rituel de préparation du petit déjeuner.

D'ici là, la journée de Houston serait déjà bien entamée. Pour commencer il devait aller s'occuper des chevaux. Avec un peu de chance, d'ici deux heures, il aurait peut-être le temps de prendre son petit déjeuner. Mais il ne pouvait jamais en être sûr.

Il avala une gorgée de café et ses pensées revinrent à son cauchemar familier. La semaine dernière, il avait cru que les images qui le hantaient dès qu'il fermait les yeux commençaient à disparaître. Hélas, c'était une fausse alerte. La nuit dernière, entrecoupant ses rêves brûlants, elles étaient revenues, comme pour se venger.

Après tout, il n'avait sans doute que ce qu'il méritait. Quel besoin avait-il d'aller au lit, obsédé par la pensée de la belle Carley ? Quand il voulait juste faire le point sur ses impressions sur l'énigmatique jeune femme... Certes, elle le troublait, mais ce n'était pas pour autant qu'il allait s'arrêter de vivre.

Enfin ! C'était du moins ce qu'il voulait croire. Hier soir, par exemple, il n'arrivait même pas à manger. Et ce matin, il avait un mal fou à se concentrer sur son travail. Il poussa un soupir résigné : la journée allait être longue et éprouvante.

— Quel est ce bruit horrible ?

En entendant la voix de Carley, Houston pivota sur ses talons. L'objet de ses pensées se dirigeait droit sur lui.

— Madame ?

— Ah non ! Ça ne va pas recommencer ! Je m'appelle Carley. Si vous n'entendez pas ce bruit, c'est que vous devez être sourd ! enchaîna-t-elle en tirant sur sa manche, un sourire malicieux aux lèvres. Venez avec moi.

Il se laissa entraîner jusqu'à la porte qui ouvrait sur l'extérieur. La vision de cette femme en peignoir, de vieilles pantoufles duveteuses à ses pieds délicats, l'enchantait. Quant à ses cheveux ! Ils étaient tout simplement magnifiques. Ebouriffés par le sommeil, ils tombaient sur ses épaules, encadrant son visage en un séduisant halo. Ses doigts le démangeaient, il avait envie de toucher la moindre parcelle de sa peau.

La voir pousser la porte grillagée le ramena à la réalité : était-il prudent de laisser une femme en tenue de nuit sortir dans la pénombre ?

— Euh ! Pouvez-vous me dire où vous m'emmenez exactement, jeune dame ? demanda-t-il.

Il s'arrêta, l'empêchant d'avancer. Elle se tourna vers lui et tira de nouveau sur sa manche.

— Dehors. Juste sous ma fenêtre. Je veux savoir quel est ce bruit qui m'a réveillée.

Houston relâcha sa prise. Elle sortit dans la cour, l'entraînant après elle, et ils contournèrent la maison. L'énergie de la jeune femme le fascinait : réveillée par un bruit inquiétant, au lieu de s'en cacher, bien à l'abri à l'intérieur de la maison, elle se dirigeait droit vers le problème. Fantastique !

Ils tournèrent à un angle et elle pila net. Houston, qui avait toujours son mug à la main, renversa quelques gouttes de café chaud sur la manche de sa compagne.

— Là, annonça-t-elle. Voilà le bruit. C'est quoi ?

Il lui fallut se concentrer un moment. Mais hormis le chant des grenouilles, les bruissements d'ailes de chouettes, et les divers oiseaux qui, sentant l'aube arriver, s'appelaient les uns les autres, autrement dit les bruits habituels de la nuit, il n'entendait rien.

— Je suis désolé, Carley. Tout me semble normal.

— Ces cris ? Vous n'entendez pas ? On a l'impression que quelqu'un se fait attaquer.

Il tendit l'oreille, essayant de discerner un nouveau son.

— Vous voulez dire les croassements des corneilles ? demanda-t-il.

— Non. Je connais le bruit que font ces fichus oiseaux. Nous en avions dans un arbre devant notre appartement. Ce qui m'angoisse, c'est cet autre bruit. Comme un cri.

Ah oui ! Il comprenait enfin ce qui la troublait. Sans doute n'en avait-elle jamais entendu auparavant !

— Oh, vous voulez dire les *chachalacas* ? s'esclaffa-t-il, avant d'avaler une gorgée de café. Ce sont juste des oiseaux. Un peu plus grands que les corneilles et beaucoup plus bruyants, mais ce ne sont que des oiseaux. Ils vous ont fait peur ?

— Peur ? Ils m'ont terrifiée, oui ! Un cri d'oiseau, vous dites ?

— Oui. Je vous emmènerai au *resaca* un de ces jours. C'est là qu'ils font leur nid. Ce sont des oiseaux intéressants. Ils ne volent pas, mais ils ont d'immenses queues d'un vert chatoyant.

— *Resaca ? Chachalaca ?* Je parle un peu espagnol, mais je ne comprends pas ces mots.

Il dégagea doucement son avant-bras qu'elle tenait toujours, et posa une main sur son épaule.

— Allons. Je vous expliquerai tout ça une autre fois. Pour

le moment, rentrons à la maison. Nous avons assez observé les oiseaux pour la matinée.

A la clarté des étoiles qui baignaient la plaine, Houston vit le visage de Carley s'empourprer.

— C'est déjà le matin ? Je n'ai pas beaucoup dormi.

Repensant à ses propres insomnies, il ressentit une affinité qu'il ne pensait pas avoir envie d'analyser.

— Je suis désolé, fit-il, compatissant. Vous avez fait des cauchemars ?

— Non. Mais l'endroit est nouveau pour moi. Et puis, il y a ces bruits étranges. Ensuite, j'ai entendu le cri… il fallait que je sache ce que c'était.

Carley ouvrit la porte grillagée et, une fois sur le seuil, se tourna vers lui. Ne s'attendant pas à ce changement soudain de direction, il se cogna contre elle et, de sa main libre, la stabilisa… et regretta immédiatement son geste.

Le reste de café dans son mug se renversa par terre. Dans la moiteur de la nuit silencieuse, le monde se figea soudain autour d'eux. Les yeux dans les yeux, ils se fixaient. Soudain assoiffé de désir, il laissa glisser sa main de l'épaule de la jeune femme jusqu'à la peau satinée de son cou empourpré.

— Que se passe-t-il entre nous, Carley ? s'entendit-il soudain demander. D'où me vient cette impression que nous sommes faits l'un pour l'autre ?

Lui avoir posé une question aussi directe le laissa pantois. Comment pouvait-il parler ainsi à une parfaite inconnue ? Mais Carley n'avait l'air ni déconcertée ni fâchée. Elle ne répondit rien, se contentant de le regarder, les yeux à la fois tendres et sexy. Il poussa un profond soupir et son parfum de fraise s'insinua de nouveau dans ses narines, provoquant en lui un trouble immédiat.

Du bout des doigts, il suivit la ligne de son menton. C'était fou, il le savait, mais… c'était comme s'il ne pouvait s'en empêcher.

Carley poussa un petit soupir d'aise et ferma les yeux. Toujours incapable de se retenir, son pouce se posa sur sa voluptueuse lèvre supérieure pour une caresse. Il la frôla et ferma les yeux pour juguler la violente sensation qu'elle faisait naître en lui. Il la voulait, désespérément. Il sentit son ébahissement et, avant même qu'elle ait bougé, comprit qu'elle n'allait pas rester. Elle était bien plus raisonnable que lui. Se détachant de lui, elle se tourna en effet vers la cuisine.

S'éclaircissant la voix, il essaya de prendre un ton dégagé :

— Si je n'avais pas été là, vous seriez sortie toute seule ?

— Bien sûr ! Quoique cela ne m'aurait pas avancée à grand-chose ! s'esclaffa-t-elle en portant une main à ses cheveux comme pour essayer de les discipliner. Je dois avoir une tête épouvantable ! Et vous, que faisiez-vous dehors à une heure pareille ?

Houston se dirigea vers le bar pour y poser son mug. Sans se retourner, essayant de calmer le tourbillon de désir qu'il sentait se déchaîner en lui, il lui répondit :

— Je suis debout tous les jours à cette heure-ci. C'est le début de ma journée de travail.

Il se retourna, prêt à lui exposer la liste de ses tâches quotidiennes, lorsqu'il se sentit saisi d'un immense trouble, sa poitrine comme prise en étau. Debout dans l'embrasure de la porte, une main posée sur le chambranle, Carley lui souriait. Ses cheveux encadraient son visage comme un nuage brun. Soyeux, attendant des caresses… inoubliables.

Un souvenir fugace lui traversa l'esprit. C'était presque comme une passerelle vers son passé. Hélas ! Il s'évanouit aussi vite qu'il était apparu.

La frustration de ne pas avoir été capable de le retenir le laissa sans voix. Il serra les poings de colère. Pourquoi ne pouvait-il pas juste ouvrir la fenêtre sur son passé et se rappeler ?

— Vous apprêtiez-vous à ajouter quelque chose ?

Carley le dévisageait comme si toute sa vie dépendait de ce qu'il avait à dire. Devant l'intensité avec laquelle elle le regardait, il sentit sa colère fondre comme neige au soleil et sa déception se dissiper. A ces violentes émotions vint se substituer le simple besoin d'attirer cette femme contre lui et de goûter ces lèvres qui, il le savait, lui répondraient avec une ferveur passionnée.

Refusant de se laisser contrôler par ses émotions, il secoua la tête pour revenir à la réalité.

— Non. Je dois aller travailler. A plus tard.

Il se détourna et, sans rien ajouter, sortit dans l'aube naissante, laissant Carley décontenancée. L'espace d'un instant, elle avait cru déceler une pâle lueur de reconnaissance dans ses yeux. Elle était prête à le jurer !

Tout cela devenait vraiment trop difficile, songea-t-elle, de plus en plus abattue. Le fait de ne pas pouvoir le prendre dans ses bras et le consoler quand il avait l'air si perdu finissait par l'épuiser émotionnellement. Et chaque fois qu'il s'éloignait d'elle, son instinct lui soufflait de le retenir, de ne jamais le perdre de vue.

Elle regagna alors sa chambre au premier étage. Il était l'heure de lever Camille et de la préparer pour une nouvelle journée. Elle n'arrivait pas néanmoins à oublier sa déception.

Si, quelques mois auparavant, elle croyait avoir vécu un véritable traumatisme à la disparition de Witt, elle se trompait. Le fait de l'avoir en face d'elle, amnésique, était encore plus difficile. Cela devenait même ce qu'elle avait vécu de plus éprouvant jusqu'ici dans la vie.

Carley ne vit pas la journée passer. Elle aurait adoré sortir dans le ranch, trouver Houston et le suivre jusqu'à ce qu'il la regarde avec les yeux de Witt Davidson. Ou peut-être se recroqueviller dans une pièce sombre et se laisser aller à s'apitoyer sur son sort. Mais Camille devait prendre un bain et son petit déjeuner. Et Carley avait besoin de travailler un peu.

Après le petit déjeuner, la mère et la fille allèrent inspecter la salle de jeux des petits. Elles firent la connaissance des trois autres enfants de l'âge de Camille qui allaient passer la matinée avec elle, ainsi que de la jeune femme très compétente qui gardait tout ce petit monde. Au début, Carley était un peu inquiète de la réaction de Camille, mais elle fut vite rassurée :

lorsqu'elle essaya d'embrasser sa fille, cette dernière, l'ignorant, était en train de voler des cubes colorés à une autre petite fille.

Carley partit alors en exploration des bureaux et des dortoirs de la maison principale. Pour un centre d'accueil, l'atmosphère était loin d'être austère. Les chambres des enfants et des bébés étaient situées au premier étage. Deux infirmières partageaient leurs locaux, et les murs des chambres étaient peints de couleurs gaies et vives. Elle fut contente de voir que, malgré leur propreté, les pièces ne sentaient pas le désinfectant, mais le talc.

Elle apprit également que, pendant la journée, des bénévoles des villes et des villages des environs gardaient les bébés. Après l'école et le week-end, les adolescents du centre prenaient la relève : cela faisait partie de leurs tâches quotidiennes. Cette semaine, deux nouveau-nés et trois bébés d'environ dix-huit mois étaient en résidence temporaire.

Elle aurait bien continué à flâner un peu, mais il lui fallait endosser de nouveau son rôle d'agent du FBI. Reid lui avait demandé de fouiller les dossiers du centre pour trouver des indices. Assise dans son nouveau bureau, elle essayait de se concentrer, mais, au lieu de trier les piles de papiers en attente, ses pensées allaient vers Houston, la laissant songeuse.

Les investigations menées après la disparition de Witt l'avaient aidée à comprendre les démons du passé qui le hantaient. Aujourd'hui, elle en savait un peu plus sur ses traumatismes jamais soignés. Ces derniers pouvaient expliquer pourquoi il n'était pas parvenu à admettre leur amour. Mais elle savait qu'ils auraient fini par surmonter l'obstacle de ses problèmes d'enfance. D'abord, elle avait la formation pour l'aider à apprivoiser son passé, à s'accepter et, par ricochet, à l'accepter, elle. Ensuite, elle l'aimait. Cela n'aurait été qu'une question de temps.

Hélas ! Elle n'en avait pas eu assez, ni pour elle ni pour eux deux.

Il lui fallut quelques minutes pour se reprendre. Inutile de pleurer sur le passé, c'était du temps perdu. Au cours des derniers dix-huit mois, elle avait pratiqué ce genre d'introspection pour une vie entière. Alors aujourd'hui, elle préférait passer le reste de sa vie avec l'homme qu'elle aimait, même s'il n'était plus le même. Et tant pis s'il ne retrouvait jamais ses souvenirs ni son amour pour elle.

Le grincement de la porte la ramena à la réalité. Elle leva les yeux de son bureau et vit Luisa debout dans l'embrasure.

— Que faites-vous là ? demanda la pédiatre.

— Eh bien…

« Brillante réponse, docteur Mills », se rabroua-t-elle en son for intérieur.

— Eh bien, je travaille, reprit-elle. Du moins j'essaye.

— Je pensais que la définition d'un psychologue était celui qui pratiquait la science de l'esprit et des états mentaux… sur les êtres humains. Ce n'est pas un peu difficile de faire cela enterrée sous des monceaux de dossiers ?

Carley se sentit rougir.

— Vous avez raison. Mais le problème est que l'Etat attend que les dossiers des enfants soient tenus à jour. Si ce n'est pas le cas, il peut couper les subventions.

De plus, ajouta-t-elle en son for intérieur, l'opération *Rock-a-Bye* avait grand besoin d'un indice pour faire avancer l'enquête. Mais cela, Luisa n'avait pas besoin de le savoir.

— Votre prédécesseur n'était pas très excité sur la paperasse, expliqua cette dernière. Il disait que la femme de l'organisme pour la Protection de l'Enfance ne passait pas souvent, qu'elle se contentait d'envoyer un assistant de temps à autre. Mais personne ne regardait jamais les dossiers.

Carley lui adressa un sourire un peu contrarié.

— C'est bizarre, car j'ai pourtant l'impression que tout le monde a fouillé dans ces dossiers. Ils sont sens dessus dessous.

Luisa scruta le visage de Carley et, changeant de sujet, déclara :

— Deux adolescents se sont battus hier soir, après le dîner. Gabriel n'arrive pas à leur faire avouer quel est le problème. Vous voudriez peut-être essayer et leur parler ?

« Peut-être » ? C'était justement sa spécialité, se dit-elle avec enthousiasme. Elle n'attendait que de mettre sa formation en pratique ! Quant à la paperasse, elle n'allait pas s'envoler.

— Je ne connais pas encore très bien les lieux, docteur, précisa-t-elle en se levant de son bureau. Pouvez-vous me montrer où sont les garçons ?

Deux heures plus tard, l'un des adolescents la guidait en direction du bâtiment principal à travers le labyrinthe des granges. Elle avait attendu qu'il se soit acquitté de ses tâches du matin pour aller lui parler. L'aurait-elle vu avant, travailler était du reste exactement ce qu'elle lui aurait prescrit.

Les deux garçons venaient de familles éclatées et leur colère couvait depuis un moment. L'altercation de la nuit dernière n'était pas due à une raison précise, mais à un simple besoin de se défouler de leurs frustrations. Le meilleur antidote restait le travail, et des sessions de contrôle d'humeur que Carley espérait débuter cette semaine.

Au moment où ils tournaient à l'angle de la grange la plus proche de la maison, elle perçut un rire aigu. Avançant de quelques pas, elle vit Houston en conversation avec la jeune Rosie.

Quand ils la virent s'approcher avec son jeune compagnon, leurs visages affichèrent une expression de culpabilité que tous deux s'efforcèrent de dissimuler.

— Que se passe-t-il ? demanda Carley, brûlante de curiosité. On peut rire avec vous ?

— Chut ! Pas si fort, fit Houston en jetant un bref coup d'œil par-dessus son épaule pour vérifier que personne n'écoutait.

Il passa alors un bras autour de ses épaules et chuchota d'un air de conspirateur :

— Le comité paroissial qui supervise le centre n'approuverait pas, nous devons donc rester discrets. Tous les week-ends, j'emmène les jeunes danser avec deux autres éducateurs. La semaine prochaine, il y a une soirée country à laquelle ils devraient pouvoir prendre part sans se couvrir de ridicule.

— Vous donnez des cours de danse aux jeunes ? demanda Carley, ébahie. Vous ?

Houston recula, l'air perplexe.

— Eh bien, oui ! J'ai appris quelques rudiments avec l'une des habituées du cours, mais je ne suis pas mauvais professeur. Ne me dites pas que les enfants n'ont pas non plus le droit de danser ! reprit-il en enveloppant Carley d'un regard incrédule, après avoir retiré son bras. Ou est-ce que quelque chose à mon sujet vous fait penser que je n'en suis pas capable ?

« Réfléchis vite », se pressa Carley, sentant qu'il y avait là une occasion à saisir.

— Non, non. Je suis sûre que vous êtes très bon professeur. Et les jeunes devraient être autorisés à participer aux mêmes activités que leurs copains de classe. En fait, j'aimerais même vous aider, mais je ne sais pas danser le two-step. Vous pouvez peut-être m'apprendre ?

— Pourquoi pas ? répondit Houston, un peu surpris par sa requête.

— C'est drôle, fit remarquer Rosie, vous connaissez le nom de la danse country la plus populaire et vous dites ne pas savoir la danser.

Carley et Houston ignorèrent son intervention.

— Quand ? demanda Carley.

— Pardon ?

Elle essaya de dissimuler l'impatience de sa question, mais ne put empêcher sa voix de monter d'une octave.

— Quand pouvez-vous m'apprendre ? répéta-t-elle.

— Un soir, je suppose.

— Que diriez-vous de ce soir ? Je vous invite à manger un steak avant le cours.

— Je dois vérifier avec Gabriel qu'il n'a pas besoin de moi ce soir. Mais je pense que mon absence ne devrait pas poser de problème.

Carley était aux anges. Quoi de plus merveilleux que d'aller danser avec l'homme qu'on aime ? Ce soir, il serait obligé de l'enlacer.

— Je vais parler à Gabriel, sans lui préciser notre projet. Ne vous en faites pas, je suis sûre qu'il sera d'accord, l'assura-t-elle de sa voix traînante.

Le début de l'après-midi passa vite. Le déjeuner fut plus copieux que le repas de la veille au soir : un vaste assortiment de spécialités mexicaines couvrait la table.

Carley alla ensuite chercher Camille qui avait déjeuné à la garderie et l'emmena faire un tour autour du bâtiment principal. La petite fille, qui commençait tout juste à marcher, semblait trouver très drôle de passer son temps à essayer d'échapper à sa mère. Elles rentrèrent toutes deux épuisées. Carley parvint à mettre Camille au lit pour une sieste et commença ses préparatifs pour sa soirée de rêve.

Au moment où elle entrait dans le bain qu'elle venait de se faire couler, le téléphone satellite se mit à sonner, la replongeant brutalement dans la réalité : son patron, son véritable travail, les sables mouvants des souvenirs perdus et des mystères irrésolus.

Elle ouvrit le téléphone avec plus de violence que nécessaire et gronda :

— T'a-t-on jamais dit que tu avais la manie de toujours mal choisir ton moment, Reid ?

5

— Je vais demander à Manny de t'apporter les dossiers sur le personnel du ranch cet après-midi, promit Reid, du bureau de Houston. Mais tu verras que ni le docteur ni le pasteur n'ont quelque chose à cacher.

Malgré son instinct qui lui soufflait que c'était la vérité, elle savait qu'elle devait suivre la procédure.

— Je lirai les rapports lorsque je les aurai, promit-elle. A propos, demande à Manny d'arriver avant la nuit, s'il te plaît. J'ai un rendez-vous pour aller dîner et danser avec Houston Smith, ce soir.

— Un rendez-vous ? répéta Reid, surpris. Avec le père de ton enfant ?

— Tu sais très bien qu'il n'en a aucun souvenir, Reid, lui rappela-t-elle d'un ton patient. Nous redémarrons de zéro. Nous prenons les choses comme elles viennent.

— Eh bien, dans ce cas, bonne chance, Carley. S'il y a une femme dont un homme peut tomber amoureux une seconde fois, c'est bien toi !

— J'espère que tu ne te trompes pas, répondit Carley avec un profond soupir. Dans notre intérêt à tous, il faut que tu aies raison.

Puisque Reid l'avait ramenée à la réalité, elle décida de descendre examiner certains des papiers empilés sur son bureau. Elle prendrait son bain plus tard.

L'après-midi s'étira en longueur et elle fit son possible pour chasser Houston et la soirée qui les attendait de ses pensées. La matinée avait été assez difficile comme cela. Dès qu'elle l'apercevait, son corps, éperdu de convoitise, la trahissait.

Lorsqu'il la touchait, en fermant les yeux, elle revivait l'ardeur de ses étreintes. Elle se souvenait de leurs baisers enflammés ; de la passion avec laquelle il dévorait ses lèvres, comme pour l'aspirer au plus profond de lui.

Comment avait-elle pu rester de marbre, ce matin, en l'entendant lui dire qu'il avait l'impression qu'ils étaient faits l'un pour l'autre ? Comme elle aurait voulu se jeter à son cou, lui ouvrir son cœur ! Mais le spécialiste l'avait bien prévenue : elle devait éviter à tout prix ce genre de comportement. Alors, rassemblant tout son courage, elle s'était éloignée de lui. Mais pourrait-elle se montrer aussi forte une deuxième fois ?

Revenant à ses dossiers, elle remarqua que des bribes d'information manquaient à pratiquement chacun d'entre eux. Décidément, le fameux Dan qu'elle remplaçait semblait avoir une aversion pour le remplissage des papiers administratifs.

A mesure qu'elle avançait dans son travail, elle se rendit compte de la gravité de la situation. Pratiquement aucune mise à jour n'avait été faite, et pas un dossier d'enfant n'était complet. L'Etat du Texas savait-il à quel point le système de classement était laxiste dans ce centre ? se demanda-t-elle, médusée.

Se décidant finalement à abandonner, elle réfléchit quelques minutes et une idée lui vint : elle allait téléphoner au Bureau de la Protection de l'Enfance du Texas et parler à la responsable mentionnée par Luisa. Une certaine Mme Fabrizio lui répondit avec l'accent de la côte Est.

Carley se présenta et exposa son dilemme.

— Avec quelle fréquence examinez-vous ces dossiers ? demanda-t-elle à son interlocutrice une fois qu'elle eut fini.

— Je ne les examine jamais moi-même, bien sûr ! s'exclama Mme Fabrizio. L'un de mes collègues s'en occupe sur le terrain.

Cette femme donnait l'impression que voir un enfant lui salirait les mains, songea Carley avec mépris.

— La loi au Texas est claire, docteur Mills, continuait la fonctionnaire. Nous devons inspecter les sites tous les dix ou douze mois. Dans mon district, nous essayons de le faire deux fois par an, et chaque enfant placé doit arriver avec un dossier en règle.

— Avez-vous des doubles des dossiers ?

— Oui, bien sûr.

— J'ai l'impression qu'il manque des éléments aux dossiers du centre. Quand doit avoir lieu la prochaine inspection de votre délégué ?

— Nous devons venir au ranch dans dix jours. Et j'espère que tous les dossiers seront complets et en ordre d'ici là, jeta la responsable d'une voix tendue, soudain perçante.

— Dans ce cas, puis-je passer à votre bureau cette semaine ? demanda Carley sans se laisser démonter. J'ai besoin de copies de ce qui manque.

— Ce n'est pas du tout réglementaire, répliqua Mme Fabrizio. Nos responsabilités n'impliquent pas d'aider les centres d'accueil à obtenir des duplicata des papiers officiels de l'Etat !

La rumeur disait que certains fonctionnaires mexicains prenaient des pots-de-vin pour accepter de faire leur travail. Si Carley restait convaincue que, côté américain, ces pratiques n'avaient pas cours, cela ne l'empêchait pas de tenter sa chance et d'essayer de flatter un peu Mme Fabrizio.

— Vous semblez être une femme pleine de bon sens, commença-t-elle. Je suis nouvelle. Seriez-vous d'accord, par hasard, pour déjeuner avec moi cette semaine ? Vous pourriez peut-être me donner quelques conseils sur comment progresser pendant que je suis ici ?

— Eh bien…

— Je vous en prie, madame Fabrizio. Dites-moi juste où et quand. Je vous invite.

Oubliant toute réticence, son interlocutrice sauta sur l'aubaine d'un déjeuner gratuit. Elle s'empressa de donner un jour et le nom du restaurant que Carley soupçonnait être le plus cher de toute la vallée.

Carley raccrocha avec un sentiment de servilité, en se demandant combien chacune des copies allait finir par lui coûter. Mme Fabrizio lui paraissait bien imprévisible et la mettait mal à l'aise.

Frissonnant, elle essaya de chasser cette sordide pagaïe de son esprit, et se frotta les bras. Cette chaude journée de printemps se serait-elle soudain rafraîchie ? Quoi qu'il en soit, elle pouvait oublier ses dossiers pendant quelques jours. Pour le moment, elle avait à peine le temps de prendre une douche et de s'habiller pour sortir.

Ce qui la laissait face à un nouveau dilemme. Que portait-on à une soirée country ? se demanda-t-elle, hésitante. Une robe ? Un pantalon ? Peut-être un jean, tout simplement. N'était-ce pas, après tout, l'uniforme de l'Ouest ?

Elle décida finalement que le plus approprié pour aller danser restait une robe. Une fois les dossiers refermés, elle gagna le premier étage pour se changer. Elle avait grand-peine à contrôler son excitation : danser était une excellente excuse pour se retrouver au creux des bras de Houston.

Hélas, l'heure qui suivit se révéla des plus éprouvantes. Camille refusa de manger et de dormir, Carley trouva un accroc à la robe de style western qu'elle avait choisie et, pour ne rien arranger, alors qu'elle avait encore les cheveux mouillés, le séchoir à cheveux prit feu.

Pire encore, Manny Sanchez était passé pendant qu'elle était sous la douche et avait refusé de laisser les dossiers à quiconque. Conclusion, demain, elle allait être obligée d'aller chez lui chercher les documents envoyés par Reid.

Elle redescendit et, une fois à la porte de la cuisine, s'arrêta sur le seuil. A côté de la porte grillagée, Houston conversait avec Luisa. Pétrifiée, elle ravala la boule qui s'était formée dans sa gorge.

Si seulement il n'était pas si beau ! songea-t-elle.

Tête nue, ses cheveux blonds encore humides de sa douche, il portait une chemise en jean sous laquelle elle voyait jouer ses muscles. Quand, enfin, elle réussit à détacher le regard de son torse, elle baissa les yeux sur son jean qui lui allait comme une seconde peau. Devant son corps, sa taille mince et ses larges épaules, une foule de souvenirs surgissaient du fond de sa mémoire : toutes ces nuits passées à explorer leurs deux corps ; la sensualité, l'ardeur, la tendresse, de leurs étreintes.

A ce moment précis, Houston et Luisa se tournèrent vers elle.

— Je suis désolée, je suis en retard, dit-elle en sortant enfin de sa stupeur.

Transie de désir, la peau brûlante, elle ajusta sa robe et laissa courir ses paumes moites sur les côtés, se demandant ce qu'ils pensaient de sa tenue. Que personne, surtout, n'aille s'aviser de suggérer de remettre leur soirée ! pria-t-elle en son for intérieur.

Luisa, la tête penchée de côté, examina Carley.

— Vous sortez, vous deux ?

Houston ouvrit la bouche pour répondre, mais Carley le devança.

— Nous avons rendez-vous pour dîner et pour un cours de danse, chuchota-t-elle sans le regarder. Cela ne vous fait rien, n'est-ce pas ? Je sais que Gabriel ne veut pas…

— Madame Mills ? l'interrompit Rosie, sur le seuil, Camille dans les bras. Vous voulez bien venir coucher Camille ? Quand j'essaye de la mettre dans son lit, elle se met à pleurer et à donner des coups de pied.

— Je reviens dans quelques minutes, Houston. Attendez-moi, lui lança-t-elle en sortant.

Attrapant Camille des bras de l'adolescente, elle disparut, Rosie sur ses talons.

Houston resta immobile, comme transfiguré par le tourbillon d'émotions et de sensations que Carley soulevait en lui. Au bout de quelques interminables secondes, se rendant compte qu'il avait la bouche ouverte, il se tourna vers Luisa.

— Ce n'est pas un rendez-vous, précisa-t-il avec un mouvement d'humeur. J'ai simplement accepté de lui apprendre à danser. Vous savez bien que je n'accepte pas de rendez-vous avec des femmes, Luisa, finit-il d'un ton adouci.

Après tout, Luisa n'était pas responsable de tout cela, se rappela-t-il, avant de reprendre, d'un air sombre :

— Je ne peux pas. Et si j'avais une femme ou une fiancée quelque part ? Tant que je n'aurai pas retrouvé la mémoire, je refuse de courir le risque de devenir un salaud.

Luisa posa une main sur son bras, le forçant à la fixer droit dans les yeux. Le regard de la pédiatre était différent ce soir, plus doux, plus chaleureux. Depuis qu'il s'était réveillé dans sa chambre d'amis, tant de mois auparavant, Luisa l'avait toujours dévisagé avec une certaine prudence. Comme si elle avait besoin de refouler une partie de ses émotions. Mais, ce soir, toute tension avait disparu.

— Tu ressens quelque chose pour Carley. Je peux le voir clairement sur ton visage quand tu la regardes. Pourquoi ne te donnes-tu pas une chance, mon garçon ?

— Mais…

Il retira son bras de sa main et, indécis, se passa une main dans les cheveux.

— Ecoute, reprit Luisa, cette femme est psychologue. Pourquoi ne lui parlerais-tu pas de ton amnésie ? Elle pourra peut-être t'aider. Je parie au moins qu'elle sait écouter.

— Eh bien… si tu penses que je peux lui faire confiance, cela ne me ferait peut-être pas de mal d'entendre son opinion, approuva-t-il.

— Oh, je suis sûre que tu peux lui faire confiance ! affirma la pédiatre. Je sens qu'elle a bon cœur, qu'elle n'essaiera jamais de te faire du mal ! Essaye. Qu'as-tu à perdre ?

Houston ne savait pas si Carley avait vraiment bon cœur, mais, en tout cas, elle avait un corps sublime.

Ils parcoururent en silence le trajet jusqu'au Wrangler Café, dans la périphérie de McAllen. Il avait choisi l'endroit parce qu'il savait que l'on y dînait bien et que l'orchestre était excellent. Une fois arrivés, il se gara, descendit du pick-up qu'il contourna pour lui ouvrir la portière, avant de gagner l'entrée du restaurant. Au moment où ils entraient dans le bar aux lumières tamisées, les quelques ouvriers de ranch présents s'arrêtèrent de manger et tournèrent vers elle leurs regards admiratifs.

Houston devait admettre que Carley méritait d'être le point de mire : dans sa robe rouge vif, satinée, elle était tout simplement sublime. Le vêtement moulant mettait ses ravissantes et nombreuses courbes en valeur. Le haut s'ouvrait en V sur la naissance de ses seins, et la jupe, au-dessus du genou, dévoilait des jambes d'une longueur exceptionnelle. Il ne savait plus où donner de la tête devant toute cette peau dénudée.

Les cow-boys au bar sifflèrent leur approbation. Un sourire espiègle aux lèvres, Carley répondit à leur compliment par une révérence exagérée. Houston, un peu embarrassé, la poussa vers un coin sombre. S'il avait pensé pouvoir la laisser seule une minute, il se serait précipité vers le pick-up et aurait pris le plaid pour la couvrir.

Il choisit une table, fit asseoir sa compagne et prit place en face d'elle.

— Qu'est-ce qui vous a pris de vous habiller comme ça ? maugréa-t-il.

Le sourire radieux de la jeune femme s'évanouit. Aïe ! se rabroua-t-il, il venait de lui gâcher son plaisir. Pourquoi cette femme en particulier arrivait-elle à lui faire perdre la tête ainsi ?

— J'ai pensé que vous aimeriez. Je ne savais pas trop quoi mettre pour danser le two-step, répondit-elle d'un air attristé.

— Ça me plaît, répondit-il, dans une tentative de lui rendre son sourire. Vous êtes très belle. Trop belle pour un endroit comme ici.

Ce n'était pas un mensonge poli. L'adjectif « belle » ne suffisait même pas à qualifier sa beauté, ce soir. Même dans ce coin obscur, ses cheveux auburn brillaient sous les lampes tamisées. Sa peau était douce, satinée, il n'avait qu'une envie, la toucher. Et quand, enfin, elle lui sourit, son visage s'illumina d'un éclat des plus naturels. Elle ne devait pas être maquillée, elle n'en avait nul besoin de toute façon.

Plus il la regardait, plus il se sentait fasciné par ses yeux.

Revenant soudain à la réalité, Houston retint sa main en l'air, juste avant de toucher son visage. Ses doigts le démangeaient de dessiner le contour de ce menton, de s'attarder sur ces joues crémeuses.

Il secoua la tête et s'éclaircit la gorge. Ce n'était pas la façon dont il avait envisagé leur soirée.

La serveuse arriva, un bloc-notes à la main.

— Que prendrez-vous ? demanda-t-elle, un peu revêche.

Carley répondit, un peu désorientée :

— Mais nous n'avons pas encore vu le menu.

— Nous n'avons pas de menus. Que prendrez-vous ? répéta la serveuse, d'un ton sec.

— Que proposez-vous ? répondit Carley qui commençait à s'énerver.

La serveuse, levant les yeux au ciel, se posa en équilibre sur un pied.

— Ecoutez, ma petite dame, vous êtes dans un steak house. Nous avons des côtes de bœuf, du faux-filet, de la bavette, et si vous aimez le piquant, des *tacos de fajita*… Que du steak. Et maintenant, comment aimez-vous votre viande ?

Carley leva un sourcil irrité et passa sa commande :

— Je prendrai un faux-filet, à point, une pomme de terre en robe des champs et une salade avec une vinaigrette au bleu. Pour lui, une bavette, saignante, avec des frites et des haricots rouges. Plus deux bières pression, la mienne dans un verre, s'il vous plaît.

— Eh ben voilà ! Qu'attendiez-vous pour vous décider ? fit la serveuse en faisant demi-tour et en s'éloignant vers le bar.

Ignorant l'échange, Houston hocha la tête avec une surprise non dissimulée.

— Carley, vous venez de commander pour moi, fit-il remarquer.

Elle tourna vivement la tête vers lui. Cette serveuse l'avait tellement agacée, elle ne savait plus ce qu'elle faisait.

— Ah ! C'est vrai, admit-elle, d'un air innocent. Ça vous ennuie ? J'ai tellement l'habitude de passer des commandes pour Camille, que je suppose que c'est en train de devenir un réflexe. Je ne voulais pas m'imposer.

— Ce n'est pas le problème, fit-il, de plus en plus perplexe. Comment saviez-vous ce que j'aime ?

— Vous voulez changer ?

— Non, mais vous avez commandé exactement ce que je voulais. Vous m'avez enlevé les mots de la bouche, ajouta-t-il, sa surprise laissant place à un certain scepticisme. Vous êtes très forte pour deviner. Vous lisez aussi dans les esprits ?

Carley eut un sourire penaud.

— Je suis psychologue, souvenez-vous. J'ai étudié les goûts des gens. Vous avez l'air d'un homme qui mange son steak saignant.

— Vous devez avoir raison, admit-il, un peu rassuré.

Une fraction de seconde, un fragment d'une scène du passé lui traversa l'esprit. Mais l'image disparut avant même qu'il puisse se raccrocher à un souvenir. Toutefois, Carley venait justement de lui rappeler le sujet qu'il voulait aborder.

— Je voudrais vous parler de quelque chose. De patient à psychologue, si l'on peut dire. Si vous voulez bien.

Sans répondre, elle le regarda dans les yeux, une minute de trop. Que voyait-elle quand elle le regardait ainsi ?

— Bien sûr. Que puis-je faire pour vous ?

— Je…

Il jeta un coup d'œil à la ronde, pour s'assurer une dernière fois que personne ne pouvait l'entendre.

— Je ne sais pas qui je suis.

Elle fixa ses mains et déglutit. Après avoir réfléchi un instant, elle leva les yeux vers lui. Une lueur d'amusement dansait dans son regard.

— Vous voulez dire littéralement, ou d'un point de vue existentiel ?

— Ce n'est pas drôle. Si vous avez l'intention de blaguer, oubliez ce que je viens de dire.

Carley posa sa main sur la sienne, et il sentit une vague brûlante le submerger.

— Je suis désolée. Je vous en prie, continuez.

Sa voix douce l'enveloppa comme un manteau chaud et douillet un jour d'hiver.

Il avait déjà entendu cette intonation de voix, il aurait pu le jurer, songea-t-il en son for intérieur. Mais tant qu'il sentait sa main sur sa peau, il était incapable de respirer.

— Je me suis réveillé il y a un an et demi amnésique, dit-il en se dégageant. C'est comme un cauchemar dont je ne peux pas me débarrasser.

— Ça doit être… affreux, compatit-elle, le regard empreint de tristesse, comme si elle ressentait sa douleur. Vous ne vous souvenez de rien du tout ?

Comme il regrettait d'avoir lancé ce sujet ! Il ne voulait pas lui faire partager l'agonie qu'il avait vécue. Elle lui paraissait déjà tellement sensible.

— J'ai ce que l'on appelle des « rêves », expliqua-t-il néanmoins. Ils flottent dans mon esprit, flous, indistincts.

— Pourriez-vous les comparer à des îlots de mémoire ? suggéra-t-elle.

— Un peu. Si ce n'est qu'ils sont immergés. Des images floues, confuses.

— Je vois. Pouvez-vous m'en décrire quelques-unes ? Certaines d'entre elles vous restent-elles à la mémoire ?

— Oui. Je pense que j'ai passé quelque temps dans un ranch ou dans une ferme. Je me rappelle avoir travaillé avec des animaux.

— Eh bien, c'est déjà ça. Quoi d'autre ? Vous souvenez-vous de gens, de visages ? le pressa-t-elle.

Houston ferma les yeux et essaya de se concentrer, mais une douleur lancinante et inattendue commença à lui vriller la tempe. Ses yeux s'agrandirent et il commença à frotter l'endroit sensible.

— Il y a quelque chose, reprit-il, hésitant. Quelque chose qui n'est pas loin de la surface. Je pense que c'est un visage de femme. Mais… non, ça ne fait rien, ça a encore disparu.

Carley poussa un soupir de frustration.

— Vous souvenez-vous de quelque chose à propos de cette femme ? La couleur de ses yeux, des détails particuliers ?

— Non, pas vraiment. Autour d'elle, je vois du noir, de la douleur. Je sens la douleur, insista-t-il en touchant sa tempe d'un air distrait.

La serveuse réapparut, leurs bières à la main.

— Votre dîner arrive, annonça-t-elle avant de se tourner vers une autre table.

Carley sourit et versa sa bière dans le verre glacé.

— Ne vous forcez pas. Et ne faites rien qui puisse vous faire du mal. Cela pourrait encore empirer les choses.

Elle but une gorgée et, du bout de la langue, lécha délicatement la mousse sur sa lèvre supérieure.

Houston, fasciné par la volupté de cette vision, fixait sa bouche. C'était pour lui comme un message chargé d'érotisme. Immédiatement, il l'imagina léchant ses propres lèvres, sa langue, sa peau, sa...

Assez ! se réprimanda-t-il. Il prit une longue gorgée de la bouteille, puis plaça le verre contre son front. Une fois qu'il eut repris le contrôle de son corps, il ouvrit les yeux et la trouva en train de scruter son visage.

— Quoi ?

— J'étais juste en train de me demander où vous aviez déniché ce nom, Houston ? Quelqu'un vous a aidé ?

— Oh, ça !

Il rit et avala une autre gorgée de bière.

— On m'avait tiré dessus, roué de coups, relata-t-il. J'ai été trouvé sans portefeuille ni pièce d'identité, et mes vêtements étaient en lambeaux. Le Dr Luisa m'a remis sur pied. Lorsqu'elle a cherché à en savoir plus sur mon identité, elle a remarqué une étiquette d'un grand magasin de Houston sur mon pantalon déchiré. Le nom de la ville m'a, en quelque sorte, rappelé quelque chose et m'a semblé être le seul détail de mon ancienne vie. Je l'ai donc adopté.

La jeune serveuse maigre revenait avec d'énormes assiettes sur son bras. Houston, reconnaissant pour le répit, se tut. Il n'avait plus envie de parler de lui. De plus, l'odeur alléchante de la viande lui rappela à quel point il était affamé.

Carley, pour sa part, se sentait envahie d'une tristesse infinie. Mais elle refusait de le montrer. Houston, de toute évidence, faisait tout son possible. Les souvenirs de sa vie d'avant... elle... étaient enfermés dans son cerveau, derrière une porte qu'elle ne semblait pas pouvoir ouvrir. En silence, elle se mit à grignoter.

Une fois les assiettes débarrassées, elle prit son cours de débutante en two-step, une danse qu'elle n'eut aucune difficulté à maîtriser. Elle dansait depuis de nombreuses années. Les pas étaient drôles, enlevés, mais le two-step n'était pas vraiment ce qu'elle voulait danser, elle n'était pas assez proche de Houston. Elle ne souhaitait qu'une chose, désespérément : qu'il la prenne dans ses bras !

Un peu plus tard, l'orchestre se mit à jouer les notes d'un vieux classique presque oublié, avec un arrangement country. Houston resta un moment debout au milieu de la piste de danse, immobile, les yeux plissés dans sa direction, en une question muette.

Lorsqu'il lui tendit la main, elle lui donna la sienne, un peu hésitante. L'expression de son regard la surprit, mais elle essaya de prendre l'air dégagé, imperturbable. Qu'attendait-il d'elle ? Elle était prête à tout lui donner. Hélas, elle n'était pas autorisée à le lui dire. Tout devait venir de lui.

Houston l'attira entre ses bras. Carley posa sa main libre sur son épaule, les doigts de l'autre toujours entrelacés à ceux de son cavalier. De son bras droit, il enlaça sa taille et plaça sa paume au creux de son dos. Elle ferma les yeux et aspira l'odeur épicée de son after-shave, mêlée à celle de la bière, avec la pointe musquée dont elle se souvenait si clairement : l'odeur qui hantait ses rêves.

Carley avança de quelques centimètres pour se rapprocher de sa chaleur et se blottit dans le creux de son cou, sous son menton, là où elle savait qu'elle était si bien. Rien n'avait changé. A cela près que, ce soir, elle dansait dans les bras de Houston Smith, et non de son amour perdu, Witt Davidson.

L'attirant plus près encore, il glissa ses jambes entre les siennes pour guider ses pas. Ils évoluaient en cadence sur le bord de la piste de danse obscure. Au bout de quelques secondes, Carley se sentit perdue. Perdue dans la musique. Perdue dans ses rêves.

Elle sentait les poils de son torse qui s'échappaient de sa chemise ouverte et qui lui chatouillaient la joue. Elle entendait les battements de son cœur en rythme avec le sien. Elle était exactement là où elle voulait être, où elle voulait rester : au creux de ses bras…

Certaines paroles de la chanson s'infiltrèrent dans son cerveau. Quelque chose qui parlait du « souvenir de l'amour… rêver en vain… hantant… ». La chaleur devenait oppressante et la douleur dans sa poitrine s'accrut.

Houston attira leurs mains jointes sur son torse et baissa ses lèvres à hauteur de son oreille. Carley l'entendit respirer, son souffle était chaud, lourd. Un filet de transpiration perla à sa tempe.

Lorsqu'il toucha le lobe de son oreille de sa langue, Carley s'entendit faire un petit son qui ressemblait à un soupir étranglé. Au lieu de le freiner, cela parut le stimuler. Tandis que son corps s'alanguissait, celui de son cavalier se raidissait. Elle se plaqua plus près de lui et sentit ses muscles jouer sous la pression de son corps.

Houston continuait à lui lécher le lobe de l'oreille. Une flèche de désir brûlant fusa en elle, la laissant pantelante. Alors les deux danseurs se fondirent l'un en l'autre, aussi soudés que les fines couches de leurs vêtements le leur permettaient. A tel point que Carley sentit l'érection de son cavalier contre son ventre. Abandonnant son oreille, Houston déposa de petits baisers sur la ligne de son menton. Il s'approcha de sa bouche qu'elle lui offrit. Ses lèvres étaient douces, chaudes, délicates : à peine un souffle contre les siennes.

Elle le voulait encore plus près d'elle. Elle voulait sentir sa peau contre la sienne. Le gémissement qu'elle retenait lui échappa. Il y répondit en murmurant contre ses lèvres :

— Charleston chérie.

Elle sentit son cœur faire un bond dans sa poitrine. Comme

elle aimait quand Witt l'appelait par son vrai prénom ! C'était son père qui, juste avant sa mort, l'avait baptisée ainsi.

La réalité la frappa alors de plein fouet et elle rouvrit brusquement les yeux. Sa paume de main plaquée sur son torse, elle le repoussa. Il avait dit Charleston ? Abasourdie, elle inclina la tête en arrière, et scruta le visage de l'homme qui la tenait toujours dans ses bras.

— Comment venez-vous de m'appeler ?

— Quoi ? Je ne sais pas, répondit-il, les yeux brumeux, le regard vague.

— Charleston ! Vous venez de m'appeler Charleston ! Comment saviez-vous que c'était mon vrai nom ?

Il s'humecta les lèvres et secoua doucement la tête.

— Je suppose que j'ai entendu quelqu'un vous appeler ainsi.

— Non, Houston. C'est impossible. Ici, tout le monde m'appelle Carley.

Elle se retourna. La musique avait cessé, la piste de danse était déserte. Elle recula d'un pas et l'observa. A l'expression de son visage, elle comprit qu'il essayait d'émerger de sa transe de sensualité pour se concentrer sur ce qui venait de se passer entre eux. Se sentant soudain glacée, elle serra les bras sur sa poitrine.

Il passa une main sur son visage. Lorsque ses yeux se rouvrirent, ils étaient d'un gris d'acier, perçants.

— Nous avons déjà fait ça, n'est-ce pas ? demanda-t-il, la prenant au dépourvu. Danser ensemble, nous embrasser ? Nous étions ensemble ?

— Oui, avoua-t-elle. Comment vous sentez-vous ?

— Pourquoi ? Pourquoi ne m'avoir rien dit ? Qu'étions-nous l'un pour l'autre, reprit-il, les yeux inquisiteurs. Mariés ?

Devant son silence, il demanda :

— Amants ?

— Oui, mais...

Il leva la main, paume ouverte, pour l'interrompre.

— Vous m'avez laissé déblatérer sur ma perte de mémoire et vous n'avez rien dit ? Vous m'avez laissé croire que j'embrassais une inconnue, quand, depuis le début...

Houston se tut et se frotta vivement la tempe.

— Je suis incapable de régler ça maintenant, finit-il par dire.

Et, lui tournant le dos, il contourna les tables animées du restaurant et se dirigea vers la porte d'entrée pour gagner le parking.

Un instant, Carley fut prise de panique : il ne devait pas lui en vouloir. Il y avait tant en jeu ! Elle devait absolument s'en faire un allié, gagner sa confiance.

Elle se précipita au milieu des inconnus qui la dévisageaient et, à son tour, poussa la lourde porte. Elle sortit dans la moiteur de la nuit calme, essayant de percer la pénombre, et l'aperçut sous les lumières du parking. Il claqua la porte de son pick-up et mit le moteur en marche.

Oh non ! songea-t-elle, consternée. Le cœur cognant contre sa poitrine, les jambes en coton, elle avait l'impression d'avancer au ralenti. Elle essaya de traverser le parking en courant sur ses talons aiguilles, tandis que des flashes de pensées confuses explosaient dans sa tête.

Il devait l'écouter, il allait l'écouter ! Mais que pouvait-elle dire ? Elle ne pouvait pas simplement lui exposer la vérité, lui dire qui il était et qu'elle l'aimait. Et si cela le rendait amnésique à jamais ?

Elle voulait récupérer cet homme en une pièce, voulait qu'il soit capable de reprendre son poste sur l'opération *Rock-a-Bye.* Sinon, Reid allait le mettre en garde à vue, et il finirait dans une institution spécialisée.

C'était hors de question ! se promit-elle. A chaque détour de chemin, il était en danger. Elle devait faire quelque chose, lui parler… l'empêcher de s'enfuir, le calmer.

A bout de souffle, elle finit par atteindre le pick-up au moteur rugissant.

— Houston, vous ne comprenez pas. Attendez !

6

Houston, le regard absent, fixait le pare-brise de son pick-up, ses doigts aux jointures blanchies serrant le volant. Aveuglé par la douleur à sa tempe, pétrifié de colère, bouleversé, il n'arrivait même pas à passer la première. Sans compter, au fond de lui, la petite voix qui lui soufflait que, quoi qu'il arrive, il n'était pas le genre d'homme à abandonner une femme seule sur un parking inconnu.

Si sa tête lui disait que Carley l'avait trahi, son cœur... il ne savait pas trop ce que son cœur lui soufflait lorsqu'il s'agissait de Charleston Mills.

Sur la piste de danse, il s'était senti littéralement transporté. Il avait eu l'impression qu'elle était faite pour ses bras. La lumière, la musique langoureuse, son corps souple, tout lui semblait si familier... Il savait bien qu'il avait complètement perdu le contrôle. En d'autres circonstances, il se serait senti profondément embarrassé de son attitude dans un lieu public. Oui mais voilà, Carley avait été sa petite amie.

Elle l'avait leurré. Elle lui avait menti. Qu'elle aille au diable !

Un petit coup discret à la vitre du passager le tira des brumes de sa colère. Il tendit le bras et déverrouilla la portière, se hâtant de détourner de nouveau la tête. Il ne se sentait pas capable de la regarder. Elle était si belle, si pleine de vie, d'énergie... Il avait rêvé d'elle la nuit dernière, s'était tourné et retourné dans son lit, ivre de désir. Or, la réalité était que, depuis le début, elle le connaissait, et de la façon la plus intime.

Houston coupa le moteur. Il avait au moins une conviction,

Carley n'était pas la femme de ses cauchemars. Elle ne pouvait pas être celle qui provoquait en lui cette insupportable angoisse. Il y en avait une autre. Avait-il tant fait souffrir cette autre pour que, chaque fois qu'il fermait les yeux, il sente sa douleur ?

Carley ouvrit la portière et grimpa dans le pick-up. Dans un silence embarrassé, elle resta assise, les yeux fixés droit devant elle, comme lui, et inspira plusieurs fois. Elle finit par le regarder, et l'implora :

— Je t'en prie, donne-moi une chance de t'expliquer, plaida-t-elle. Je n'ai jamais eu l'intention de te faire du mal. J'essaye juste de faire ce qu'il y a de mieux. De plus juste.

Houston se tourna pour la dévisager, mais ses mains étaient toujours agrippées au volant.

— Me mentir était ce que tu pouvais faire de « mieux » ? demanda-t-il d'un ton sarcastique.

— Je n'ai pas menti. J'ai juste… omis de dire la vérité. Crois-moi, il y a une différence.

Il devait arrêter de la regarder. Mais il était totalement incapable de détacher les yeux de son visage.

— Bien. Et si tu m'expliquais la différence, alors ? jeta-t-il.

— Je suis psychologue, tu te souviens ?

Devant son silence de plomb, elle prit une nouvelle inspiration et enchaîna :

— Lorsque j'ai compris que tu avais vraiment perdu la mémoire, j'ai contacté un spécialiste de l'amnésie. Il m'a conseillé d'éviter de te parler de ton passé, m'a dit que si tu te forçais à te souvenir, tu courais le risque de l'enfouir si profondément que plus jamais tu ne pourrais le retrouver.

Houston crispa sa mâchoire. Comment Carley pouvait-elle rester assise là, l'air si calme ? Quand lui se sentait dans un état de tension extrême, prêt à exploser.

— J'étais prête à attendre que tu te souviennes, jusqu'à ce que…

Le désir désespéré qu'elle lui inspirait le poussa à répliquer :

— Je suis désolé, mais je ne me souviens pas de toi. Pas vraiment.

A ces mots, le regard de la jeune femme s'imprégna d'une peine infinie qu'elle ne chercha même pas à dissimuler. Lorsqu'il vit ses yeux s'embuer de larmes, toute sa colère fondit, le laissant dans un état de frustration totale.

Il pencha la tête sur son volant de voiture et frappa le tableau de bord de sa paume.

— Mon Dieu ! Quel genre de type suis-je donc ?

Elle posa une main légère sur son épaule. A son contact, il sentit son corps réagir au quart de tour, beaucoup trop violemment à un simple geste de réconfort.

— Un type bon. Brave, fort. Et qui fait attention aux autres, chuchota-t-elle. Tu t'en sortiras. Je suis là pour t'aider.

— Je ne veux pas de ton genre d'aide, nom d'un chien ! s'exclama-t-il en dégageant son épaule.

Devant son expression hébétée, sa main posée sur la poitrine en un geste défensif, il se sentit un vrai goujat. Refoulant son désarroi intérieur, il reprit :

— Je veux me souvenir de toi, de tout le reste. Mais voilà, ça ne marche pas, c'est tout ! Ta présence ne semble qu'ajouter à ma confusion.

Dans la lumière éblouissante du parking, il la vit se mordre la lèvre et l'envelopper d'un regard empreint de la même douleur que celle qu'il ressentait.

— Peux-tu me dire comment je m'appelle ? demanda-t-il, surpris de l'étau qui lui enserrait le cœur.

Une nouvelle fois, sa détresse, son regard hagard, le blessèrent jusqu'à l'âme.

— Witt, fit-elle d'une voix rauque, empreinte de douleur. Witt Davidson, reprit-elle en s'éclaircissant la voix.

— Witt ? répéta Houston. Ce n'est pas un très beau nom !

— J'ai toujours pensé que si. Qu'il contenait toute la force de ton caractère.

Witt ? Il faillit lui recracher ce nom à la figure, mais contint sa mauvaise humeur.

— Je préférerais que tu m'appelles Houston, murmura-t-il, se sentant soudain très vulnérable.

Il remarqua alors que ses mains tremblaient. Reprenant le volant, il enchaîna :

— C'est le nom auquel je peux me raccrocher. Le seul que je reconnaisse.

Carley sourit doucement.

— Bien sûr, comme je te l'ai dit, mieux vaut ne pas brusquer les choses. Si tu forces trop, tu enfouiras peut-être la vérité pour toujours.

— Est-ce que j'ai une famille ? demanda-t-il alors. Des parents ? Des frères et des sœurs ? Ou peut-être une femme et des enfants qui pourraient avoir besoin de moi ?

— Tes parents sont morts quand tu étais jeune. Tes grands-parents t'ont élevé dans un ranch du Texas de l'Ouest. Ils sont morts. Tu es fils unique et tu ne t'es jamais marié.

— En d'autres mots, ma disparition n'intéresse personne ? fit-il remarquer, amer.

— Si, moi.

— Ce qui m'amène à une autre question intéressante. Comment m'as-tu retrouvé ? Et pourquoi ?

Représentait-elle une menace pour lui ? se demanda-t-il inquiet.

— Par le biais de Manny Sanchez, expliqua-t-elle. Vous avez travaillé ensemble il y a quelques années. Il t'a reconnu et m'en a fait part.

— Manny ? répéta-t-il incrédule.

Ainsi, c'était donc vrai. Quand on était amnésique, on ne savait jamais à qui faire confiance.

— Quel genre de travail ? insista-t-il, de plus en plus curieux. Criminel ? Ou légal ? Et pourquoi toi ?

— Sûrement pas criminel ! s'exclama-t-elle.

Elle l'étudia avec une intensité qui le choqua. Carley baissa la voix pour chuchoter, en conspiratrice :

— Hormis le fait que nous avons été amants, nous avons travaillé comme associés. Nous sommes des policiers, Houston. Tu es dans le bon camp. Je suis sûre que tu finiras par te souvenir et que tu reviendras à ton ancien métier. Ce n'est qu'une question de temps.

Il se tourna pour la regarder droit dans les yeux et, le menton toujours crispé, demanda :

— Dis-moi comment j'ai été blessé. Qui m'a tiré dessus ?

Détournant le regard, elle avoua :

— Je ne sais pas. J'aimerais le savoir. Tu as disparu. Tu étais là et, soudain, plus personne, dit-elle d'une voix tremblante.

Ivre de frustration, il céda à son désir violent. La saisissant par les épaules, il s'empara de ses lèvres, ces lèvres qui le rendaient fou. D'abord pétrifiée, elle gémit doucement sous son assaut et ouvrit la bouche, s'offrant à lui. Tant pis pour elle ! songea-t-il. Elle l'avait bien cherché.

On était loin de ces tendres baisers languides sur la piste de danse. Houston mit tout son ressentiment, toute sa rage dans ce baiser. Il dévora sa bouche, plongeant sa langue au plus profond de sa douceur sucrée. Il sentit ses doigts s'enfoncer dans ses bras et plaqua son torse contre sa poitrine, écrasant ses seins.

Sa violence ne sembla pas l'effrayer. Au contraire, elle semblait décupler son ardeur. Les bras noués autour de son cou, elle s'agrippa à lui. Quand, enfin, elle put respirer, il se détacha d'elle en un sursaut, essayant de retrouver son souffle. Les yeux fixés sur ses paupières lourdes de désir, sur ses lèvres encore gonflées de son baiser, il savait qu'il ne se souvenait toujours pas, qu'il ne savait toujours rien de son passé.

— Je ne peux pas… je ne veux plus rien entendre, déclara-t-il en la repoussant contre le siège passager du pick-up, avant de remettre le moteur en marche, de passer la marche arrière et d'enfoncer l'accélérateur.

Mais des cauchemars surgirent dans son esprit, l'obligeant à freiner brutalement. Au plus profond de lui, il croyait ce qu'elle lui avait dit. Il était dans la police, il n'était pas responsable de la souffrance qu'il subissait. Alors qui ? Quelle force maléfique lui avait fait autant de mal ?

D'une main, il se frotta le front et appuya de nouveau sur l'accélérateur. Le pick-up dérapa, envoyant de la poussière et des petits graviers sur les côtés du parking.

— Il va falloir me donner plus de temps, reprit-il alors. J'ai besoin de digérer toutes ces informations.

Il avait beau se concentrer sur la route en face de lui, il n'avait pas besoin de regarder les yeux de Carley pour deviner sa tension.

— Je veux t'aider. Je t'en prie, Houston, ne me repousse pas, plaida-t-elle.

Elle avança une main hésitante vers son bras, mais s'arrêta.

— Je ne te ferai pas de mal, mais je pourrais peut-être…

— Non ! fit-il d'un ton sans appel.

La dureté de son ton résonna dans la cabine. Il regarda son air blessé et, voyant encore une fois les larmes s'accumuler derrière ces longs cils, il sentit son cœur s'adoucir.

Quelle misère ! Il n'avait jamais eu l'intention de lui faire du mal. Mais il devait se protéger, réfléchir.

— Ecoute, je vais être très occupé au ranch les jours à venir. La sécheresse ne nous a pas épargnés, la situation est grave.

Il inspira et, d'une voix plus calme, reprit :

— Le bétail meurt de faim parce que l'herbe est calcinée. Il serait content de manger des cactus, mais nous ne pouvons pas les laisser s'en approcher. Nous allons partir pour les plaines et essayer de brûler les piquants des cactus afin que le bétail ait quelque chose à mâchonner, pour nous laisser un peu de temps. Et nous allons prier pour que les pluies de printemps ne tardent pas trop.

Il s'engagea sur la piste qui menait au ranch.

— Je peux aider ? demanda Carley, d'un ton plein d'espoir.

— C'est un travail difficile, sous une chaleur accablante, Carley. Certains d'entre nous vont camper sur place pour pouvoir être à l'œuvre dès l'aube et travailler jusqu'à la nuit. Il faut faire vite. Le bétail est prêt à tomber. Il n'y a rien que tu puisses faire. Je n'ai même pas le temps de penser et, pour être honnête, c'est exactement ce que je veux en ce moment. Tu seras toujours là quand je reviendrai ? reprit-il après s'être garé dans la cour de la ferme.

— Oui.

— Eh bien, dans ce cas, nous pourrons peut-être en reparler.

Devant le visage plein d'espoir de la jeune femme, Houston se rabroua intérieurement. Son instinct lui soufflait de ne pas la laisser croire qu'il pouvait de nouveau être un jour son partenaire… ou son amant. S'il ne retrouvait jamais la mémoire, il ne pourrait pas supporter qu'elle se souvienne de celui qu'il avait été avant l'amnésie, cela lui ferait trop de mal.

— Ou peut-être n'y aura-t-il plus rien à dire, reprit-il d'un ton rogue. Nous verrons bien.

Le lendemain matin, malgré la chaleur moite, Carley remarqua à peine le temps. Elle avait passé la nuit étouffante à se tourner et se retourner dans son lit, à ressasser les paroles de Houston… leurs baisers.

Quand il lui avait dit qu'il ne voulait plus d'elle dans les parages, son monde avait basculé, son cœur s'était arrêté de battre. Il ne lui permettrait pas de l'aider. Il ne lui laisserait même pas le temps de donner une nouvelle chance à leur relation. Mais le pire était qu'il ne lui faisait pas confiance, songea-t-elle, accablée : il avait peur qu'elle le fasse souffrir.

Elle s'acquitta de sa routine matinale, lever Camille, l'habiller, mais le cœur n'y était pas. La fillette, impuissante devant la tristesse de sa mère, devait la ressentir. Et comme tout bébé contrarié, elle se mit à pleurer, devenant particulièrement irritante.

— Tu es pénible ce matin, Camille, la réprimanda Carley. Je t'en prie, sois gentille. Maman est elle-même au bord des larmes. Ça ne m'aide pas de t'entendre pleurer.

Elle finit d'attacher le lacet dans les cheveux de Camille et posa la fillette sur le sol.

— Tu veux venir prendre ton petit déjeuner en marchant toute seule ? Allez, tu peux y arriver.

Camille eut l'air surprise. Elle marchait depuis des semaines maintenant, mais elle avait toujours été portée. Le choc de se retrouver debout, seule, la laissait décontenancée. Elle se laissa tomber à terre avec un cri de colère.

Carley attrapa sa fille pour la remettre sur pied.

— Personne ne me fait confiance en ce moment, on dirait, soupira-t-elle.

Une fois l'enfant stable, Carley lâcha une petite main, tout en gardant l'autre bien serrée dans la sienne.

— Je sais que tu peux y arriver seule, mais puisque tu ne veux pas me croire, allons-y.

La main dans la main de sa fille, elle gagna la salle à manger, où tout sembla se liguer contre elle. Elle commença par renverser une tasse de café sur ses vêtements et sur le sol de la cuisine. Camille n'arrêta pas de faire des caprices durant tout le petit déjeuner. Et pour finir, quand elle essaya de confier Camille à la garderie, le bébé s'agrippa à son cou, en poussant des cris épouvantables.

Aucune des assistantes maternelles ni aucun des enfants présents ne réussit à la consoler. Les poings fichés dans les cheveux de sa mère, la fillette continuait à hurler. Carley, comprenant que c'était sa façon de réagir devant la peine et l'anxiété qu'elle sentait chez elle, s'assit sur le linoléum, le bébé dans les bras, et, un long moment, la berça. Camille, la tête nichée au creux de son épaule, sanglotait.

D'autres bambins s'approchèrent dans l'espoir de réconforter leur camarade malheureuse. Malgré toutes leurs bonnes intentions, ils se montrèrent aussi impuissants que Carley. Une gentille petite fille au cœur tendre, posa sa main sur le dos de Camille qu'elle tapota gentiment.

— Tout va bien, murmura-t-elle.

Ce petit geste bouleversa Carley : elle avait tellement pensé à elle et à son enfant sans père qu'elle avait complètement oublié ces pauvres petits qui n'avaient personne pour les prendre dans les bras. Et pourtant ils étaient là, à essayer de consoler sa fille, qui en avait bien besoin. Camille toujours sur ses genoux, Carley examina la fillette qui continuait à tapoter le dos de Camille. Ses grands yeux bruns et la peau mate trahissaient nettement son héritage américano-mexicain. Comment cet enfant, et tous les autres bébés, avaient-ils atterri dans un centre d'accueil loin de tout, comme *Casa de Valle* ? se demanda-t-elle, de plus en plus intriguée.

Curieuse, et bien déterminée à trouver les réponses sur les origines de ces enfants, et aux questions de Reid sur la légalité de leur présence au centre d'accueil, elle décida de redoubler d'efforts pour classer les dossiers. Après avoir installé Camille au milieu de ses petits compagnons de jeu, elle se remit debout. Si ces petits enfants abandonnés pouvaient se montrer forts, sa fille aussi le pouvait !

Lissant ses vêtements, elle s'éclaircit la voix.

— Camille, je dois aller travailler, maintenant, déclara-t-elle d'un ton sans appel. Sois gentille et va jouer avec tes amis. A plus tard.

Carley s'avança vers la porte. Lorsqu'elle se retourna, Camille ne la regardait plus. Rassurée, elle prit la direction de son bureau.

Deux jours plus tard, Carley téléphona à Reid et réussit à l'attraper au vol. Il avait l'air pressé, agacé, mais il prit néanmoins le temps d'écouter ses problèmes.

— Ces dossiers sont un vrai casse-tête, expliqua-t-elle. Je commence à croire que quelqu'un les a délibérément trafiqués. Et Houston n'a pas réapparu depuis… depuis notre rendez-vous, en fait.

— Je n'aime pas du tout savoir Davidson dans la nature, fit remarquer Reid, contrarié.

— Les gamins du centre te diront qu'il est plus en sécurité avec les vaches que dans une voiture sur l'autoroute, affirma-t-elle. Il semblerait qu'il connaisse la plaine comme sa poche.

— Il a intérêt à être rentré aujourd'hui. Je veux que tu le protèges. Est-ce clair ?

— Bien, chef !

Reid était irrité, surmené, c'était incontestable. Elle avait une requête à lui faire, mais elle hésitait. Quoi qu'il en soit, elle avait besoin de son aide.

— Reid, peux-tu me trouver les microfilms contenant les copies des dossiers des enfants placés à *Casa de Valle* ?

— Oui, mais avec la procédure à suivre, ça risque de prendre un temps fou.

— Pourrions-nous au moins essayer ? plaida-t-elle. J'essaye d'obtenir l'aide d'un superviseur local au Bureau de Protection de l'Enfance. Je vais même l'inviter à déjeuner cette semaine. Mais j'ai bien peur de ne rien tirer d'elle.

— Bien. Je vais lancer la procédure de mon côté. Je pourrai peut-être trouver l'un de mes vieux copains aux archives nationales pour accélérer les choses. As-tu besoin de quoi que ce soit d'autre ?

— Plus de temps. Je ne pense pas que quinze jours seront suffisants pour donner un procès équitable à Houston.

— Je ne peux pas faire mieux, confirma-t-il. Dix jours de plus, c'est tout ce que je peux t'accorder. Les choses se compliquent assez comme ça. J'ai besoin de toi ici. Nous avons même dû transférer Manny à Mexico pour une mission. A propos, il t'a posté les dossiers que tu avais demandés. C'était le meilleur moyen de te les faire livrer en mains propres.

— Manny n'est plus dans la vallée du Rio Grande ? s'exclama-t-elle, contrariée.

Elle était si sûre qu'il serait dans les parages si quelque chose se passait mal.

— Non. Et il faut que tu continues à ouvrir l'œil, recommanda-t-il. J'ai appris par une source qu'un énorme passage de bébés est prévu dans les dix jours à venir. Nous n'avons pas pu faire un lien direct avec le centre d'accueil, mais j'ai un pressentiment au sujet de cet endroit. Je suis sûr que tu es presque au cœur de l'action.

— Faut-il que j'éloigne les enfants ? demanda-t-elle, soudain inquiète.

— Non, les enfants ne devraient pas être en danger, affirma-t-il. De plus, nous ne devons pas décourager ces ordures en nous cachant. Garde les yeux grands ouverts et, si tu penses avoir besoin d'un renfort, nous ne serons pas loin.

Lorsque Carley raccrocha, le poids du combiné lui semblait peser dix fois plus entre ses mains que quelques minutes auparavant. Son cœur aussi était plus lourd. Jamais en dix jours elle n'aurait le temps de faire changer d'avis Houston, de gagner sa confiance. En fait, désormais, son temps était vraiment compté.

Avec un mouchoir, Houston essuya la transpiration de son front et remit son chapeau. En route vers les écuries du corral, il faisait une courte halte, tenant les rênes de sa jument d'une main légère. Ces derniers jours avaient été épuisants pour lui et les chevaux.

Lui et les autres hommes avaient fait ce qu'ils pouvaient pour le bétail. Une cargaison de foin avait même été livrée d'une ferme voisine. Ils n'avaient plus maintenant qu'à s'en remettre à Dame Nature.

Il était satisfait de pouvoir laisser les gens et les chevaux se reposer enfin. Mais, pour sa part, il allait devoir se dépêcher de trouver un travail aussi physique que possible. Dès qu'il s'arrêtait, les images affluaient à son esprit, des images dont il avait juste rêvé : Carley allongée sous lui, souriant de son sourire aguichant, les deux bras levés, l'appelant en elle. Au souvenir de la sensation de sa peau, ses doigts se remirent à le picoter, mais, cette fois, il suspectait des souvenirs réels, et non plus des désirs inaccessibles.

Heureusement, il ne l'avait pas revue depuis le soir où il lui avait demandé de lui laisser du temps. C'était plutôt ironique, du reste, puisque, de toute façon, où qu'il soit, nuit et jour, elle ne quittait ni ses pensées ni ses rêves. Et ce parfum de fraise, entêtant, qui l'empêchait de se concentrer sur son travail… Il était incapable de fixer son esprit sur quoi que ce soit. Les papiers administratifs du ranch étaient en train de s'empiler de façon ridicule. Les nouveaux emplois du temps des adolescents attendaient sur son bureau qu'il les approuve.

Et on était le premier jour des vacances d'été ! Demain matin, l'étable serait pleine d'adolescents bruyants qui attendraient leurs instructions.

Houston se secoua et se dirigea vers son bureau, situé derrière la ferme des enfants. Il s'arrêta pour examiner les bébés animaux qui, paisibles, attendaient en mangeant que l'on vienne s'occuper d'eux.

Il aurait dû être énervé par le surplus de travail que les jeunes lui donnaient, mais ce n'était pas le cas. En fait, les bébés animaux étaient plutôt mignons et la façon dont chacun s'impliquait à s'en occuper lui réchauffait le cœur. C'était bon de voir ces enfants laissés-pour-compte donner de l'amour aux bêtes et en recevoir en échange. Tout ce travail physique leur faisait des corps forts et sains.

Allons ! Il avait du pain sur la planche avant l'arrivée de la première vague de gamins. Il tira gentiment sur les rênes de la jument qui fit un rapide demi-tour, tournant le dos aux animaux.

Il sentit soudain quelque chose lui frapper violemment le tibia. Il se baissa et un cri monta de la chose maintenant agrippée à son jean, sous son genou : l'un des bambins de la garderie ! Il avait tourné autour de sa jambe et s'apprêtait à partir en exploration directement sous les sabots du cheval.

— Oh là ! Attends un peu, demi-portion. Où vas-tu comme ça tout seul ?

Houston cueillit l'enfant juste à temps pour l'empêcher de se faire piétiner.

— Oh ! Tu l'as échappé belle, petite chose.

Le bébé n'arrêtait pas de se tortiller, mais Houston ne lâcha pas prise. Ça devait être une petite fille puisqu'elle portait du rose, maintenant tout taché de boue. Lorsque, enfin, elle se calma, d'un doigt, il essuya son visage sale.

— Alors ça ! s'exclama-t-il. Ne serais-tu pas la petite fille de Carley ? Comment t'appelles-tu, bébé ? Camille, non ?

Le bébé le regarda, les yeux écarquillés. Il avait d'abord cru qu'ils avaient la même couleur que ceux de sa mère. Mais, de près, il voyait que si ses yeux avaient la forme de ceux de

Carley, leur teinte était beaucoup plus proche d'un bleu vert, avec une touche de gris. Un mélange intéressant.

L'expression de Camille était si sérieuse que, pendant un moment, Houston craignit qu'elle éclate en sanglots. Tournant la tête, il essaya d'apercevoir l'adulte qui aurait dû s'en occuper. Si la fillette se mettait à pleurer, il ne saurait pas quoi faire. Pourquoi fallait-il qu'il ait ramassé le seul enfant en présence duquel il se sentait mal à l'aise !

Camille plaça une menotte sale sur la joue de Houston, ramenant son attention sur elle.

— Papa, papa.

Pauvre petite sans père, songea-t-il. Elle a tellement besoin d'une présence masculine dans sa vie qu'elle se jette sur le premier homme qui la tient dans ses bras. Et pour la tenir, il la tenait, bien serrée contre sa poitrine. Tandis qu'il l'étudiait d'un peu plus près, il se rendit compte à quel point elle lui ressemblait. Et plus il la tenait, moins il se sentait nerveux. Comme si elle était faite pour ses bras. Une question fusa dans son esprit. Serait-il possible qu'elle soit sa fille ?

Non ! Carley le lui aurait dit. Jamais elle ne lui aurait caché quelque chose d'aussi grave !

Il l'entendit lui dire : « Hormis le fait que nous avons été amants… »

Cela devait remonter à bien longtemps. Ses souvenirs de la femme sombre qui occupait sa mémoire étaient plus présents, plus frais. Il avait dû vivre une relation avec elle juste avant sa disparition.

Il repensa à la façon dont Carley avait parlé du père du bébé ! Non… décidément, cela ne tenait pas du tout. Que Camille lui ressemble, qu'il ait l'impression de l'avoir toujours portée dans ses bras, était une coïncidence.

Il avait pris le temps de réfléchir, ces derniers jours, et il avait acquis une conviction. Il avait besoin de passer plus de temps avec Carley, un besoin désespéré de découvrir ce qu'elle ressentait, ce qu'elle avait ressenti pour lui, si elle pouvait oublier le passé et construire un avenir avec lui.

Il voulait faire renaître ce qui avait existé entre Carley et lui, s'occuper de son enfant sans père. Et qui sait…

— Camille ! Dieu merci, tu vas bien ! s'exclama une voix féminine, interrompant le fil de ses pensées.

Carley se précipita dans l'étable et arracha sa fille des bras de Houston.

— Elle a échappé à Rosie en venant par là, expliqua-t-elle, en posant une main sur les cheveux de sa fille.

Houston comprit qu'elle avait besoin de la toucher pour se rassurer. Mais c'était lui que Carley fixait. Tous ses rêves de ces derniers jours, impliquant la jeune femme, lui revinrent avec une telle violence qu'il en tomba presque de cheval.

Belle et sexy, Carley était à l'évidence une femme intelligente et une mère aimante. Son cœur se mit à battre un peu plus vite dans sa poitrine. Il regarda Camille, puis sa mère, droit dans les yeux. Il avait besoin de ces deux femmes dans sa vie, un besoin absolu, qui lui compressait la poitrine d'une douleur fulgurante. D'un air absent, il se frotta le cœur, se demandant ce que Carley avait vu en lui avant son amnésie.

Une pensée sombre lui traversa l'esprit, le prenant au dépourvu. Si Camille n'était pas sa fille, cela signifiait que, pendant qu'il sortait avec l'autre femme, Carley avait fait l'amour avec un autre.

Elle avait beau affirmer l'avoir aimé avant sa disparition, il avait bien l'impression qu'elle n'avait pas attendu longtemps pour se consoler de sa solitude. Nom d'un chien !

7

— Merci d'avoir rattrapé Camille, fit Carley, l'air hagard, en serrant sa fille sur son cœur. J'aidais les baby-sitters à amener les enfants voir les bébés animaux.

Elle reprit son souffle et, avec un petit rire nerveux, enchaîna.

— Ma fille a choisi le moment idéal pour commencer à marcher…

Houston était près d'elle, la scrutant avec une intensité qui lui donnait le vertige. Avec la sueur qui perlait à son front et son jean qui tombait sur ses hanches, il était vraiment sublime. Les doigts de Carley la picotaient du désir de le toucher. Luttant contre son besoin pressant, elle resserra sa prise sur Camille pour l'immobiliser.

Derrière ces yeux bleu pâle que cachaient de longs cils blonds, il les observait, Camille et elle. Quelles pensées lui inspiraient-elles ? Se pourrait-il que la porte de sa mémoire soit en train de s'entrouvrir ?

Des cris bruyants leur indiquèrent alors que les autres bambins, conduits par des enfants plus âgés et quelques adultes, étaient en train de se rassembler dans l'étable. Leur conversation bruyante et leurs exclamations de joie brisèrent le silence qui régnait entre eux.

Les petits se dirigèrent vers les bêtes. Des bras potelés tentèrent, à travers les barreaux, d'aller toucher les animaux effrayés, et Carley voulut déposer Camille sur le sol pour qu'elle puisse en faire autant. Mais elle interrompit son geste devant l'expression émerveillée de sa fille face au grand cow-boy qui, manifestement, l'intéressait beaucoup plus que tout le reste.

Carley reporta son attention sur Houston. Manifestement, l'homme et l'enfant étaient arrivés à un tournant. Camille adressa à son père son irrésistible sourire découvrant ses petites dents, parvenant à dérider Houston. Lorsque Camille lui tendit les bras, il la prit dans les siens et la serra contre lui.

— Hé, petite fille, tu ne veux pas voir les bébés animaux ? chantonna-t-il sur un ton affectueux.

Camille le regarda un instant, avant de passer les bras autour de son cou et de le serrer très fort. Carley eut soudain le cœur gros. Que n'aurait-elle donné pour l'amour de cet homme ! Elle en aurait pleuré. Elle se contenta de se raidir et de garder le silence. Houston n'avait-il pas dit qu'il ne voulait pas de son aide ? S'ils voulaient avoir la moindre chance de devenir une famille, il fallait lui laisser le temps de prendre confiance, de poser des questions sur Camille. Carley ne pouvait pas se permettre de lui asséner toute la vérité.

En attendant, Houston semblait captivé par la petite fille dans ses bras. Qui sait ? Camille était peut-être la clé qui lui rendrait la mémoire.

Camille recula pour regarder le visage de Houston. Puis, comme le fait un enfant d'un an, elle changea de centre d'attention. Remarquant le cheval sellé que le cow-boy s'apprêtait à faire entrer dans l'étable, elle pointa du doigt et dit :

— A moi.

Houston se tourna vers Carley.

— Qu'est-ce qu'elle dit ?

Carley ne put s'empêcher de sourire.

— Elle veut le cheval. Tu pourrais peut-être la laisser le caresser.

Le visage de Houston s'éclaira d'un grand sourire qui faisait de lui le portrait de sa fille.

— Bonne petite. C'est l'une des juments les plus faciles et les plus gentilles de toute la région.

Il avança vers l'animal, tenant toujours Camille serrée dans ses bras.

— Je ne te blâme pas de la préférer aux autres animaux, Camille. La jument est plus intelligente, et elle restera calme quand tu la toucheras.

Camille se pencha si loin des bras de Houston pour attraper le cheval, que Carley eut peur que sa fille ne tombe. Mais Houston la prit fermement sous les épaules, l'empêchant de se tortiller. Il tenait Camille comme le fardeau précieux qu'elle était, et Carley se sentit immédiatement rassurée. Il semblait si naturel de voir cet homme et cet enfant ensemble.

Lorsque Camille eut une grosse poignée de crinière dans la main, Houston se retourna vers Carley.

— Elle a une bonne poigne. Je parie qu'elle fera une superbe cavalière. Tu penses que je peux la mettre sur la selle ? demanda-t-il avec fierté.

— Euh, commença Carley, inquiète.

Mais déjà, sans lui laisser le temps de protester, il avait installé Camille à califourchon sur l'animal. Il resta à côté d'elle, gardant une main ferme sur l'enfant. Carley le sentait communiquer avec le cheval, lui demander de ne pas bouger. Elle n'avait pas à deviner les réactions de Camille. Il était visible que sa fille adorait sa nouvelle monture. Elle semblait savoir d'instinct que faire, et donnait des coups de pied légers sur les flancs de l'animal.

Carley s'approcha de l'autre flanc du cheval, pour que Camille puisse l'attraper si quelque chose arrivait. Elle regarda la tête de la fillette et aperçut derrière elle le visage enchanté de Houston. Il s'amusait encore plus que sa fille.

Ce spectacle la réjouissait, mais il lui rappelait tout ce qui les séparait, et elle sentit une pointe sombre envahir son cœur. Ce qui l'inquiétait encore plus, c'était de se rendre compte que son désir pour cet homme ne faisait que croître. Elle inspira pour se calmer, sentant l'odeur de terre des animaux qui se mélangeait à celle du foin. Elle avait envie de respirer l'odeur musquée de la peau de Houston, qu'il la prenne dans ses bras, là, maintenant.

Elle attrapa le bord de la couverture du cheval et s'y agrippa pour s'empêcher de tendre la main vers lui. La texture rêche contre ses doigts doux lui rappelait les différences entre leurs deux corps. Au souvenir de ses mains qui caressaient son torse musclé, elle se sentit prise de vertiges et se força à concentrer son regard sur Camille.

— Camille adore ça. Il faudra que je l'emmène faire un tour à cheval un de ces jours, proposa Houston, les yeux pétillant de bonne humeur.

— Oui, peut-être, dit Carley en refoulant sa frustration de ne pouvoir assouvir ses envies.

Elle devait calmer les convoitises incontrôlables de son corps et se rappeler la présence de Camille.

— Tu es très doué avec les petits, enchaîna-t-elle. J'avais l'impression que tu n'aimais pas trop les enfants.

La première réaction de Houston fut de secouer la tête pour nier. Mais il se ravisa et, après avoir réfléchi, il s'éclaircit la voix et répondit :

— Je ne pense pas avoir beaucoup d'expérience avec les petits. Tout au moins, depuis mon amnésie, je ne me suis jamais senti à l'aise avec eux. Mais Camille est facile. C'est une vraie charmeuse, n'est-ce pas ?

— Oui, exactement comme son père, répondit Carley, enjouée.

Le regard de Houston s'assombrit, ses lèvres se serrèrent en une ligne fine. Il détourna les yeux de Camille pour regarder Carley puis revint à la fillette qui riait. Un long moment, il resta totalement silencieux. Finalement, alors que Carley était sur le point d'exploser, il la regarda de nouveau et reprit, ses traits s'adoucissant :

— Je pense que tu serais plus à l'aise pour permettre à Camille de monter à cheval si tu savais combien il est simple de monter toi-même. Et si je te donnais une leçon ? suggéra-t-il.

— Quoi ? Tout de suite ? s'exclama-t-elle d'un ton surpris.

Houston, maintenant toujours Camille sur le cheval, tourna la tête pour jeter un œil aux autres enfants. Ils commençaient à grimper sur les barrières et, de toute évidence, commençaient à s'ennuyer.

— Bien sûr, fit-il à Carley avec un sourire. Enfin, dès que tu pourras t'échapper. Il faut savoir saisir l'occasion.

Carley se sentait agitée. Trop de pensées se bousculaient en elle.

— N'as-tu pas dit que tu avais besoin de passer un peu de temps loin de moi ? Es-tu bien sûr de vouloir être seul avec moi, maintenant ? demanda-t-elle, un peu désorientée.

Le sourire du cow-boy se fit plus doux, langoureux, séducteur.

— Rien ne me paraît plus agréable que l'idée d'être seul avec toi, affirma-t-il. De plus, j'ai peut-être réagi trop fort l'autre jour, quand tu m'as révélé la vérité. Je sais maintenant que tu essayais de faire au mieux. J'ai beaucoup de questions, Carley, et tu es la seule qui peut me donner les réponses.

Il fit descendre Camille du cheval et la remit sur ses deux pieds, une paume ferme posée sur son épaule. Carley contourna l'animal et prit la main de sa fille.

— O.K. Mais c'est presque l'heure du déjeuner. Il faut d'abord que j'aille faire manger Camille.

Le regard de Houston se posa sur les assistantes maternelles qui s'apprêtaient à rentrer à la maison avec les enfants.

— Aucun problème. Je dois encore afficher les emplois du temps des enfants pour demain et seller un autre cheval. Ça prendra un peu de temps. Tu as des bottes ? fit-il en regardant ses sandales.

— Juste des bottes de ville. Mais elles ont de jolis petits talons.

— Ça ira. En passant par la cuisine, prends deux pommes pour nous. Reviens aussi vite que tu le pourras, finit-il en ramassant les rênes du cheval sur le sol jonché de paille. Nous devons démarrer avant que le soleil ne soit plus chaud.

Se retrouver en tête à tête avec la séduisante Carley et lui donner une leçon d'équitation n'était sans doute pas la meilleure idée, se dit Houston. Mais en voyant la tendresse sur son visage quand il avait mentionné le père de Camille, il n'avait pu s'empêcher de se demander s'il pourrait un jour lui inspirer les mêmes sentiments. Pire encore, il brûlait de savoir si c'était déjà le cas.

Il secoua la tête pour empêcher les sensations trop fortes de le submerger. Pour le moment, il était dans le corral à ciel ouvert. Le hongre qu'il avait séparé de ses compagnons pour lui passer le mors, avant de l'attacher à la barrière et de le seller, lui lança un regard exaspéré. Il ferait bien de s'activer avant que le cheval commence à ne plus vouloir tenir en place... Pourtant, il ne pouvait s'empêcher de ressasser les questions qui n'avaient pas quitté son esprit depuis les derniers jours.

Décidément, il réfléchissait beaucoup en ce moment : une occupation dangereuse pour un homme plutôt porté sur l'action, d'habitude. Ce que Carley lui avait révélé au sujet de son passé, ce qu'elle lui avait dit, tout devenait de plus en plus inquiétant. Quel grade avait-il dans la police, par exemple ?

Et pourquoi Carley était-elle celle qui était venue le chercher ? Elle avait laissé entendre qu'elle était toujours dans les forces de police. Quelqu'un l'avait-il envoyée ? A cette pensée en particulier, il sentit de nouveau son esprit s'obscurcir. Comment avait-il été blessé et pourquoi ? Mais chaque fois qu'il se posait cette question, la douleur à sa tempe revenait de façon intolérable.

Pendant qu'il jouait avec Camille et la jument, Houston s'était rendu compte qu'il ne pourrait sans doute jamais se rappeler Carley. Ni rien de son passé. Mais était-ce si important, après tout ? Il pouvait commencer une nouvelle vie dès aujourd'hui. La phrase : « aujourd'hui est le premier jour du reste de la vie » lui traversa l'esprit et il ne put s'empêcher de rire. Etonnant les petites choses qu'il se rappelait alors qu'il avait oublié jusqu'à son nom !

Il soupira. S'il lui était possible de recommencer à zéro, quelle place Carley et Camille allaient-elles avoir dans sa vie ? Il avait beau ne pas les connaître depuis très longtemps, son instinct lui soufflait que, sans qu'il puisse se l'expliquer, tous trois étaient liés par quelque inexplicable force. Or, s'il avait été dans la police, il avait dû beaucoup compter sur son instinct dans sa vie d'avant. N'avait-il pas entendu dire que les policiers faisaient parfois usage de leurs pressentiments dans leur travail ?

La réaction instinctive de Houston était donc de faire confiance à Carley. Il voulait essayer de développer une relation plus intime avec elle. Mais, avant de parler du futur, il devait commencer par poser des questions sur son passé. Une fois que toute la vérité serait dévoilée, rien ne les empêcherait de tout recommencer. Il ne lui resterait plus qu'à la convaincre, ce qu'il espérait de tout son cœur.

Le plus gros obstacle étant, en l'occurrence, que chaque fois qu'elle s'approchait de lui, toute pensée rationnelle semblait l'abandonner. Dès qu'il posait les yeux sur elle, il ne pensait plus qu'à la douceur de ses lèvres, à l'excitation de sentir les battements de son cœur sous sa main.

Lorsque Carley apparut au détour de la grange, chargée d'un panier à pique-nique assez gros pour nourrir tout le personnel du ranch, Houston était parvenu à apaiser ses inquiétudes et à discipliner sa libido. Pour une raison quelconque, il était certain de pouvoir la convaincre de lui dire la vérité. Il lui suffirait juste de lui poser les bonnes questions.

— Tu en as mis du temps ! s'exclama-t-il en lui prenant le panier et en l'attachant à sa selle. Est-ce que Lloyd a décidé de cuisiner un déjeuner entier pour nous ?

— Ne blâme pas Lloyd, répondit-elle. Camille a commencé à pleurer à la minute précise où elle t'a perdu de vue. Ensuite, lorsqu'elle a compris que je partais, elle a fait l'une des plus grosses colères de sa vie.

Houston frissonna. La voix de la jeune femme lui faisait l'effet d'une caresse chaude sur sa peau. Il se fichait de ce qu'elle disait, il savait juste que sa vie ne serait complète que le jour où il pourrait l'entendre lui parler ainsi tous les jours.

— C'est une petite fille adorable, fit-il remarquer avec tendresse. Moi aussi, j'ai beaucoup d'affection pour elle.

Il fut surpris de voir Carley se raidir. Qu'avait-il bien pu dire pour provoquer cette réaction ? De quoi s'inquiétait-elle ?

— Tu es prête pour ta première leçon d'équitation ? demanda-t-il alors, changeant de sujet.

Plus vite ils démarreraient, plus vite il pourrait lui poser toutes les questions qui lui venaient à l'esprit.

— Aussi prête que je peux l'être, je suppose, répondit-elle.

Carley avança vers lui et se tourna face au cheval, à hauteur de la selle.

— Par quoi est-ce que je commence ? demanda-t-elle d'un ton résigné.

Houston ne put s'empêcher de rire. On aurait vraiment dit qu'elle s'apprêtait à faire face à un peloton d'exécution.

— La première chose, c'est de te détendre. Le cheval ne te fera aucun mal. C'est la même jument que celle sur laquelle était Camille, la bête la plus douce d'ici à l'Oklahoma.

Il prit la main de Carley dans la sienne et caressa les naseaux du cheval.

— Détends-toi, d'accord ? conseilla-t-il encore une fois.

Carley déglutit.

— Et ensuite ? Comment est-ce que je monte sur cette chose ?

Avec un petit rire, il la souleva et la déposa sur le dos de la jument. Aïe ! Quelle erreur ! Au contact de sa peau, à son parfum, ses sens s'affolèrent sans lui laisser le moindre répit.

— D'abord, ne l'appelle pas « une chose ». Elle s'appelle Lovey, parvint-il à dire malgré son trouble, en reculant d'un pas.

— Lovey, répéta-t-elle, en tournant la tête d'un mouvement si brusque qu'elle faillit être éjectée de la selle.

— Attends un peu. Ne gigote pas autant avant de mettre tes pieds dans les étriers, conseilla-t-il, luttant toujours contre ses émotions.

Il enfonça la pointe de l'une de ses bottes dans l'étrier dont il réajusta la hauteur à la longueur de la jambe de la jeune femme.

— Ne bouge pas, je fais le tour pour régler l'autre.

— C'est toi qui as donné ce nom à la jument ? demanda-t-elle alors.

— Pardon ? répondit-il d'un air distrait, affairé avec son autre pied. Oui, je crois. Nous l'avons achetée à une vente aux enchères. Elle n'avait pas de papiers. Son propriétaire précédent l'utilisait comme cheval de trait. Il ne s'est jamais fatigué à lui donner un nom et était prêt à la vendre aux Japonais pour en faire du steak.

Carley poussa un petit cri d'effroi et posa la main sur la longue crinière du cheval.

— Du steak ? Mon Dieu ! La pauvre !

Il ne put cacher son sourire. Cette femme avait le cœur encore plus tendre que Gabriel qui refusait de marcher sur une fourmi.

— Calme-toi. Elle aura une vie longue et heureuse ici avec les enfants. La jument aime tout le monde. D'où le nom que je lui ai donné.

Il détacha Lovey et tendit les rênes à Carley. Elle les prit, son regard se fit plus doux et, pendant de longues minutes, elle l'observa d'un air impassible, avant de lui murmurer :

— Tu me disais la même chose avant… que j'aimais tout le monde. Tu m'as même appelée Lovey, deux ou trois fois.

Elle parlait si doucement qu'à ses mots qui auraient dû le transporter une peine profonde l'envahit.

— J'aimerais tant me souvenir de toi, Carley. Tu ne peux même pas imaginer à quel point. Mais je…

— Ne te force pas. Tu ne ferais que refouler les souvenirs. Allez ! reprit-elle avec un battement de paupières. Tu m'as juchée sur cette… sur Lovey. Commençons la leçon.

Dans un mouvement souple, Houston enfourcha sa propre monture. Il attendit que le hongre s'habitue à son poids, puis, en quelques mots, expliqua à Carley comment faire obéir un cheval.

Quelques minutes plus tard, longeant la piste, ils se dirigeaient vers la rivière. On aurait dit que Carley était née sur un cheval. Dos droit, tête haute, elle avait trouvé la bonne assiette avec le plus grand naturel.

Côte à côte, ils chevauchaient lentement. Il se souvint alors d'une rumeur dont Gabriel lui avait parlé : un coyote mexicain serait sur le point de faire traverser le fleuve à des gens pour les conduire près du ranch. Une idée lui traversa l'esprit. Ne serait-ce pas le moment idéal pour chercher de nouvelles traces d'immigrants ? Impossible ! Il aurait fallu pour cela qu'il puisse détacher le regard de la femme superbe, pleine de vie, qui chevauchait à côté de lui.

Le soleil allumait des reflets roux dans ses cheveux qui volaient au vent et ses ravissants petits seins se soulevaient doucement au rythme des pas de sa jument. Parfois, un nouveau détail attirait son attention. Débordant d'enthousiasme, elle n'arrêtait pas de rire et de parler. Avec Carley, le monde entier s'illuminait. Quant à lui, il avait le cœur de plus en plus léger. Qu'importe ce qui s'était passé entre eux par le passé, cette fois, rien ne pourrait les arrêter.

Tandis qu'ils faisaient longer la berge à leurs chevaux, Carley demanda :

— C'est le Rio Grande ?

Houston hocha la tête et regarda l'autre rive.

— A cet endroit du fleuve, on peut jeter un rocher sur la rive mexicaine, traverser le fleuve et le récupérer. L'eau est basse à cause de la sécheresse.

— Avez-vous un problème de Mexicains qui traversent et entrent sur les terres du ranch ?

— Ils passent par là, parfois, confirma-t-il. Mais en général, ce n'est pas un problème pour nous. La police des frontières est autorisée à surveiller la propriété. Elle tend ses embûches surtout la nuit. Pendant la journée, elle est occupée ailleurs.

Houston guida sa monture vers le sommet de la petite pente et, s'éloignant du fleuve, se dirigea vers le *resaca*. La jument de Carley, docile, suivit le hongre.

— Nous entretenons les haies de la partie de nos terres qui longent le Rio Grande, reprit-il. De ce côté de la frontière, personne ne peut se cacher sur plusieurs kilomètres.

— Et comment font-ils traverser les enfants ? demanda-t-elle avec curiosité.

Houston fit ralentir son cheval et se retrouva à sa hauteur.

— D'après ce que j'ai entendu dire, il existe des tas de façons différentes. Des nourrissons cachés sous des couvertures et des manteaux, expliqua-t-il avec un haussement d'épaules.

Parfois ils les placent sur des radeaux qu'ils font avancer avec un système de cordes. Les enfants plus grands peuvent passer à gué ou nager.

Il s'apprêtait à lui demander en quoi cela l'intéressait, quand il repéra le chemin de terre où il avait été découvert.

— Tu vois ce chemin, là-bas ? demanda-t-il.

Elle hocha la tête et le regarda, attendant son explication.

— C'est à cet endroit exactement que le Dr Luisa m'a trouvé, tabassé et blessé par balles, il y a dix-huit mois.

Un nuage noir cacha un instant le soleil, et il frissonna malgré lui, avant de reprendre :

— Mes agresseurs m'ont abandonné à quelques mètres seulement du Rio Grande, à des kilomètres de la maison ou de la route la plus proche.

— Mais… comment avais-tu atterri là ?

— C'est une question à laquelle nous aimerions tous avoir une réponse, répondit-il avec un haussement d'épaules désabusé.

A quelque cinq cents mètres de distance, Carley repéra soudain le *resaca* ombragé par un rideau de saules pleureurs et de chênes.

— Oh, regarde ! s'exclama-t-elle. C'est magnifique. Et si calme. Est-ce que c'est une partie du fleuve ?

— Plus aujourd'hui. Dans le passé, la zone a été inondée des dizaines de fois, expliqua-t-il en englobant le paysage d'un bras. Chaque fois que le Rio Grande débordait, des petits lacs d'eau douce se formaient. Les Mexicains les appellent *resaca.*

Il s'avança jusqu'à un saule pleureur et mit pied à terre.

— Reste sur Lovey, je vais la tenir pour que tu puisses descendre, dit-il, laissant tomber les rênes de son cheval pour prendre la bride de la jument.

Carley commença par regarder sur le flanc droit du cheval, puis le gauche.

— C'est très haut, non ? demanda-t-elle avec appréhension.

— Attends. J'avais oublié que tu ne sais pas comment descendre de cheval.

Il attacha les rênes de Lovey à un saule pleureur. S'il aurait été impossible d'attacher un cheval ombrageux au petit arbre grêle, il savait qu'avec la douce jument, il n'avait pas à s'en faire.

En deux enjambées, il fut à côté de Carley pour la guider.

— Prends appui sur ton étrier gauche, pendant que tu fais passer ta jambe droite par-dessus la croupe du cheval. Tiens-toi à la selle, puis dégage ton pied gauche et laisse-toi tomber à terre.

Carley essaya de suivre ses instructions, et, hésitante, porta tout son poids sur sa jambe gauche. Elle lui tournait le dos, et, face à la selle, fut soudain prise de panique. Il plaça ses mains sur sa taille, espérant la stabiliser et la rassurer.

Mais lorsqu'elle essaya de faire glisser sa jambe droite sur la terre ferme, elle se tordit le pied gauche et le coinça dans l'étrier. Elle perdit alors l'équilibre et se cogna contre Houston.

Au choc de leurs deux corps, il sentit toutes ses extrémités nerveuses réagir. Au contact de ses doigts qui frôlaient ses côtés, les muscles de sa poitrine et de son ventre se raidirent.

Lentement, très lentement, elle se laissa glisser le long de son corps. Lorsque ses fesses arrondies frôlèrent son sexe raidi à travers le jean, il sentit une vague de plaisir le submerger. Une chaleur moite monta au creux de ses reins et ses oreilles se mirent à bourdonner. Il ouvrit la bouche pour lui demander si tout allait bien et sentit sa gorge complètement desséchée. Il devait agir, et vite !

— Tu ferais mieux de poser les deux pieds à terre maintenant, recommanda-t-il. Sinon je ne te garantis pas que nous allons pouvoir déjeuner.

Il mit alors une certaine distance entre le corps de Carley et le sien, luttant contre les brumes du désir qui semblait perturber son jugement. Le même désir violent, animal, qui l'avait envahi sur la piste de danse, l'autre soir, le laissait encore une fois incapable de toute pensée rationnelle. Un besoin primitif de lier son corps au sien pour une danse sexuelle éternelle lui enflammait les sens. Serrant les dents, il s'obligea à respirer longuement. Mon Dieu ! Quand ils étaient amoureux, autrefois, ils devaient former un couple vraiment explosif. L'électricité entre eux était tangible, presque impossible à ignorer.

Carley retrouva son équilibre et se tourna pour le regarder. Le regard consumé de passion, elle ferma presque les paupières. Lorsqu'elle le gratifia d'un sourire à la fois timide et engageant, il comprit qu'elle venait de ressentir la même bouffée de sensualité.

Sans un mot, elle lui tendit les bras, comme pour lui demander de venir s'y blottir. Houston ravala l'énorme boule qui lui nouait la gorge et recula encore d'un pas.

Pas ici. Pas maintenant. Il y avait trop de choses qu'il devait savoir.

Il toussota et Carley, les yeux maintenant grands ouverts, laissa retomber ses bras. Le désir entre eux s'estompa lentement.

Houston ouvrit les sacoches de sa selle et en tira deux couvertures de cheval. Il avança sous les saules pleureurs, à proximité de l'étang, cherchant un coin où le sol ne serait pas trop dur pour s'installer. Il avait choisi cet endroit pour s'arrêter parce qu'il savait que ni fourmis ni guêpes ne viendraient gâcher leur pique-nique. Il n'avait pas imaginé que c'était son propre corps qui se transformerait en indomptable ennemi.

Il avait eu l'intention de lui poser toutes les questions qui le hantaient, quand cette vague d'érotisme l'avait totalement pris au dépourvu. Avant la fin de la journée, il saurait tout sur son passé et connaîtrait la moindre parcelle de peau du corps de Carley. Il se le jurait.

8

Carley, s'emplissant les poumons de l'air doux et sucré de la campagne, se laissa tomber sur l'une des couvertures. Après l'avoir aidée à retirer ses bottes, Houston se dirigea vers les chevaux. Elle releva ses cheveux et laissa l'air frais rafraîchir sa nuque. Elle s'installa alors confortablement et regarda Houston faire boire les chevaux dans le *resaca*.

La proximité de l'homme qu'elle aimait mettait tous ses sens en un tel émoi que le monde autour d'elle prit une dimension surréaliste. Elle aspira une nouvelle bouffée d'air, grisée par les parfums alentour. Un mélange d'odeurs d'animaux et de la terre sur laquelle elle était assise, qui n'était pas déplaisant, juste sauvage et naturel. D'autres parfums lui chatouillaient les narines, des parfums musqués, acidulés, de graines en floraison qui se mêlaient à l'odeur des chevaux. C'était vraiment grisant. Qu'il était bon d'être une femme amoureuse, en harmonie avec la nature, par une journée aussi belle et lumineuse que celle-ci !

Houston posa le panier sur la couverture en face d'elle et surprit son regard. Sa béatitude devait se lire sur son visage, car l'expression d'appréhension qu'elle avait lue sur le visage de Houston se dissipa. Il restait néanmoins un peu préoccupé.

— Ça te plaît ici, non ? dit-il en retirant son chapeau et en s'agenouillant sur un genou. Tant mieux, ça me fait plaisir. Parfois, je viens ici tout seul pour réfléchir. C'est juste dommage qu'aujourd'hui le niveau du *resaca* ait beaucoup baissé, du coup il est plein de mauvaises herbes.

Devant son sourire et la mèche de cheveux qui lui barrait le front, Carley sentit son cœur battre la chamade.

— Je ne vois pas les jacinthes comme de mauvaises herbes. Ce sont de jolies fleurs. Mais voyons un peu ce que Lloyd nous a préparé ! déclara-t-elle en attrapant le panier.

Houston si près d'elle, elle avait de plus en plus de mal à fixer son attention. Autant s'occuper les mains. La nourriture n'était pas ce dont elle avait besoin pour le moment, mais si cet homme avait faim, l'instinct de Carley lui soufflait de lui remplir l'estomac afin qu'il puisse ensuite se concentrer sur autre chose.

— Lloyd a préparé notre pique-nique pendant que je faisais déjeuner Camille, expliqua-t-elle en fouillant dans le panier.

— J'ai l'impression qu'il s'est un peu emballé. A-t-il cru que nous amenions tous les enfants ?

Carley sortit la petite glacière en plastique.

— Je ne pense pas qu'il aurait mis ça pour les enfants, fit-elle remarquer en la tendant à Houston.

Avec un regard intrigué, Houston l'ouvrit et, devant les cannettes, s'exclama d'un air réjoui :

— De la bière ! Ce bon vieux Lloyd ! Je me demande où il la cache. Gabriel n'approuve pas l'alcool dans la maison. Tu veux une bière ou du soda ?

Elle lui désigna une cannette de soda et continua à fouiller dans le panier.

— Je vais aller mettre la glacière dans le *resaca* pour garder les boissons fraîches.

Il se dirigea vers les chevaux et tira une corde de l'une des sacoches de sa selle. La même puissance, la même solidité que les bêtes émanait de lui, songea-t-elle, bouche bée d'admiration devant ce corps bien bâti, mince et long, qui se dirigeait vers le bord de l'eau. Elle remarqua que ses muscles s'étaient encore affirmés depuis qu'il travaillait au ranch. L'homme avec lequel elle avait fait équipe se gardait en forme en faisant de la gymnastique, mais cet homme au physique durement gagné respirait la puissance et le sexe.

Mon Dieu ! Carley se sentit rougir et la journée lui parut

soudain plus chaude, plus moite qu'une minute auparavant. Elle repensa au moment où elle était descendue de cheval. Elle se souvenait clairement avoir frôlé de son dos, son torse, sa boucle de ceinturon en acier et, pour finir, la preuve du désir qu'elle lui inspirait. Lorsqu'il s'était reculé, elle avait essayé de ne plus y penser, mais maintenant…

— Tout va bien ? demanda sa voix, interrompant ses réflexions. Tu ne supportes pas la chaleur ? Tu ferais mieux de boire quelque chose de frais, conseilla-t-il en s'agenouillant sur le bord de la couverture et en débouchant un soda.

Il lui tendit la cannette glacée dont elle but une gorgée. Evitant de la regarder, il s'assit et retira ses bottes.

— Tout va bien, répondit-elle, l'esprit toujours aussi confus. Je devrais peut-être retirer ma chemise à manches longues.

Prévoyante, elle avait passé un débardeur rouge vif sous sa chemise western, au cas où la journée deviendrait plus chaude. Et c'était exactement ce qui était en train de se produire. Pourtant, alors qu'elle retirait son chemisier, elle comprit que ce n'était pas le temps qui lui donnait chaud.

Elle jeta la chemise de côté et prit le premier sandwich dans le panier. Elle avait besoin de se distraire avec la nourriture pour éviter de se rendre ridicule.

— Passons à la surprise du chef ! s'exclama-t-elle, avant de déglutir dans un effort pour calmer sa voix. Tu veux le bacon ou la salade d'œufs ?

— Ça m'est égal.

— Très bien… tiens voilà…

Elle leva la tête et lui tendit le sandwich emballé dans un film plastique. Lorsqu'elle croisa son regard, elle le surprit qui dévorait son corps avec des yeux pleins d'avidité.

— … le bacon, finit-elle.

Son ventre était parcouru de picotements et son corps semblait comme s'épanouir sous le brasier du regard qui ne cherchait en rien à dissimuler son désir enflammé. Elle sentit ses mamelons se durcir.

Il lui prit le sandwich de la main.

— Nous ferions mieux de manger, dit-il en fixant un point par-dessus son épaule et en mordant dans son sandwich. J'ai réfléchi à quelques questions que j'aimerais te poser, avant qu'il se mette à faire trop chaud pour que nous puissions rester ici.

Pour Carley, il faisait déjà trop chaud. Mais si cet homme lui faisait assez confiance pour vouloir la questionner, elle n'allait certainement pas l'en décourager. Lentement, elle déballa le panier de Lloyd et en sortit du fromage, des cornichons, des piments farcis, des fruits et des cookies.

Déjeuner était bien le cadet des soucis de Carley, mais, à son immense surprise, ils avalèrent tout le repas dans un silence amical. Pour elle, tout cela manquait encore de piquant. Toujours pas rassasiée de la faim qu'elle avait de lui, elle s'allongea sur la couverture et regarda l'azur, à travers les branches du saule pleureur.

Du coin de l'œil, elle observait Houston qui, après avoir laissé une pomme sur la couverture entre eux, remballait les résidus du déjeuner. Pieds nus, il ramena le panier aux chevaux et, après avoir pris deux autres cannettes dans l'eau, revint s'allonger à côté d'elle.

La tête sur une main, il étudia son profil.

— Parle-moi de ton parcours. Qui es-tu vraiment, Charleston Mills ?

Charley sourit, pour gagner un peu de temps et rassembler ses pensées.

— Je suis née à Charleston, en Caroline du Sud, comme mon nom l'indique. C'était la ville de mon père, Chester Mills. Il venait juste de faire de l'affaire de famille qu'il possédait un énorme conglomérat. Il était brillant et, bien avant que ce soit la mode, un fondu de haute technologie, continua-t-elle en se tournant vers Houston. Il avait les cheveux roux et des yeux très bleus derrière des lunettes à verres épais et à monture en écaille.

Elle hésita un instant, en pensant à l'homme qu'elle n'avait jamais eu la chance de connaître.

— Et il aimait ma mère d'une passion comparable à celle de

Reth Butler pour Scarlett. Mon père est mort dans un accident de voiture six mois après ma naissance.

— Carley…, murmura-t-il. Est-ce difficile pour toi d'en parler ?

Elle s'aperçut qu'elle n'arrivait pas à le regarder dans les yeux. Son regard, rempli de compassion, attisait sa sensibilité extrême. Elle se laissa alors de nouveau aller sur le dos et se concentra sur les nuages floconneux qui couraient au-dessus de sa tête.

— Je ne l'ai jamais connu. Alors, en fait, j'aime parler de lui. Ça le garde vivant. Pendant mon enfance, ma mère a passé des heures à me raconter mon père. Encore aujourd'hui, il me paraît si réel que j'ai du mal à croire qu'il n'est pas là.

Elle déglutit et étouffa un soupir.

— Ma mère, en revanche, a toujours été trop réelle. C'était une créole, née et élevée à La Nouvelle-Orléans. C'est d'elle que j'ai hérité mon physique. Tout, sauf cette crinière rousse, enchaîna-t-elle, en laissant ses doigts courir dans sa chevelure épaisse. Bref, quand ma mère s'est retrouvée toute jeune veuve avec un enfant, elle a fait ses bagages et elle est revenue vivre chez ses parents avec moi.

Carley se redressa, alanguie, et regarda longuement son ex-amant, avant de reprendre :

— Bien sûr, le fait que papa lui ait légué toute sa fortune n'était pas négligeable. Maman est ce que l'on peut appeler une épicurienne. Elle ne peut vivre qu'à travers le regard des hommes.

— Je crois que tu as hérité une bonne dose de ça aussi ! la taquina-t-il.

— Alors là, c'est bien la chose la plus aimable que tu m'aies jamais dite, Houston Smith, murmura Carley, de sa meilleure intonation de femme fatale.

Devant son air soudain renfrogné, elle se mit à rire et enchaîna :

— Maman en est à son quatrième mari, je crois. Ce sont mes grands-parents qui m'ont élevée. « Gâtée » serait un mot plus juste.

Houston se releva, croisa les jambes et attrapa la pomme ; Carley venait d'avoir la même idée. Leurs mains se frôlèrent… s'attardèrent…

Carley baissa délibérément les cils et resta silencieuse. Tous deux étaient pétrifiés, luttant contre le tourbillon de désir qui les emportait. Elle souleva enfin les paupières, et il lut dans ses yeux une réponse claire à l'invitation charnelle de son propre sourire.

— Dans un sens, j'ai été gâtée. Mais je préfère penser que c'était juste que les gens m'aimaient, assez pour satisfaire toutes mes envies.

Elle l'enveloppa d'un regard aussi songeur que possible et entendit sa propre voix rauque ajouter, comme une supplique :

— Qu'en penses-tu ?

Houston laissa tomber la pomme comme s'il s'était brûlé, sans la quitter des yeux une seconde.

— Je pense que tout ce que tu veux, tu dois pouvoir l'obtenir.

Elle porta la pomme à ses lèvres et mordit dedans. Il voyait la lueur d'amusement qui dansait dans ses yeux.

Oui ! songea-t-il. La question ne se posait même pas. Il était prêt à lui donner tout ce qu'elle voulait.

Mais pas tout de suite.

— Raconte-moi comment nous nous sommes rencontrés, demanda-t-il.

Une partie de Houston rêvait de l'embrasser comme un fou, l'autre voulait protéger son âme de la peine qui le hantait depuis un an et demi. Il voulait faire confiance à quelqu'un, dépendre de quelqu'un. Et il voulait désespérément que ce quelqu'un soit cette belle femme sexy qui l'attirait comme un aimant.

La bouche de Carley fit une petite moue et elle posa la pomme de côté.

— Tu étais agent spécial depuis environ six ans lorsque le FBI m'a recrutée après l'université, raconta-t-elle. Tu as fait une crise lorsque ton nouveau superviseur t'a imposé une femme comme partenaire.

— Agent ? J'étais un agent spécial du FBI ? fit-il, ébahi.

— Oui ! Après une opération d'infiltration réussie, tu as été muté au bureau de Houston. Tu étais furieux de te retrouver en équipe avec une femme. Tu m'adressais à peine la parole.

Il commençait à comprendre à demi-mot.

— Toi aussi, tu étais agent ?

Carley sourit, mais ses yeux étaient sombres.

— Je suis toujours agent du FBI, Houston, précisa-t-elle. Et comme je te l'ai dit, je suis aussi psychologue pour enfants. Je suis dans la vallée en mission spéciale.

— C'est moi, ta mission spéciale ? demanda-t-il d'une voix qui lui sembla rauque, rude, même à ses propres oreilles.

Elle priait de toutes les fibres de son corps que chaque nouvelle révélation lui apporte la paix qu'il cherchait.

— En partie, confirma-t-elle en baissant les yeux.

Elle repoussa une mèche de cheveux derrière son oreille et reprit :

— Après avoir fait équipe pendant environ un mois, nous avons dû suivre un entraînement de remise à niveau pour l'utilisation de nouvelles armes spéciales. Tu as parié une bouteille de champagne que tu ferais mieux que moi. Et tu as perdu, lui annonça-t-elle, menton levé, un petit sourire malicieux aux lèvres.

Son regard se fit rêveur, voilé, comme si elle était perdue dans ses souvenirs. Houston ouvrit la bouche comme pour parler, mais laissa échapper un immense soupir. Il ferma les yeux pour lutter contre le désir qui le faisait palpiter de toutes les fibres de son être. L'avidité que lui inspirait Carley lui coupait le souffle, faisait courir son sang plus vite dans ses veines. En l'espace de quelques jours seulement, elle était devenue tout pour lui : le lien avec son passé, la raison qui faisait battre son cœur. Elle seule, désormais, comptait dans le futur.

— J'espère que j'ai été beau joueur, fit-il remarquer en posant sa main libre sur la sienne.

Carley fit une petite moue dédaigneuse.

— Tu penses ! J'ai été obligée de te harceler pour que tu honores ton pari. Ensuite, je n'arrivais pas à faire sauter le bouchon du magnum, et j'ai été obligée de te demander de le faire pour moi… Pour finir, nous avions plus de champagne sur nous que dans nos verres. Ah ! nous avions belle allure, trempés, furieux !

Elle eut un petit rire rauque. Houston regarda ses seins se soulever, au rythme de sa respiration.

Le regard de nouveau perdu dans ses souvenirs, elle entrelaça distraitement ses doigts aux siens.

— Nous avons éclaté de rire, continua-t-elle. A partir de ce moment-là, nous sommes devenus de vrais partenaires et de bons amis.

— Amis ? répéta-t-il, sceptique.

Sa bouche dessina un sourire plein de sensualité et elle passa la langue sur sa lèvre. Il s'assit plus droit pour lui faire face et posa sa main libre sur sa joue. Sa peau était douce, satinée.

La courbe délicate de son menton attira son attention sur son pouls qui battait à la naissance de son cou. Il fut pris d'un besoin impérieux de poser ses lèvres là où son cœur palpitait sous sa peau… Il se retint. Il ne faisait pas confiance aux exigences de son corps. Ses émotions étaient trop fortes, le touchaient trop profondément, à un endroit dont il avait quasiment oublié l'existence.

Elle secoua la tête, cligna des paupières et reprit :

— Amis… pendant environ un an. Puis nous avons été envoyés sur une mission de surveillance délicate, de nuit.

Sa voix avait une qualité hypnotique qui s'infiltrait sous sa peau, attisant sa libido masculine.

— Nous nous sommes installés avec notre équipement d'enregistrement dans une planque et nous avons attendu, continua-t-elle. Comme l'un des suspects était en retard, les autres ont décidé de s'amuser un peu en attendant leur copain. Finalement, ils ont fait la fête toute la nuit. Et nous aussi, à notre façon.

Il avait l'impression d'être en train de courir sur une falaise, bien déterminé à se jeter dans le vide. Il n'avait pas le droit de toucher, de désirer une femme aussi violemment qu'il voulait Carley, pourtant il sentait un besoin désespéré de la posséder, de la dévorer tout entière.

Il regarda ses mains et s'aperçut qu'elles tremblaient. Lentement, d'un geste mal assuré, il les posa des deux côtés de son visage et s'inclina pour l'embrasser. Il allait juste frôler sa bouche, se promit-il. Ensuite il reprendrait le contrôle de lui-même.

Mais alors que ses lèvres caressaient les siennes, qu'il goûtait leur goût de fraises, de cookies, son odeur sucrée et féminine, il sentit un volcan faire irruption en lui. Une dernière pensée cohérente le retint, mais il ne pouvait pas résister à l'envie de picorer les coins de sa bouche.

— Je suis désolé, je ne me souviens de rien de tout cela, Carley. Et je suis encore plus désolé si ma disparition t'a causé le moindre problème. Nous pourrions peut-être repartir de zéro ?

Lorsqu'il plongea les yeux dans son regard, il fut satisfait de constater qu'il s'était assombri de désir. Son souffle, légèrement haletant, trahissait son trouble. Elle donnait l'impression de lutter pour, comme lui, reprendre le contrôle de ses sensations.

— Laisse-moi d'abord t'expliquer pour Camille. Quand tu as disparu…

— Non, l'interrompit-il. Je ne veux rien savoir au sujet de Camille.

Sa jalousie soudaine le prit totalement au dépourvu, le laissant démuni. La pensée de n'importe quel autre homme touchant Carley, l'embrassant, lui faisant un bébé, lui donnait envie de frapper le tronc d'arbre de son poing.

— Elle est intelligente et belle, n'importe quel homme serait fier de dire qu'il est son père, affirma-t-il. Mais pour le moment, j'ai assez parlé.

Il regarda les lèvres légèrement gonflées par le baiser, de la couleur d'un feu ardent. Il avait envie d'y goûter de nouveau. Ses mains se crispèrent : il avait besoin de toucher sa peau, de s'emplir les paumes de ses seins fermes.

Il ne pouvait plus se retenir, il avait besoin de mordre au fruit délicieux qu'était Carley. Il se pencha vers elle et l'embrassa légèrement, encore une fois.

— Charleston, parvint-il à murmurer contre ses lèvres.

Et il s'enfonça dans la douceur veloutée de sa bouche. Elle laissa échapper un petit bruit, sourd et félin, comme un ronronnement, et toute pensée rationnelle l'abandonna. Son corps s'encastrait dans le sien comme s'ils avaient été faits l'un pour l'autre.

Luttant pour rester juste à son égard, pour lui donner une chance d'esquiver la conclusion inévitable vers laquelle ils s'engageaient, il recula un peu, une ombre de sourire aux lèvres. Carley avait l'air perplexe, presque choquée…

— Mais… mais je…, bégaya-t-elle.

— Tu n'as pas aimé mon baiser ? Je ne t'embrassais pas comme ça, avant ?

— Non, c'était…, balbutia-t-elle.

Posant les mains sur ses épaules, elle l'attira à elle pour un nouveau baiser éperdu.

Ses lèvres brûlantes s'emparèrent des siennes et sa langue se mit à jouer avec la sienne avec l'énergie qui la caractérisait. Une certitude s'imposait à lui, de plus en plus claire. Rien n'était plus naturel pour Carley et lui que d'être ensemble, ils étaient faits l'un pour l'autre. Depuis le début de son amnésie, rien, jamais, ne lui avait paru aussi évident.

— Ça a toujours été comme ça, entre nous ? murmura-t-il contre sa tempe, en poussant un soupir tremblant.

Il déposa de petits baisers sur la ligne de son menton, et descendit sur sa peau satinée, jusqu'à la naissance de son cou, là où son pouls palpitait. Carley, renversant la tête en arrière, s'offrit à lui.

— Est-ce que je m'arrêtais toujours ici pour sentir ton pouls palpiter sous mes lèvres ? demanda-t-il en s'attardant, lui tirant un gémissement.

Ses mains remontèrent doucement le long de son dos, l'effleurant de la manière la plus exquise qui soit, puis se glissèrent sous son haut, voguant sur sa peau. Pendant ce temps, il continuait à embrasser son cou et ses épaules. S'apercevant qu'elle ne portait pas de soutien-gorge, il se figea.

Frémissant de désir, il posa les mains sur les globes de ses seins et recula légèrement pour la regarder. Les pointes durcies tendaient le tissu fin et, sous son regard, il vit son cou et sa gorge s'empourprer. Incapable de résister, il fit glisser son débardeur au-dessus de sa tête.

Les paupières lourdes de sensualité, elle leva les bras pour l'aider. Il se pencha encore une fois et s'emplit les yeux de la beauté de Carley, de ses seins généreux et parfaits, des mamelons qui n'attendaient que sa bouche.

— Tu es une déesse, murmura-t-il dans un souffle.

Pour toute réponse, elle resta parfaitement immobile, les yeux plongés dans les siens. Il s'emplit alors les mains de la chair ferme. Les courbes arrondies épousèrent ses paumes et il pétrit ses seins aussi délicatement que son besoin dévorant le lui permettait.

Elle se mordilla les lèvres, son regard voilé de sensualité prenant une couleur vert émeraude.

— Charleston, mon cœur. Je suis quasiment aveuglé par mon amour pour toi, je ne sais plus ce que je fais. Si tu veux que j'arrête, tu dois me le dire maintenant.

Sans répondre, elle commença à lui ôter sa chemise. Lorsqu'elle posa les mains sur son torse nu, elle ferma les yeux et poussa un gémissement, rauque, profond. Le chaton devenait chat sauvage.

Houston pencha la tête pour happer un mamelon, tout en faisant délicatement rouler l'autre sous ses doigts. L'allongeant sur la couverture, il plaça un genou entre ses jambes. Avec un petit soupir de satisfaction, il porta son attention sur son autre sein, et elle commença à onduler sous sa caresse.

Elle enfonça les doigts dans ses cheveux et attira sa tête contre sa poitrine, le tenant tout contre elle. Houston sentait la transpiration dans son dos. Ne voulant pas la précipiter, il essayait de juguler le flot de sa passion.

D'une main, il lui caressa la cuisse et plaça sa paume à la naissance de ses jambes. Carley, le souffle de plus en plus court, posa ses doigts sur la taille de son jean, se débattant avec le tissu épais. Dans une confusion de mains et de gémissements, ils ne furent pas longs à se débarrasser de leurs vêtements.

Houston s'agenouilla alors devant elle. Etendue sur la couverture, avec ses cheveux aux reflets roux en éventail, elle ressemblait vraiment à une déesse. Malgré l'impatience qu'il avait de faire vibrer les sens de Carley, il tenta, dans un immense effort de volonté, de ne pas brusquer les choses. Mais devant sa peau dorée, de la couleur du miel, qui scintillait dans la lumière douce du soleil, il oublia toutes ses bonnes résolutions.

Allongée sur le sol, le regard consumé de désir, elle leva des bras implorants vers lui. Les yeux toujours rivés sur son visage, il laissa sa main glisser vers l'intérieur de sa cuisse, là où sa peau était la plus soyeuse. Sous sa caresse, les yeux de Carley se firent plus brillants. Il frôla le doux duvet qui cachait son intimité, elle ferma les paupières et se cambra.

Elle le rendait complètement fou. Il n'en pouvait plus. Il voulait cette femme d'un désir animal, voulait se fondre dans sa chair. Il se pencha pour goûter son nombril, avant d'aventurer la caresse de ses mains plus bas, au cœur de son intimité. Les hanches de la jeune femme se soulevèrent à sa rencontre et, lorsque, guettant les ombres du plaisir, il regarda son visage, il la vit les lèvres entrouvertes, pantelante, qui poussait de doux gémissements. Il entendait sa propre respiration, le sang dans ses veines qui roulait comme un torrent.

Délicatement, il écarta ses jambes, et sa bouche descendit de ses seins à son ventre. Accentuant la caresse de sa main, sa langue prit le relais. Elle tressauta, dans un râle de volupté, et Houston sentit l'orgasme la frapper de plein fouet.

Son propre corps tremblait. Il était au supplice. Il la serra contre lui jusqu'à ce qu'elle se soit calmée, puis se dégagea pour prendre son jean.

Carley rouvrit les yeux et leva une main pour le retenir.

— Que fais-tu ? Viens.

Il serra son poignet d'une main, l'empêchant de frôler son sexe en érection. Il finit par attraper le préservatif qu'il avait glissé dans sa poche arrière.

— Tu… tu nous protèges ? demanda-t-elle, les yeux écarquillés, le regard assombri de désir.

— Pas d'une maladie quelconque, rassure-toi, répondit-il. Luisa m'a fait passé des tas de tests sanguins et je n'ai pas été avec une femme depuis… avant mon amnésie. Ce n'est pas ta santé qui me préoccupe, continua-t-il avant de s'agenouiller à côté d'elle. C'est juste qu'un homme doit protéger la femme qu'il a l'intention… d'aimer. Quand nous ferons des enfants ensemble, ce sera parce que nous les voulons tous les deux et que nous avons l'intention de fonder une famille.

Carley poussa un gémissement rauque. Aurait-il dit quelque chose qu'il n'aurait pas dû dire ? se demanda Houston. Il ne voulait surtout pas lui rappeler le père de Camille. C'était peut-être ce qu'il venait de faire, sans le vouloir.

Se penchant sur elle, il déposa un tendre baiser sur ses lèvres.

— Tu peux encore changer d'avis.

— Tu… tu me laisserais partir maintenant ? Mais tu n'as pas…

Elle leva la tête pour lui poser la question.

— C'est toi le chef, ici, mon amour. Tout cela est pour toi. Un « non » de toi, et j'arrête.

— Oui ! gémit Carley en renversant la tête en arrière sur la couverture.

Les yeux fermés, elle tendit les bras vers lui.

Houston eut un petit rire et, avec un soupir de soulagement, s'avança pour la couvrir de son corps. Il s'accouda au-dessus d'elle, encadrant son ravissant visage de ses bras.

— Ouvre les yeux, Carley, pria-t-il. Je veux te voir, t'admirer…

Elle obéit. La main de son amant retourna se poser sur son sexe humide de désir. La tête penchée, il happa la pointe d'un sein entre ses lèvres, qu'il dégusta, la frôlant de son sexe gonflé de désir.

Elle s'agrippait à ses épaules, les doigts enfoncés dans sa peau.

— Oui ! Oh, s'il te plaît !

Son cri était plus qu'une invitation. C'était une supplique et Houston avait fermement l'intention de la satisfaire.

Plaquant les mains sur ses fesses rondes, il se glissa en elle en un long mouvement souple. Elle gémit et enroula ses jambes autour de ses hanches, l'attirant plus profondément encore. Houston s'entendit gémir de plaisir. Carley lui mordilla l'épaule avec de petits gémissements, comme un animal sauvage.

Une évidence s'imposa alors à lui : il avait trouvé son havre, tout était en ordre.

S'abandonnant à la volupté, il l'attira violemment à lui, et leur tempo s'accéléra. Carley, s'accordant à son rythme, se cambra contre lui, plaquant ses hanches contre les siennes, ancrée à lui, comme en fusion. Lorsqu'il la sentit vibrer dans un ultime sursaut d'extase, il renversa la tête en arrière, silencieux, se sentant comblé de la force de ce qu'ils partageaient. Puis, dans un dernier spasme, il frémit encore une fois contre elle, se faisant le serment que plus jamais il ne la quitterait.

Ils s'écroulèrent l'un contre l'autre, essayant de retrouver un souffle régulier. Une douce brise tiède vint rafraîchir leurs peaux, luisantes de transpiration. Carley le tenait serré contre elle et il leva la tête pour déposer un baiser sur son front.

D'un geste empreint de tendresse, il repoussa une mèche de cheveux plaquée sur sa joue. Ce fut alors qu'il remarqua les larmes qui coulaient de ses yeux clos. Un petit sanglot lui souleva la gorge.

Mon Dieu, pensa-t-il. Son amour, sa vie… souffrait et c'était sûrement sa faute !

9

— Mon Dieu, je t'ai fait mal sans le vouloir ! s'exclama-t-il en roulant sur le côté, Carley toujours serrée contre lui. Tu as mal ? Quelque chose que j'ai dit ?

Carley ne s'était jamais sentie aussi perdue de sa vie. Que diable était-elle censée lui répondre ? Qu'elle venait de faire l'amour avec un parfait inconnu ? Qu'elle avait été assez bête pour croire que Houston Smith se comporterait exactement comme avant d'avoir perdu la mémoire ? Ou que la vraie douleur était de découvrir qu'elle était tombée amoureuse d'un homme dont la ressemblance avec son ex-amant ne se limitait plus qu'à une ressemblance physique ?

Allons ! elle perdait la tête. Sans doute à cause de la tension due à tout ce qui venait de se passer. Seule une folle pouvait souhaiter voir un homme blessé ne pas guérir, rester amnésique.

Elle essaya de s'asseoir. Mais les avant-bras musclés de Houston l'immobilisèrent.

— Tout va bien, murmura-t-elle en s'essuyant les yeux d'un revers de main. Laisse-moi me lever.

— Chérie, parle-moi, je t'en supplie.

Il posa son front contre le sien et, d'un geste empreint de tendresse, caressa ses cils de son pouce, repoussant les larmes brûlantes qui ne voulaient pas tarir.

Elle se mordilla les lèvres. Si seulement cette nouvelle douleur atténuait la déchirure dans son cœur. Elle avait l'impression d'être une menteuse, une tricheuse. Elle venait de tromper un homme dont le souvenir l'avait gardée vivante pendant un an et demi. Et comme si cela n'était pas suffisant, elle l'avait trompé avec l'homme qu'il était devenu !

— D'accord. Si tu ne peux pas me dire ce qui ne va pas, c'est moi qui vais parler. Ecoute.

Il embrassa doucement sa tempe et posa la main sur sa joue, laissant son pouce courir sur les traînées humides, puis sur ses lèvres gonflées.

Carley goûta le sel de ses larmes. Sentant la chaleur qui lui embrasait le corps s'atténuer, elle frissonna. Son esprit s'emballa. Elle voulait trouver une façon de lui dire qu'il avait une fille. Allait-il accepter le fait qu'elle ne lui ait pas avoué sa grossesse du temps où il était encore Witt ? Elle se maudissait maintenant de ne pas avoir déguisé un peu la vérité : elle aurait pu lui dire qu'ils étaient mariés. Ainsi, elle n'aurait plus à s'en faire pour sa réaction au sujet de Camille ; le fait qu'il ait changé à ce point n'aurait plus d'importance. Elle pourrait juste le tenir dans l'ignorance… et le garder.

— Lorsque je me suis réveillé après ma blessure, le monde m'a paru terrifiant, dangereux. Je ne pouvais plus faire confiance à personne, lui chuchota-t-il d'une voix douce. J'imaginais que quelqu'un allait surgir pour finir ce qu'il avait à finir, ou que je me réveillerais un matin pour me rendre compte que tout cela n'était qu'un mauvais rêve.

Il déglutit et la serra encore plus fort contre lui.

— Au fil des jours, ma solitude est devenue plus angoissante que ma peur de l'inconnu. Je rêvais de trouver un lien avec mon passé, de rencontrer quelqu'un qui m'avait aimé.

Il aspira une longue bouffée d'air et sourit contre sa joue.

— Tu ne peux pas imaginer le sentiment de solitude que l'on éprouve quand tout le monde a une histoire à raconter sur sa famille, son enfance, et que toi, tu n'as rien à dire. Tu n'es personne, un homme sans amour, sans haine. Un homme sans rien.

Carley se tourna sur un côté pour lui faire face. Il parlait si doucement, si bas, qu'elle dut regarder sa bouche pour deviner ses paroles. Il avait traversé tant d'épreuves. Elles se lisaient dans les nombreuses cicatrices de son corps, au désespoir que trahissait son regard.

— C'est alors que tu es arrivée et tout est redevenu si familier. Au début, j'avais peur de te faire confiance, mais chaque fois que tu souriais, c'était comme un écho à une vieille chanson qui courait dans mon cerveau. J'avais peur de me fier à mes propres émotions. Je pensais que, peut-être, je m'étais jeté sur toi comme si tu étais mon ange gardien. Comme je l'aurais fait avec n'importe quelle réminiscence de mon passé. Mais le lien entre nous est si fort qu'il nous pousse l'un vers l'autre, quoi qu'il arrive. J'ai dû t'aimer très fort dans mon autre vie, Charleston Mills.

Elle sentit aussitôt que ses larmes, qui s'étaient taries, étaient sur le point de couler de nouveau. L'homme qu'avait été Houston n'avait jamais dit qu'il l'aimait. Witt Davidson n'aurait jamais pu envisager de parler de ses émotions, à plus forte raison de leur relation. Witt Davidson ne pensait pas à se protéger quand ils faisaient l'amour. Witt ne pouvait pas admettre qu'ils étaient vraiment amoureux.

— Quand tu es avec moi, je me fiche de ne plus jamais retrouver la mémoire. Je veux recommencer notre relation de zéro, reprit Houston, fouillant son âme de ses yeux. Tu es un puissant aphrodisiaque, mon amour. Je ne peux pas passer plus de deux minutes en ta compagnie sans avoir envie de passer mes doigts dans tes cheveux, de me griser de la sensation de ton corps brûlant.

Carley ne put s'empêcher de le toucher. Son regard l'attirait comme un aimant. Elle frôla ses lèvres et laissa ses doigts glisser dans les cheveux épais, couleur paille. En s'approchant de son corps, elle sentit son érection et fut parcourue de petites décharges électriques. Fermant les yeux, elle frissonna d'anticipation.

D'un doigt, Houston lui souleva le menton, la forçant à ouvrir les yeux.

— Mais je ne vais pas te brusquer. Je sais que je t'ai déjà perdue une fois, mais, pour le moment, je ne veux pas penser au passé. Je ne veux pas t'effrayer, te faire du mal. Je veux que, cette fois, tu sois sûre de moi. Je ne te quitterai plus jamais, je te promets.

Elle se sentait « chérie ». Voilà le mot qu'elle avait au bout des lèvres. Pourtant, « déconcertée » aurait été plus approprié pour décrire son état d'esprit présent. Elle était déconcertée par tant de tendresse, de gentillesse, de sollicitude à son égard. Cet homme la traitait comme un trésor sans prix, quand elle, pour sa part, se sentait malhonnête de ne pas lui avouer toute la vérité.

Houston posa les mains sur sa taille, la tourna contre lui et l'assit sur ses genoux. Elle sentit les poils de son torse lui chatouiller le dos et son érection durcie contre ses fesses, provoquant en elle un feu d'artifice de sensations. Elle essaya de se retourner pour le regarder, mais il l'immobilisa.

— Parle-moi, chuchota-t-il à son oreille, d'une voix rauque.

Sans attendre sa réponse, il reprit :

— Est-ce que la caresse de mes doigts est la même sur ta peau ?

Il lui caressait tendrement les seins, presque respectueusement. Elle étouffa un soupir, la gorge serrée, sentant maintenant ses mains sur ses mamelons, incapable de répondre à sa question autrement que par un gémissement étouffé.

L'une de ses mains toujours sur un sein, il fit descendre l'autre sur son ventre.

— Est-ce que ton corps se réveille quand je te touche ? Est-ce que cela a toujours été ainsi ?

Elle sentit son corps se liquéfier, la boule brûlante entre ses cuisses s'intensifier.

— Est-ce que tu aimes mes mains sur ta peau, mon amour ?

— Oui, haleta-t-elle, les sentant s'aventurer sur la douceur moite de son sexe.

Il caressa l'intérieur satiné de ses cuisses.

— Aimais-tu mes mains sur toi avant ?

Carley ondula contre lui, voulant se retourner, avide de pouvoir le regarder, de se fondre dans son étreinte. Mais Houston, qui la tenait fermement, l'entraîna sur la vague de l'orgasme, la laissant totalement vulnérable. Elle ne retenait plus rien, et livrait tout son être avec bonheur. Pouvait-on surpasser une telle volupté ? Elle ne le croyait pas possible. Le passé, le futur, n'existaient plus, plus rien n'existait, hormis cet homme, Houston.

— Est-ce que tu m'aimais ? demanda-t-il d'une voix éraillée, exigeante.

Comment lui dévoiler les secrets de son cœur ? Que ce qu'elle souhaitait le plus entre eux, c'était la vérité.

— Je ne peux pas te mentir. Je pensais t'aimer, mais tu…

Sur sa peau brûlante, les caresses cessèrent soudain, et les mots se figèrent dans la gorge de Carley. Doucement, elle se retourna vers lui, et il l'attrapa par les épaules, l'immobilisant de nouveau.

Le regard embrasé, la respiration haletante, il lui demanda :

— Je ne suis pas encore prêt à entendre cela. Je suis revenu sur ma parole, n'est-ce pas ? J'ai dit que je n'allais pas te brusquer, mais je me suis montré trop pressant ?

Carley avait la tête qui tournait. Elle serra les mains contre sa poitrine, essayant de s'éclaircir les idées.

— Non, non, tu ne comprends pas. Donne-moi une chance de t'expliquer.

— Je comprends, mais toi, tu dois me donner une chance de me racheter.

Il lui sourit comme un petit garçon perdu qui essayait de retrouver son chemin pour rentrer chez lui.

— Recommençons tout au début, par un rendez-vous par exemple. Je veux t'apporter des fleurs, t'emmener danser, garer la voiture sur la berge du fleuve et t'embrasser.

— C'est sympa, approuva-t-elle.

Mais leur temps était compté. Chaque seconde qui passait mettait en péril leur dernière chance.

Houston se leva et, l'entraînant, la fit virevolter dans ses bras.

— « Sympa » ? fit-il d'un air faussement courroucé. Merveilleux, c'est le mot que je veux entendre ! Passionné ! Je veux inventer de nouveaux rêves. Je ne veux pas « sympa ».

Elle ne put s'empêcher de rire. Il débordait tellement de vie ! Il avança de quelques pas en direction du *resaca*, la lueur dans ses yeux se faisant de plus en plus malicieuse.

— Que crois-tu être en train de faire ? demanda-t-elle. Où m'emmènes-tu ?

— Je crois qu'il est temps que nous calmions un peu le brasier qui nous consume. Afin de pouvoir repartir de zéro.

Elle se tortilla pour essayer d'échapper à sa poigne, en vain.

— Je sais parfaitement ce que tu as en tête. Mais je ne le permettrai pas ! Je suis une femme adulte. Une mère de famille, pour l'amour du ciel, protesta-t-elle, glapissant presque. Arrête, ou plus jamais je ne t'adresserai la parole.

Jamais elle n'avait vu une expression de joie aussi intense que celle qu'elle lisait sur le visage de Houston à cette minute précise. Avec un cri, il sauta d'une petite corniche, les entraînant tous deux au beau milieu de l'eau pleine de jacinthes.

Mon Dieu ! Se retenir de toucher Carley était sans doute ce qu'il avait dû faire de plus difficile dans sa vie. Ou, plus exactement, dans ce qu'il se souvenait de sa vie.

Après l'avoir aidée à sortir du *resaca*, il enfila son jean et commença à l'essuyer avec sa chemise de travail. Lorsque ses mains frôlèrent la peau satinée du dos de Carley, il s'aperçut que lui dire qu'ils pouvaient recommencer de zéro était une chose, mais qu'empêcher son corps de réagir en sa présence en était une autre. Mieux valait donc la laisser se débrouiller. Il lui tendit le vêtement.

— Tiens, sèche-toi comme tu pourras. Nous devons regagner le ranch, fit-il d'un ton plus dur que ce qu'il aurait souhaité.

Elle commença à se frotter les bras.

— Ta chemise va être trempée, fit-elle remarquer en levant les yeux vers lui avec un sourire sexy, enjôleur.

Comme elle était belle ! De petits filets d'eau coulaient sur sa peau dorée, s'accrochant à ses cils noirs. Quand il l'avait tirée sur la berge derrière lui, l'eau avait plaqué ses cheveux en arrière. Les mèches humides tombaient maintenant dans son dos, créant de petites rigoles qui couraient sur cette peau nue, satinée, sensuelle.

Houston fut obligé de mettre les mains dans sa poche arrière pour se retenir de toucher ce corps exquis. Il savait, bien sûr, ce que voulait dire s'enfouir dans cette chaleur réconfortante, s'unir à elle, corps, esprit et âme. Comment allait-il réussir à la regarder sans la caresser ? A être avec elle et garder ses distances ?

Elle se pencha pour ramasser ses vêtements, et il ne put s'empêcher d'admirer ses jambes, interminables. Il fit volte-face et se dirigea vers les chevaux, si vite qu'il faillit buter contre un saule pleureur. Heureusement, lorsqu'elle se serait rhabillée, résister serait plus facile. En attendant, il allait lui laisser un peu de temps, songea-t-il en s'affairant avec les couvertures et les selles. Il avait besoin de trouver un autre sujet de conversation à partager avec elle que leur relation du passé.

Il avait beaucoup réfléchi. Il devinait qu'avant de disparaître, il avait quitté Carley pour la femme brune et mate qui hantait ses rêves. Pas étonnant qu'à son tour elle se soit jetée dans les bras d'un autre et qu'elle ait fait un bébé.

La pensée fugace de cet homme la prenant dans ses bras, la consolant quand elle pleurait, la regardant quand elle s'habillait, le mettait hors de lui. Ce n'était pas à Carley qu'il en voulait, mais à lui-même pour l'avoir laissée partir.

Une chose était certaine, cela n'arriverait pas une seconde fois. Maintenant qu'il l'avait retrouvée, plus jamais il ne la laisserait partir. Il lui suffirait juste de prendre garde à ne pas l'éloigner malgré lui.

— Merci, dit alors Carley en lui rendant sa chemise. Elle est tellement mouillée qu'on pourrait l'essorer.

— Ne t'en fais pas, répondit-il en enfilant le vêtement, s'obligeant à ne pas regarder la jeune femme. Ce sera sec avant que nous rentrions au ranch. Tu es prête ?

— Oui…, dit-elle d'un ton plein d'espoir, un peu hésitant.

Voulait-elle ajouter quelque chose sur ce qu'ils venaient de faire ? Quelque chose au sujet de leur fabuleux après-midi d'amour ? Il n'était pas sûr de pouvoir en parler tout de suite. S'il disait quoi que ce soit maintenant, il savait exactement ce qui allait se passer. Or, même s'il en rêvait, il ne pouvait pas se le permettre. Pas aujourd'hui. Pas avant qu'il soit de nouveau sûr de l'amour de la jeune femme.

— Ecoute, Carley…, commença-t-il en se tournant vers elle.

Il s'aperçut alors qu'elle était en train de se débattre avec le mauvais étrier. Naturellement ! Il ne lui avait jamais montré comment monter sur un cheval.

Il arriva derrière elle.

— Ce n'est pas le bon pied, commença-t-il en tapotant son autre cuisse, avant de retirer sa main.

Comment diable allait-il l'aider à enfourcher sa monture sans la toucher ?

— Regarde le cheval en face, conseilla-t-il en reculant d'un pas. Mets ton pied gauche dans l'étrier et, ensuite, soulève-toi en te tenant au pommeau de la selle.

Elle fronça les sourcils.

— Je vais tenir les rênes de la jument, dit-il en contournant l'animal. Tu peux y arriver.

Et elle y arriva. Elle était vraiment spectaculaire ! se dit-il une fois de plus. Ils s'engagèrent alors le long de la rivière dans un silence complice, profitant du soleil de l'après-midi. Houston, gagné par une certaine sérénité, parvint enfin à apaiser ses sens. Ils chevauchaient côte à côte. C'était ainsi qu'il voulait que ce soit pour le restant de leurs jours. Il voulait prendre soin de Carley et de Camille jusqu'à la fin de sa vie. Il s'imaginait déjà tout apprendre sur la vie du ranch à la fillette. Apprendre à sa mère le vrai bonheur de se sentir aimée.

Assez ! Voilà qu'il se reprenait à penser à elle. Carley, sentant sans doute son inconfort, brisa le silence qui s'était installé entre d'eux.

— J'attendais que tu me poses des questions sur ton travail

au FBI, fit-elle remarquer. N'es-tu pas curieux de savoir ce que tu y faisais ?

— Un peu, bougonna-t-il. Cela explique une partie de mes rêves, néanmoins. Quand tu as dit FBI, l'image du badge Federal Bureau of Investigation m'est passée devant les yeux. Je l'avais souvent vue en rêve, mais dans un tout autre contexte.

Il ferma les yeux et sourit.

— En recollant des morceaux de mémoire, j'ai commencé par penser que j'étais dans le camp des méchants.

Houston, changeant de position sur sa selle, regarda le visage de Carley, de profil.

— Tu ne connaîtrais pas par hasard un grand type carré avec un nez crochu et des yeux noirs, sans relief ?

La jeune femme renversa la tête en arrière et éclata de rire.

— Bien sûr que si, c'est notre patron, Reid Sorrels. Un ancien joueur de football américain. Il s'est cassé le nez il y a des années, mais il n'en parle pas. Et s'il a bien les yeux noirs et perçants, il n'a pas le regard sans relief. Non, sous ses airs de gros dur, il cache un grand cœur.

— Oui, je suis sûr qu'il est très arrangeant, comme type, approuva Houston, sarcastique. Du reste, il est la star de certains de mes cauchemars.

Carley se pencha pour couvrir les quelques mètres qui séparaient leurs chevaux et posa une main apaisante sur son bras.

— Reid s'est révélé un véritable ami. Il est intervenu quand tu as disparu et m'a aidée à traverser ces moments difficiles. Il s'est toujours montré juste en tant que patron, mais je sais que, jusqu'à ce qu'il sache ce qui t'est vraiment arrivé, il ne pourra trouver le repos.

— Il n'est pas le seul ! Moi aussi, je voudrais bien savoir ce qui m'est arrivé, crois-moi ! rétorqua Houston en se frottant la tempe.

La vieille douleur fulgurante était revenue. Il avait pourtant pensé s'en être débarrassé, mais sans doute se trompait-il. Peut-être ne disparaîtrait-elle jamais tant qu'il n'aurait pas toutes les réponses.

— Avez-vous besoin d'une assistance immédiate, agent Mills ? demanda la secrétaire de Reid Sorrels qui avait répondu sur la ligne directe du patron.

— Non, répondit-elle, impatiente. Pouvez-vous juste me dire où je peux joindre Reid ?

— Non, je suis désolée. Il m'a dit qu'il serait en déplacement pendant deux jours. J'ai cru comprendre que l'un des passeurs de bébés que nous avons en garde à vue lui a donné un tuyau sur l'un des principaux kidnappeurs. Quelqu'un de votre côté de la frontière, dans votre voisinage, je crois. Vous pouvez essayer de le biper sur son pager, si vous voulez. Mais il ne pourra peut-être pas vous rappeler tout de suite.

Carley remercia l'assistante pour son aide et raccrocha. Frustrée, elle soupira. Son patron était déjà en route vers sa cible. En d'autres mots, elle devait réorganiser son plan d'action.

Pour commencer, elle n'avait plus que quelques jours pour décider de ce qu'elle comptait faire au sujet de Houston. Ayant oublié celui qu'il avait été, il s'était inventé de nouvelles règles de vie, ce qui l'avait amené à de fausses suppositions concernant le père de Camille. Plus longtemps elle le laisserait croire qu'elle s'était consolée avec un autre de sa disparition, plus il allait lui être difficile d'apprendre qu'il était le vrai père de la petite fille.

D'un autre côté, découvrir que Witt Davidson avait été un coureur de jupons pouvait sérieusement mettre en péril la nouvelle image qu'il avait de lui, le menant même à l'instabilité mentale. Carley ne voulait pas être la cause d'un trouble de la personnalité chez un homme qu'elle était en train de réapprendre à aimer.

Quant au second problème qu'elle devait affronter, elle aurait voulu ne pas y penser. Pourtant, elle savait que Reid allait insister pour qu'elle rejoigne l'opération *Rock-a-Bye* dès sa mission au centre terminée. Ce n'était plus qu'une question de jours. Qu'allait-il alors advenir de Houston ? Reid ne le laisserait jamais rester au ranch pour y vivre.

Or, privé de sa mémoire, Houston était trop vulnérable. Il devait être protégé. Dix-huit mois auparavant il avait été laissé pour mort sur un bas-côté. Qu'allait-il se passer si ses agresseurs découvraient qu'il était vivant et qu'il pouvait peut-être les reconnaître ?

Carley frissonna à la pensée de quelque menace inconnue planant sur un homme sans méfiance. Reid ne le permettrait jamais, et le FBI n'avait pas le budget pour allouer un garde du corps à un homme qui se prenait pour un simple cow-boy. Qu'allait-il devenir ?

Assez ! Pour le moment, elle ne voulait pas y penser. Sa priorité immédiate était la protection de Houston et, toujours tremblante, elle se fit le serment de ne pas l'oublier.

Le problème le plus immédiat étant sa propre attitude envers Houston. Cet après-midi, quand ils étaient revenus au ranch à cheval, elle avait pris une décision. Puisqu'il voulait essayer de recommencer une relation avec elle, elle allait le laisser faire. C'était une façon pour elle de le protéger pendant les quelques jours qui leur restaient. C'était aussi une façon de se donner un court répit afin de faire le tri dans ses émotions.

Aimait-elle vraiment Houston Smith autant qu'elle le pensait ? Et si c'était le cas, qu'était-il arrivé à son amour pour Witt Davidson ? Pouvait-elle chasser ses sentiments pour lui et se comporter comme s'il était parti pour de bon ? Elle était complètement perdue. Qui sait ? Les soirées décontractées que lui avait proposées Houston allaient peut-être l'aider à relativiser ce qu'elle éprouvait pour lui.

Soudain, les paroles de la secrétaire de Reid lui traversèrent l'esprit, et elle frissonna de terreur. Si son chef et les agents de l'opération *Rock-a-Bye* étaient à la frontière, les mystérieux inconnus qui menaçaient Houston ne devaient pas être loin.

Elle se dirigea vers son placard et y prit sa valise fermée. Demain soir, la *Casa de Valle* fêterait le diplôme de l'un des adolescents. Ils devaient ensuite emmener les jeunes danser en ville et Houston l'avait invitée à être sa cavalière.

Elle ouvrit sa valise et en tira son revolver, un étui et des munitions. Elle était parée : demain soir, elle serait à la fois la cavalière de Houston et son garde du corps. Et cette fois-ci, avec elle, il ne lui arriverait rien.

10

Lorsque Carley se réveilla d'un sommeil agité, il pleuvait à grosses gouttes lugubres contre les carreaux. Elle savait que Houston et tous les autres avaient prié pour que la pluie tombe enfin sur les montagnes mexicaines et désaltère le delta desséché du Rio Grande. Mais souhaitaient-ils vraiment ce temps pour le jour de la grande fête ?

Un pressentiment funeste lui glaça le sang, mais elle refusa de l'écouter. Allons ! se secoua-t-elle. Depuis quand était-elle superstitieuse ?

Au fil des heures qui s'écoulaient, son pressentiment du réveil se transforma en sentiment d'angoisse. Elle avait espéré voir Houston au petit déjeuner. Peut-être, avec la pluie, pourrait-elle passer plus de temps avec lui, à le protéger. Mais alors que le personnel quittait la table pour vaquer à ses tâches respectives, elle sentit son impatience et son découragement croître. Il n'était nulle part en vue.

Gabriel et elle étaient les derniers à la table. Le directeur du centre recula sa chaise et s'apprêta à quitter la pièce. Elle se leva et se dirigea vers lui.

— Attendez une seconde, Gabriel, pria-t-elle. Savez-vous pourquoi Houston n'a pas pris son petit déjeuner ce matin ?

— Vous vous entendez bien, tous les deux ? demanda son interlocuteur en lui souriant.

— Oui, très bien. Mais j'ai besoin de savoir où il est à cet instant précis.

Gabriel retira ses lunettes et la dévisagea.

— Vers quatre heures du matin, la pluie s'est transformée en trombes d'eau et les plaines ont été inondées. Nous avons eu peur pour le bétail. Houston est parti le rassembler avec deux ou trois autres garçons. Dans certains pâturages, les ravins sont inondés sans préavis.

— Oh ? Est-il en danger ? Et nous ? demanda-t-elle, impatiente de voir Gabriel venir au but.

— Houston sait comment prendre soin de lui. Tout ira bien, la rassura-t-il en remettant ses lunettes sur son nez pour se diriger vers la fenêtre. Ici, nous sommes sur un plateau bien sec, nous ne risquons rien. De plus, on dirait que la pluie a cessé pour aujourd'hui.

Carley le rejoignit et regarda le rayon de soleil qui filtrait à travers la brume légère.

— Nous faisons toujours un barbecue ce soir ?

— Ce sera peut-être un peu boueux, mais nous n'allons pas laisser trois gouttes de pluie nous en empêcher, lança Gabriel par-dessus son épaule. Vivre sur les berges du Rio Grande enseigne la hardiesse. Certains de nos ancêtres montaient à cheval avec les guérilleros mexicains. Ils nous ont laissé de bonnes constitutions et des volontés de fer ! Vous vous y habituerez avec le temps.

Elle savait bien qu'elle n'avait pas beaucoup de temps. Cela ne faisait qu'accroître sa nervosité. Elle quitta la cuisine et gagna son bureau pour téléphoner à Mme Fabrizio. C'était le jour du déjeuner redouté avec la peu coopérative bureaucrate. Vu son état de nerfs, elle se sentait bien incapable de l'affronter.

— Avec la fête du centre ce soir et toute cette pluie, j'ai bien peur de devoir annuler notre déjeuner, expliqua-t-elle en essayant de dissimuler la tension dans sa voix. Pouvons-nous repousser ?

Mme Fabrizio eut un petit rire et répondit :

— Pas de problème. Je vais peut-être faire une exception dans votre cas et faire l'inspection du ranch moi-même. Je n'ai pas vu le centre depuis deux ans au moins. Cela pourrait se révéler… très intéressant.

« Quelle drôle de femme », murmura Carley en raccrochant.

Mme Fabrizio était beaucoup trop fuyante et lunatique. Aussitôt rentrée au FBI, elle allait demander à Reid de faire une recherche sur son parcours.

Lorsque l'heure du déjeuner arriva, Houston n'avait toujours pas réapparu. Cela ne fit qu'augmenter son appréhension. Son pressentiment de catastrophe imminente lui faisait remarquer le moindre détail autour d'elle. Pourtant, elle était bien incapable d'analyser ce qui la perturbait de la sorte.

Au milieu de l'après-midi, elle était folle d'inquiétude. Que diable se passait-il ? se demanda-t-elle, renonçant à se concentrer sur ses dossiers.

Luisa passa soudain la tête par la porte de son bureau.

— Que faites-vous à l'intérieur par une si belle journée ? demanda-t-elle. Le soleil brille et la boue a quasiment disparu. Que diriez-vous de sortir voir comment on prépare un véritable barbecue tex-mex ?

Elle accueillit cette proposition avec joie. Rien n'aurait pu lui faire plus plaisir que de bouger enfin. Son corps, resté trop longtemps immobile, était douloureux de tension. Les deux femmes passèrent prendre Camille à la garderie et Carley promit à Rosie et aux autres baby-sitters de leur apporter une assiette de nourriture un peu plus tard. Leurs fonctions ne leur permettaient pas de se joindre au barbecue avant le soir.

Camille sur les talons, Carley et Luisa traversèrent la cour poussiéreuse. Le déluge de la nuit dernière était loin, et seules quelques flaques persistaient au coin de la cour. Toutes trois entrèrent dans l'immense étable et longèrent les parcs à animaux d'un pas tranquille.

— Vous avez parlé de Camille à Houston ? demanda alors Luisa.

Carley secoua la tête.

— Il y a quelques… complications, répondit-elle.

— J'ai bien cru qu'il était en train de retrouver la mémoire, répondit le docteur d'un air résigné. J'espérais tant qu'avec vous… ça doit être tellement frustrant pour vous tous.

Elles émergèrent à l'autre extrémité du bâtiment. Carley

ne répondit pas, laissant ses yeux s'accoutumer à la lumière éblouissante. Elle aperçut alors plusieurs hommes affairés à installer le matériel sur la pelouse entourant l'étang.

Houston était parmi eux. Un immense soulagement l'envahit alors. Au moment où Carley le repéra, Camille lui échappa et se mit à courir aussi vite que ses petites jambes le lui permettaient. Le cœur battant, Carley se lança à la poursuite de sa fille. Il y avait trop de risques à la laisser en liberté.

Après le temps triste et pluvieux du matin, la journée était maintenant claire et lumineuse. Si les pluies d'orage n'allaient pas tarder à revenir, autant profiter de ce temps merveilleux tant que cela durait, se dit Houston.

L'air sentait bon l'herbe mouillée et fraîchement coupée. Le monde semblait neuf, tout frais, exactement comme il le voulait.

Son humeur reflétait l'état actuel de sa vie. Quand il pensait à Carley et à la chance qu'il avait de gagner son amour, il était rempli d'allégresse, fou d'espoir. Quelles que soient les ombres qui planaient sur son passé, elles pouvaient rester enfouies dans son subconscient. A partir d'aujourd'hui, il allait bannir ses vieux cauchemars et s'inventer de nouveaux rêves, une vie avec Carley.

Il se demanda s'ils vivraient au ranch. Carley allait-elle pouvoir renoncer à sa carrière d'agent du FBI et se satisfaire d'une vie ici, à élever du bétail et à s'occuper d'enfants ? Elle était une mère-née, elle pouvait soigner tout ce qui était vivant. Ne pouvait-elle pas laisser les criminels du monde derrière elle et rester dans le cocon sécurisant du ranch, avec ceux qui l'aimaient ? Mais qu'importe où elle allait vivre, ou ce qu'ils faisaient l'un ou l'autre pour gagner leur vie, il savait que s'ils étaient ensemble, le soleil brillerait toujours.

Des cris perçants s'élevèrent alors dans son dos. Camille ! L'autre amour de sa vie. Il aurait reconnu cette voix n'importe où.

Il se tourna juste à temps pour apercevoir la petite tête blonde qui accourait dans sa direction.

— Papa… papa.

Il se pencha, cueillit le petit diable en jean et chemise à carreaux dans ses bras. Elle le regardait, radieuse.

— Coucou, petite fille. Tu venais me voir ?

Il la serra contre son torse, respirant son parfum sucré de bébé. Elle leva les bras en l'air et plaida :

— Porte.

— Mais je te porte, fit-il remarquer.

— Encore !

Il se tourna pour chercher Carley des yeux. Il ne fut pas long à l'apercevoir qui arrivait vers eux, traversant la vaste étendue herbeuse. Ses cheveux formaient un nuage mousseux autour de son ravissant visage…

— Merci d'avoir attrapé Camille, dit-elle, essoufflée. Malgré ma récente visite médicale, je ne pense pas être en état de courir après une fillette de un an quand elle a quelque chose en tête.

Houston se mit à rire. Ces deux femmes étaient la force vitale de son nouveau monde, si étincelant.

— J'ai d'abord cru que c'était moi qu'elle voulait, mais elle m'a demandé quelque chose que je ne comprends pas, expliqua-t-il, portant Camille à bout de bras.

— Uh, fit la fillette, imitant au mieux le sourire aguichant de sa mère.

— Tu vois ? Qu'est-ce que ça veut dire ? demanda-t-il.

— Petite canaille, fit Carley, les mains sur les hanches, dans un éclat de rire. Mon grand-père la fait sauter en l'air chaque fois qu'il la porte, même s'il a dépassé quatre-vingts ans et qu'il devrait être prudent. Elle adore ça, elle rit, elle crie, jusqu'à ce que nous nous bouchions les oreilles.

Carley tendit les bras pour essayer de convaincre sa fille de quitter ceux de Houston.

— Allez, Camille, la cajola-t-elle. Ce n'est pas grand-père. On ne vole pas aujourd'hui.

— Voler ? répéta le cow-boy. Oh, j'y suis ! Comme ça !

Il ajusta sa poigne sous ses aisselles et la fit sauter en l'air. Camille se mit à crier de bonheur. Son rire était si contagieux qu'il se mit à rire aussi.

Au bout de quelques instants, il décida d'arrêter. Elle risquait d'être malade. Il attira la fillette contre lui et elle noua ses bras autour de son cou et le serra très fort. C'était le plus beau sentiment du monde. Il pencha la tête et déposa un baiser sur ses cheveux dorés.

Lorsqu'il leva les yeux sur Carley, il vit ses yeux s'embuer de larmes silencieuses. Elle n'avait pourtant pas l'air particulièrement triste. Il porta Camille sur un bras et, d'un doigt, caressa la joue de Carley. Il aurait voulu prendre la mère et la fille contre lui, les protéger, les réchauffer toutes les deux. Mais Carley n'apprécierait sûrement pas de telles effusions. Après tout, n'était-ce pas lui qui avait suggéré qu'ils redémarrent de zéro ?

Dans le ciel limpide qui dominait le delta du Rio Grande les ombres argentées du crépuscule se fondaient dans de longues traînées roses et mauves. Carley se laissa aller dans sa chaise longue, un sourire de satisfaction aux lèvres. Quel après-midi merveilleux elle avait passé !

Peu après la rencontre avec Houston, Lloyd avait surgi à la tête d'une procession d'enfants et d'adolescents bardés de saladiers, de casseroles et de marmites pleines d'ingrédients pour un vrai barbecue tex-mex. Le cuisinier avait alors pris la direction des opérations : il avait supervisé l'allumage des feux, avait alloué à chacun sa tâche, puis avait donné des ordres à la ronde pour une longue session de préparatifs culinaires.

Prenant alors Carley sous son aile, il lui avait donné un cours de cuisine mexicaine. Et, tout au long de cet après-midi idyllique, elle avait ri comme elle n'avait pas ri depuis des années.

Houston avait passé son temps à faire en sorte de satisfaire ses moindres désirs. Et quand il n'était pas en train de s'occuper de Camille et d'elle, il les surveillait d'un œil, tout en s'acquittant de ses autres tâches.

La journée avait été si merveilleuse qu'elle avait presque oublié son pressentiment funeste du matin. Et maintenant, dans le crépuscule qui tombait, installée dans son transat à côté de Luisa, elle regardait les jeunes disputer un match de foot, se réjouissant à l'avance de passer plus de temps encore avec Houston ce soir.

Les barbecues étaient éteints, et Lloyd et quelques employés du ranch s'affairaient à ranger les équipements.

Carley regarda alentour et se rendit compte que, pour la première fois de la journée, elle avait perdu la trace de Houston.

— Avez-vous vu Houston récemment, docteur ? demanda-t-elle à l'intention de Luisa.

Cette dernière hocha la tête et pointa le doigt en direction d'un bouquet d'arbres, de l'autre côté de l'étang.

— C'est lui là-bas qui essuie ses bottes sur ce tronc d'arbre.

— Ah oui. A qui parle-t-il avec autant de sérieux ?

— A Carlos. Le jeune diplômé que nous fêtons ce soir. Houston est en train d'essayer de le convaincre de rester travailler au ranch à mi-temps pendant ses études. C'est un gamin intelligent. Il a obtenu une bourse pour quatre ans d'études à l'université voisine.

— Houston a été son éducateur ? demanda Carley en essayant de dissimuler la surprise dans sa voix.

Luisa l'enveloppa d'un regard énigmatique.

— Houston a un don avec les jeunes. Il est patient, compréhensif. Et il écoute leurs problèmes sans juger. Il leur apprend à la fois le travail du ranch et comment devenir adultes.

— Je vois. Et ce jeune homme ? Carlos ? Il ne veut pas aller à l'université ?

Le docteur aux cheveux grisonnants hocha la tête.

— Ce n'est pas l'université, c'est la région, précisa-t-elle. Carlos veut essayer la vie des grandes villes. Il a des amis qui partent pour la région de Galveston afin de devenir manœuvres sur des chantiers pétroliers et gagner une fortune. Houston pense que Carlos est trop intelligent pour croire à ces promesses. Il faut juste qu'il accepte de faire face à la réalité avant qu'il soit trop tard. Je mise sur les talents de persuasion de Houston.

— Hum ! Voilà un aspect de son caractère que j'ignorais, fit remarquer Carley, pensive.

Houston, visiblement, lui réservait encore bien des surprises.

Au moment où elle s'apprêtait à poser d'autres questions à son sujet, elle remarqua Rosie qui arrivait en trombe à travers la prairie.

Elle bondit de sa chaise longue pour partir à sa rencontre.

— Rosie, que se passe-t-il ? C'est Camille ? Il y a un problème avec elle ?

Le temps que Rosie arrive à leur hauteur, elle était complètement essoufflée.

— Non, rien, tous les enfants vont bien, mais je dois repartir tout de suite, je ne peux pas laisser Rachel seule avec eux trop longtemps.

— Pourquoi es-tu ici alors ?

Carley se retourna en entendant le son de la voix de Houston derrière elle. Ayant vu Rosie arriver, il les avait rejointes.

— Laisse-lui une chance de s'expliquer, lui enjoignit Carley en se retournant vers Rosie toujours haletante. Prends ton temps, Rosie. Si les enfants vont bien et que la maison n'est pas en feu, cela peut attendre encore un peu.

— Il y a une dame du Bureau pour la Protection de l'Enfance à la maison, finit par annoncer Rosie. Je crois qu'elle s'appelle Mme Fabrizio, quelque chose comme ça. Elle m'a demandé de ne pas interrompre la fête, mais…

— Mme Fabrizio ? répéta Carley. Que fait-elle là un vendredi soir ? T'a-t-elle dit ce qu'elle venait faire là ?

Carley n'aimait pas cela du tout. Rosie hocha la tête.

— Elle amène un nouveau bébé au centre. Je n'ai pas encore vu le petit garçon, mais j'ai pensé qu'il n'était pas normal pour le centre de recevoir un nouveau pensionnaire en l'absence des adultes. Alors j'ai filé par la porte de la cuisine. J'ai bien fait, madame ?

— Très bien, ma belle, répondit Carley en posant une main réconfortante sur son épaule. Je veux maintenant que tu partes rejoindre Rachel, il ne faut pas qu'elle soit seule. Mais rentre par-derrière, ne te fais pas voir de Mme Fabrizio. J'arrive pour lui parler.

Devant l'air un peu paniqué de Rosie, Carley ajouta :

— Ne t'en fais pas. Je ne mentionnerai pas ta venue. Où était-elle la dernière fois que tu l'as vue ?

— Elle avait garé son van à côté de la porte qui ouvre sur le parking du personnel.

Rosie tourna les yeux vers la maison même si, à cette distance, elle ne pouvait rien voir.

— Dois-je en parler au révérend Diaz ? demanda alors la jeune fille.

Carley devina l'appréhension de Rosie. La pauvre petite n'avait aucune envie de retourner seule vers la maison. Mais elle était forte. Elle ferait tout ce qui serait nécessaire.

— Je le lui dirai plus tard, reprit Carley en lançant un coup d'œil par-dessus son épaule pour voir Gabriel au milieu d'un débat animé concernant le match. Inutile de le déranger pour le moment. Je n'ai pas besoin de lui pour régler ça. Maintenant, rentre et ne t'inquiète plus pour nous.

— Oui, madame, répondit Rosie qui repartit aussi vite qu'elle était venue.

— Il n'en est pas question ! fit une voix d'un calme glacial derrière elle.

— Pardon ? dit Carley en se tournant vers Houston.

— Tu ne régleras rien du tout toute seule, affirma-t-il en posant une main protectrice sur son épaule. Je serai là avec toi.

Elle était trop tendue pour sourire. Mais, d'un geste affectueux, elle couvrit sa main de la sienne.

— Aucune raison pour toi de gâcher une si belle soirée. Tu restes avec les enfants. Je te retrouve plus tard.

— Non, madame ! répliqua-t-il, d'un ton sans appel.

Ses yeux à moitié cachés derrière ses longs cils étaient remplis de messages qu'elle était bien trop nerveuse pour déchiffrer.

— Je ne sais pas exactement où tout cela va nous mener, mais je vois bien que cela ne te plaît pas du tout, reprit-il, toujours aussi fermement. Je ne te quitte pas d'une semelle avant de m'être assuré que tout va bien.

Carley s'apprêta à répondre que ce serait le cas, mais elle se tut. En toute franchise, elle tenait à sa présence. Bien sûr, elle ne pensait pas que Mme Fabrizio soit la cause de problèmes qu'elle ne puisse gérer seule. Mais, si Houston l'accompagnait, elle se sentirait plus vaillante pour faire face à l'inconnu.

— D'accord ! concéda-t-elle. Allons-y tous les deux. Luisa, pouvez-vous rester et expliquer à Gabriel ce qui se passe, après le match ?

— Bien sûr, approuva cette dernière. Mais vous ne préféreriez pas que je vienne voir le bébé avec vous ?

Carley sourit devant l'inquiétude qu'exprimait le regard plein de bonté du docteur.

— Non, nous aurons tout le temps pour ça après. Mais vous pouvez me rendre un service, enchaîna la jeune femme qui, de minute en minute, sentait le danger se faire plus menaçant. Si vous pouviez empêcher les enfants de revenir vers la maison principale pour le moment. Nous vous préviendrons quand tout ira bien.

La pédiatre fit un signe d'assentiment. Houston et Carley se hâtèrent alors en direction de l'étable dont la lourde porte latérale ouvrait directement sur le parking du personnel. Lorsque Houston la poussa, Carley, d'abord éblouie par les vives lumières des spots, finit par distinguer un fourgon commercial, garé à côté de la porte de la maison principale.

Malgré la nuit sombre et étouffante, Carley sentait un petit vent glacial sur sa peau. Tout cela ne lui disait rien qui vaille ! Sa main vint se poser machinalement sur son étui à revolver. Elle enroula les doigts autour de la poignée métallique de son arme, mais la laissa en place. Peut-être se montrait-elle stupide. Et s'il y avait une explication parfaitement raisonnable à tout cela ?

Houston et elle avancèrent alors d'un pas hésitant vers le fourgon. Toujours cachés par la pénombre de l'étable, ils progressaient très lentement.

Au moment où ils sortaient de l'obscurité, une femme surgit de la maison et se dirigea vers le fourgon. Dans la lumière vive de la porte ouverte, Carley et Houston n'eurent aucun mal à la distinguer. De même taille et corpulence que Carley, elle avait les cheveux bruns, coupés court sur la nuque. Elle jeta un coup d'œil nerveux à la ronde. Ses yeux étaient aussi noirs que ses cheveux : des yeux sans relief, froids, méchants.

Carley entendit Houston étouffer un cri de surprise. Il s'arrêta et, d'un bras, l'empêcha d'avancer plus.

— Il se passe quelque chose de très louche. Je connais cette femme, chuchota-t-il.

11

Carley, toujours parfaitement immobile, tourna son visage vers lui.

— Tu la connais d'où ? Comment ? demanda-t-elle à mi-voix.

— Je n'en ai pas la moindre idée. Mais c'est la femme de mes rêves, de mes cauchemars.

Tous ses sens en alerte, Carley décida qu'il lui était impossible de laisser Houston mêlé à ce qui allait se passer.

— Rentre à la grange et trouve un téléphone, lui intima-t-elle. Appelle la branche locale du FBI et demande à être mis en communication avec Reid Sorrels. Dis-lui que l'agent Mills a une urgence et qu'elle a besoin d'aide.

— Non, répondit-il en s'approchant d'elle et en la prenant par l'épaule. Je t'ai dit que je ne te quitterais pas.

Les ombres sur son visage lui dissimulaient l'expression de ses yeux. Mais, au ton de sa voix, elle comprit à demi-mot ce qu'il cherchait à lui dire. Elle tourna la tête pour inspecter les alentours, hésitant à donner un ordre à l'homme qu'elle aimait. D'un autre côté, elle devait le mettre hors de danger.

Le fait que Mme Fabrizio ait amené un bébé au centre sans prévenir personne attisait sa suspicion. Qu'elle ait délibérément choisi ce vendredi soir, sachant que le personnel du ranch organisait une fête, la poussait à croire que sa présence ici était liée au trafic de bébés mexicains. La méfiance de Houston à l'égard de cette femme était l'argument décisif.

Carley posa de nouveau la main sur son arme cachée. Mme Fabrizio avait beau être seule, la jeune femme ne voulait pas de problème au ranch. Houston et certains enfants pourraient être blessés. Elle se demanda si Reid était dans les parages. Elle avait le pressentiment que cette femme était celle qu'elle recherchait.

— Qui est là ? cria soudain Mme Fabrizio dans leur direction.

Aïe ! Elle avait dû les entendre.

Carley s'avança et, quelques mètres plus loin, sortit de l'obscurité pour émerger sur le parking illuminé. Houston était si près d'elle qu'elle percevait la tension qui émanait de son corps.

— Madame Fabrizio ! Quelle surprise ! Je ne vous attendais pas avant plusieurs jours, déclara Carley avec un sourire doucereux.

Mme Fabrizio les regarda s'approcher du fourgon. Soudain, elle se figea et pointa le doigt en direction de Houston.

— Vous ? fit-elle, n'en croyant visiblement pas ses yeux.

Houston pila net. Le son de sa voix résonna dans ses oreilles. Une porte s'ouvrit dans son esprit, recollant des lambeaux de mémoire perdue, comme un kaléidoscope de visages et de souvenirs flous. Tout allait trop vite. Il était incapable de prononcer une parole.

Mme Fabrizio qui, pour sa part, n'eut aucun problème pour retrouver sa voix, appela :

— Alberto ! Viens voir ! Un fantôme vivant.

Elle se retourna, et porta la main à sa poche de veste pour en tirer un revolver qu'elle pointa directement sur la tête de Houston.

Il sentit Carley se figer à côté de lui mais, l'esprit bombardé d'un défilé d'images toutes plus nettes les unes que les autres, il était incapable de se fixer sur ce qui se passait autour de lui. Sur le côté du fourgon, un molosse sombre sortit de l'ombre. Quand il aperçut Houston, sa bouche se fendit en un large sourire, découvrant des dents bien jaunes.

— Oh ! *¡ Mi amigo muerto !*

— Nous t'avons laissé mort une première fois, flic de mon cœur, déclara sa complice. On dirait que nous avons loupé notre coup. Assomme-le et jette-le à l'arrière du fourgon, ordonna-t-elle à son horrible homme de main. Et ne te plante pas encore une fois. Inutile qu'il ressuscite encore.

Se tournant alors vers Carley, elle enchaîna :

— J'ai bien peur que vous soyez tombée au beau milieu de quelque chose qui ne vous regarde en rien, ma belle. Nous n'avons donc plus d'autre choix que de vous faire partager le sort de votre petit ami. Dommage ! J'avais espéré que vous et moi trouverions un arrangement. Cela nous aurait bien profité, à toutes les deux.

Dans les minutes qui suivirent, tout se précipita. Sans que Houston ne puisse l'esquiver, le colosse lui lança à la tête un objet lourd qui le frappa à l'oreille. Sous le choc, ses jambes ployèrent et il tomba à genoux. Dans une espèce de demi-brume, il vit alors Carley donner un coup de poing dans le menton du géant. Ce dernier tituba en arrière contre l'arme de Mme Fabrizio qui, perdant l'équilibre, la déchargea dans son dos. Un cri de douleur déchira aussitôt l'air.

— Relève-toi, il faut que tu bouges, ordonna alors la voix pressante de Carley à son ex-partenaire.

Mais Houston avait l'impression qu'il n'avait plus de jambes. Un voile noir obscurcissait sa vision. A grand-peine, il se remit sur pied, tandis que Carley le tirait d'un bras à l'abri, de l'autre côté de la maison, tout en sortant son arme de son étui.

Elle s'agenouilla à côté de lui et, d'un geste délicat, posa ses doigts sur son front.

— Tu saignes. Je savais bien que jamais je n'aurais dû te permettre de m'accompagner.

— Carley, fit-il d'une voix tremblante.

Il s'éclaircit la voix.

— Est-ce que tu peux te lever ? demanda-t-elle.

Elle jeta un coup d'œil vers le parking.

— On dirait que le géant est hors-service. Notre bureaucrate armée est en train de le tirer dans un coin derrière le fourgon.

— Pourquoi ne l'as-tu pas arrêtée quand elle a perdu l'équilibre. Au lieu de t'abriter ? demanda-t-il d'une voix qui avait repris de l'assurance.

Carley le regarda avant de revenir au van et à la femme qu'il cachait.

— Je ne voulais pas prendre le moindre risque qu'elle te tire dessus pendant que tu étais à terre. Penses-tu pouvoir arriver jusqu'à la porte de service ? J'ai besoin que tu fermes les portes de l'intérieur, puis que tu appelles Reid. Tu t'en sens capable ?

Il posa la main sur l'épaule de Carley.

— Donne-moi le revolver et va téléphoner, la pressa-t-il. Tu peux y arriver plus vite que moi.

Elle se dégagea de sa prise, mais ne se retourna pas.

— Non, tout ira bien. Demande juste à l'opérateur de te passer directement le bureau local.

Pour un peu, le cran de la jeune femme l'aurait fait sourire. Pas de doute, Carley était une déesse.

— Donnez-moi votre arme, agent Charleston Mills, pria-t-il, mettant toute son autorité dans les mots qu'il pouvait prononcer, considérant la douleur à sa tempe.

Elle se tourna vers lui, les yeux agrandis par la surprise.

— Witt ?

Il lui sourit, sans savoir si elle pouvait le voir dans la pénombre.

— Je me souviens, dit-il, en posant une main rassurante sur son bras. Ça revient par vagues, mais je me souviens presque de tout.

— Oh mon Dieu, Witt !

Il lui prit le revolver des mains.

— Et maintenant, rentre dans la maison et ferme les portes à clé. J'ai toujours mieux su tirer que toi, souviens-toi. De plus, j'ai un petit compte à régler avec Mme Fabrizio.

Carley ouvrit et ferma la bouche plusieurs fois avant de se dépêcher de changer de place avec lui.

— Il faut que j'aille voir si tout va bien chez les enfants, fit-elle d'une voix un peu trop aiguë.

Elle fit volte-face et s'arrêta. Tournant la tête vers lui, elle lui lança une dernière remarque.

— Mais si tu crois que tu es meilleur tireur que moi, mon vieux, c'est dans tes rêves ! N'oublie pas !

Witt la regarda se hâter vers la porte de la cuisine en étouffant un petit rire. Une fois qu'elle eut disparu dans l'ombre rassurante de la maison, il revint à son problème immédiat.

Mme Fabrizio s'était accroupie derrière le van. Avec la nuit qui tombait à toute allure, elle n'aurait aucun mal à y monter et à s'échapper avant qu'il puisse l'en empêcher. Ou, pire, elle pourrait entrer dans la maison par la porte de côté avant que Carley ait eu le temps de la fermer. Il ne lui restait donc plus qu'à faire jouer le temps et la chance.

— FBI. Jetez votre arme et sortez de là, Fabrizio. Je veux voir vos mains.

Witt doutait de la voir obéir à son ordre, mais c'était un début comme un autre.

— Vous plaisantez ! répliqua la criminelle. La dernière fois, je vous ai fait punir parce que vous vous êtes caché dans mon fourgon. Cette fois, vous méritez la torture pour m'avoir fait tirer sur Alberto. Je ne partirai pas sans vous, monsieur FBI.

Une image de cette femme debout à côté de lui, pointant un revolver sur sa tempe, tandis qu'Alberto et un autre homme le battaient jusqu'au sang, lui brouilla la vision. Witt secoua la tête. Sa douleur fulgurante le ramena soudain à la réalité des faits.

Il devait réussir à faire sortir Mme Fabrizio de son abri, l'éloigner de la maison, des enfants. Cette femme était bien trop dangereuse. Il s'apprêtait à lui dire qu'il se rendait, qu'elle pouvait le faire prisonnier, afin de partir avec elle, quand, dans un fracas tonitruant, des berlines aux sirènes mugissantes envahirent le parking, coupant toute issue à la dangereuse criminelle. De son poste en hauteur, Witt aperçut Reid Sorrels et deux autres agents qu'il reconnut, descendre de voiture, une arme à la main.

Mme Fabrizio pivota, son revolver pointé sur les nouveaux arrivants, mais lorsqu'elle s'aperçut qu'elle était prise au piège, elle laissa tomber son arme à terre et leva les bras au-dessus de sa tête. A ce moment précis, Carley sortit de la maison, son revolver de rechange pointé, stable, sur la tête de la femme.

— Ne bougez pas, ordonna-t-elle d'un air sombre. Jusque-là vous avez eu de la chance d'être dans un centre pour enfants.

Personne ne tirera, ici. Mais j'espère que vous allez payer pour toute la douleur que vous avez causée. Alors ne bougez pas !

Carley, enfin seule dans sa chambre, poussa un soupir de soulagement. Les dernières vingt-quatre heures avaient été un tourbillon d'activités et, son peu de repos, précieux. Les réponses à toutes les questions de Reid, de Gabriel et des autres lui avaient laissé la gorge sèche et la tête lourde.

Elle se sentait au bord de la crise de nerfs. Mais demain, elle quittait le ranch avec Camille et devait faire leurs valises.

Pire encore, elle n'avait pas eu une seule chance de s'entretenir avec Houston. Non… elle ne devait pas oublier qu'il n'était plus Houston. Plus jamais elle n'aurait l'occasion de parler avec Houston Smith. Witt Davidson avait été emmené dans un hôpital psychiatrique local pour des examens et des tests.

Carley n'était pas préoccupée de la santé de Witt. Elle savait à quel point il était solide. Mais elle était profondément inquiète à l'idée de ne pas savoir quoi lui dire maintenant qu'il avait retrouvé sa véritable identité.

Elle était plus qu'inquiète, elle se sentait misérable, inconsolable. Elle et Houston avaient été si près de démarrer une relation qui valait le coup, de renoncer à tout. Et maintenant, elle n'aurait plus jamais une chance de lui dire qu'elle l'aimait. Il était parti pour de bon.

Elle refoula un petit sanglot. Il était vraiment parti. Plus jamais elle ne sentirait ses bras rassurants autour d'elle. Plus jamais elle ne connaîtrait le plaisir d'être traitée comme une princesse. D'une main, elle essuya ses joues humides. Des images du regard méfiant dont il l'avait enveloppée au début lui revinrent à la mémoire, lui donnant envie de gémir.

Elle secoua la tête pour s'éclaircir les idées, et des visions d'eux ensemble lui revinrent spontanément à l'esprit. Elle le revit juchant Camille sur la jument. Le revit au bord du *resaca*, s'allongeant de tout son long sur son corps en caressant sa peau nue, la laissant pantelante, la vision brouillée.

Elle renifla et redressa les épaules. Jamais plus elle ne ferait l'amour avec lui : comment aurait-elle pu faire comprendre à Witt ce qu'elle avait vécu avec Houston ?

— Maman ? dit Camille qui arriva vers elle et lui tapota la cuisse.

Carley prit sa fille dans les bras et la serra fort contre elle.

— Tout ira bien, Camille. Maman va surmonter tout ça… pour toi.

Secouant la tête, Carley ouvrit un tiroir de la commode et en tira la poupée préférée de sa fille.

— Tiens, chérie. Joue avec Samantha pendant que maman fait les valises.

Refoulant ses larmes, elle tendit à sa fille la poupée et quelques habits. Pourvu que Camille s'occupe, elle devait s'avancer pour demain.

Elle sortit son sac de voyage de la penderie, en se jurant de révéler à Witt qui était Camille à la minute précise où il arriverait. Maintenant qu'il était redevenu le Witt d'avant, il refuserait probablement la responsabilité d'un enfant. En outre, elle ne pourrait jamais passer sa vie avec un homme qu'elle n'aimait pas. Elle repensa à son arrivée au ranch, lorsqu'elle était convaincue de l'avoir aimé, certaine de pouvoir lui rappeler son amour pour elle. Un sanglot, qu'elle étouffa en petit rire, lui échappa. Dire qu'avant de connaître Houston, elle ne savait même pas ce qu'était le grand amour.

Elle savait cependant qu'elle pouvait compter sur le sens de l'honneur de Witt, qu'il s'arrangerait pour rendre visite à sa fille et l'aiderait financièrement jusqu'à l'âge adulte.

Elle essuya les larmes qui recommençaient à couler sur ses joues. Nom d'un chien ! Houston allait lui manquer. Elle l'avait dans la peau, il lui avait volé son âme. Plus jamais elle ne pourrait en aimer un autre. Jamais plus elle ne pourrait se satisfaire du traitement désinvolte d'un Witt Davidson.

Quoi qu'il arrive, rien ne serait plus comme avant la disparition de Witt. Camille et elle allaient vivre leurs vies seules.

Heureusement, elle avait Camille ! Sa fille était désormais sa seule raison de vivre, de continuer.

Elle ouvrit sa valise, la posa sur le lit et, distraitement, commença à la remplir de vêtements. Reid avait insisté pour qu'elle soit de retour au travail à Houston dès lundi. Deux représentants du Bureau de Protection de l'Enfance de l'Etat du Texas et un nouveau psychologue devaient arriver au ranch pour remettre de l'ordre dans la pagaïe des dossiers du centre d'accueil.

Le FBI avait lancé un mandat d'arrêt au nom de Dan Lattimer, le psychologue du ranch qu'elle avait remplacé. Ils avaient de nombreuses questions à lui poser. A cause de son manque de rigueur dans la tenue des dossiers, Mme Fabrizio avait illégalement fait entrer et sortir des enfants du centre, qui servait de tremplin aux adoptions clandestines. Cette femme, avaient-ils appris, avait joué un rôle majeur dans le réseau international de kidnappings.

— Je peux entrer ? fit soudain la voix de Witt, la tirant de ses réflexions.

Il n'attendit pas sa réponse. Quand il vit la valise ouverte sur son lit, il ferma doucement la porte derrière lui.

— Tu vas quelque part ? demanda-t-il avec inquiétude.

Il ne pouvait pas la laisser partir déjà. C'était impossible. Il y avait trop à dire, trop en jeu.

— Camille et moi regagnons Houston après-demain. Et toi ? Tu rentres directement, ou tu vas prendre un peu de temps pour toi ? demanda-t-elle sans s'arrêter de faire sa valise.

Witt hésita. Il se doutait bien qu'en venant au ranch, elle n'avait obéi qu'à des raisons professionnelles. Il y avait longtemps qu'il avait perdu toute chance avec elle. Qu'importe ! Il devait lui dire ce qu'il avait sur le cœur.

— Carley, peux-tu t'arrêter pour m'écouter une seconde ?

Elle se tourna d'un geste vif.

— D'abord, c'est toi qui vas m'écouter, rétorqua-t-elle.

— Est-ce que cela ne peut pas attendre quelques minutes ? J'ai quelque chose d'important à te dire. Je t'en prie, enchaîna-t-il d'une voix adoucie.

Elle détendit ses épaules raidies et leva son regard émeraude vers lui. Il lui fallut faire un effort surhumain pour s'empêcher de l'attirer à lui.

— Je veux que tu saches toute la vérité sur la nuit où j'ai disparu au cours de notre mission, reprit-il.

La regarder dans les yeux le rendait soudain nerveux. Il n'avait pas l'habitude de se confier.

— Après avoir trouvé le fourgon de Fabrizio caché dans les bois, relata-t-il, j'ai décidé de me glisser à l'arrière plutôt que d'appeler du renfort.

Il regarda ses mains et, s'apercevant qu'elles tremblaient, les enfonça dans les poches de son jean.

— J'ai essayé de me convaincre que si je dérogeais aux règles en agissant ainsi, c'était parce que Fabrizio avait entendu du bruit et s'apprêtait à s'enfuir.

Sa propre naïveté le fit rire.

— Je me mentais à moi-même. Je l'ai fait parce que c'était une bonne excuse de t'échapper pendant quelque temps, avoua-t-il.

Carley étouffa un cri et ferma les yeux. Retirant les mains de ses poches, il les tendit instinctivement vers elle, mais se retint juste à temps.

— Je…

Il s'éclaircit la voix et reprit :

— Je n'ai pas l'intention de te faire souffrir encore plus que je l'ai déjà fait, mais je te dois la vérité. Toute la vérité. Tu m'as fait une peur bleue, cette nuit-là, Carley. A me parler de mariage, avec ce regard. Tu m'as bouleversé. Mon cœur avait besoin de toi, mais je ne voulais pas me redonner une chance d'aimer, je gardais trop de blessures du passé.

Elle leva des yeux pleins de larmes vers lui. Nom d'un chien ! songea-t-il, se maudissant : voilà qu'il recommençait à la faire souffrir. Mais elle ne l'empêcherait pas de parler. Il devait dire tout ce qu'il avait sur le cœur et, pour une fois dans sa vie, devait faire les choses bien.

— Fabrizio et son copain sont partis directement en direction de la vallée du Rio Grande. Pendant six heures, je suis resté allongé à l'arrière du fourgon, attendant une chance d'en sortir et d'appeler du renfort. Lorsqu'ils se sont arrêtés pour prendre de l'essence, il faisait presque jour, continua-t-il en regardant au-delà de son épaule. Avant que j'aie pu m'enfuir, ils m'avaient repéré, mis K.O. et poussé à l'arrière du camion. Ensuite, c'est le trou noir. Jusqu'au jour où, quinze jours plus tard, je me suis réveillé chez Luisa. Les docteurs pensent que je ne me souviendrai peut-être jamais du moment où on m'a tiré dessus.

— Witt, plaida-t-elle.

— Non, laisse-moi finir.

Sa voix se transforma en chuchotement rauque.

— Lorsque je me suis réveillé amnésique, sans souvenirs, sans casseroles, sans passé, j'ai pris la décision de devenir l'homme le meilleur possible. Avec l'aide de Luisa, je suis devenu un autre. J'ai rassemblé toutes les qualités que, dans mon subconscient, je devais admirer depuis toujours. Je suis devenu un nouvel homme, avec un cœur neuf, un homme qui pouvait recevoir et donner de l'amour.

— Witt, tu as toujours été un homme bien. Je t'en prie, laisse-moi parler, j'ai quelque chose à te dire, plaida Carley, l'interrompant.

— Encore une minute, fit-il avec un geste de la main.

La gorge serrée, il se prépara à la douleur qu'elle allait lui infliger… et qu'il méritait.

— Maintenant, je me souviens de tout. Je ne veux pas redevenir l'homme qui t'a quittée, admit-il. Je ne peux pas. Je ne serai jamais plus le Witt dont tu es tombée amoureuse dans le passé. Même si cela signifie vivre sans toi.

En prononçant ces mots, Witt crut voir passer dans son regard une ombre qui confirmait ses pires craintes : elle avait aimé le Witt Davidson d'avant et, maintenant qu'il n'existait plus, son amour pour lui était mort.

Mais il ne pouvait pas renoncer à son rêve sans se donner une dernière chance.

— Ne me quitte pas, mon amour, murmura-t-il. Donne-nous

une chance. Reste et apprends à connaître le nouveau Witt, à l'aimer autant que tu aimais l'ancien.

Et, sans pouvoir s'en empêcher, il l'attira dans ses bras et la tint serrée contre lui. Il frotta sa joue contre la sienne et s'arrêta de respirer.

— Je t'en prie, dis-moi que je ne vais pas passer ma vie sans toi.

Carley, les jambes en coton, était incapable de répondre, incapable de croire à ce qu'elle entendait. C'était un miracle. L'homme qu'elle aimait n'avait pas disparu ! Ce n'était pas parce qu'il s'appelait Witt Davidson, qu'il n'était plus amnésique, qu'il ne pouvait pas devenir celui qu'elle aimait.

Submergée par le soulagement, elle s'abandonna dans ses bras. Elle était au septième ciel… ou presque. Car elle avait un dernier aveu à lui faire. Un aveu qui, peut-être, allait le faire changer d'avis.

— Je…, bredouilla-t-elle.

Se dégageant de son étreinte, elle prit une minute pour trouver sa voix. Elle était tellement bouleversée.

— Avant de te répondre, il y a encore une chose que tu dois entendre.

— D'accord, approuva-t-il. Je sais que tu veux me parler du père de Camille. Maintenant, je peux supporter d'en parler, car je sais que si tu es restée seule et abandonnée, c'est ma faute. Je suis prêt à entendre le pire. Je ne te blâme pas d'avoir trouvé la consolation dans les bras de quelqu'un d'autre, reprit-il après un court silence. Cela a dû être horrible pour toi quand j'ai disparu du jour au lendemain.

Avant qu'elle puisse répondre, un bruit de chute brisa le silence. Tous deux se ruèrent vers la petite fille.

— Camille !

Witt arriva devant la penderie le premier.

— Qu'est-ce que tu fais, poussin ?

Il cueillit la fillette dans ses bras. Lorsqu'ils regagnèrent la chambre, Camille tenait un cadre serré entre ses doigts.

— Tout va bien, Camille ? répéta-t-il.

La fillette leva ses immenses yeux bleu gris vers lui et regarda la photo dans sa main. Elle posa l'autre paume sur le verre qui la recouvrait.

— Papa.

De sa main libre, Witt lui prit le cadre.

— Carley, mais c'est une photo de moi prise à l'une des fêtes au bord de la piscine de Reid, à Houston ! Tu l'as gardée tout ce temps ?

La jeune femme n'eut pas le temps de répondre. A l'expression incrédule de son visage, elle comprit qu'il était en train de faire enfin le rapprochement. Il regarda sa photo, puis examina Camille. Plusieurs fois, ses yeux allèrent d'un visage à l'autre.

— Camille, murmura-t-il, commençant à comprendre. Ma mère s'appelait Camille.

Il se tourna vers Carley, une expression accablée sur le visage.

— C'est ma fille, alors ? demanda-t-il. Il n'y a jamais eu un autre homme ?

Carley se sentit envahie par l'angoisse. Il n'était pas question pour elle de le perdre maintenant, alors qu'ils étaient si près du bonheur qu'ensemble ils pouvaient vivre, elle le savait.

— Witt, laisse-moi t'expliquer. J'ai essayé de te le dire…

— Je suis papa ! Je suis vraiment le père de Camille ! Tu n'es pas allée te consoler dans les bras d'un autre à cause de moi ! Je n'arrive pas à y croire ! s'exclama Witt en faisant virevolter Camille à travers la pièce.

Il partit d'un immense éclat de rire. La fillette criait de joie. D'un revers de main, Witt essuya les larmes de joie qui coulaient sur ses joues. Et Carley se détendit enfin. C'était de la folie de s'être fait une telle montagne de la vérité. Oui, elle était folle ! Folle d'amour pour l'homme qui illuminait sa vie. Celui qui était tout pour elle.

Il s'arrêta de tourner, aussi net qu'il avait commencé, s'approcha d'elle et, plongeant un regard hésitant dans le sien, demanda :

— Crois-tu pouvoir apprendre à aimer le nouveau Witt autant que tu as aimé le père de Camille ?

Carley, rayonnante de bonheur, hocha la tête.

— Plus encore ! Je n'ai jamais aimé un autre homme autant que je t'aime. A cet instant précis, je déborde tellement d'amour pour toi que je me sens prête à exploser.

Le regard de Witt exprimait son immense soulagement.

— Et toi, tu es mon oxygène. Demain je vous épouse, toi et Camille.

— Demain ? répéta-t-elle, incrédule. Mais comment ? Où ?

— A Las Vegas, annonça-t-il gaiement. Finis tes bagages, je m'occupe de tout. Nous allons nous unir devant la loi. Je vais téléphoner à tes grands-parents et tout organiser.

Il lui tendit Camille et l'embrassa de toute sa passion.

— Garde bien ça en tête, pendant mon absence. Je reviens bientôt.

Et Carley comprit que, cette fois, « bientôt » allait se transformer en « toujours » : une éternité de passion, d'amour et de joie.

JENNIFER FAYE

L'enfant du rancher

Traduction française de
LÉONIE GADES

HARLEQUIN

Titre original :
RANCHER TO THE RESCUE

Ce roman a déjà été publié en 2015

1

Son Stetson enfoncé sur le crâne, pour se protéger du soleil écrasant du Nouveau-Mexique, Cash Sullivan croisa les bras. Adossé à l'aile de son pick-up gris métallisé, il contemplait d'un air dubitatif l'église en adobe, de l'autre côté de la rue. Pourquoi les gens tenaient-ils tellement à se marier ? se demanda-t-il soudain en son for intérieur. Etaient-ils mus uniquement par l'amour ? Non, ce ne pouvait être le cas. L'amour — s'il existait — était un sentiment trop incertain pour constituer le fondement d'une vie commune. Leur motivation profonde lui échappait.

Quittant ses pensées, il reporta son attention sur la foule qui se pressait devant l'église. S'il avait accepté de venir — et de mettre une chemise blanche et un jean neuf —, c'était uniquement pour accompagner sa grand-mère qui tenait plus que tout à assister au mariage d'un lointain cousin. Mais il était hors de question qu'il prenne place à côté des invités pour subir l'inévitable litanie de promesses creuses.

A son aversion pour le mariage s'ajoutait le peu d'estime qu'il portait au marié. Aux très rares occasions familiales où il l'avait côtoyé, il l'avait trouvé prétentieux et sans intérêt.

Dire qu'il pourrait se trouver en ce moment au ranch, à faire des choses utiles, au lieu de bayer aux corneilles en attendant la fin de la cérémonie…

Il en était à ce stade de ses réflexions désenchantées quand une vision incongrue attira soudain son attention.

Une femme dans une robe blanche, des mètres d'étoffe flottant dans son sillage comme une queue de cerf-volant, avançait à vive allure le long de l'église, avant de s'arrêter brusquement pour se pencher au-dessus d'une haie. De toute évidence, c'était la mariée. Mais que pouvait-elle bien chercher dans ces buissons ?

Voilà qui était curieux, et qui mettait un peu d'animation dans cette matinée ennuyeuse à mourir. Amusé par son comportement étrange, il sourit. Quand elle se mit à courir en direction de l'endroit où il se trouvait, il repoussa machinalement son chapeau sur son front pour mieux l'examiner.

Une masse de boucles rousses coiffées en un chignon au désordre savamment organisé encadrait un visage en forme de cœur. Il observa ses lèvres pulpeuses. Pas mal ! songea-t-il, admiratif. Pas mal du tout !

Ses seins menaçaient de s'échapper de son corsage et la coupe de sa robe soulignait sa taille fine avant de s'élargir autour de ses hanches pleines. Elle n'était pas maigre, mais possédait des courbes harmonieuses. Vraiment harmonieuses.

Cash exhala un profond soupir. C'était incroyable ! Comment un type aussi terne qu'Harold avait-il réussi à prendre cette sirène dans ses filets ?

Incapable de détacher les yeux de la jeune femme, il l'observa tandis qu'elle se rua sur un SUV garé à côté de son pick-up. Quand elle s'aperçut que la portière était verrouillée, elle donna un coup rageur sur la vitre. De toute évidence, elle avait dû changer d'avis au dernier moment, mais elle n'avait pas prévu d'issue de secours. Et encore, songea Cash, elle avait eu la chance d'avoir recouvré ses esprits avant de prendre la pire décision de sa vie. Comme il la comprenait d'ailleurs !

L'instant suivant, cependant, le regard traqué de l'inconnue croisa le sien. La pâleur de son visage défait faisait ressortir le vert de ses yeux. Une pointe d'inquiétude serra la poitrine de Cash. Elle avait vraiment l'air d'être aux abois, et il n'avait plus du tout envie de sourire.

Machinalement, il suivit le regard affolé qu'elle jeta par-dessus le capot, et aperçut un groupe de photographes qui venait de surgir de l'église. Quand il se retourna, quelle ne fut sa surprise de constater que l'inconnue avait ouvert la portière du passager et s'était engouffrée dans son pick-up. Interloqué, il se précipita pour se glisser à son tour derrière le volant.

— Mais que faites-vous donc ? Qu'est-ce qui vous prend ? lança-t-il.

Le tulle de son voile de mariée effleura sa joue quand elle pivota brusquement dans le siège, après avoir claqué la portière.

— Démarrez, ordonna-t-elle. Vite !

Stupéfait, Cash la fixa. Pour qui diable se prenait-elle ? S'imaginait-elle qu'il allait l'aider à s'enfuir sans lui demander la moindre explication ?

— Tiens donc ! Et pourquoi le ferais-je ?

— Je n'ai pas le temps de vous expliquer. Mais, si vous ne voulez pas vous retrouver à la une de tous les journaux de la région, je vous conseille de démarrer immédiatement.

Après avoir verrouillé ses portes, Cash remonta la vitre de sa passagère. L'allusion aux journaux fit mouche. Un bref coup d'œil sur la horde de photographes lui permit cependant de constater qu'ils n'avaient pas encore repéré la fugitive.

— J'espère au moins que vous n'avez tué personne.

— Comment ? Qu'allez-vous donc imaginer ? Vous pensez sérieusement que je me serais habillée de la sorte pour commettre un meurtre ? répliqua-t-elle en poussant un soupir d'exaspération.

— Comprenez-moi une seconde ! Je n'ai pas envie de finir comme Bonnie and Clyde.

— Ravie de vous l'entendre dire, car moi non plus. Bon, maintenant que cette question est réglée, auriez-vous la bonté d'appuyer sur le champignon avant qu'ils ne me découvrent ?

Une fraction de seconde avant que les reporters ne tournent la tête dans leur direction, Cash saisit le bras de l'inconnue et la força à s'agenouiller sur le plancher, au pied de la place du passager. Par chance, son véhicule tout-terrain était haut et, à moins de se tenir juste à côté, personne ne pouvait apercevoir la jeune femme.

— Que faites-vous ? protesta-t-elle.

— C'est très simple. Ces journalistes ignorent que vous êtes ici, et je n'ai pas du tout envie de me retrouver mêlé à votre drame pour tabloïd. Restez où vous êtes et ne vous relevez pas avant que je vous donne le feu vert.

Tout en démarrant, il se rendit compte — un peu tard — qu'il s'était fourré dans ce guêpier, qu'il le veuille ou non. Mais avait-il vraiment le choix ? Il ne pouvait tout de même pas abandonner la mariée à ses poursuivants.

Il connaissait ce genre de reporters. Ils étaient comme une meute de loups affamés, à l'affût d'une histoire sensationnelle. Pour eux, il serait « l'autre homme ». Le scandale faisait vendre et tant pis si vous n'étiez qu'un innocent qui se trouvait au mauvais endroit au mauvais moment. Il en savait quelque chose.

Enfonçant son chapeau sur son crâne pour garder l'incognito, il sortit lentement du parking. Inutile d'attirer l'attention des photographes qui écumaient à présent les environs.

— Hé, vous ! le héla un jeune reporter en le voyant s'éloigner.

— Ouais ? répondit-il en ralentissant à contrecœur.

— Auriez-vous vu, par hasard, de quel côté s'est enfuie la mariée ?

— Oui, elle est partie par là-bas, il me semble. Je pense qu'une voiture l'attendait.

Le journaliste le remercia d'un geste de la main et détala dans la direction qu'il venait de lui indiquer. Puis Cash accéléra pour sortir du parking. Il n'avait pas eu une telle montée d'adrénaline depuis son dernier rodéo.

— Je peux retourner sur le siège maintenant ? demanda l'inconnue.

— Pas encore. Attendez encore quelques instants, que nous soyons hors de leur champ de vision.

Il huma les effluves printaniers du bouquet qu'elle tenait toujours dans sa main. Malgré lui, il éprouvait de la sympathie pour la jeune femme. Bien que le mariage ne représentât rien pour lui-même, il savait ce que cet engagement signifiait pour la plupart des femmes. Il n'était donc jamais agréable — quelles qu'en soient les raisons — de voir annuler une occasion dont on se faisait une joie. C'était un peu comme quand on apprenait son élimination par pénalité, après avoir remporté un rodéo aux points.

Résistant à l'impulsion qui le poussait à poser une main rassurante sur l'épaule de la jeune femme, il jeta un coup d'œil dans le rétroviseur. Ça y est, ils n'étaient plus suivis !

— C'est bon, vous pouvez sortir de votre cachette. Bien. Dites-moi à présent où vous voulez que je vous conduise ?

— Je… Je ne sais pas. Ce qui est sûr, c'est que je ne peux pas retourner chez moi. C'est le premier endroit où ils vont me chercher.

— Effectivement. Mais, sans être indiscret, il y a une chose que je ne comprends pas. Pourquoi y avait-il tous ces reporters à votre mariage ?

— Oh ! Mon patron pensait que le mariage ferait de la publicité gratuite pour mon émission de télé.

— Je vois ! Eh bien, vous allez être servie ! J'imagine déjà les titres : *La mariée s'enfuit sans laisser de trace.*

Comme si cette perspective la terrifiait et qu'elle avait besoin de réconfort, elle posa la main sur sa jambe. Cash frissonna. La chaleur de son contact irradia à travers l'étoffe pourtant épaisse de son jean. Cela faisait une éternité — depuis avant son accident — qu'une femme ne l'avait pas touché.

Dans l'espoir de masquer le trouble que ce contact anodin avait provoqué, il s'éclaircit la gorge avant de poursuivre :

— Bien. Je pense que le moment est venu de faire les présentations. Je suis Cash Sullivan.

Apparemment, son nom n'évoquait rien à l'inconnue. Elle ne se passionnait sans doute pas pour le rodéo, et ignorait qu'il s'était illustré durant de longues années dans la course aux taurillons. Le pincement de déception qu'il éprouva céda cependant rapidement la place au soulagement. En effet, les gens qui connaissaient son prestigieux palmarès n'ignoraient généralement pas non plus les épisodes moins glorieux de son passé plus ou moins récent.

— Enchantée ! Et moi, je suis Meghan Finnegan. J'anime une émission de cuisine à la télé.

— C'est possible. Vous savez, je ne regarde pas la télé, répondit-il d'un ton plus bourru qu'il ne l'aurait voulu. Ça y est, nous avons quitté Lomas.

Surpris par son absence de réaction, il se tourna vers sa

passagère. Elle était devenue très pâle, ce qui faisait encore plus ressortir ses lèvres roses.

— Vous ne vous sentez pas bien ?

— Non, répondit-elle en posant la main sur son ventre. Arrêtez-vous, s'il vous plaît. Tout de suite !

Après un coup d'œil dans le rétroviseur, il bifurqua et se gara sur le bas-côté, au beau milieu du désert. Dès que le véhicule fut immobilisé, Meg sauta de l'habitacle sans même prendre la peine de refermer la portière. Elle se précipita vers un gros rocher et se pencha en avant.

Cash comprenait à présent ce qu'elle avait fait quand elle s'était brusquement arrêtée devant la haie longeant l'église. De toute évidence, sa décision intempestive de quitter son propre mariage avait un effet puissant sur ses nerfs et sur son estomac.

Bien qu'il ne fût pas très à l'aise avec les femmes, surtout si elles étaient bouleversées et qu'elles vomissaient, il surmonta son embarras et la rejoignit, non sans avoir pris des mouchoirs en papier et une bouteille d'eau minérale dans la boîte à gants.

— Hum... si vous voulez, je vais tenir ça pour vous, déclara-t-il en attrapant son voile.

Gêné, il détourna le regard. Bon sang ! Que devait-il faire ? Etait-il censé la réconforter ? Devait-il lui parler pour la calmer ? Ou lui tapoter le dos ? Ne sachant plus quelle attitude adopter, il resta près d'elle jusqu'à ce qu'elle se redresse. Puis il lui tendit les mouchoirs et l'eau.

Ce fut à ce moment-là que son téléphone portable sonna.

Mon Dieu ! Sa grand-mère ! Il avait complètement oublié de l'avertir de son départ précipité. Décidément, cette mariée fugueuse lui avait fait oublier toutes ses responsabilités. Il s'empressa de décrocher.

— Où es-tu passé ? demanda Gram avant qu'il n'ait pu prononcer un mot. Tout le monde est en train de partir.

— Je suis allé faire un tour. Ne t'inquiète pas. J'arrive dans quelques minutes.

— Dépêche-toi ! Tu ne vas jamais croire ce qui est arrivé. Je te raconterai.

Songeur, Cash raccrocha. A vrai dire, l'idée de retourner devant l'église et de devoir affronter les reporters le hérissait. Il ne lui restait plus qu'à espérer que,, dans la confusion générale, personne ne se souviendrait qu'il était le seul témoin dans les parages quand Meg avait disparu.

— Il va falloir que nous retournions en ville, déclara-t-il en se tournant vers sa passagère clandestine.

Une expression affolée traversa le regard de la jeune femme.

— Mais c'est absolument impossible ! répondit-elle en secouant la tête d'un air obstiné.

— Pourquoi ? Parce que vous avez changé d'avis au dernier moment ? Vous savez, je suis sûr que les gens comprendront.

— Non, croyez-moi, personne ne comprendra, et je ne peux pas affronter tous ces gens… surtout ma mère. Sans compter que, quand la presse nous verra ensemble, ils vont se déchaîner.

— Je dois pourtant retourner à l'église. Ma grand-mère m'y attend.

— Très bien. Dans ce cas, j'attendrai ici.

— Quoi ? Vous ne pouvez pas rester toute seule au milieu de nulle part, par cette chaleur et dans l'état où vous êtes.

— Ce n'est pas au milieu de nulle part. Je peux même retourner en ville à pied si je le souhaite. Ne vous inquiétez pas pour moi. Allez chercher votre grand-mère, je peux rester seule pendant ce temps-là. Si cela peut vous rassurer, laissez-moi votre portable.

Ne voyant pas d'autre solution, il lui tendit son téléphone.

— Très bien, si c'est ce que vous souhaitez… Je vous conseille néanmoins d'aller vous cacher derrière le rocher. Ainsi, personne ne vous verra de la route. Je reviens aussi vite que possible.

Meghan suivit du regard le pick-up de Cash tandis qu'il s'éloignait. Quand il disparut au loin, les événements de la matinée remontèrent à la surface et sa gorge se noua. Comment Harold avait-il pu attendre qu'elle soit littéralement au pied de l'autel pour lui annoncer qu'il avait changé d'avis ?

Il avait été très clair : il ne voulait pas d'elle.

Et surtout, il voulait qu'elle se débarrasse de leur bébé à naître, dont ils étaient convenus de garder l'existence secrète jusqu'après la cérémonie. Dans un geste instinctif de protection, elle croisa les bras sur son ventre. Elle aimait déjà son bébé et elle ferait tout pour lui, même si elle ne pouvait désormais plus compter que sur elle-même.

Sentant ses genoux fléchir sous le coup du désespoir qui la gagnait, elle se laissa tomber à même le sol derrière le rocher. Bien sûr, elle savait qu'Harold ne voulait pas d'enfants — il avait été clair sur ce point dès le départ. Et elle-même, avec sa carrière qui démarrait à la télévision, avait admis que des bébés seraient difficiles à intégrer dans son emploi du temps surchargé. Mais sa grossesse n'avait pas été préméditée, c'était un accident. Quand elle l'avait annoncée à Harold, quelques semaines auparavant, il avait d'abord été stupéfait, puis il avait semblé l'accepter. Qu'est-ce qui avait bien pu le faire changer d'avis ?

Désespérant de trouver une réponse à cette question, elle entreprit de se débarrasser de son voile. Otant une à une les épingles qui le retenaient, elle libéra sa chevelure qui se répandit sur ses épaules.

Ses yeux tombèrent alors sur le téléphone portable posé sur ses genoux. Elle devait absolument appeler sa famille pour les rassurer, mais elle ne se sentait pas la force de parler avec sa mère, qui exigerait inévitablement des explications. Après tout, cette dernière avait joué un rôle capital dans cette affaire. C'était elle qui avait organisé son premier rendez-vous avec Harold, l'enfant prodigue de Lomas qui avait fait fortune dans l'informatique. C'était elle encore qui avait planifié et organisé le mariage. En fait, les préparatifs de la cérémonie avaient réussi à sortir sa mère de la dépression où elle avait sombré après le décès du père de Meghan, des suites d'un cancer, un an auparavant.

Bien sûr, elle ne pouvait pas rejeter toute la faute sur sa mère. Elle ne s'était pas mariée contre son gré ; mais, heureuse d'avoir enfin acquis son approbation, elle s'était laissé convaincre qu'Harold était l'homme qu'il lui fallait.

Pourtant, au fur et à mesure que le « grand jour » approchait, le doute s'était insinué en elle. Au début, elle n'y avait pas prêté attention, considérant normal de ressentir quelques hésitations avant de se lancer dans la grande aventure du mariage. Mais ces derniers temps, Harold avait changé. Il se montrait moins charmant, moins prévenant. Et c'était comme si elle voyait son véritable caractère pour la première fois. Toutefois, quand elle avait découvert qu'elle était enceinte, il était trop tard pour reculer. Et maintenant, c'était Harold qui lui avait fait faux bond !

Si elle se sentait incapable de parler à sa mère, il lui restait ses sœurs. Certes, Ella, Katie et elle s'étaient un peu perdues de vue depuis la mort de leur père. Elle avait espéré que le mariage les rassemblerait de nouveau, mais cela n'avait pas été le cas.

Ayant toujours été plus proche d'Ella que de Katie, la plus jeune, ce fut elle qu'elle décida d'appeler. La sonnerie retentit longuement avant qu'Ella ne décroche. Sans doute parce que sa sœur ne reconnaissait pas le numéro qu'elle avait pris soin de masquer.

— Allô ?

— Ella ? C'est moi, Meghan.

— Meghan… !

— Chut ! la coupa-t-elle. Personne ne doit savoir que tu me parles. Je ne suis pas encore prête pour affronter maman.

— Attends une seconde. Je m'isole.

Le brouhaha qu'elle entendait derrière sa sœur diminua, suivi par le bruit d'une porte qui se refermait.

— Ça y est, je suis seule, reprit Ella. Mon Dieu, Meghan, mais que s'est-il passé ? Pourquoi t'es-tu enfuie ? Où… ?

— Arrête, s'il te plaît ! l'interrompit-elle. Une seule question à la fois !

Son premier réflexe fut d'avouer à Ella qu'elle se trouvait au bord de la route, dans le désert. Par le passé, elles partageaient d'ailleurs tous leurs secrets. Jusqu'à la rupture des fiançailles d'Ella, sept mois auparavant. Sa sœur n'avait plus été la même depuis. Elle avait tellement souffert. A présent, cela lui semblait injuste de lui faire porter le fardeau de ses problèmes. Celle-ci avait sans doute assez des siens.

— Ne t'inquiète pas, s'entendit-elle répondre. Je vais bien. Je suis avec un ami.

— Mais pourquoi t'es-tu enfuie ? Je pensais que tu voulais épouser Harold. Il avait l'air tellement anéanti et choqué quand tu as disparu. On voyait qu'il faisait son possible pour ne pas craquer quand il nous a dit qu'il ne comprenait pas ce qui t'avait pris.

N'en croyant pas ses oreilles, Meghan faillit lâcher le téléphone.

— Mais il sait parfaitement...

Malgré la colère qui bouillonnait en elle, elle retint l'accusation qu'elle s'apprêtait à lancer. Quel petit minable ! Comment osait-il rejeter la responsabilité sur elle, alors qu'il venait de lui annoncer froidement que tout était fini entre eux ?

En fait, elle devinait trop bien ses motivations. Il s'inquiétait pour les répercussions que cette rupture aurait sur son image et sur celle de son entreprise. Il était obsédé par l'idée de toujours paraître à son avantage. Pourquoi accepterait-il de porter la responsabilité du fiasco de leur mariage alors qu'elle n'était pas là pour se défendre ?

— Meghan... qu'est-ce qu'il sait ? Tu es toujours là ?

— Il a menti, reprit-elle aussi calmement qu'elle put. Il sait parfaitement pourquoi je suis partie.

— C'est bon, la rassura Ella. Je comprends que tu aies hésité. Je te rappelle que je suis passée par là il n'y a pas si longtemps.

La sympathie qu'elle perçut dans la voix de sa sœur lui mit du baume au cœur.

— Ce n'est pas vraiment la raison. Je n'ai pas hésité. C'est plus compliqué que ça, mais je ne peux pas te l'expliquer pour l'instant.

— D'accord, mais reviens à la maison, s'il te plaît, reprit Ella. Tout le monde s'inquiète pour toi. Maman est dans tous ses états. Elle prétend que la honte l'empêchera de jamais remettre le nez hors de chez elle.

L'embarras de sa mère — si attentive au qu'en-dira-t-on — allait décupler quand elle apprendrait que sa fille attendait un enfant de l'homme qui l'avait plaquée au pied de l'autel.

— Ecoute, Katie et toi allez devoir vous débrouiller avec maman comme des grandes. J'ai besoin d'être seule pendant un certain temps pour réfléchir. En attendant, je ne serai d'aucune aide pour qui que ce soit.

— Quand rentreras-tu, alors ?

A l'heure qu'il était, les reporters devaient camper devant son appartement à Albuquerque, et il était donc hors de question de se réfugier chez sa mère.

— Je ne sais pas. J'avais pris un congé de deux semaines pour la lune de miel ; ne m'attendez pas avant. Je suis désolée, Ella, mais je dois raccrocher.

Elle n'avait rien d'autre à dire pour l'instant. Elle comprenait qu'Ella s'inquiète pour elle, mais sa sœur était intelligente et elle avait la tête sur les épaules. Elle se débrouillerait pour calmer leur mère.

Une fois qu'elle eut raccroché, ses préoccupations familiales passèrent au second plan et elle commença à se demander depuis combien de temps le cow-boy était parti.

Elle jeta un coup d'œil sur le téléphone dernier cri dont une photo de cheval ornait l'écran de veille. C'était certain, il allait revenir. Il n'allait certainement pas abandonner ce petit bijou de technologie qui contenait ses photos et les coordonnées de ses contacts ?

La trahison de son fiancé la faisait à présent douter de ses capacités à jauger un homme. Et si elle s'était trompée en faisant confiance à Cash Sullivan, comme elle s'était trompée au sujet d'Harold ?

2

Cash arriva devant l'église juste à temps pour assister au show donné par le marié éploré. De toute évidence, Harold avait décidé de faire porter le chapeau à Meg pour s'attirer la sympathie du public.

Il aurait donné cher pour savoir ce qui avait réellement poussé la jeune femme à s'enfuir avant de se laisser passer la bague au doigt. Elle avait l'air si bouleversée. Même si c'était Meg qui avait plaqué Harold, ce dernier n'avait pas du tout l'air d'être la victime dans cette histoire. Il se pavanait devant les journalistes.

Cash dut patienter une dizaine de minutes, le temps que sa grand-mère ait fini de consoler la famille du marié. Quand enfin ils repartirent, Gram insista pour lui exposer les folles spéculations qui couraient sur les événements de la matinée. Il la laissa parler. Elle apprendrait bien assez tôt où la mariée avait disparu.

Pour sa part, il ne songeait qu'à retourner auprès de Meghan Finnegan. A l'heure qu'il était, elle devait penser qu'il l'avait oubliée. Ce qui était loin d'être le cas.

— Cash, ne roule pas si vite ! protesta Gram. Je ne comprends pas pourquoi tu es si pressé. Il n'y a rien d'urgent à régler à Tumbling Weed.

— Ce n'est pas le ranch qui me préoccupe, déclara-t-il en ralentissant quand il approcha de l'endroit où il avait laissé Meg.

— Mais que fais-tu ? Pourquoi t'arrêtes-tu ici ? Ne me dis pas que tu as oublié de faire le plein…

— Nous ne sommes pas en panne sèche, rassure-toi. Attends-moi ici.

Sans se soucier des protestations de sa grand-mère, il sauta du pick-up et marcha à grands pas vers le rocher.

— Meg ! Où êtes-vous ?

Quand elle l'aperçut, elle souleva sa robe longue et le rejoignit.

— Je suis désolé d'avoir mis tout ce temps pour revenir, dit-il. Ça a été bien plus long que prévu.

— Mon Dieu ! Mais que se passe-t-il à la fin ? Cash, à qui parles-tu ? s'écria Gram.

— Ne vous inquiétez pas, c'est ma grand-mère. Votre fan numéro un.

— Vraiment ? Elle regarde mon émission ?

— Ça ne devrait pas vous surprendre. D'après ce qu'elle raconte, vous avez beaucoup de succès.

— C'est vrai. C'est pour cela que la chaîne a décidé de diffuser mon émission à l'échelle nationale.

Ce détail parut intéressant à Cash. Se pouvait-il qu'Harold soit jaloux du succès de sa fiancée ? Etait-ce pour cette raison qu'il cherchait à la discréditer ?

— Nous ferions mieux de ne pas la faire attendre, reprit-il. Si elle se met en tête de descendre toute seule du pick-up, j'ai peur qu'elle ne se fasse mal.

— Il faut avouer que votre camionnette pourrait être équipée d'une échelle pour accéder à la cabine, fit-elle remarquer en lui emboîtant le pas. Elle serait plus accessible.

— Quand je l'ai achetée, mon intention était de remorquer un van, pas de l'utiliser comme taxi pour des jolies filles.

Cash l'observa attentivement. Son compliment la fit rougir. Cela la rendait d'ailleurs encore plus jolie, songea-t-il. Puis, comme si elle voulait reprendre une contenance, elle lui tendit son téléphone.

— Je vous le rends. Au fait, j'en ai profité pour appeler ma sœur, j'espère que ça ne vous dérange pas.

— Pas du tout.

Ils étaient à présent arrivés devant le pick-up. Il se tourna vers sa grand-mère pour faire les présentations :

— Meg, je vous présente ma grand-mère, Martha Sullivan. Gram, je te présente…

— Le chef Jiffy ! l'interrompit Gram.

La vieille dame pinça les lèvres. Puis elle les observa brièvement, l'un après l'autre, avant de poursuivre :

— Ne me dis pas que c'est toi qui as enlevé la mariée ? Cash ! Qu'est-ce qui t'a pris ?

Stupéfait, Cash ne put articuler un mot. Le simple fait qu'elle puisse imaginer une telle absurdité le blessait. Avait-elle donc une si piètre opinion de lui ? Avant qu'il ne puisse se défendre, toutefois, Meg intervint :

— Ne vous méprenez pas sur son comportement. Votre petit-fils a vu les reporters lancés à mes trousses à la sortie de l'église, et il m'a aidée à leur échapper. Je suis désolée si cela vous a obligée à attendre qu'il revienne vous chercher, madame Sullivan.

Gram agita la main dans un geste d'apaisement.

— Mais pourquoi vous excusez-vous ? C'est pour vous que je m'inquiète, déclara-t-elle. Je ne voudrais pas paraître indiscrète, mais cela fait longtemps que votre histoire avec mon petit-fils dure ?

Meghan pâlit.

— Je… euh… nous ne sommes pas…

— Gram, que vas-tu donc imaginer ? Nous ne sommes pas ensemble, coupa Cash. En fait, je n'avais jamais vu Meg avant ce matin. Elle avait simplement besoin d'un chauffeur et je me trouvais là. Un point c'est tout. Personne d'autre ne sait où elle est.

— Seigneur ! Je crains de ne pas tout comprendre. Expliquez-moi une chose, voulez-vous ? Pourquoi vous êtes-vous enfuie… ? demanda Gram avant de s'interrompre. Pardon ! Je suis désolée, cela ne me regarde pas. Venez, nous vous ramenons en ville.

Voyant la panique qui assombrit le regard de Meg, Cash intervint :

— Justement… Nous ne pouvons pas la ramener en ville, Gram.

— Pourquoi diable ?

— Je ne peux pas rentrer chez moi, déclara Meg. Enfin, pas tout de suite.

— Mais… et Harold ? objecta Gram. Vous ne devez pas le prévenir ? Il avait l'air très inquiet.

Cash observa Meg. De pâle, son visage devint livide et elle posa la main sur son estomac. Quand elle se tourna vers lui, ses yeux exprimaient une vive angoisse. Puis, sans crier gare, elle partit en courant vers le rocher derrière lequel elle s'était réfugiée tout à l'heure.

En quelques secondes, il fut auprès d'elle et il attrapa la robe pour éviter qu'elle ne la salisse. Il avait espéré que sa nausée serait passée, mais il avait suffi d'une allusion à Harold pour qu'elle soit de nouveau malade.

Pourquoi réagissait-elle ainsi ? Regrettait-elle de l'avoir laissé tomber ? Sa mauvaise conscience la perturbait-elle au point de la rendre littéralement malade ?

Il envisagea un instant de lui raconter la scène à laquelle il avait assisté quand il était retourné en ville, mais à quoi bon ? Si elle aimait toujours Harold, l'attitude de ce dernier ne ferait que la bouleverser davantage.

Quand elle se redressa, ses yeux étaient rougis. Elle chancela et il la prit par la taille pour la soutenir.

— Ne vous inquiétez pas, je vais bien, murmura-t-elle.

Ignorant ses protestations, il la conduisit vers le pick-up et il ne la lâcha pas avant qu'elle ne fût installée à côté de sa grand-mère.

— Gram, tu peux orienter la ventilation vers Meg, s'il te plaît ?

Comprenant visiblement que le moment était mal choisi pour les assaillir de questions, sa grand-mère obtempéra sans un mot et régla la climatisation pendant qu'il fixait la ceinture de sécurité. Ensuite, il referma la portière et contourna le véhicule pour prendre place au volant.

— Où voulez-vous que nous vous conduisions, Meg ?

Devant son silence, il se pencha et découvrit qu'elle avait appuyé son front contre la vitre. Son regard perdu au loin fixait le désert sans le voir. Aussitôt, il fut transporté une vingtaine d'années en arrière. Il était de nouveau le petit garçon qui avait eu besoin d'une main secourable. Si Gram n'avait pas été là...

— Bon. Nous vous ramenons avec nous à Tumbling Weed, déclara-t-il d'un ton résolu qui l'étonna lui-même.

— Où est-ce ? demanda Meghan.

— C'est le ranch de Cash, expliqua Gram. Il a raison. C'est l'endroit parfait pour reprendre votre souffle.

— Mais je ne veux pas m'imposer, protesta-t-elle en mordillant sa lèvre. Vous ne savez rien de moi...

— Ne vous inquiétez pas. Vous ne risquez pas de nous gêner, il n'y a que Cash et moi qui vivons là. Un peu de compagnie nous fera plaisir, n'est-ce pas Cash ?

Bien que ce fût lui qui avait lancé l'invitation, Cash était moins enthousiaste que sa grand-mère à l'idée d'avoir une invitée. Meg était incontestablement une beauté, et elle avait sans difficulté conquis sa grand-mère. Mais, à ses yeux, elle représentait des ennuis en perspective. Les journalistes n'allaient pas manquer de la traquer. Il pouvait déjà voir les gros titres : *La mariée a pris la poudre d'escampette avec le cow-boy cambrioleur*. Son estomac se noua.

— Vous êtes la bienvenue tant que vous garderez votre lieu de résidence secret, déclara-t-il. Je ne peux pas me permettre de voir débarquer la presse chez moi.

— Ce n'est pas moi qui vais les faire venir, le rassura Meg d'une voix raffermie. Je n'ai aucune envie de voir le moindre journaliste.

Cash la fixa. Certes, elle semblait sincère, mais qu'arriverait-il une fois qu'elle serait remise d'aplomb ? Si elle décidait alors qu'elle devait rétablir sa réputation ? Bon, il ne devait pas se faire de souci pour l'instant. Il s'inquiétait sans doute d'ailleurs pour rien. Elle ne resterait pas chez lui suffisamment longtemps. Il n'était même pas encore midi. Qui sait, une fois qu'elle serait reposée, peut-être déciderait-elle de quitter le ranch ce soir même.

Rassuré par cette perspective, il déclara :

— Bien. Puisque nous sommes sur la même longueur d'onde, alors allons-y.

L'air frais de la climatisation insuffla un regain d'énergie à Meghan. Elle était exténuée et sale, mais, heureusement, ses nausées s'étaient calmées. Elle regardait par la fenêtre tandis qu'ils roulaient vers le sud-est. Elle ne s'était jamais aventurée dans cette partie de la région, mais le spectacle de la vaste étendue désertique l'apaisait.

Instinctivement, elle posa la main sur son ventre. Elle n'était plus seule à présent. Il fallait penser à son futur enfant. Elle devait donc rebondir. Elle n'avait certainement pas le temps de se laisser aller. Elle n'était pas en route pour des vacances. C'était sa chance de se ressaisir, de trouver un moyen de limiter les dégâts et de se préparer mentalement à sa vie de mère célibataire.

Mon Dieu ! Elle allait être mère ! Avoir un enfant ! Mais serait-elle à la hauteur ? Aurait-elle le fameux instinct maternel que toutes les femmes évoquent ? Elle n'en avait pas la moindre idée. En revanche, ce qui était certain, c'était qu'elle ne voulait pas ressembler à sa propre mère qui avait été tellement distante sur le plan affectif. Pour sa part, elle avait bien l'intention de montrer à son bébé combien elle l'aimait.

Mais si elle échouait à exprimer son amour ? Ou si elle reproduisait malgré elle les erreurs de sa mère ?

— Nous sommes arrivés.

L'annonce de Cash l'arracha à ses réflexions.

Le pick-up s'était arrêté devant une maisonnette blanchie à la chaux. Elle observa attentivement le bâtiment. Sous le porche couvert, deux fauteuils à bascule se balançaient doucement dans la brise. L'endroit était vraiment charmant, mais si petit ! Comment allait-elle faire pour ne pas toujours être dans les pattes de ses hôtes ? Elle avait besoin d'un peu d'intimité.

Quand Cash contourna le véhicule pour ouvrir la portière du côté passager, craignant de s'empêtrer dans les mètres de dentelle et de tulle de sa robe blanche, elle accepta son aide pour descendre de l'habitacle. Ses longues mains masculines enserrèrent sa taille et, en un mouvement souple, il la déposa à terre.

Reconnaissante, elle leva les yeux vers lui. Pour la première fois, elle remarqua qu'il était très grand. Alors qu'elle portait des hauts talons, il la dépassait d'au moins une tête. L'intensité de ses prunelles grises la maintint quelques secondes captive.

— Merci, parvint-elle à articuler.

— Je vous en prie.

Il esquissa un sourire qui fit accélérer les battements de son cœur. Elle aurait voulu ajouter quelque chose pour masquer son trouble, mais il s'était tourné vers sa grand-mère pour l'aider à descendre à son tour de la camionnette. Dès que ses pieds touchèrent le sol, Martha se dirigea d'un pas alerte vers la maisonnette.

Quand elle arriva sur le pas de la porte, elle se tourna vers eux et lança :

— Bien ! Je vous laisse. Je vous attends ce soir à 18 heures, pour le dîner.

— Hé ! Attends, Gram ! s'exclama Cash. Tu oublies Meghan.

Gram poussa un soupir excédé.

— Enfin, Cash, aurais-tu oublié qu'après avoir fait construire la grande maison tu as transformé ton ancienne chambre, ici, en atelier pour ma machine à coudre ? Je pourrais toujours installer Meg sur le canapé, mais je suis persuadée qu'elle dormira beaucoup mieux dans l'une de tes chambres d'amis.

Stupéfaite, Meghan la fixa. Elle s'était attendue à tout sauf à ça. Pour elle, il allait de soi qu'ils logeraient tous sous le même toit. Sans qu'elle sache pourquoi, la perspective de rester seule avec Cash déclencha son signal d'alarme interne.

— Je ne veux être un fardeau pour personne, intervint-elle. Si vous pouviez me prêter votre téléphone, je pourrais appeler une amie pour qu'elle vienne me chercher. Ainsi je n'importunerais personne. Quant aux journalistes… ce n'est pas un réel problème. De toute façon, je finirai bien par devoir les affronter…

Cash lui décocha un regard étonné.

— Ah ? Et qu'allez-vous leur dire ? Les raisons qui vous ont poussée à plaquer votre fiancé au pied de l'autel ? Je serais curieux de les connaître moi-même. Tiens, d'ailleurs, est-ce que vous regrettez votre geste à présent ? Auriez-vous encore changé d'avis ? Quelles sont vos intentions ? Voulez-vous renouer avec lui ?

Paniquée face à cet interrogatoire, Meg se tut. Puis, après avoir retrouvé ses moyens, elle lui répondit sur un ton indigné.

— Excusez-moi, mais je ne suis pas prête pour en parler maintenant, répliqua-t-elle. Je ne comprends pas. Pourquoi êtes-vous soudain si désagréable ?

— C'est pour vous donner un avant-goût de ce qui vous attend. En fait, mes questions ne sont rien à côté de celles dont les journalistes vont vous assaillir.

Ne voulant pas admettre qu'il avait raison, elle préféra lui décocher une repartie cinglante :

— Oh ! je vois. Ne le prenez pas mal, mais quelle expérience en matière de presse peut bien avoir un cow-boy comme vous ?

— Croyez-moi, vous pouvez faire confiance à Cash, intervint Martha. Il sait de quoi il parle.

— Gram, laisse tomber. De toute évidence, notre avis n'intéresse pas Meg.

Intriguée par le commentaire énigmatique de Martha, Meghan fixa Cash.

— Non, non ! Attendez ! Qu'est-ce que vous me cachez au juste ? demanda-t-elle. Que savez-vous de la presse exactement ?

Elle vit la mâchoire du jeune homme se crisper et il se balança d'une jambe sur l'autre, comme si sa question l'embarrassait prodigieusement.

— Bon, je vous laisse à présent, déclara Martha. J'ai des tas de choses à faire.

La porte de la petite maison se referma derrière la vieille dame. Meg n'avait toujours pas quitté Cash des yeux. Elle commençait à se demander si elle n'avait pas fait une erreur en venant ici et en faisant confiance à ce cow-boy inconnu.

Le soleil d'août lui paraissait particulièrement écrasant dans sa robe de mariée qui lui collait à la peau. Mais elle ignora la transpiration qui descendait le long de son dos. Elle ne bougerait pas tant qu'il n'aurait pas répondu à sa question.

Comprenant qu'elle ne lâcherait pas le morceau, Cash poussa un soupir.

— J'ai entendu ce que votre fiancé racontait aux journalistes, et j'ai bien l'impression que tout le monde attend vos explications.

Stupéfaite, Meg le fixa. Il avait évité de répondre à sa question. Mais elle n'avait pas le temps de le lui faire remarquer. Non ! D'autres questions la taraudaient. Comment Harold avait-il osé rejeter le blâme de leur mariage raté sur elle, devant sa propre famille ? Il avait eu en plus le culot de répandre ses mensonges auprès des journalistes ! C'était insensé ! Cette révélation la frappa comme un coup de poing en pleine poitrine. Dans son métier, l'image était primordiale. Harold le savait bien. Que cherchait-il donc à faire ? Essayait-il de briser sa carrière ?

— C'est incroyable ! Pourquoi ferait-il une chose pareille ? murmura-t-elle, abasourdie.

— C'est à lui qu'il faut le demander.

Certainement pas ! songea-t-elle en son for intérieur. A présent, elle voyait enfin Harold sous son vrai jour. Sous ses airs charmants et ses costumes sur mesure, il n'était qu'un égoïste malveillant !

Résolue à ne pas s'épancher, malgré le regard interrogateur avec lequel Cash la fixait, elle changea de sujet de conversation :

— Sommes-nous obligés de rester en plein soleil ? demanda-t-elle.

Il sursauta, comme s'il s'apercevait qu'il avait manqué à tous ses devoirs.

— Bien sûr que non. Suivez-moi ! Ma maison se trouve au bout de l'allée, déclara-t-il.

De nouveau, elle hésita à le suivre. Rester seule avec ce cow-boy trop séduisant ne lui semblait pas très prudent.

— N'ayez crainte, vous êtes en sécurité ici, déclara-t-il comme s'il avait lu dans ses pensées. Si vous avez vraiment peur de rester seule avec moi, vous pouvez toujours dormir sur le canapé de ma grand-mère. Je ne sais pas si c'est une bonne idée par contre. Si je puis me permettre une petite confidence, il n'est plus de la première jeunesse.

Amusée, Meg sourit. Sa remarque pleine d'humour réussit à la détendre. Ne s'était-il pas comporté en gentleman jusqu'à maintenant ? Alors pourquoi représenterait-il soudain une menace ?

Sa décision prise, elle grimpa dans la camionnette avant qu'il n'ait eu le temps de lui proposer son aide. Certes, n'ayant ni argent ni moyen de transport, elle dépendait complètement de lui. Mais elle comptait bien garder sa liberté d'esprit.

« L'allée », comme il désignait les deux ornières poussiéreuses qui menaient à sa maison, était parsemée de pierres et de nids-de-poule. Aussi fut-elle secouée comme une poupée de chiffons.

— Vous n'avez jamais envisagé de paver ce chemin ? demanda-t-elle en se tenant comme elle le pouvait à la poignée de la porte.

Le rire grave de son compagnon emplit l'habitacle. C'était un son chaud et velouté, comme du caramel tiède recouvrant peu à peu une crème glacée. Elle éprouva tout à coup l'envie de plonger dans une coupe de glace à la vanille.

Dans un sursaut de lucidité, elle se rappela qu'elle n'avait ni le temps ni l'énergie en ce moment pour ce genre de distraction. Sa déconvenue avec Harold ne lui avait-elle donc pas suffi ? Ne l'avait-il pas définitivement guérie des hommes ? A cause d'Harold, qui l'avait non seulement trahie, mais qui répandait en plus des mensonges sur son compte, elle avait perdu sa confiance en elle.

Dans ces conditions, comment allait-elle parvenir à prendre les décisions que sa situation exigeait ? C'est pour cette raison qu'elle se retrouvait dans ce ranch au milieu de nulle part.

Elle glissa un regard vers Cash. Avait-elle tort de lui faire confiance ? Non ! C'était ridicule. Il ne fallait pas faire de généralisation. Tous les hommes n'étaient pas comme son ex-fiancé ! Elle étudia son compagnon à la dérobée. Sa mâchoire volontaire, la courbe affirmée de ses lèvres. Contrairement à elle, il semblait sûr de lui.

Cash tourna la tête et leurs regards s'accrochèrent. Elle ne put alors s'empêcher de penser que ses yeux gris ardoise ressemblaient à un mur derrière lequel se cachaient des secrets. Et, à cet instant précis, elle aurait bien tout donné pour découvrir ce que ce cow-boy farouche pouvait bien dissimuler…

3

Cash ressentit un curieux soulagement quand il se gara devant la maison. Le regard de Meg le gênait. Il le mettait mal à l'aise. Ce n'était pas celui que lui lançaient les femmes qui fréquentaient le saloon local. Non. L'expression de la jeune femme était plus profonde, comme si elle ignorait comment formuler les questions qu'elle se posait à son sujet. Une chose était sûre, toutefois : quelles que soient ces questions, il ne voulait pas y répondre.

Tumbling Weed avait été son refuge à l'époque où il était pris dans le tourbillon des rodéos professionnels, et à présent il n'imaginait pas vivre ailleurs. De peur qu'elles ne se fassent des idées, il n'y avait jamais invité de petites amies, tout comme il ne leur avait jamais caché qu'une relation sérieuse ne l'intéressait pas.

— Je vous remercie sincèrement, déclara Meg. Sans vous, j'ignore ce que j'aurais fait.

— Oh ! Je suis sûr que vous vous seriez débrouillée. Vous m'avez l'air de quelqu'un qui sait retomber sur ses pattes.

La voyant mordiller sa lèvre inférieure, il craignit qu'elle n'ait mal interprété ses paroles.

— Hé, ne faites pas cette tête, dit-il. Vous êtes la bienvenue chez moi et vous pouvez rester jusqu'à ce que vous vous sentiez mieux.

— C'est vraiment gentil, mais j'ai peur de vous déranger.

— Comment ? Vous avez bien regardé cette maison ? demanda-t-il en désignant le ranch. Je crois que j'ai vu un peu trop grand quand j'ai donné les instructions à l'architecte. J'ai bien essayé de convaincre Gram de s'y installer, mais elle ne veut rien entendre. Tous ses souvenirs sont dans sa petite maison et elle n'a pas l'intention d'en bouger jusqu'à ce que le bon Dieu la rappelle à lui.

— J'ai l'impression que votre grand-mère a un caractère bien trempé.

— Oui, c'est le cas de le dire. Et c'est la meilleure cuisinière à des lieues à la ronde.

Il se souvint alors que Meg était une cuisinière célèbre. Mais il était prêt à parier sa jument la plus précieuse que ses plats sophistiqués ne valaient pas la délicieuse cuisine familiale de Gram.

— Voilà une bonne nouvelle ! Avant mon départ, j'espère bien qu'elle me confiera quelques-unes de ses recettes.

Cash se figea. Troublé par sa beauté et sa vulnérabilité, il avait failli oublier qu'elle était une étoile montante de la télévision, une opportuniste prête à tout pour atteindre le sommet. Il connaissait ce genre de femmes, qui n'avaient qu'une idée en tête : profiter des autres. La pensée que le chef Jiffy puisse s'approprier des recettes de sa grand-mère lui déplaisait fortement. Il veillerait bien à ce qu'elle n'obtienne rien. Et, pour cela, il devait tout faire pour qu'elle ne s'éternise pas ici. Plus vite elle serait remise d'aplomb, plus vite il serait débarrassé d'elle.

Bien qu'il se dépêchât de contourner la camionnette, Meg était déjà sortie quand il arriva près de la portière du passager. De toute évidence, elle avait trouvé la technique pour se déplacer malgré son encombrante robe de mariée. Il avait déjà remarqué qu'elle semblait tenir viscéralement à son indépendance. Qu'est-ce qui avait pu la pousser à y renoncer pour s'unir à Harold ?

L'amour certainement. Ce sentiment chimérique auquel les femmes voulaient absolument croire. Pour sa part, il n'avait pas la moindre fibre romantique. L'amour éternel était un leurre. Cependant, bien que l'exemple de ses parents l'eût vacciné contre ces fadaises, il s'était lui aussi fourvoyé dans une tentative de relation durable, dont l'échec fut une leçon brutale qu'il n'était pas près d'oublier.

Il précéda Meg sur les marches menant au porche qui faisait le tour de la maison. C'était l'endroit qu'il préférait. Si le temps le permettait, il aimait y prendre son café en milieu de matinée, et le soir il s'y prélassait en regardant les étoiles.

— C'est un endroit superbe, déclara-t-elle comme en écho à ses pensées. Vous avez de la chance d'avoir autant d'espace, et la vue est absolument incroyable. Quelle superficie fait le ranch ?

— Environ six cent cinquante hectares.

— En somme, c'est comme si vous possédiez votre propre petit pays.

Il laissa échapper un petit rire. Elle avait apparemment passé trop de temps en ville.

— N'exagérons rien. Mais j'aime penser que c'est mon petit coin de paradis.

Parvenu sur le seuil de la maison, il s'immobilisa et se tourna vers elle :

— Je suppose que vous êtes impatiente d'enlever votre robe ?

Elle rougit et détourna la tête. Cash se mordit la lèvre pour ne pas éclater de rire devant ce quiproquo.

Sous prétexte d'examiner sa robe, Meg garda les yeux obstinément baissés.

— Oui, elle n'est plus d'un très grand intérêt. Je pense même qu'elle est bonne pour la poubelle, déclara-t-elle. Si vous voulez bien me montrer ma chambre, je ne vous embêterai pas plus longtemps.

— Allons-y. Les chambres sont à l'étage.

Cash la précéda dans l'escalier. Le regard admiratif avec lequel Meg parcourut l'entrée et le salon ne lui avait pas échappé. Visiblement, le parquet et les boiseries claires, la bibliothèque et la grande baie vitrée étaient à son goût. Il aurait été incapable d'expliquer pourquoi son admiration le touchait. Que lui importait en effet son avis ? Il n'essayait pas de l'impressionner et n'avait nullement l'intention de la séduire.

— Dès que je vous aurai montré votre chambre, j'irai vous

chercher des vêtements de rechange. Vous allez un peu flotter dedans, mais ce sera toujours mieux que ces frous-frous.

— Je suis désolée pour tout le dérangement que je vous cause, déclara-t-elle en le suivant dans l'escalier. Si vous passez par Albuquerque un de ces jours, n'hésitez surtout pas à venir me voir. Le moins que je puisse faire pour vous remercier est de vous inviter à dîner. Ne m'avez-vous pas dit d'ailleurs que votre grand-mère était une fan de Chef Jiffy ?

— Oui. Elle ne rate pas une seule émission. Et elle était excitée comme une puce quand elle a reçu l'invitation à votre mariage.

— Et vous, pourquoi n'êtes-vous pas venu ? Je suis certaine que l'invitation était pour deux personnes.

— Comment dire ? Voyez-vous, les mariages ne m'intéressent pas.

— Ah ! Ça vous rappelle de mauvais souvenirs ?

Cash dut lutter contre l'étrange impulsion qui le poussait à répondre franchement aux questions indiscrètes de Meg. Mais il la connaissait à peine ! Refusant de se livrer à une inconnue, il resta dans le vague :

— A mon avis, le mariage est pour les idéalistes et les imbéciles. Quand les gens finissent par se rendre compte que l'amour ne dure pas toujours, il est généralement trop tard.

— Quelle vision cynique du mariage !

Il n'avait pas envie de poursuivre cette conversation. Pas plus qu'il n'avait envie de penser aux enfants de ces mariages malheureux à qui personne n'avait demandé leur avis. Quand il se tourna vers elle, il constata qu'elle s'était arrêtée au milieu de l'escalier. Le regard chargé de pitié dont elle le couvait lui transperça le cœur. Curieusement, de la part d'une mariée en cavale, il s'était attendu à un autre point de vue sur le mariage. De toute évidence, son expérience d'aujourd'hui ne lui avait pas fait abandonner ses rêves de petite fille qui croyait aux contes de fées.

Haussant les épaules avec fatalisme, il continua de monter les marches menant à l'étage.

— Cendrillon n'existe pas, déclara-t-il. Pas plus que la petite souris ou le lapin de Pâques.

Il se tut. Il pouvait entendre le claquement déterminé des talons de Meg contre les marches de bois. Lui en voulait-elle de détruire ses illusions ? Toujours est-il qu'elle ne desserra pas les lèvres jusqu'à ce qu'ils soient parvenus devant la porte d'une des chambres d'amis qu'il ouvrit, avant de s'écarter pour la laisser entrer.

— En fait, c'est la seule chambre, à part la mienne, que j'ai eu le temps de meubler.

— C'est vous qui l'avez décorée ?

Elle ne cachait pas son étonnement devant la pièce aux murs vert pâle et aux moulures blanches.

— Oui. C'était du temps où j'espérais encore convaincre Gram de venir s'installer ici. Je me disais qu'une jolie chambre pourrait la faire changer d'avis.

— Elle est très gaie, vous avez vraiment fait du bon travail. Et j'adore le lit ancien. Il est si grand qu'on pourrait s'y perdre.

Il se retint à temps de lui assurer que, si cela arrivait, il partirait à sa recherche. Apparemment, les pensées de Meg avaient suivi le même cheminement que les siennes, car il vit ses joues s'empourprer et elle évita soigneusement son regard.

Ne voulant pas aggraver son embarras — même s'il devait reconnaître qu'il adorait la voir rougir —, il changea de sujet.

— La chambre dispose d'une salle de bains privée, si vous avez envie de vous rafraîchir pendant que je vais chercher d'autres vêtements.

Une fois dans sa chambre, il mit sens dessus dessous sa commode à la recherche de vêtements qui iraient à son invitée. Il n'aurait su dire pourquoi il se pliait en quatre pour cette femme qui était sans doute encore amoureuse de cet abruti d'Harold.

Toutefois, certains points lui échappaient. Si elle aimait toujours ce type, pourquoi s'était-elle enfuie de l'église ? Il décida de lui demander des explications une bonne fois pour toutes. Une fois que les motivations de Meg seraient claires pour lui, il pourrait lui donner des conseils. Un point de vue d'homme, en quelque sorte.

Fort de cette résolution, il attrapa un caleçon de bain en toile avec un cordon qui pouvait se resserrer à la taille et un T-shirt. Elle allait flotter dedans, mais c'était le mieux qu'il puisse faire.

Quand il frappa doucement à la porte de la chambre d'amis, il ne reçut aucune réponse. Supposant qu'elle était dans la salle de bains et qu'elle ne pouvait pas l'entendre, il décida de déposer les vêtements sur le lit et de s'éclipser.

Après avoir ouvert la porte, il pénétra à l'intérieur de la pièce. Il reçut un véritable choc quand son regard tomba sur Meg, étendue sur le lit.

Allongée sur le ventre, elle portait en tout et pour tout des bas blancs, un porte-jarretelles et une culotte de dentelle blanche qui couvrait à peine les courbes sublimes de son postérieur.

Troublé par cette vision, il déglutit péniblement. Puis il cligna des yeux. Mais la vision ne disparut pas. Il aurait dû ressortir aussitôt, mais ses pieds refusaient de bouger.

Le soupir très doux qui s'échappa des lèvres de la jeune femme le ramena à la réalité. Comprenant qu'elle était profondément endormie, il s'avança, déposa les vêtements sur la commode au pied du lit et sortit aussi vite que possible de la chambre. Mais il ne se faisait pas d'illusions. L'image de Meg étendue sur le lit resterait à jamais gravée dans sa mémoire.

4

Meghan émergea brusquement d'un profond sommeil. Son cœur battant cognait contre sa poitrine. Ecartant des mèches de cheveux de son visage, elle jeta un regard circulaire sur la chambre. Mon Dieu ! Où était-elle ?

Un coup frappé à la porte, puis une voix masculine achevèrent de la réveiller.

— Meg, il est l'heure ! Gram nous attend pour dîner.

Cash ! Les événements de la journée lui revinrent immédiatement à la mémoire. Grâce au jeune homme, elle était à présent en lieu sûr, à l'abri du tapage médiatique. Les battements de son cœur reprirent un rythme normal.

Voyant sa robe de mariée qui gisait, roulée en boule, au milieu de la chambre, elle se souvint qu'elle était en sous-vêtements.

— Mais je n'ai rien à me mettre !

— Regardez sur la commode. J'y ai laissé des vêtements pour vous.

— Merci. Donnez-moi cinq minutes pour m'habiller.

Elle attendit d'entendre le bruit de ses pas décroître avant de se lever. Combien de temps avait-elle dormi ? Tout l'après-midi ? Quoi d'étonnant après tout ? Durant les deux semaines qui venaient de s'écouler, quand elle n'avait pas eu la nausée, elle était fatiguée. Elle n'aurait su dire si c'était dû au stress des préparatifs du mariage ou à sa grossesse. Mais ce n'était pas le moment de se poser des questions ! Cash l'attendait pour aller dîner chez Martha.

Sautant du lit, elle se précipita dans la salle de bains pour se rafraîchir le visage. De retour dans la chambre, elle trouva les vêtements dont Cash lui avait parlé. Une vague de chaleur envahit son visage quand elle se rendit compte qu'il avait dû rentrer dans la chambre alors qu'elle était allongée sur le lit, seulement vêtue de la lingerie de dentelle blanche qu'elle avait choisie pour sa nuit de noces.

Curieusement, la pensée de cet homme si séduisant l'ayant surprise dans sa nudité provoqua d'abord un frisson d'excitation en elle. Qu'avait-il bien pu penser de cette vision ? L'avait-il appréciée ? Avait-il ressenti une certaine excitation ? Bon sang ! Mais que lui arrivait-il ? Seigneur ! Un inconnu l'avait vue pratiquement nue et sa seule préoccupation était de se demander si ce spectacle avait pu lui plaire !

Comment pouvait-elle, vu le chaos actuel de son existence, fantasmer sur un homme ? Avait-elle perdu la tête ? Elle devait se concentrer sur les sujets importants, comme réfléchir à son avenir et à celui de l'enfant qui grandissait en elle.

Forte de ces résolutions, et ne voulant pas faire attendre Cash plus longtemps, elle enfila le bermuda et le T-shirt. Les vêtements étaient bien trop grands pour elle, mais au moins ils étaient propres et nettement plus pratiques que sa robe de mariée.

Après un dernier coup d'œil dans le miroir pour vérifier son apparence, elle sortit de la chambre et se dirigea vers l'escalier. Du palier, elle vit son hôte qui faisait les cent pas dans le hall. Il semblait absorbé dans ses pensées. Se demandait-il comment il pourrait la mettre à la porte ?

Quand elle parvint en bas des marches, il leva les yeux vers elle et l'intensité de son regard fit qu'elle s'immobilisa malgré elle. Faisant abstraction de ses vêtements, se souvenait-il de ce qu'il avait vu pendant qu'elle dormait ? De nouveau, elle ne put s'empêcher de se demander s'il avait apprécié le spectacle. Mais le gargouillement de son estomac la rappela prosaïquement à la réalité. Elle n'avait toujours rien avalé depuis le petit déjeuner. Dans un effort pour détendre l'atmosphère, elle lui sourit.

— Vous dînez toujours chez votre grand-mère ?

— Oui. En partageant ses repas, je peux m'assurer qu'elle va bien sans qu'elle ait l'impression que je la surveille. Etes-vous prête ? Bien. Alors allons-y.

Meghan baissa la tête et son regard tomba sur ses orteils rose corail.

— C'est juste que je n'ai pas de chaussures, fit-elle remarquer.

— Ne bougez pas, je pense que j'ai quelque chose qui fera l'affaire.

Curieuse, Meg le regarda partir dans la pièce attenante à l'entrée. Que pouvait-il avoir en rayon qui conviendrait à son petit trente-sept ? Elle nagerait dans ses bottes de cow-boy.

Quand Cash revint, il portait deux grands sacs. Il s'arrêta devant elle et les laissa tomber à ses pieds.

— Jetez un œil là-dedans.

Intriguée, elle obtempéra, pour découvrir que les sacs contenaient des vêtements féminins.

— Je ne comprends pas, balbutia-t-elle. D'où viennent tous ces vêtements ?

— Cet après-midi, pendant que vous dormiez, Gram m'a demandé de l'accompagner en ville pour faire des courses. Nous en avons profité pour acheter quelques vêtements. Si la taille ne correspond pas, nous pourrons les changer ou les retourner.

Ebahie devant une générosité à laquelle elle n'était pas habituée, elle le regarda quelques instants sans pouvoir prononcer un mot. Harold avait toujours insisté pour partager les additions au restaurant et pour ne rien payer en commun. Au début, cela lui avait paru bizarre, puis elle s'y était faite. En fait, elle aimait pouvoir compter sur elle-même. N'était-ce pas le prix de sa liberté ?

— Mais je ne sais que dire… je ne peux pas accepter, protesta-t-elle.

Surpris par sa réaction, Cash la fixa.

— Pourquoi pas ?

— Je n'ai pas l'argent pour vous rembourser. Du moins, pas sur moi.

— C'est bon, ce n'est pas cette dépense qui va me ruiner.

— Ce n'est pas ce que je voulais dire. C'est seulement

que… vous me connaissez à peine et vous m'avez déjà offert l'hospitalité. Je ne peux pas accepter qu'en plus vous m'achetiez des vêtements.

— Je vois. Mais vous êtes sûre que c'est la seule raison ? Je sais que ce ne sont pas des vêtements de marques…

— Arrêtez ça ! Vous imaginez que, parce que je travaille à la télé, je suis une snob !

— D'accord, concéda-t-il en levant les mains en signe d'apaisement. Je retire ce que je viens de dire. Considérez alors que c'est un prêt. Vous pourrez me rembourser quand vous rentrerez chez vous.

— Marché conclu.

Cette question réglée, elle se pencha pour fouiller l'un des sacs. Elle y découvrit une paire de tongs aux couleurs acidulées. Elles étaient légèrement trop grandes pour elle, mais sans que ce soit gênant. De plus, c'étaient les chaussures idéales par cette chaleur. Après les avoir chaussées, elle rejoignit Cash dans son pick-up.

Cette fois-ci, les creux et les bosses du chemin ne l'incommodèrent pas autant que le matin, et ils ne réveillèrent pas sa nausée. Après sa longue sieste, elle se sentait une femme nouvelle. Le paysage grandiose et la prévenance de son hôte y étaient sans doute aussi pour quelque chose.

Avant de descendre du pick-up, une fois qu'il eut coupé le moteur devant la maison de sa grand-mère, Cash se tourna vers elle.

— Je sais que vous êtes un chef célèbre qui passe à la télé, mais ma grand-mère est une femme aux goûts simples. Elle est très fière de ses talents culinaires. Je ne voudrais pas que vous critiquiez sa cuisine sous prétexte qu'elle n'est pas à la hauteur de vos standards.

Décontenancée, Meg se tourna vers lui. Son insinuation désobligeante la fit redescendre de son petit nuage. Ce n'était pas parce qu'elle cuisinait à la télé qu'elle n'appréciait pas la cuisine familiale, bien au contraire.

— Décidément, vous me prenez vraiment pour quelqu'un de

détestable ! N'ayez aucun souci ! Je ne ferai ou ne dirai jamais rien qui puisse blesser votre grand-mère ; elle a été tellement gentille avec moi.

— Vous me le promettez ?

Vexée, elle ne releva toutefois pas sa réflexion. Il ne lui faisait pas confiance ? L'estomac dans les talons, elle n'avait pas l'énergie de le convaincre qu'elle n'était pas l'horrible star gâtée qu'il l'accusait implicitement d'être.

— Je vous le promets.

Visiblement satisfait, il descendit du pick-up et ils se retrouvèrent sur le sentier menant à la maisonnette. Meg soupira. Cela aurait dû lui être totalement indifférent, mais le fait qu'il ne lui accorde aucune confiance, sans même la connaître, la contrariait. Pourquoi se méfiait-il d'elle ? Parce qu'elle travaillait à la télé ? Ou la raison était-elle ailleurs ?

Elle ne resterait sans doute pas assez longtemps à Tumbling Weed pour le découvrir. L'idée de devoir quitter cet endroit où elle s'était immédiatement sentie en sécurité la déprima. Elle n'était là que pour quelques jours, le temps de faire le point et de décider comment elle voyait son avenir. Pour commencer, il lui faudrait rassembler son courage et annoncer à sa mère qu'elle était enceinte et que le père de l'enfant ne voulait pas d'elle et de son bébé.

Cash emboîta le pas à Meg dans l'allée menant à la maison de sa grand-mère. Le doux balancement de ses hanches pleines le renvoya malgré lui à la vision de la jeune femme étendue sur son lit, les membres alanguis par le sommeil. Il lui avait fallu une volonté de fer pour quitter la chambre. Comment une femme pouvait-elle être aussi désirable, sans même chercher à l'être ? C'était scandaleux !

Et que dire des sentiments qu'elle éveillait en lui ? Lui qui se croyait définitivement immunisé contre le charme des femmes. « Une de perdue, dix de retrouvées » était devenue sa devise. Or cette petite rouquine le troublait, avec ses courbes délicieuses et son sourire à couper le souffle. N'était-ce pas le signe qu'il devait se tenir à l'écart ?

Parvenu sur le perron, il s'arracha à ses réflexions et frappa à la porte. Sans attendre de réponse, il entra.

— Gram, c'est nous ! Waouh, ça sent vraiment très bon.

Sa grand-mère surgit de la cuisine en essuyant ses mains sur son tablier.

— J'ai essayé une nouvelle recette et j'espère bien que vous l'aimerez.

— J'en suis certaine. Je meurs de faim, déclara Meg.

— Bien ! Allez vous laver les mains tous les deux, puis passons à table.

Cash acquiesça, puis montra le chemin de la salle de bains à Meg. Tandis qu'ils se lavaient les mains en silence, il s'aperçut qu'il était tendu. Quoi d'étonnant, si chaque fois que son regard se posait sur elle il commençait à la déshabiller mentalement ?

Qu'est-ce qui n'allait pas chez lui ? Il la connaissait à peine et il n'avait pas l'intention de faire plus ample connaissance. Il devait donc se concentrer sur son ranch, au lieu de divaguer sur une brève aventure avec cette jolie rouquine.

— Je vous préviens, je n'ai rien préparé de grandiose, annonça Gram quand ils retournèrent dans la cuisine.

Cash se retint de rire devant la tentative de sa grand-mère pour minimiser l'investissement que représentait ce repas. Elle avait fait des courses supplémentaires et elle avait dû passer l'après-midi aux fourneaux. Pour sa part, il aurait préféré qu'elle leur mijote une recette qu'elle connaissait par cœur au lieu de se lancer dans une expérience destinée à épater son animatrice de télévision préférée.

— Je voudrais que vous me donniez votre avis, ajouta-t-elle en se tournant vers Meg.

— Mon avis ?

Cash l'observa attentivement. Sous l'effet de la surprise, elle avait machinalement levé la main contre sa poitrine. Son geste fit scintiller le diamant qu'elle portait à la main droite. Elle s'était certes débarrassée de sa robe de mariée, mais elle n'avait pas réservé le même sort à sa bague de fiançailles. Ses doutes étaient donc confirmés : elle n'avait toujours pas tiré un trait sur Harold.

— Bien sûr ! C'est bien vous l'experte, non ? répondit Gram.

— Je ne suis pas une experte. Disons que je cuisine, et j'espère que les autres aimeront ce que je leur ai préparé.

Il ne perçut aucune note de fausse modestie dans ses paroles. Se pouvait-il qu'elle ne soit pas imbue de sa personne, malgré son statut de célébrité ?

— Je dois retourner en cuisine. Je suis un peu en retard et le dîner n'est pas tout à fait prêt, poursuivit Gram.

— Tu as besoin d'aide ? proposa Cash, comme il le faisait à chaque repas.

D'habitude, Gram refusait son aide, mais pas aujourd'hui, signe qu'elle était vraiment un peu débordée.

— Oui, tu peux nous servir quelque chose à boire ? J'ai acheté de la limonade et des jus de fruits cet après-midi. Je suis sûre que Meg est habituée à des boissons plus raffinées, mais, si vous voulez du champagne ou du vin, il faudra me le dire, pour la prochaine fois où Cash ira faire des courses en ville.

— Ce ne sera pas nécessaire, déclara Meg. Vous vous êtes déjà montrés très généreux en m'achetant des vêtements.

— Oh ! Ce n'est rien. Je ne savais pas trop quoi choisir et, il faut bien le dire, Cash ne m'a pas été d'un grand secours. J'espère au moins qu'ils vous vont.

— Eh bien, à vrai dire, je n'ai pas encore eu le temps de les essayer, répondit Meg en rosissant de confusion. En fait, j'ai dormi tout l'après-midi. Je n'avais pas prévu…

— Je comprends. Vous deviez être épuisée après la matinée terrible que vous avez vécue, la coupa Gram. Pauvre petite !

La sollicitude dont sa grand-mère faisait preuve à l'égard de Meg eut le don d'irriter Cash.

— Meg, si vous avez soif, vous pouvez vous servir dans le frigo.

— Oh ! Cash ! s'exclama Gram. Ce ne sont pas des manières ! Meg est notre invitée, je te le rappelle. C'est donc à toi de la servir.

N'ayant pas envie de contrarier sa grand-mère, il ravala son irritation. Pendant que les deux femmes discutaient de l'émission qu'animait Meg, il entreprit de sortir la vaisselle du placard.

Quand Gram retourna devant le four pour vérifier la cuisson de son pain, Cash tendit les assiettes à Meg. A quoi rimait tout ce cérémonial ? Ce n'était pas la peine de prendre des gants. Pourquoi Gram la traitait-elle comme une reine en visite d'Etat ? Bon, il devait cependant reconnaître qu'avec ses boucles de feu, ses taches de rousseur parsemées sur son nez et ses yeux d'un vert intense elle avait vraiment l'air d'une princesse.

Mais d'une princesse qui ne rechignait pas à donner un coup de main. En effet, sans attendre ses instructions, elle avait commencé à disposer les assiettes sur la table.

De nouveau, le diamant à sa main droite étincela dans la lumière. Elle semblait aimer le luxe. Sinon, pourquoi garderait-elle sa bague de fiançailles après s'être enfuie le jour de son mariage ? A moins que ses sentiments pour son fiancé ne soient pas aussi clairs qu'elle le clamait ?

Contrarié par cette pensée, Cash se crispa.

— Si vous voulez, en attendant que le plat principal soit prêt, nous pouvons commencer par la salade, dit Gram.

Elle se dirigea vers le réfrigérateur et en sortit trois assiettes creuses contenant un mesclun additionné de tomates cerises et de rondelles d'oignons rouges, qu'elle déposa sur le comptoir.

— C'est la première fois que je fais une sauce au bleu et au bacon pour assaisonner la salade, ajouta-t-elle.

— Hmm… Ça m'a l'air diablement apétissant, déclara Meg.

Toutefois, quand Cash posa l'assiette de salade devant elle, il remarqua que son sourire s'était évanoui et que ses yeux agrandis fixaient la salade. Horrifié, il faillit lui souffler de recouvrir l'assiette de poivre, ou de n'importe quoi d'autre, pourvu qu'elle la mange. Mais, sa grand-mère se tenant debout à côté de lui, il ne put que lui lancer un regard implorant pour l'inciter à se rappeler la promesse qu'elle lui avait faite.

Il n'aurait pas cru qu'un chef — ou une cuisinière, comme elle disait — réagisse aussi violemment à l'évocation d'une sauce au bleu. La recette de sa grand-mère constituait-elle une hérésie culinaire ?

— Bon appétit, tout le monde ! déclara joyeusement Gram en s'asseyant en face de lui.

Cash porta la fourchette à ses lèvres. La sauce était crémeuse à souhait.

— C'est vraiment délicieux, dit-il.

— Merci.

C'était le moment que Meg aurait dû choisir pour chanter elle aussi les louanges de la cuisinière, mais elle ne pipa mot. Sa fourchette suspendue au-dessus de l'assiette, elle ne faisait pas mine de vouloir manger. « Mangez au moins une bouchée, aurait-il voulu lui ordonner. Une toute petite bouchée, et félicitez Gram, s'il vous plaît. »

— Excusez-moi.

La chaise de Meg racla bruyamment le plancher quand elle se leva pour sortir en trombe de la cuisine.

Instinctivement, Cash se tourna vers Gram. L'expression de sa grand-mère trahissait sa déception. A présent, peu importait ce qu'il dirait, c'était fichu. Seigneur, comme il s'en voulait ! Il aurait dû suivre son instinct et ne pas faire confiance à une star capricieuse. A quoi s'était-il attendu, au juste, de la part d'une femme qui n'avait même pas réussi à rester à son propre mariage ?

5

Meg s'aspergea le visage d'eau froide. Cela calma le feu de ses joues, mais ne parvint pas à effacer sa honte. Que s'était-il passé ? Tout allait bien, quand le regard féroce de Cash lui avait noué l'estomac. L'odeur du fromage dans la sauce de salade l'avait achevée.

Quand elle releva la tête, Martha se tenait à côté d'elle et lui tendait une serviette.

— Merci. C'est vraiment très gentil. Je suis vraiment désolée...

— Je sais ce que c'est, mon petit. J'étais malade comme un chien quand j'étais enceinte du père de Cash.

— Mais je ne suis pas...

Sous le regard entendu de Martha, les mots moururent sur ses lèvres. Comprenant qu'il était inutile de nier, elle s'assit sur le rebord de l'antique baignoire.

— Je voulais garder la nouvelle secrète pour le moment, dit-elle. La pensée d'élever seule mon enfant me terrifie et j'ai encore besoin de réfléchir à la façon dont je vais m'organiser.

Martha lui tapota affectueusement la main.

— Ne vous inquiétez pas. Je n'en soufflerai mot à quiconque. Et vous pouvez rester chez nous aussi longtemps que vous le souhaitez.

— Mais Cash...

— Ne vous en faites pas pour lui. Il est bourru à l'extérieur, mais à l'intérieur c'est un tendre.

— Je ne sais pas... Il a plutôt une piètre opinion de moi.

Selon lui, je suis une star gâtée et égocentrique. S'il apprend, pour le bébé, il va en plus penser que je suis irresponsable.

— Croyez-moi, il est extrêmement généreux et attentionné.

« Envers ceux qu'il aime », ajouta Meghan en son for intérieur. La façon dont il veillait sur sa grand-mère était en effet admirable. Mais en ce qui la concernait, il n'était pas aussi indulgent, même s'il lui avait offert l'hospitalité, ce dont elle lui était reconnaissante.

Estimant sans doute qu'elle allait mieux, Martha lui proposa de goûter sa soupe, ce que Meg accepta volontiers. Tandis que son hôtesse repartait dans la cuisine, elle jeta un dernier regard dans le miroir de la salle de bains avant de la suivre. Force était de constater qu'elle avait une mine épouvantable. Etait-ce dû à sa grossesse ? Ou était-elle simplement à bout de nerfs ? Les regards menaçants de Cash l'avaient mise dans un incroyable état de tension nerveuse.

Quand elle sortit de la salle de bains, elle trouva celui-ci en train d'arpenter le salon.

— Je suis vraiment désolée pour ce qui vient de se passer, s'excusa-t-elle.

— Ça va mieux ?

Elle se contenta d'acquiescer d'un hochement de tête.

— Vous auriez dû me prévenir que vous étiez toujours malade. Je ne vous aurais pas traînée ici pour dîner. Ma grand-mère aurait compris.

Il semblait sincèrement se préoccuper de son état, ce qui ne manqua pas de la surprendre. Et si Martha avait raison quand elle affirmait qu'au fond il était un tendre ?

— Je ne sais pas ce qui s'est passé. Jusqu'à tout à l'heure, je me sentais bien. C'est venu subitement. J'ai dit à Martha que j'étais prête à essayer de manger un peu de soupe.

En quittant le salon pour retourner dans la cuisine, elle ne put s'empêcher de remarquer la couche de poussière qui recouvrait le mobilier ancien en chêne. Elle était particulièrement sensible à ce genre de détails, car sa mère lui avait inculqué des préceptes stricts en matière de ménage. Selon celle-ci, une maison bien tenue constituait la première étape vers une vie parfaite et un avenir radieux. Si seulement tout pouvait être aussi simple…

Dans quelle mesure allait-elle transmettre ce type de névroses à son enfant ? Une chose était sûre : elle allait tout faire pour l'éviter. A la place, elle tenterait de lui instiller la confiance en soi nécessaire pour affronter la vie. La tâche s'annonçait difficile, alors qu'elle-même en manquait quand il s'agissait de poursuivre ses propres rêves.

Pour commencer, ne devait-elle pas dire la vérité à Cash, qui de toute évidence s'inquiétait pour elle ? Mais elle craignait qu'en apprenant qu'elle était enceinte il ait pitié d'elle. Et, après tout, cela ne le regardait pas. Bientôt, elle serait partie et leurs routes ne se recroiseraient sans doute jamais.

Après l'incident qui avait interrompu le repas, Cash se montra particulièrement prévenant envers elle. Suffisamment détendue, elle put donc avaler jusqu'à la dernière goutte la délicieuse soupe que Martha avait préparée.

— C'était délicieux, dit-elle quand elle eut terminé. Je me resservirais bien, mais je préfère ne pas tenter le sort. Et figurez-vous que j'ai de nouveau envie de dormir.

— Cash va vous raccompagner au ranch pour que vous puissiez vous reposer, déclara Martha en lui tapotant gentiment la main.

— Je ne veux pas abuser de votre hospitalité. Si vous pouviez seulement me ramener à la ville la plus proche…

A vrai dire, elle ne savait absolument pas où aller, mais elle ne voulait pas s'imposer. Etait-ce du soulagement qu'elle lut dans le regard de Cash quand il entendit ces paroles ? Elle s'était imaginé qu'il lui avait pardonné sa bévue lors du repas. Apparemment, elle s'était trompée.

— C'est absurde ! s'exclama Martha qui semblait n'avoir pas remarqué la réaction de son petit-fils. Vous tenez à peine debout. Non ! Vous allez rester là et vous reposer. Vous n'êtes de toute façon pas en état d'affronter tous ces journalistes, n'est-ce pas Cash ?

Il se contenta de les regarder un bref instant sans mot dire, puis il replongea le nez dans sa soupe.

Le cœur de Meghan se serra. Elle réalisa qu'elle avait inconsciemment espéré rester à Tumbling Weed. Ce ranch isolé était le lieu idéal pour mettre de l'ordre dans ses idées et planifier l'avenir. Mais il était hors de question qu'elle reste alors que sa présence n'était pas souhaitée. Si Cash n'osait pas le dire clairement à sa grand-mère, c'est elle qui s'en chargerait.

— Mais je ne peux pas…

— Combien de temps pouvez-vous rester ? l'interrompit Martha pour couper court à ses protestations.

— J'avais pris deux semaines de congés pour ma lune de miel…

— Eh bien, c'est parfait. C'est le temps qu'il vous faut pour vous remettre d'aplomb. Nous essaierons de rendre votre séjour chez nous aussi agréable que possible, déclara Martha en se levant. Cash va vous ramener chez lui.

Meghan l'observa. L'invitation de sa grand-mère ne semblait guère l'enchanter.

— Nous partirons dès que j'aurai fini de ranger la cuisine, déclara-t-il.

— Très bien. Je vais vous aider à faire la vaisselle, déclara-t-elle. Il est hors de question que vous me traitiez comme une invitée. J'accepte de rester, mais à la seule condition de participer aux tâches ménagères.

— Ça me va, répondit Cash. De toute façon, je n'aurai pas le temps de m'occuper de vous, j'ai suffisamment de travail au ranch.

— J'accepte volontiers votre aide, ajouta Martha. Puisque vous semblez tous les deux capables de vous débrouiller sans moi, je vais aller dans le salon. Il y a justement un vieux film que j'avais très envie de voir qui passe à la télé.

Après avoir ôté son tablier, elle les abandonna sans un regard en arrière.

— Vous pensez qu'elle va bien ? demanda Cash, l'air préoccupé.

— Je ne la connais pas aussi bien que vous, mais, à mon avis, oui. Pourquoi cette question ?

— Ce n'est pas son genre de laisser les autres ranger. Elle

est plutôt têtue et elle ne se pose jamais avant que la cuisine ne soit en ordre.

Durant le dîner, Meghan avait remarqué que la cuisine, tout comme le salon, aurait eu besoin d'un nettoyage de fond. Un plan commença à germer dans son esprit, qui lui permettrait de s'occuper pendant son séjour à Tumbling Weed, tout en évitant de trop s'appesantir sur ses problèmes personnels.

— Vous savez, nous n'avons pas besoin d'être trois. Si j'étais vous, je ne m'inquiéterais pas. Soyez heureux qu'elle puisse se reposer, je pense qu'elle le mérite.

— Ça fait des années que je lui conseille de lever le pied, mais elle ne m'écoute pas. Si je vous disais le nombre de fois où elle invite les ouvriers du ranch à déjeuner, vous n'en reviendriez pas. Et après, elle refuse que je l'aide à nettoyer. Quand un voisin a besoin d'un coup de main, elle est la première à se porter volontaire, que ce soit pour faire la cuisine pour une famille ou pour veiller sur une personne malade.

— Votre grand-mère est une personne incroyable.

— C'est indéniablement une forte personnalité. Mais elle n'est plus toute jeune. J'avoue que je m'inquiète parfois un peu pour elle et j'aimerais que vous m'aidiez à veiller sur elle pendant votre séjour.

Meghan jeta un coup d'œil par-dessus son épaule pour s'assurer qu'ils ne pouvaient pas être entendus de Martha.

— J'allais justement vous proposer, en échange du vivre et du couvert, de m'occuper de la maison et d'aider Martha pour les repas, dit-elle à mi-voix. J'ai l'impression que ça fait un bon bout de temps que la maison n'a pas été nettoyée de fond en comble. Je pourrais peut-être commencer par faire le ménage.

— Vous êtes sûre que vous pourriez vous charger de cette tâche ?

Décidément, il devait penser qu'elle était en porcelaine ! songea-t-elle. Ou alors qu'elle vivait entourée d'une nuée de domestiques. Elle compta intérieurement jusqu'à dix pour garder son calme.

— Contrairement à ce que vous semblez croire, je ne suis

pas une star capricieuse. Je suis simplement une cuisinière sur une chaîne de télé régionale, c'est tout. Je fais toujours tout moi-même, chez moi.

Elle avait apparemment réussi à le convaincre, car il s'approcha d'elle et murmura :

— Très bien ! Dans ce cas, je vous embauche ! Vous pouvez nettoyer et cuisiner autant que vous le voulez. Ou autant que Gram vous laissera faire…

Meg le fixa. Ils étaient tellement proches à présent. Quand il ne lui décochait pas des regards sombres, il était vraiment séduisant, avec ses yeux gris ardoise, son nez aquilin et sa barbe naissante qui ombrait légèrement son visage hâlé.

Quant à sa bouche… Quel goût pouvaient avoir ses baisers ? Soudain les lèvres masculines s'étirèrent en un sourire narquois. Mon Dieu ! Avait-il deviné les réflexions déplacées qu'il lui inspirait ? Sans doute. Dans un sursaut de dignité, elle réussit cependant à afficher une expression impassible quand elle s'arracha à sa contemplation pour le remercier de lui avoir permis de rester au ranch.

Le lendemain matin, le bruit d'un coup frappé à la porte de sa chambre réveilla Meghan. Avait-elle de nouveau trop dormi ? Non, à en juger par l'obscurité qui régnait dans la chambre.

— Cash ? C'est vous ? demanda-t-elle en s'asseyant dans le lit.

— Oui, pourquoi ? Attendiez-vous quelqu'un d'autre ?

— Non. Qu'est-ce qui se passe ? Il fait encore nuit.

— Plus pour longtemps. Vous avez l'intention de dormir toute la journée ?

— Quelle journée ? Le soleil n'est même pas encore levé.

— Il sera levé avant que vous n'ayez le temps de dire ouf. C'est pourquoi les cow-boys se lèvent tôt.

Comprenant qu'elle n'avait pas d'autre choix que de quitter le confort douillet de son grand lit, elle s'étira.

— D'accord. Je serai en bas d'ici une demi-heure.

— Hors de question ! Je vous donne à peine dix minutes.

— Dix minutes ! s'exclama-t-elle d'une voix aiguë.

Elle n'en bondit pas moins hors du lit. Refusant de céder aux diktats de Cash, elle prit une douche rapide. En revanche, elle ne se maquilla pas. Ensuite, elle enfila un jean et un T-shirt qu'elle trouva parmi les vêtements qu'il lui avait donnés la veille.

En fouillant dans les sacs, elle découvrit que Cash et Martha avaient pensé à tout. Elle trouva notamment une brosse à cheveux et des élastiques pour faire une queue-de-cheval. Quand elle fut prête, elle dévala l'escalier.

— Il était temps ! s'exclama Cash en ouvrant la porte pour sortir.

— Je me suis pourtant dépêchée. Je ne suis pas habituée à me lever au milieu de la nuit.

Le petit rire grave qui échappa à son compagnon propagea une vague de chaleur dans le creux de son ventre.

— Je suis sûr que Gram a déjà préparé le petit déjeuner. Vous vous sentez mieux ce matin ?

— Nettement mieux. Une bonne nuit de sommeil m'a fait du bien.

— Et l'estomac ?

Malgré son ton un peu sec, elle ne put s'empêcher d'être touchée par sa sollicitude.

— En fait, je suis affamée. Maintenant, arrêtez de vous inquiéter pour moi, et allons-y.

— A vos ordres, madame.

Il appuya ses mots d'un sourire qui déclencha un frisson délicieux en elle. Comment un simple sourire pouvait-il avoir un effet aussi puissant ? Elle refusa cependant de s'attarder sur cette énigme et se dirigea vers le pick-up. Même si l'attitude de Cash à son égard s'était à présent améliorée, le court trajet vers la maison de Martha se déroula dans le silence. Sans sa dose de caféine matinale, Meg n'était généralement pas capable de mener une conversation.

Quand il resta au volant après s'être arrêté devant la maisonnette, elle se tourna vers lui, surprise.

— Vous ne déjeunez pas ?

— Je dois m'occuper des chevaux.

— L'estomac vide ?

— J'ai englouti un litre de café noir serré pendant que je vous attendais. C'est tout ce qu'il faut à un cow-boy comme moi pour commencer la journée.

Meg esquissa une moue dégoûtée.

— Je ne sais pas comment vous faites. Je n'ai jamais réussi à avaler ce breuvage nature. Je suis obligée d'y ajouter du lait et du sucre.

— Alors Gram a tout ce qu'il vous faut. A tout à l'heure. Et surtout, n'oubliez pas notre accord.

— Ne vous inquiétez pas. Votre grand-mère est ma priorité. Peut-être que, plus tard dans la journée, je pourrais vous aider au ranch ?

— Au risque de casser un de vos jolis ongles ? Ça m'étonnerait.

Elle tendit machinalement les mains devant elle. Mon Dieu ! Elle n'avait toujours pas retiré sa bague de fiançailles. Son premier réflexe fut de l'arracher de son annulaire et de la jeter par la fenêtre, mais elle se retint. Ce geste ne manquerait pas d'éveiller la curiosité de Cash. Et de susciter des questions auxquelles elle ne voulait pas répondre.

— Mes ongles sont courts, fit-elle remarquer. Rappelez-vous que je suis une cuisinière.

— Courts ou longs, ce n'est pas un travail pour vous. Une star que tout le monde doit dorloter est plus à sa place dans la cuisine, avec ma grand-mère.

— Sachez que personne ne me dorlote ! Ce n'est pas dans mes habitudes !

Vexée, elle se tut un instant. Elle n'aimait pas qu'on lui dise ce qu'elle pouvait faire ou non. Cela lui rappelait la façon dont Harold avait dirigé sa vie ces derniers temps. Selon lui, elle était trop jolie pour s'enfermer dans une cuisine ; la télévision lui convenait mieux. Avec le recul, elle se demandait si elle-même aurait choisi cette carrière s'il ne l'avait pas poussée. Elle avait toujours aimé le côté créatif de son métier et elle s'était sentie frustrée de devoir se contenter de mettre en scène la réalisation de recettes pas toujours intéressantes.

— Je parie que je suis capable de faire la même chose que vous dans une grange, ajouta-t-elle.

Une lueur dansait à présent dans les prunelles grises de son compagnon. Son obstination semblait l'amuser.

— Peut-être que je vous mettrai à l'épreuve un de ces jours alors, dit-il. Mais pour l'instant, vous êtes attendue.

Satisfaite qu'il accepte au moins de lui donner sa chance hors de la cuisine, elle descendit de la camionnette et remonta l'allée menant chez Martha.

Elle n'avait peut-être pas eu la chance de grandir dans un ranch magnifique comme celui-ci, avec des douzaines de chevaux, mais cela ne signifiait pas qu'elle était incapable de se débrouiller dans cet environnement. Après tout, nettoyer des écuries ne devait pas être très sorcier, non ?

Le temps était venu pour elle de prouver qu'elle pouvait s'en sortir sans l'aide de personne. Elle n'avait guère le choix. Avec un bébé en route, il fallait qu'elle soit capable de faire face aux défis que l'existence lui réservait.

6

Le soleil écrasait la carrière de ses rayons ardents quand Cash tira sur les rênes pour qu'Emperor s'arrête au milieu de la piste. Il avait passé une bonne partie de la matinée avec le magnifique étalon noir. Après une pause de quelques secondes, il le remit au pas d'un léger mouvement des talons. Maîtriser la fougueuse monture n'était pas évident mais il aimait les défis. Gêné par son épaule blessée qui commençait à le lancer, il poursuivit néanmoins ses manœuvres. Il n'en avait pas fini avec Emperor. Celui-ci était certes intelligent, mais il avait besoin qu'on lui rappelle qui était aux commandes.

Les sabots du cheval martelaient la terre séchée, soulevant des petits nuages de poussière. Quand Emperor se montra enfin docile, Cash se détendit et ses pensées se focalisèrent de nouveau sur Meg. La jolie rousse aux courbes délicieuses l'obsédait plus qu'il ne voulait l'admettre.

— Quel cheval superbe ! Vous me laisserez le monter ?

La mélodieuse voix féminine l'arracha à ses réflexions. Levant les yeux dans sa direction, il aperçut le chapeau de cow-boy rose et blanc qu'il avait lui-même choisi pour elle la veille. Dieu qu'elle était jolie ! Trop jolie, pour son propre malheur.

Elle s'était appuyée contre la clôture de bois qui entourait la carrière. La vue de sa silhouette — ni trop mince, ni trop forte, mais indéniablement voluptueuse — faisait chaque fois s'accélérer les battements de son cœur. Il mourait d'envie de l'attirer dans ses bras et de goûter ses lèvres dont la courbe sensuelle hantait ses pensées.

— Je suis venue relever le défi que vous m'avez lancé. Vous allez voir si je ne suis pas une vraie cow-girl.

Amusé, Cash ne put se retenir de rire devant la lueur déterminée qui dansait dans ses yeux verts. Décidément, elle prenait facilement la mouche ! Mais il devait avouer que son arrivée lui apportait un bol d'air frais.

— Croyez-moi, vous n'aimeriez pas monter Emperor, dit-il. Il n'est pas de tout repos. Mais je vous trouverai, si vous le souhaitez, une monture plus docile.

Il descendit de cheval et, après avoir lâché Emperor dans le pré adjacent à la carrière, il la rejoignit. Elle portait des vieilles bottes de cow-boy. C'était certainement sa grand-mère qui avait dû les lui prêter.

— Ne le prenez pas mal, mais qu'est devenu notre accord ? demanda-t-il. Ne deviez-vous pas donner un coup de main à Gram ?

— C'est fait. Après l'avoir aidée à faire la vaisselle, j'ai passé l'aspirateur, malgré ses protestations. Ensuite, j'ai fait la poussière, avant qu'elle ne me mette à la porte sous prétexte qu'elle voulait regarder tranquillement ses émissions culinaires du matin. Me voilà donc sans besogne dans l'immédiat. Je retournerai l'aider plus tard.

— J'imagine très bien la scène. Il est vrai qu'elle aime sa routine et qu'elle déteste être bousculée.

Meg se hissa sur la barrière blanche pour s'asseoir plus confortablement. Ce faisant, sa main gauche effleura le bras de Cash. Ce dernier frissonna. Quelque chose avait changé, mais quoi ? Sa manière de se coiffer ? Non. Etait-ce sa façon de s'apprêter ? Non plus. Mais alors... Bien sûr ! C'était cela ! Elle avait ôté sa bague de fiançailles ! Au prix d'un effort considérable, il se retint de lui demander pourquoi. Après tout, cela ne le regardait pas. Et qu'allait-elle penser s'il osait lui poser cette question quelque peu indiscrète ?

— Le cheval que vous montiez est magnifique. Quelle chance d'en être le propriétaire !

— Oui, c'est vrai. Mais, malheureusement, je ne le suis plus pour longtemps. En fait, j'entraîne des chevaux que je revends. Pour l'instant, on peut considérer qu'il est à moi, mais seulement jusqu'à ce que son nouveau propriétaire vienne le prendre à la fin de la semaine.

— Ce n'est pas trop dur de passer tout ce temps avec les chevaux, puis de devoir s'en séparer ?

— Vous savez, je m'y suis habitué. Il ne faut pas laisser ses émotions interférer avec les affaires. Mais ne vous méprenez pas, j'ai mes propres chevaux et je ne m'en séparerais pour rien au monde. Ils font partie de la famille.

— J'ai entendu parler des rapports particuliers que les cavaliers entretenaient avec leurs chevaux. Bon, assez discuté ! Alors, vous m'emmenez faire un tour à cheval ?

Cash l'observa. Il avait du mal à suivre la conversation car ils étaient si proches qu'il lui aurait suffi de pivoter légèrement sur lui-même pour lui voler un baiser et, par la même occasion, assouvir un désir qui le taraudait depuis qu'il l'avait surprise en sous-vêtements de dentelle blanche.

Bon sang ! Que lui arrivait-il ? Il devait absolument chasser ces pensées incongrues de son esprit. Pourquoi ne pas lui dire qu'il n'avait pas le temps de s'occuper d'elle ? Non, ce n'était même pas envisageable. En fait, sa compagnie lui plaisait et il ne voulait pas déjà y renoncer.

— Que diriez-vous d'une petite visite guidée du ranch ? proposa-t-il.

— Ce serait merveilleux. Ce que j'en ai déjà vu me plaît beaucoup.

Les yeux de Meg pétillaient de joie et son sourire s'élargit. Le cœur de Cash battit à tout rompre dans sa poitrine. Etait-elle en train de flirter avec lui ? Impossible. Elle voulait simplement se montrer amicale, un point c'est tout. Il ne devait pas oublier qu'elle en pinçait sans doute encore pour Harold et que c'était tant mieux pour lui.

— Commençons ici, déclara-t-il en s'éclaircissant la gorge pour masquer son trouble. C'est la carrière où je fais travailler les chevaux. Et là-bas, poursuivit-il en désignant un espace derrière la grange, se trouve un enclos plus petit où nous débourrons les jeunes chevaux.

— Oh ! C'est fabuleux ! Je pourrai voir comment vous vous y prenez ?

— Bien sûr.

Il avait beau se répéter qu'il devait garder ses distances, il mourait d'envie de lui montrer ses talents.

— Venez, je vais vous montrer la grange.

Par habitude, il fit des mouvements circulaires pour soulager la douleur persistante qui irradiait dans son épaule.

— Quand vous êtes-vous blessé à l'épaule ? demanda Meg.

Cash soupira. Il n'aimait pas évoquer cette époque de sa vie. A sa sortie de l'hôpital, il avait voulu oublier l'accident et la série d'événements qui l'avaient précédé. Il n'avait cependant pas envie de détruire l'atmosphère amicale qui régnait entre eux en la rabrouant brutalement, aussi décida-t-il de lui dire la vérité, sans toutefois entrer dans les détails.

— C'est arrivé lors de mon dernier rodéo, à Austin. Le taurillon que je chevauchais a trébuché et nous avons chuté ensemble. Ce fut brutal. Mon épaule a tout pris.

— Comment ? Vous participez à des rodéos ?

Une note d'admiration mêlée d'effroi pointait dans sa voix.

— Oui. Enfin, plus maintenant. J'ai pris ma retraite il y a quelques mois.

— A cause de cette chute ?

— En partie, oui.

— Mais quelles ont été les conséquences ? Vous avez subi une opération ?

— Oui. On m'a mis une broche pour que tout tienne de nouveau ensemble. Rien de bien méchant, comme vous pouvez le constater aujourd'hui. Après un séjour en centre de rééducation, je peux de nouveau monter à cheval.

— Je suis vraiment impressionnée. C'est absolument incompréhensible pour moi. Comment peut-on aimer quelque chose au point de prendre de tels risques ? Ça m'échappe.

— N'aimez-vous pas être devant les caméras, à cuisiner pour vos fans ?

Après avoir soupesé quelques secondes sa question, elle lui répondit :

— Les fans sont super. C'est tout le reste qui l'est moins. Je dois surveiller ce que je mange parce que les caméras vous ajoutent au moins sept kilos. C'est une torture. Et c'est plutôt frustrant de ne pas avoir mon mot à dire sur le contenu de l'émission.

— Vous ne pouvez pas imposer vos idées ? Je pensais pourtant que la présentatrice vedette dirigeait tout.

— C'est sans doute le cas si vous êtes une star au niveau national, mais pas pour une débutante sur une chaîne régionale comme moi.

Surpris, Cash la fixa. Ainsi, elle n'était pas la vedette surpuissante que sa grand-mère lui avait présentée. Intéressant ! Y avait-il d'autres points à son sujet sur lesquels il s'était trompé ?

— Si vous deviez changer de métier, qu'aimeriez-vous faire ? demanda-t-il.

De nouveau, elle réfléchit longuement avant de répondre. A un moment, leurs regards s'accrochèrent et le cœur de Cash bondit dans sa poitrine. Ses yeux furent irrésistiblement attirés par les lèvres de sa compagne. Et s'il cédait à la tentation qu'elles représentaient, une bonne fois pour toutes ? Qui sait ? Un baiser suffirait peut-être à lui faire réaliser qu'elle n'était qu'une femme comme les autres et que c'était son imagination qui la lui rendait tellement désirable.

Mon Dieu ! Avait-elle suivi le cours de ses pensées ? Les partageait-elle ? Quoi qu'il en soit, les joues de Meg rosirent.

— Je... je ne sais pas, répondit-elle avant de détourner son regard. Pour l'instant, je remets tout à plat. Maintenant que mon mariage est à l'eau, ma vie va nécessairement prendre une direction différente, et je dois penser à la façon dont je vais organiser mon avenir.

Cash soupira. L'allusion à son mariage annulé le ramena à la réalité. Avait-il vraiment envie de faire un bout de chemin avec une femme qui avait plaqué son futur mari le jour de son mariage ? La réponse allait de soi : certainement pas !

Après la visite des installations, Cash sella deux chevaux et il emmena Meghan pour un petit tour de la propriété. Il lui avait donné une jument très douce, répondant au nom de Cannelle. Emerveillée, Meg contempla le paysage pittoresque et les chevaux superbes qui s'ébattaient dans les prés. Mais impossible d'oublier la présence de son compagnon. Elle coulait des regards à la dérobée pour admirer son visage séduisant et ses larges épaules. Et la façon dont il ne faisait qu'un avec sa monture la fascinait. Toute sa personne dégageait une telle puissance, une telle confiance en soi…

— Parlez-moi de vous, dit-il au bout d'un moment.

— Il n'y a pas grand-chose à dire ; en plus, vous risquez de vous ennuyer.

— Bon. Alors considérons qu'il s'agit simplement d'un entretien d'embauche. Après tout, si nous avions suivi la procédure habituelle, vous auriez dû au moins me raconter votre parcours dans les grandes lignes.

Meg acquiesça. Il avait raison. Cependant, parler d'elle la mettait mal à l'aise. Sa mère avait toujours été intraitable sur ce point : on n'évoquait pas ses défauts, ni ceux de sa famille, en public. Et jamais, ô grand jamais, devant l'homme de votre vie. Mon Dieu ! Pourquoi avait-elle suivi le conseil maternel à la lettre avec Harold ? Leur relation avait été très superficielle et c'était partiellement sa faute.

Il ne fallait pas que cela se reproduise. Si un homme l'aimait un jour, il devrait connaître ses défauts comme ses qualités.

Cette résolution n'en rendait pas moins la tâche effrayante. Heureusement, elle pouvait faire son premier plongeon dans l'honnêteté avec un homme avec lequel elle n'était pas liée affectivement.

— Voyons, commença-t-elle. Vous savez déjà que je suis une cuisinière professionnelle. J'ai grandi à Lomas, au Nouveau-

Mexique. J'ai deux sœurs plus jeunes que moi. Et mes parents ont été mariés pendant presque trente ans avant que mon père ne meure d'un cancer, l'hiver dernier.

— Oh ! Je suis sincèrement désolé. Etes-vous proche de votre famille ?

Meg soupira. Elle avait une réponse toute prête, mais elle se ravisa. N'avait-elle pas décidé d'être plus franche à propos d'elle-même ?

— Nous nous sommes un peu perdues de vue à la mort de mon père. Comme je suis l'aînée, je sais que c'est à moi de recoller les morceaux, mais trop de choses se sont passées ces derniers temps et… j'ai échoué.

— Je ne connais pas votre situation personnelle, mais l'expérience m'a appris qu'il vaut parfois mieux que certaines familles restent séparées.

Avec un pincement de tristesse, elle reconnut qu'il avait sans doute raison, même si elle ne pensait pas que cette évidence s'applique à sa famille. Qu'avait-il bien pu vivre pour parvenir à une conclusion aussi sombre ? Si elle le savait, peut-être pourrait-elle lui offrir un peu d'espoir ? Mais à peine avait-il laissé échapper cet aveu que son visage s'était refermé. Il valait mieux changer de sujet.

— Combien de chevaux possédez-vous ?

— Cinquante et un. J'ai l'intention d'en avoir une centaine, une fois que l'affaire sera bien lancée. Avec la publicité adéquate et le bouche-à-oreille, je pense que j'aurai bientôt plus de clients que je ne pourrai en gérer.

— Je vous le souhaite. En attendant, vous ne vous sentez pas seul ici ?

— Pas du tout. Si j'ai envie de bavarder, il y a les ouvriers du ranch, et Gram.

— Mais qu'en est-il de… ?

Réalisant que sa question pouvait être mal interprétée, elle se mordit la lèvre.

— Vous n'allez quand même pas me demander ce qu'il en est de ma vie sentimentale ?

Embarrassée, Meg rougit violemment.

— Désolée. Ça ne me regarde effectivement pas. Pure déformation professionnelle.

— Ah ! Parce qu'en plus de cuisiner vous interviewez les gens dans votre émission ?

— Ça m'arrive. C'est toujours amusant de recevoir des célébrités locales sur le plateau et de les interviewer. Mais je n'aurais pas dû vous poser cette question personnelle.

— Elle est quelque peu indiscrète en effet. Mais, si vous tenez vraiment à le savoir, je n'ai pas de petite amie.

Curieusement soulagée, Meg soupira discrètement. Mais pourquoi avait-elle une telle réaction ? C'était plutôt inquiétant. En effet, que lui importait la vie sentimentale de Cash ? Elle le connaissait à peine. Et, en tant que future mère célibataire, elle n'avait pas le droit de s'intéresser à un homme — même si celui-ci était un cow-boy beau comme un dieu.

Meg appréciait chaque jour davantage le trajet qui la menait de la grande maison à celle de Martha. C'était non seulement l'occasion de se dégourdir les jambes, mais sur le chemin elle ne pensait à rien d'autre qu'à savourer l'instant présent. Ses problèmes ne lui semblaient alors plus insurmontables.

Parvenue sur le seuil de la maisonnette, ce mardi en fin de matinée, elle frappa un coup à la porte pour annoncer son arrivée, puis elle entra. Dès le premier jour, Martha lui avait dit de ne pas s'embarrasser de formalités et de rentrer sans attendre qu'elle vienne lui ouvrir.

La maison était inhabituellement silencieuse.

— Martha ?

A sa grande surprise, elle trouva la cuisine vide. Les préparatifs du repas n'avaient pas été commencés, ce qui ne ressemblait pas du tout à Martha, qui aimait toujours avoir une longueur d'avance. Soudain anxieuse, Meghan sentit son estomac se nouer.

Où Martha était-elle passée ? Elle ne lui avait rien dit durant le petit déjeuner. C'était incompréhensible. Ce ne fut qu'après avoir parcouru toutes les pièces de la maison qu'elle vit une feuille de papier pliée sur la table de la cuisine. Son nom était inscrit dessus.

« Meg,

« Désolée de devoir partir en catastrophe, mais Amy Santiago vient de donner naissance à des triplés et elle ne va pas très bien. Elle a besoin d'un peu de soutien, or sa famille ne vit pas dans la région et ne peut venir dans l'immédiat. Je vais donc m'installer chez elle en attendant que ses parents arrivent d'ici quelques jours. Cash fera en sorte que vous ayez tout ce dont vous avez besoin.

« A bientôt,

« Martha »

Songeuse, Meghan replia la feuille et la glissa dans sa poche. Cet événement risquait de bouleverser son quotidien. Elle n'avait à présent plus véritablement de raisons de rester. Ce départ allait-il changer quelque chose pour Cash ? Accepterait-il qu'elle reste ? Ou sauterait-il sur l'occasion pour lui demander de plier bagage et ainsi retrouver sa chère solitude ?

7

— Que voulez-vous dire ? Gram est partie ?

— Comment ? Vous n'étiez pas au courant ?

— Bien sûr que non, répliqua-t-il en sautant du cheval qu'il montait. Sinon je ne vous poserais pas la question.

En trois longues enjambées, il rejoignit Meg près de la clôture blanche.

— Où est-elle partie ? demanda-t-il.

Meg tira une feuille de papier de la poche de son jean et la lui tendit. Il lui arracha pratiquement le message de la main et le parcourut rapidement. Quand il eut fini, il laissa échapper un soupir de soulagement.

— Oh ! Ne me causez plus jamais une frayeur pareille, dit-il en lui rendant la note rédigée par sa grand-mère. Gram est une femme foncièrement indépendante. Et parfois, ça lui cause des ennuis.

— Quel genre d'ennuis, si ce n'est pas indiscret ?

— Un jour, je l'ai retrouvée sur le toit.

— Sur le toit ! Mais que faisait-elle là-haut ?

— Elle prétendait que c'était le seul moyen de nettoyer les vitres de l'étage. Elle n'a aucune conscience du danger et de son âge. Avec elle, je ne sais jamais ce qui va arriver.

— Ce ne doit pas toujours être évident. Comment faisiez-vous quand vous participiez aux rodéos ?

— Je me faisais un sang d'encre. J'essayais de prendre de ses nouvelles quotidiennement, et je demandais à Hal, mon contremaître, de passer chez elle deux fois par jour.

— J'imagine que ça n'a pas dû être facile pour vous.

Elle baissa la tête avant de poursuivre :

— Bon. Abordons des questions plus pratiques. Maintenant que votre grand-mère est partie, voulez-vous que je m'en aille ?

Quand elle leva les yeux vers lui, il lut de l'incertitude dans son regard émeraude. Il comprit qu'elle n'avait pas la moindre idée de l'endroit où elle pourrait aller. Un élan de sympathie monta en lui.

Il était conscient que l'attirance qu'il éprouvait pour elle le mettait en danger, et inviter cette jolie rousse sexy à rester au ranch sans la présence de sa grand-mère était pure folie, mais il ne pouvait pas l'abandonner au bord de la route. Si Gram l'avait rejeté, lui, comme s'il n'était pas son problème, il aurait probablement mal tourné.

— Si vous n'êtes pas pressée de partir, je peux encore avoir besoin de vous.

La surprise qui se peignit sur le visage de la jeune femme céda rapidement la place au soupçon.

— Vous savez, je ne veux pas de votre pitié.

Son sursaut d'amour-propre la lui rendit encore plus sympathique.

— Ma proposition n'a rien à voir avec la pitié ; c'est purement intéressé de ma part. Depuis que vous secondez Gram dans la cuisine et pour le ménage, j'ai pu abattre un travail considérable. De plus, ma grand-mère n'est pas partie pour longtemps.

Cash la fixa. La tension qui crispait son visage se dissipa. Visiblement, son argument avait porté. Un sourire hésitant étira ses lèvres.

— Puisque nous serons seuls, dit-elle timidement, que diriez-vous d'inaugurer la superbe cuisine toute neuve de votre maison ?

— Ce sera plus pratique, effectivement.

— Vous avez envie de quelque chose de particulier pour le dîner ? demanda-t-elle en descendant de la barrière sur laquelle elle était assise.

— Viande rouge et pommes de terre sont mes plats favoris, mais le frigo est presque vide. Alors, n'importe quoi fera l'affaire, pourvu que vous ayez les ingrédients sous la main. J'irai faire des courses en ville plus tard.

— Très bien. Mais, si vous aimez les gâteaux, il faudra penser à en acheter, car je suis nulle dans ce domaine. C'est ma sœur Ella qui a hérité du gène de la pâtisserie. J'ai également remarqué que vous n'aviez pas de vin. Or il m'arrive parfois d'en utiliser pour la cuisine. Vous pourrez me rapporter une bouteille de rouge et une de blanc ?

La mâchoire de Cash se crispa. Sans s'en douter, elle avait touché un point sensible, réveillant les fantômes du passé.

— Je ne bois pas d'alcool, répliqua-t-il plus sèchement qu'il ne l'aurait voulu.

Devant la mine soudain penaude de la jeune femme, il regretta de l'avoir ainsi rabrouée. Mais il ne pouvait toutefois pas lui avouer pourquoi il avait réagi aussi brusquement.

— Je suis désolé de vous avoir parlé aussi sèchement, s'excusa-t-il.

— Ce n'est rien. Je me passerai d'alcool pour cuisiner, c'est tout.

Rassuré, Cash se dirigea vers la porte. Visiblement, elle préférait prétendre que l'incident n'avait pas eu lieu. Tant mieux ! Il n'avait pas du tout envie de s'appesantir sur le sujet.

Constatant que sa main tremblait légèrement, Meghan poussa un soupir d'exaspération. Pourquoi diable se mettait-elle dans tous ses états pour un simple dîner ? Certes, elle avait expérimenté un nouveau plat, mais elle en avait l'habitude. Elle accommodait chaque recette à sa sauce personnelle depuis l'enfance.

Ce qu'il y avait de spécial, aujourd'hui, c'était que, pour la première fois, elle avait cuisiné pour Cash sans suivre les instructions de Martha. Le menu qu'elle avait préparé était plus épicé que ce qu'ils mangeaient depuis qu'elle était arrivée au ranch. Elle tenait difficilement en place tandis qu'elle attendait son opinion.

— Qu'en dites-vous ? demanda-t-elle dès qu'il eut porté la première bouchée d'enchilada à ses lèvres.

Le regard de Cash pétilla, mais il garda le silence. Elle ne le quitta pas des yeux tandis qu'il mâchait lentement. Quand il avala la première bouchée, elle n'y tint plus. La patience n'avait jamais été son fort.

— Alors ? Ça vous plaît ?

Avec une lenteur exaspérante, il posa sa fourchette sur la table. Puis, après avoir croisé les mains, il la fixa, les yeux plissés.

— Votre enchilada est… surprenante, déclara-t-il. Je ne m'attendais pas à y trouver un œuf frit. Et la sauce est épicée à point. On sent bien le piment, mais il ne masque pas le goût du fromage ou de l'oignon.

Il lui décocha un sourire avant d'ajouter :

— D'où sort cette recette ? Il faudra que je l'essaye.

Rassurée, elle libéra l'air qu'elle retenait dans ses poumons jusque-là.

— Alors, vous aimez ? Rassurez-moi. Vous ne dites pas ça juste pour me faire plaisir ?

— Moi ? Etre gentil par pur politesse ? C'est bien mal me connaître. Jamais !

Elle éclata de rire.

— Vous voulez bien arrêter de plaisanter ! s'exclama-t-elle.

— D'accord. Mais à condition que vous me disiez où vous avez déniché cette recette.

— En fait, c'est moi qui l'ai inventée.

Elle avait beau se répéter que l'opinion de Cash sur ses talents culinaires n'était pas primordiale, le regard admiratif qu'il lui lança la toucha profondément. En fait, sans qu'elle y prenne garde, il avait pris une place de plus en plus grande dans ses pensées et dans sa vie. Sans parler du trouble qu'elle ressentait chaque fois que son regard s'attardait sur lui.

Quelle situation compliquée ! C'était vraiment la dernière chose dont elle — et le bébé — avait besoin en ce moment.

— Quelque chose ne va pas avec la nourriture ?

Cash s'étonnait visiblement de la lenteur avec laquelle elle mangeait. Heureusement qu'il n'avait pas le pouvoir de lire dans ses pensées !

— Euh… non, répondit-elle en rougissant.

— Vous savez que vous devriez publier vos recettes ?

Sa remarque l'arracha à l'espèce de torpeur où sa rêverie éveillée l'avait plongée.

— C'est drôle que vous me disiez ça. Figurez-vous que j'ai été approchée par une éditrice qui voulait savoir si j'envisageais d'écrire un livre de cuisine.

— Vous voyez, je ne dis pas que des bêtises ! Et que lui avez-vous répondu ?

— Que j'y réfléchirai.

— Si toutes vos recettes sont à la hauteur de celle-ci, je suis prêt à parier que ce sera un best-seller.

Meg s'empourpra. Son compliment lui fit plaisir. Extrêmement plaisir. Elle aimait créer des recettes nouvelles ; c'était comme un jeu pour elle, et elle en avait suffisamment pour remplir un livre.

— Vous savez, cette éditrice m'a relancée par e-mail il n'y a pas si longtemps.

— C'est super ! Pourquoi ne l'appelez-vous pas pour voir ce qu'elle vous propose exactement ?

Surprise, Meg le fixa. Cash était vraiment différent d'Harold. Il l'encourageait à réaliser ses rêves, alors que son ex-fiancé avait estimé qu'écrire un livre de cuisine était une perte de temps. Elle voulait tout le temps tellement lui faire plaisir — mériter son amour — qu'elle avait été prête à sacrifier cette opportunité pour correspondre à l'image qu'il se faisait de l'épouse idéale. Elle s'en mordait les doigts à présent.

— Vous avez raison. Je vais reprendre contact avec elle, dit-elle avec conviction.

Pendant quelques minutes, ils mangèrent en silence. Meghan faisait de son mieux pour penser à autre chose qu'au cow-boy sexy assis en face d'elle. A quoi bon songer à s'abandonner à l'attirance qu'elle éprouvait pour lui ? Bientôt, elle aurait quitté Tumbling Weed et elle ferait mieux de se focaliser sur son bébé et sur son avenir.

— Bon. Que s'est-il passé, finalement ? Pourquoi vous êtes-vous enfuie le jour de votre mariage ?

Meg sursauta malgré elle. S'il avait voulu créer un effet de surprise en lui posant cette question à brûle-pourpoint, il avait réussi ! Elle avait prévu qu'il remettrait le sujet sur le tapis à un moment ou à un autre, mais ce soir elle aurait voulu qu'ils n'évoquent que sa cuisine. Le seul domaine où elle se sentait sûre d'elle-même.

Malgré ses réticences à parler de ses échecs en tant que femme, une impulsion irrésistible la poussa cependant à se montrer franche avec lui.

— Nous… nous n'avions pas les mêmes buts dans la vie.

— Mais vous n'en aviez jamais discuté avant de décider de vous marier ?

— Si, admit-elle en plongeant le nez dans son assiette. Mais la situation a changé au fil du temps.

— Et Harold n'était pas prêt pour le changement ?

Que signifiaient toutes ces questions ? Pourquoi cette soudaine curiosité ? Résolue à ne pas se laisser intimider par l'intensité de son regard, elle redressa fièrement le menton. Après tout, elle n'était pas obligée de lui dire toute la vérité.

— Deux semaines avant le mariage, je lui ai annoncé un événement qui risquait de bouleverser nos plans et… il semblait l'avoir accepté. Ce n'est que le jour du mariage qu'il s'est rétracté.

— Je ne comprends pas. S'il n'était plus partant, comment vous êtes-vous retrouvés tous les deux à l'église ?

Il s'interrompit un instant, comme s'il venait seulement de comprendre le sens de ses paroles.

— Attendez, s'exclama-t-il. Vous voulez dire qu'il a attendu que vous soyez au pied de l'autel, devant toute votre famille et vos amis, pour vous laisser tomber ?

Meg acquiesça. Elle n'eut cependant pas le courage de lui avouer qu'Harold avait par la même occasion rejeté leur enfant à naître.

— Quel salaud ! Comment a-t-il pu vous faire un coup

pareil ? Cela a dû être horrible. Pas étonnant que vous vous soyez enfuie. Vous devez le haïr.

— Non, protesta-t-elle.

Le regard choqué de Cash lui fit comprendre à quel point sa réaction le surprenait.

— Je ne peux pas le haïr, ajouta-t-elle pour se justifier. Tout n'était pas sa faute.

Elle soupira. C'était elle qui avait oublié de prendre sa pilule. Elle avait dévié du chemin qu'ils s'étaient fixé. Peut-être que le fond du problème était que leur avenir avait été justement trop bien tracé ? Ils n'avaient laissé aucune place à l'imprévu.

— Je ne comprends pas, Meg. Comment pouvez-vous prendre sa défense après tout ce qu'il vous a fait ?

Elle soupira de nouveau. Elle ne pouvait pas accabler le père de son enfant, bien que ce ne fût pas l'envie qui lui en manquât.

— Je n'ai pas envie de parler de lui, dit-elle pour couper court à la discussion.

— Je vois. Vous êtes toujours amoureuse de ce type ? demanda-t-il, incrédule.

Pour bien lui signifier que la discussion était close, elle prit son assiette et se leva pour aller dans la cuisine. Peut-être qu'elle aurait dû avouer à Cash qu'elle était enceinte. Son mensonge par omission la faisait culpabiliser. Mais aurait-il mieux compris son attitude à l'égard d'Harold ? Rien n'était moins sûr.

De plus, elle ne voulait surtout pas qu'il la considère comme une écervelée. L'opinion de Cash comptait pour elle, et elle avait besoin qu'il la respecte. Si elle parvenait à garder son secret pendant quelque temps encore, il n'aurait jamais besoin de l'apprendre.

8

C'est la gorge nouée par l'appréhension que Meg s'assit devant l'ordinateur dans le bureau de Cash, le lendemain en début d'après-midi. Elle regrettait à présent d'avoir promis au jeune homme qu'elle reprendrait contact avec l'éditrice.

Et si celle-ci avait trouvé quelqu'un d'autre ? Ou pire : si elle avait complètement oublié la proposition qu'elle lui avait faite ?

Sans son téléphone portable, elle était complètement déconnectée du monde, bien à l'abri dans le cocon protecteur de Tumbling Weed. La perspective d'affronter de nouveau la réalité de l'existence faisait palpiter son cœur.

Les yeux rivés sur l'écran, elle se ressaisit. Ce n'était pas la peine de réagir de façon aussi théâtrale. Après tout, personne ne saurait qu'elle était en ligne et personne ne viendrait lui demander des comptes.

Par habitude, elle commença par se rendre sur le site de Chef Jiffy pour lire les commentaires. Comment ses fans avaient-ils réagi à la débâcle de son mariage ?

Faisant rouler la molette de la souris, elle découvrit qu'il y avait neuf cents commentaires. Waouh ! C'était un record. De toute évidence, sa fuite de l'église n'avait pas laissé les gens indifférents. La question qui se posait maintenant était : penchaient-ils en sa faveur, ou en faveur de son ex-fiancé ?

Elle ouvrit le premier commentaire :

Salut, Jiffy Girl. Tiens bon. Tu as fait ce que tu devais faire. On te soutient.
JambesSexy911

Le message lui arracha un sourire. JambesSexy911 était le pseudo d'Ella depuis des années. C'était une plaisanterie sur ses jambes — plutôt courtes, qu'elle avait héritées de leur mère. De plus, elle n'était pas particulièrement mince. Un fait que leur mère soulignait régulièrement, mais qui n'empêchait pas les hommes de se retourner sur le passage d'Ella. La preuve que certains préféraient les femmes bien en chair, quoi que prétende leur mère.

Meghan continua de parcourir les commentaires en diagonale, jusqu'à ce que ses yeux tombent sur un lien dont le titre lui glaça le sang : *Le chef volage abandonne son fiancé pour un plat plus chaud*.

Une force irrésistible la poussa à cliquer sur le lien. La seconde suivante, une photo apparut à l'écran. Elle était floue, mais on voyait bien que c'était elle qui était en train de sortir en courant de l'église. A la lecture de l'article malveillant qui accompagnait l'image, un sentiment de honte l'envahit. On l'accusait d'avoir plaqué Harold pour l'un des séduisants techniciens de la chaîne.

Ce qui l'acheva, cependant, fut le nombre de « vu » que l'article avait récolté. Plusieurs milliers. Ses épaules s'affaissèrent. A l'heure qu'il était, même sa propre mère devait être convaincue qu'elle avait trompé Harold.

Sa réputation était définitivement détruite. Qu'allait-elle devenir ?

Cash était en train de travailler avec Emperor quand il aperçut Meg qui marchait dans l'allée. Il s'apprêtait à poursuivre le dressage, quand quelque chose dans la démarche de la jeune femme éveilla son inquiétude. Elle semblait être bien plus rigide que d'habitude. Quelque chose n'allait pas, cela semblait évident.

— Hal ? Tu peux t'occuper d'Emperor ?

Son contremaître avait lui aussi suivi Meg du regard.

— Si tu ne te dépêches pas, à la vitesse où elle va, tu vas devoir prendre le pick-up pour la rattraper.

Cash ne perdit pas de temps à lui répondre. Après avoir sauté du cheval, il lança les rênes à Hal et enjamba d'un bond la barrière pour se lancer à la poursuite de Meg. Quelle mouche l'avait piquée ? Elle lui avait pourtant paru d'excellente humeur durant le déjeuner.

— Que se passe-t-il, Meg ? Vous êtes pressée d'arriver quelque part ? demanda-t-il quand il fut parvenu à sa hauteur.

— Qu'est-ce que ça peut bien vous faire ? répliqua-t-elle d'une voix tremblante.

Il la saisit par le bras pour l'obliger à s'arrêter.

— Répondez-moi ! Vous n'êtes pas dans votre état normal. Et, pour votre gouverne, sachez que ça me fait quelque chose.

Son expression bouleversée, quand elle leva ses yeux rougis vers lui, lui donna envie de la serrer dans ses bras pour la réconforter. Mais les bras croisés de la jeune femme et sa mâchoire serrée l'en dissuadèrent.

— Je ne partirai pas avant que vous ne m'ayez dit ce qui vous tracasse, insista-t-il.

— Je me suis connectée à internet pour écrire à l'éditrice et…

— Elle vous a rembarrée aussi sec ?

— Non. Ce sont ces articles… sur moi. Ce n'est qu'un tissu d'horribles mensonges.

Il vit qu'elle luttait pour ne pas pleurer. Cash s'en voulait terriblement. S'il ne l'avait pas encouragée à écrire à l'éditrice, elle ne serait pas tombée sur ces ragots.

Il devait absolument lui remonter le moral. Oubliant toute notion de prudence, il s'avança d'un pas et l'enlaça. A sa grande surprise, elle se blottit dans ses bras sans la moindre résistance et appuya sa joue contre son torse.

Les battements de son cœur s'accélérèrent tandis qu'il effleurait sa chevelure soyeuse.

— Je suis désolé, murmura-t-il.

— Pourquoi ? Ce n'est pas vous qui avez écrit ces horreurs.

— Non, mais je sais ce que c'est que d'être la proie de la presse à scandales. Et je sais que ça fait mal.

— C'est pour ça que vous vous cachez ici ? demanda-t-elle en s'écartant légèrement pour le dévisager.

— Je ne vois pas de quoi vous voulez parler. Je ne me cache pas. Et, même si c'était le cas, c'est de vous qu'il s'agit en ce moment, pas de moi.

— Avouez qu'il y a de quoi se poser des questions, répliqua-t-elle. Vous êtes plutôt beau gosse, et pourtant vous vivez ici en reclus.

Surpris, Cash la fixa. Ainsi, elle le trouvait séduisant ? A moins qu'elle ne soit prête à tout pour détourner la conversation. C'était certainement une diversion pour éviter les sujets épineux. Mais elle n'allait pas s'en tirer comme ça.

— Meg, ne vous occupez pas de moi. Croyez-moi, ce que vous avez de mieux à faire, c'est d'ignorer ces ragots. Plus vous réagirez, plus vous ferez les gros titres. Et ce n'est pas ce que vous voulez, n'est-ce pas ?

Une lueur d'indignation scintilla dans son regard.

— Bien sûr que non !

— Parfait. Les gens qui vous connaissent savent que ce ne sont que des mensonges. Laissez les choses se tasser, et les journaux vous oublieront.

Il constata avec satisfaction que les traits de la jeune femme se détendaient. Il aurait voulu avoir ces infâmes journalistes sous la main. Il leur aurait dit sa façon de penser. Mais à quoi bon ? Comme il le lui avait dit, répondre à ces accusations mensongères ne ferait que leur donner de l'importance. Ce dont elle avait besoin en ce moment, c'était d'un ami.

— Vous avez réussi à joindre l'éditrice ?

Elle secoua la tête en signe de dénégation. Ce mouvement fit miroiter les reflets dorés de ses boucles de feu en plein soleil.

— Je m'apprêtais à lui écrire, lorsque je suis tombée sur ces insanités. Mais si ma réputation est complètement ruinée, à quoi bon ?

— Faites-moi confiance, ces articles ne signifient rien. Il ne faut pas baisser les bras.

— Vous le pensez vraiment, ou vous dites cela pour me remonter le moral ?

— Je suis on ne peut plus sérieux.

En effet, il doutait sincèrement que quiconque de sensé accorde le moindre crédit à ces articles de presse de caniveau.

— Promettez-moi que vous allez lui écrire, ajouta-t-il.

Une foule d'émotions traversa son visage, mais, quand elle leva les yeux vers lui, la résolution l'emportait sur le reste.

— Je vous le promets.

En fin d'après-midi, le jour suivant, Cash contemplait le chèque à l'ordre de Tumbling Weed qu'il tenait dans la main et il ne put s'empêcher de sourire. Le nouveau propriétaire d'Emperor venait juste de partir avec l'étalon. Encore quelques ventes de cette importance, et le ranch serait bientôt très rentable.

Impatient de partager la bonne nouvelle avec Meg, il se dirigea à grands pas vers la maison.

— Meg ? s'écria-t-il en passant le seuil.

— Je suis dans le salon.

Dès qu'il entra dans la pièce, Meg se tourna vers lui. Son sourire lumineux le réchauffa comme un soleil d'été.

— Vous ne m'aviez pas dit que vous étiez champion du monde dans votre spécialité ! s'exclama-t-elle en soulevant un de ses nombreux trophées. J'ai l'impression que cette pièce n'est pas assez grande pour accueillir toutes vos coupes. Vous devriez avoir honte de les cacher dans un coin.

Malgré lui, une bouffée de fierté gonfla sa poitrine.

— Elles vous plaisent vraiment ?

— Elles sont incroyables. Vous êtes incroyable ! Et très courageux.

— J'ai eu de la chance, déclara-t-il. J'ai pris ma retraite avant de faire la mauvaise chute de trop.

— J'en suis heureuse. Je vais disposer tous ces trophées dans la pièce. Au fait, qu'est-ce que vous vouliez m'annoncer en entrant ici en trombe ?

Bon sang ! Les compliments de Meg lui avaient complètement fait oublier la grande nouvelle.

— L'acheteur vient de partir avec Emperor. C'est ma première grosse vente.

— Félicitations ! Moi aussi, j'ai une bonne nouvelle. J'ai écrit à l'éditrice. Il ne me reste plus qu'à espérer qu'elle soit toujours intéressée.

Cash la fixa. Son enthousiasme faisait plaisir à voir. Il espérait de tout cœur que son projet aboutirait. Elle le méritait.

— Nous devons fêter ça, poursuivit-elle. Ça tombe bien, il se trouve que j'ai justement préparé votre plat préféré. Il faut d'ailleurs que je retourne dans la cuisine pour m'en occuper.

Surpris, il la regarda partir en cuisine. Meg se souvenait de son plat préféré… Elle était vraiment adorable ! Et efficace, à en juger par l'ordre qui régnait dans la maison de Gram, comme dans la sienne. Sans parler de son caractère enjoué qui avait séduit sa grand-mère en un temps record.

Elle était tellement différente de l'idée qu'il se faisait d'une vedette de la télé. Elle n'était pas capricieuse, ou égocentrique, au contraire. Elle se préoccupait des autres.

De plus, il ne pouvait nier qu'elle lui plaisait, physiquement. Aujourd'hui, elle portait un short et il ne put s'empêcher d'effleurer ses jambes d'un regard admiratif. Ses mains le démangeaient de caresser sa peau, d'en savourer la douceur.

Il aurait dû cesser de la dévorer du regard, mais il en était incapable. Il avait l'impression qu'elle embellissait de jour en jour. Les cernes sombres des premiers temps avaient disparu. Il avait aussi remarqué qu'elle avait à présent un solide appétit. Pour la seconde fois, le ciel bleu et l'air frais de Tumbling Weed avaient opéré leur magie et redonné le goût de vivre à une personne brisée. Lui aussi avait eu cette chance quand il était revenu s'y réfugier, quelques mois auparavant.

Quand ils arrivèrent dans la cuisine, elle ouvrit le four et souleva la feuille d'aluminium qui recouvrait le plat.

— Le rôti peut encore rester un peu au chaud, dit-elle.

Tout à coup, Cash redouta que le silence ne s'installe entre eux et il éprouva le besoin de dire quelque chose. N'importe quoi.

— Ça sent rudement bon, en tout cas.

— Merci. J'espère que ça vous plaira. C'est encore une expérience. Vous risquez peut-être votre vie.

Elle attrapa une cuillère de bois dans un pot, sur le comptoir, et se tourna vers lui. La pointe de sa langue rose passa brièvement sur sa lèvre inférieure. Le sourire dont elle le gratifia éveilla un désir fulgurant en lui.

— La vie serait trop ennuyeuse si on ne prenait pas un petit risque de temps en temps. Vous ai-je déjà remercié en bonne et due forme pour tout ce que vous avez accompli ici depuis votre arrivée ?

Une lueur diabolique pétillait à présent dans les prunelles vertes de Meg.

— Quel genre de remerciements avez-vous en tête ?

Abandonnant toute notion de prudence, il s'avança vers elle et l'enlaça. Comme si c'était la chose la plus naturelle au monde, elle posa à son tour les mains contre son torse. Percevait-elle les battements sourds de son cœur ?

Il savoura le contact de ses courbes voluptueuses contre son corps. Il brûlait de l'embrasser, de la posséder. Quand elle leva les yeux vers lui, il y découvrit un désir aussi puissant que le sien. Ou prenait-il ses souhaits pour des réalités ?

Les doigts de sa compagne effleurèrent sa mâchoire, et son sang se mit à bouillonner dans ses veines. Puis elle se hissa sur la pointe des pieds et se plaqua contre lui. Allait-elle vraiment l'embrasser ?

Le souffle de Meg chatouilla son cou, et son parfum fleuri l'enveloppa. Ces sensations étaient bien trop réelles pour être le fruit de son imagination.

Meg sentait-elle la réaction purement masculine qu'elle avait provoquée ? Sa bouche pulpeuse s'approcha encore de la sienne, mais elle s'immobilisa à quelques centimètres. Avait-elle changé d'avis ? Ou attendait-elle qu'il fasse le premier pas ?

N'y tenant plus, il s'inclina vers elle. Ses lèvres effleurèrent délicatement les siennes. Il aspirait à un baiser plus intense, mais il craignait de l'effrayer par la puissance de son désir.

Un faible gémissement, qu'il prit pour un encouragement, s'échappa de la gorge de Meg. Quand il l'embrassa plus franchement, sa réponse fut sans équivoque : elle avait autant envie de lui que lui d'elle.

Les lèvres de Meg étaient divinement douces. Tandis que leur baiser s'intensifiait, il glissa les mains sous son T-shirt. Sa peau tiède était douce comme du satin. Seigneur ! Il brûlait d'explorer chaque parcelle de son corps. Ici. Maintenant.

Jamais une femme ne lui avait fait à tel point perdre la tête et il n'avait plus qu'une envie : la déshabiller et lui faire l'amour, dans la cuisine. Mais oserait-il ? Et quelle serait alors sa réaction ? Protesterait-elle ?

Ses mains fébriles remontèrent le long de son dos avant de s'immobiliser sur l'agrafe de son soutien-gorge. Il s'apprêtait à le défaire quand une sonnerie les rappela brutalement à la réalité.

— Le rôti ! Je ne peux pas le laisser brûler, s'exclama Meg en s'arrachant à son étreinte pour se précipiter vers le four.

Cash soupira. Si quelque chose était en train de brûler, c'était bien lui. Tout son corps se consumait pour elle et sa chance d'être libéré de son calvaire venait littéralement de lui glisser entre les doigts.

Mais cette interruption venait à point nommé pour l'empêcher de commettre une énorme bêtise. C'était la première fois de sa vie qu'il s'était laissé submerger par le désir au point de perdre la raison. Avait-il oublié qui était Meg ? Elle s'était réfugiée chez lui pour échapper aux gens qui lui demanderaient des comptes après sa fuite de l'église le jour de son mariage !

Il l'avait accueillie pour lui donner le temps de faire le point, pas pour la séduire ou la déstabiliser.

Mais comment allait-il faire pour oublier la saveur enivrante de ses lèvres et la passion qu'il avait lue dans ses yeux ?

Et surtout, comment allaient-ils pouvoir se comporter à présent ? Comme si de rien n'était ? Allaient-ils réussir à oublier le baiser passionné qu'ils venaient d'échanger ?

9

Meghan passa une grande partie de la nuit à se retourner dans son lit. Le sommeil la fuyait. Elle était incapable d'oublier le baiser qu'ils avaient échangé, mais ce qui la tourmentait au plus haut point, c'était la réaction de Cash. Ou plutôt son absence de réaction. En effet, la soirée avait repris son cours comme si rien ne s'était passé.

Une fois son petit déjeuner avalé, le lendemain matin, elle retrouva toute son énergie. Il fallait dire que ce n'était pas les tâches domestiques qui risquaient de l'épuiser. En effet, Cash était plutôt ordonné et ce n'était pas parce qu'il l'avait engagée pour s'occuper de la maison qu'il en profitait pour laisser traîner ses affaires.

Il ferait incontestablement un excellent mari, songea-t-elle, du moins pour celle qui arriverait à lui passer la corde au cou. Et, à en juger par la façon dont il embrassait, il n'allait pas rester sur le marché des célibataires bien longtemps. Toutefois, elle se rendait compte que l'attirance qu'elle éprouvait pour lui n'était pas seulement physique. Et si c'était tout simplement le fait qu'il fût hors d'atteinte qui le rendait particulièrement séduisant ?

Elle essaya de se remémorer le début de sa relation avec Harold. A vrai dire, ses souvenirs étaient flous. N'était-ce pas un signe ? Sa mauvaise mémoire en disait long sur les sentiments qu'elle éprouvait pour l'homme qu'elle avait failli épouser, le père de son futur enfant.

Un simple regard d'Harold n'avait jamais provoqué un tel feu d'artifice de sensations dans tout son corps.

Malheureusement, même si le baiser de Cash l'avait profondément bouleversée, elle devait le chasser de ses pensées. Jusqu'à hier soir, il s'était comporté avec elle comme un ami. A ce stade plein d'incertitudes de son existence, mieux valait compter sur un ami que rêver d'une aventure sans lendemain avec un cow-boy, aussi sexy fût-il.

Elle n'allait pas laisser s'installer ce malaise entre eux. Et il lui fallait une activité plus physique pour dépenser son trop-plein d'énergie.

Vêtue d'un jean et des bottes de cow-boy empruntées à Martha, elle se dirigea vers la grange, bien décidée à trouver quelque chose à faire. Les portes du grand bâtiment abritant les écuries étaient ouvertes. De l'intérieur lui parvenait un mélange d'odeurs de chevaux, de foin et de bois. Ce parfum rustique lui rappela Cash, et un sourire étira ses lèvres malgré elle. Décidément, tout la ramenait à lui, malgré ses efforts pour l'oublier.

A cet instant, Cash sortit d'un box, tenant un cheval alezan par la longe. Il se figea quand il l'aperçut.

— Que faites-vous ici ? Vous avez besoin de quelque chose ? demanda-t-il.

— Oui ? Simplement de travailler. Il n'y a plus rien à faire à la maison. Je commençais un peu à m'ennuyer. Je me suis dit que j'allais certainement trouver quelque chose à faire à l'extérieur. Quand j'étais adolescente, je passais beaucoup de temps dans le ranch de ma meilleure amie. J'adorais ça, et j'aurais voulu, comme elle, grandir à la campagne.

— Attendez-moi ici, le temps que je mette Brown Sugar dans l'enclos.

— O.K.

Cash la laissa en compagnie des chevaux qui se trouvaient encore dans leurs box. Quel calme ! Elle comprenait pourquoi il aimait cet endroit.

En attendant son retour, elle remonta le long de l'allée centrale. Tout au fond de la grange, elle s'arrêta devant une stalle occupée. « Muscade » indiquait la plaque de bois sur la porte. Une jument sortit la tête par la partie haute ouverte.

— Salut, ma belle, murmura-t-elle en flattant son encolure. Tu es prête pour te dégourdir les jambes ?

Comme si elle avait compris, la jument agita la tête de haut en bas.

— Vous vous êtes fait une nouvelle amie ?

Elle n'avait pas entendu Cash approcher et le son de sa voix la fit sursauter.

— Vous m'avez fait peur, dit-elle en se tournant vers lui.

— Je suis désolé. Mais vous devez être plus attentive à ce qui vous entoure si vous comptez passer du temps avec les chevaux.

— Bien. Par où voulez-vous que je commence ?

— Vous vous sentez capable de mener Muscade à l'enclos ?

— Certainement. Nous venions justement de devenir amies.

Quand il s'approcha pour l'aider avec la jument, les papillons dans l'estomac de Meg se mirent à voleter dans tous les sens. Seigneur, c'était indécent d'être aussi séduisant ! S'il souriait plus souvent, il aurait toutes les célibataires du Nouveau-Mexique à ses pieds. Elle la première.

Allons ! Du calme ! Elle n'était pas ici pour fantasmer sur Cash. Du travail l'attendait. De plus, elle voulait lui montrer que le baiser de la veille n'avait rien changé à leur relation.

Cash observait Meg tandis qu'elle retournait dans la grange après avoir conduit Muscade dans l'enclos. Ses hanches se balançant au rythme de ses pas le fascinaient. Il devait être fou pour avoir accepté l'aide d'une femme qui faisait bouillonner le sang dans ses veines chaque fois qu'il la regardait. Mais quand elle avait levé ses sublimes yeux verts implorants vers lui, sa résolution s'était écroulée comme un château de cartes.

Cash se dirigeait vers la sellerie quand le bruit d'un véhicule rompit la tranquillité matinale. Qui cela pouvait-il être ? Un acheteur potentiel ?

En sortant de la grange, il découvrit un inconnu tenant un appareil photo à la main. Comprenant de quoi il retournait, il émit un grognement de contrariété. Un journaliste.

— N'êtes-vous pas Cash Sullivan, le double champion du monde de rodéo ? demanda l'inconnu en s'approchant, la main tendue.

Un mauvais pressentiment lui dit que ce journaliste n'était pas venu jusqu'ici pour écrire un article sur son élevage de chevaux. Ignorant la main tendue, il croisa les bras et répondit à sa question par une autre question :

— Que voulez-vous ?

— Vous êtes bien Cash Sullivan ? L'homme qui avait déjà un casier judiciaire alors qu'il n'était encore qu'un gosse ? Qu'est-ce que c'était déjà ? Ah oui, je me souviens : vous aviez braqué un marchand d'alcool avec votre père.

Cash eut toutes les peines du monde à maîtriser la rage qui montait en lui. Ce journaliste avait de toute évidence mené son enquête. Mais Cash refusait de se laisser entraîner sur ce terrain. De toute façon, quoi qu'il dise, ce serait utilisé contre lui dans les journaux.

— Et n'avez-vous pas été suspecté par la police dans une affaire de hold-up, il y a quelques mois ? ajouta le reporter.

Au prix d'un effort surhumain, Cash parvint à se retenir d'envoyer son poing dans la figure de l'intrus. Inutile toutefois d'aggraver son cas en ajoutant une condamnation pour voie de fait à son « palmarès ».

— C'est curieux que vous oubliiez de mentionner que je n'ai jamais été condamné pour ces deux affaires, déclara-t-il d'un ton posé. Vous faites vraiment un drôle de métier. Vous n'avez pas peur de vous salir les mains ? Quand vous n'avez pas d'histoires croustillantes à publier, vous allez en inventer. Ça suffit ! Maintenant, quittez ma propriété !

— Pas avant que vous n'ayez répondu à mes questions : avez-vous volé la femme d'un autre ? Comment l'avez-vous connue ? Etiez-vous amants avant qu'elle ne décide de se marier ?

— J'ignore de quoi vous parlez. Pour votre propre sécurité, je vous conseille à présent de vous en aller, déclara-t-il en avançant d'un pas. Et maintenant.

Visiblement impressionné par son ton menaçant, le journaliste ne fit cependant pas mine de s'en aller.

— Calmez-vous ! J'ai l'impression d'avoir vu juste, déclara-t-il. Où se cache-t-elle ?

Tout en parlant, il inspectait les alentours. Cash se retint de jeter un œil par-dessus son épaule, à l'intérieur de la grange, pour ne pas éveiller ses soupçons.

— Il n'y a pas de femme ici, répliqua-t-il.

— C'est pourtant bien vous qui vous trouviez devant l'église au moment où la mariée a mystérieusement disparu.

Cash examina plus attentivement le journaliste. Il le reconnaissait à présent ; c'était l'homme qui lui avait demandé dans quelle direction Meg s'était enfuie. Que savait-il au juste ?

— Pourquoi venez-vous fouiner chez moi ? demanda-t-il. Ne devriez-vous pas plutôt aller chez elle ? Ou parler à sa famille ?

— Le problème, c'est qu'elle n'est pas retournée chez elle et que sa famille ignore où elle est. Apparemment, vous êtes la dernière personne à l'avoir vue. Mon instinct me dit qu'elle a plaqué son fiancé pour un amant. Je vais faire un petit tour et lui poser la question directement.

La main de Cash s'abattit sur le torse de l'intrus. D'une poussée, il le catapulta contre sa voiture.

— Vous êtes sur une propriété privée, déclara-t-il. Si vous ne partez pas immédiatement, vous devrez vous expliquer avec le shérif.

La menace porta ses fruits, car le journaliste ouvrit la portière de sa voiture. Avant de s'y engouffrer, toutefois, il se retourna vers Cash et lui tendit sa carte de visite.

— Je suis sûr que mon patron serait d'accord pour vous payer pour vos informations. Si vous changez d'avis, appelez-moi. Mais dépêchez-vous ! Si l'intérêt du public faiblit, mon offre ne tient plus.

Comme Cash ne fit aucun geste pour prendre la carte, le journaliste la glissa hardiment dans la poche de sa chemise. Quand la voiture eut disparu de son champ de vision, Cash retira la carte de sa poche et la déchira en mille morceaux. Si ce geste lui permit de se défouler, il n'en était pas moins conscient que la rumeur ne tarderait pas à enfler. Son passé remonterait — de nouveau — à la surface.

Quoi qu'il fasse, il n'y échapperait donc jamais. Au bout du compte, c'est la réputation de Meg qui en pâtirait. Voilà pourquoi il était mieux seul. Jamais il ne ferait un compagnon — et encore moins un mari — digne d'une femme comme elle.

Dieu merci ! Meg avait eu la présence d'esprit de ne pas se montrer devant le journaliste.

— Meg, vous pouvez sortir, il est parti.

Pour toute réponse, il entendit un gémissement qui lui glaça le sang. Il se précipita dans la grange. Sa vision mit quelques secondes pour s'habituer à la pénombre. Meg était allongée sur le côté, à même le sol de terre battue.

— Aidez-moi, murmura-t-elle.

Il se précipita et s'accroupit à côté d'elle.

— Meg, que se passe-t-il ? Vous êtes-vous cassé quelque chose ?

— Quand j'ai entendu ce journaliste… j'ai pris peur. J'ai couru pour me cacher et j'ai trébuché.

Dans un mouvement instinctif de réconfort, il effleura sa joue d'une caresse.

— Vous pensez que vous pouvez vous lever ?

— Je… je pense que oui. Mais… si le bébé était blessé ?

Le bébé ? Une vague de terreur s'insinua en lui et il recula comme s'il avait reçu une décharge électrique.

— Vous voulez dire que vous êtes enceinte ? Mais depuis combien de temps ?

— Pas très longtemps. Mais je ne veux pas le perdre.

Une larme coula le long de sa joue pâle.

— Ne bougez pas ! Je vais appeler une ambulance, dit-il en sortant son téléphone de sa poche.

— Non, ça ira. Aidez-moi plutôt à me relever.

Son ton péremptoire le fit hésiter.

— Vous êtes sûre que c'est une bonne idée ? Vous avez l'air de souffrir.

— Si vous ne voulez pas m'aider, je me débrouillerai seule.

Voyant qu'elle mettait sa menace à exécution, il rangea son téléphone et se pencha vers elle pour l'aider à se lever. Quand elle fut debout, il continua de la soutenir tout en scrutant son visage.

— Vous avez mal quelque part ? demanda-t-il.

Elle secoua la tête en signe de dénégation. Il aurait préféré qu'elle soit un peu plus bavarde pour juger de son état réel.

— Je vous ramène à la maison.

Un mélange de culpabilité et d'inquiétude s'entrechoquait dans son esprit. Il aurait dû garder un œil sur elle. Il ne se le pardonnerait jamais si quelque chose lui arrivait, à elle ou au bébé.

Un bébé ! Meg était enceinte ! Cette nouvelle le laissait complètement désemparé.

Une fois le choc passé, Meghan sentit sa respiration reprendre un rythme normal. Dieu merci, elle ne ressentait aucune contraction, ni douleur. Avant qu'elle ne puisse faire un pas en direction du ranch toutefois, Cash la souleva du sol et la prit dans ses bras.

— Que faites-vous ? Je suis tout à fait capable de marcher !

Sourd à ses protestations, il se dirigea à grands pas vers la maison. Machinalement, elle noua les bras autour de ses épaules. Oubliant le journaliste, sa chute et la peur qu'elle venait de vivre, elle savoura la sensation des muscles puissants de son cou sous ses doigts.

Elle mourait d'envie de nicher son visage dans le creux de son épaule, mais elle se retint. Cash avait érigé tant de barrières autour de son cœur qu'elle doutait pouvoir les abattre, même si elle jetait toutes ses forces dans la bataille. De plus, elle avait ses propres problèmes.

Une fois arrivé à la maison, Cash alla dans le salon, où il la déposa délicatement sur le canapé en cuir avant de s'asseoir sur la table basse.

— Ce n'est pas la peine de rester là à me surveiller toute la journée.

— Vous êtes sûre que vous n'avez pas besoin d'un médecin ?

Elle tendit la main et tapota sa cuisse d'un geste rassurant.

— Tout ce dont j'ai besoin, c'est d'une douche. Et ne vous inquiétez pas. S'il y a du changement, vous serez le premier informé.

— Promis ?

La main de Meg quitta la cuisse de Cash et elle la posa en un geste protecteur sur son ventre.

— Je dois protéger mon bébé. Je ferai tout ce qu'il faudra pour lui.

— Y compris rester avec son père, même si ce dernier ne mérite pas votre loyauté ?

10

Stupéfaite, Meghan étudia attentivement le visage de Cash. Alors qu'il connaissait la façon brutale dont Harold l'avait laissée tomber, où diable avait-il pu pêcher l'idée qu'elle voulait rester avec son ex-fiancé ?

— Pourquoi vous imaginez-vous que je suis loyale envers Harold ? demanda-t-elle.

— Je ne sais pas. Peut-être parce que vous avez gardé votre bague de fiançailles jusqu'au moment où vous avez commencé à faire le ménage ? Ou que vous refusez de dire du mal de lui.

Meg soupira. Oh ! Ce n'était pourtant pas l'envie qui lui en manquait, mais elle refusait de céder à cette facilité. Et puis, elle ne voulait pas que son enfant grandisse dans une atmosphère délétère.

Oubliant sa réserve habituelle, elle décida que Cash avait le droit de savoir. Il semblait sincèrement s'inquiéter pour elle ; il méritait qu'elle lui accorde sa confiance.

Après avoir pris une profonde inspiration pour se donner du courage, elle lui fit le récit des événements qui l'avaient poussée à s'enfuir de l'église. Elle ne lui cacha pas qu'Harold l'avait rejetée, mais également leur enfant.

— Quoi ? Il ne veut pas entendre parler de son propre bébé ? s'exclama Cash, interloqué. Ne se rend-il pas compte de la chance qu'il a ?

Le regard sombre de Cash trahissait une profonde douleur.

— Vous avez des enfants ? demanda-t-elle.

— Non, répondit-il en baissant la tête.

Meghan pressa sa main dans la sienne. En réponse, les doigts de Cash serrèrent les siens.

— Je suis désolée. Peut-être qu'un jour…

— Non, croyez-moi, finalement, c'est mieux ainsi, l'interrompit-il en s'écartant. Alors il n'y a aucune chance pour que vous vous réconciliiez ?

— Absolument aucune.

Contrairement à ce qu'elle aurait pensé, elle n'en ressentit aucune douleur, ni regret. Seulement du soulagement.

— C'est dommage que ça n'ait pas marché entre vous, mais considérez que vous avez eu la chance de découvrir sa vraie nature avant de l'avoir épousé.

— Ma mère ne serait pas d'accord avec vous, dit-elle. Elle aime fréquenter la bonne société de la ville et prétendre que notre famille est plus chic que nous ne le sommes en réalité. Malgré tous mes efforts, je n'ai jamais réussi à gagner son approbation. Mais, quand j'ai commencé à sortir avec Harold, elle est devenue moins critique à mon égard et elle souriait plus souvent.

— J'imagine donc qu'elle ne doit pas être ravie que le mariage soit tombé à l'eau.

— Une fois de plus, je l'ai déçue. Et elle ne sait pas encore que je vais être mère célibataire. Pour le moment, je vais donc garder ma grossesse secrète et retourner animer mon émission.

— Je pensais pourtant que votre travail ne vous plaisait pas. Pourquoi n'essayez-vous pas de faire autre chose ?

— Je ne peux plus me permettre de prendre des risques sur le plan professionnel. Je dois penser avant tout à mon enfant. Etre le Chef Jiffy procure des revenus confortables et une excellente couverture de santé.

— Et Harold ? Ne va-t-il pas vous aider ? C'est quand même lui le père du bébé.

Meg exhala un profond soupir. La pensée que son enfant grandirait sans père la perturbait profondément. Ses deux parents avaient joué un rôle significatif dans son éducation. Sa mère lui avait transmis son don pour la cuisine — ce dont elle lui serait éternellement reconnaissante —, et son père lui avait appris à ne jamais baisser les bras, quitte à avancer pas à pas.

— Pour le bien de mon enfant, je suis prête à faire la paix avec Harold. Nous organiserons certainement un droit de visite. Mais, s'il ne veut vraiment aucun lien avec son enfant, je lui ferai signer une renonciation à ses droits.

— On dirait que vous avez déjà réfléchi à la question. Mais vous êtes consciente que vous devrez encore affronter la presse ?

Bon sang ! Elle avait complètement oublié la visite du reporter.

— Mon Dieu ! Qu'avez-vous raconté au journaliste ? voulut-elle savoir.

— Rien. C'était le même type qui m'avait abordé devant l'église. Je ne pense pas qu'il sache quoi que ce soit, mais je ne jurerais pas qu'il ne reviendra pas.

A l'expression de ses yeux gris, elle comprit qu'il était mal à l'aise.

— Il y a autre chose, dit-elle ? Dites-moi ce qui vous tracasse.

Il poussa un soupir et se leva. Comme s'il ne savait pas par quel bout commencer, il passa nerveusement la main dans ses cheveux. Finalement, il s'immobilisa devant elle.

— Pourquoi m'avez-vous caché que vous étiez enceinte ?

Ainsi, comme il fallait s'y attendre, il lui en voulait de lui avoir menti par omission.

— Je suis désolée. Le moment ne semblait jamais bien choisi. Bien sûr, j'aurais dû rassembler mon courage et me montrer honnête avec vous…

Un mouvement brusque au niveau de son ventre lui coupa la parole. Instinctivement, elle porta les mains à sa taille. En une fraction de seconde, Cash l'avait rejointe et il se laissa tomber à genoux devant elle.

— C'est le bébé ? Vous avez mal ?

Elle sourit et secoua la tête. C'était la première fois qu'elle ressentait une chose pareille. Voyant la mine inquiète de son compagnon, elle prit sa main et la posa sur le renflement à peine perceptible de son ventre.

— Vous sentez ? Ça recommence.

— Je ne sens rien, dit-il. C'était le bébé qui remuait ?

— A neuf semaines, il est encore trop petit pour qu'on le sente bouger, mais j'ai vraiment perçu un flottement.

— On dirait que c'est un bébé fougueux que vous avez là.

Son sourire s'effaça et son expression retrouva son sérieux.

— Promettez-moi que vous allez vous montrer prudente à partir de maintenant. Le bébé compte sur vous.

Devant tant de prévenance, elle dut réprimer les larmes d'émotion qui lui montaient aux yeux. Qu'est-ce qui lui arrivait ? Elle n'était pourtant pas du genre émotif. C'était la faute à ses hormones, sans doute.

Lorsque Cash se redressa, elle éprouva une sensation de froid à l'endroit où il avait posé ses mains.

— Ne bougez pas d'ici, dit-il. Je dois aller donner des instructions à Hal et le prévenir que, s'il a besoin de moi, il me trouvera ici, près de vous.

— Non. Allez faire votre travail.

— Ne soyez pas ridicule. Vous avez besoin de vous reposer et je veux m'assurer que c'est ce que vous ferez.

Aussi tentante que soit l'idée de se laisser materner, elle y résista cependant. Elle n'avait pas le droit de compter sur lui, pas plus qu'elle n'avait le droit de le désirer. La dernière fois qu'elle s'en était remise à un homme, il avait dirigé sa vie. A présent, elle voulait être seule maître à bord.

— Je peux prendre soin de moi sans aucune aide, rétorqua-t-elle. Et je suis capable de m'occuper de moi-même et de mon bébé.

Cash laissa échapper un soupir d'exaspération, mais il n'insista pas.

Ce n'est qu'une fois qu'elle entendit la porte d'entrée se refermer derrière lui que Meg laissa libre cours à ses émotions. Des larmes commencèrent à couler sur ses joues sans qu'elle essaye de les essuyer.

Encore ces fichues hormones ! Elle refusait d'admettre que ce trop-plein d'émotions pût avoir un rapport avec les sentiments qu'elle éprouvait pour Cash. Comme elle aurait voulu que le cow-boy soit le père de son enfant, et non Harold ! Malheureusement, il n'y avait pas de place dans sa vie pour lui.

Une fois seul dans la sellerie, Cash repensa à la conversation qu'il venait d'avoir avec Meg. A quel moment l'attitude de la jeune femme avait-elle changé ? Il lui avait proposé de l'aider et, la minute suivante, elle lui criait pratiquement dessus.

Décidément, aussi longtemps qu'il vivrait, jamais il ne comprendrait les femmes !

Qu'était-il censé faire à présent ? Meg envisageait-elle de quitter le ranch ? Cette perspective ne fit qu'augmenter son inquiétude. Pourvu qu'elle ne commette pas cette folie !

Le seul aspect positif de la situation était que Gram n'était pas là pour voir à quel point il avait ruiné la situation. Si Meg partait plus tôt à cause de lui, sa grand-mère ne le lui pardonnerait jamais. Lui-même ne se le pardonnerait pas d'ailleurs.

La sonnerie de son téléphone retentit. Quelle coïncidence ! C'était Gram !

— Cash ? C'est toi ? La mère d'Amy a eu des problèmes pour avoir un vol, mais elle devrait arriver la semaine prochaine. J'ai accepté de rester jusque-là. Comment ça se passe chez toi ? Et Meg ? Tu ne fais pas travailler cette pauvre petite trop dur, j'espère ? Elle doit faire attention à elle et se reposer.

La certitude que Gram savait que Meg était enceinte le frappa comme un coup de tonnerre. Pourquoi lui-même venait-il seulement de l'apprendre ? Une plaie ancienne s'ouvrit au plus profond de lui-même. L'histoire de sa vie ressemblait à une suite d'événements qui se répétaient. N'avait-il pas été le dernier à apprendre que ses parents n'avaient plus un centime ? Et le dernier à comprendre que son père avait planifié le braquage du magasin de spiritueux ?

Plus récemment, il avait été le dernier informé que sa petite amie, qui travaillait dans les bureaux des organisateurs de rodéos, était de mèche avec un voyou libéré sur parole. A son insu, ils avaient volé la recette du rodéo et avaient monté une combine pour le faire accuser à leur place. Elle avait prétendu qu'il lui était redevable, sous prétexte qu'au lieu de lui donner ses gains, qu'elle aurait dilapidés dans les saloons, il les avait toujours envoyés à Gram pour l'entretien du ranch. Dieu merci ! Il avait eu un alibi solide qui lui avait permis de s'en tirer sans problème.

Et maintenant, l'histoire continuait. Meg avait confié à sa grand-mère qu'elle était enceinte, mais pas à lui, alors qu'il l'avait accueillie sous son toit. Ses doigts se crispèrent sur le téléphone.

— Quand te l'a-t-elle dit ? voulut-il savoir.

— Dit quoi ? demanda sa grand-mère d'un ton trop innocent pour être honnête.

— N'essaie pas de me faire croire que tu ne savais pas qu'elle était enceinte.

— Ce n'était pas à moi de te l'annoncer, répliqua-t-elle après un temps d'hésitation.

— Je vois. Y a-t-il autre chose qu'on me cache ?

— Rien du tout. Et pourquoi tu te mets dans un tel état à ce sujet ? Ce n'est pas comme si tu étais le père.

Il n'était peut-être pas le père biologique de cet enfant, mais, pour une raison qu'il ne s'expliquait pas, il se sentait responsable de ce bébé et de sa mère. Même s'il savait que tout cela ne lui amènerait que des ennuis.

— Cash ? reprit Gram. Tu n'as pas l'intention de sortir avec Meghan, n'est-ce pas ?

Il aurait pourtant juré que sa grand-mère aurait été ravie à l'idée de le caser avec Meg, au lieu d'essayer de l'en dissuader.

— Bien sûr que non.

— Parfait. Tu n'as pas eu la vie facile et tu as du mal à accorder ta confiance. Cette fille a eu suffisamment de problèmes récemment et, avec un bébé en route, elle n'a pas besoin d'avoir de nouveau le cœur brisé. Il lui faut un homme sérieux. Quelqu'un sur qui elle puisse compter.

L'avertissement de sa grand-mère le prit totalement au dépourvu. Il voulut protester, mais elle avait raison.

— Ne t'inquiète pas, répondit-il. Rien ne se passera entre nous. Elle sera de toute façon bientôt partie.

— Attends ! Je ne t'ai pas dit de la mettre à la porte. Elle doit arriver à y voir clair en elle-même avant de rentrer chez elle. Maintenant, je dois te laisser. Un des bébés pleure. Dis à Meghan que je suis tombée sur quelques recettes fantastiques ici. Nous pourrons les tester quand je serai rentrée à la maison.

Avant qu'il n'ait pu dire « au revoir », elle avait raccroché. Les dernières paroles de Gram continuaient à résonner dans sa tête. Elle s'attendait à trouver Meg au ranch à son retour. Si la jeune femme n'était plus là, c'était lui qu'elle blâmerait. Il devait à tout prix empêcher qu'elle parte sans que Gram ait pu lui dire au revoir.

11

Les rayons du soleil nimbaient la chambre de Cash d'une douce lumière. Meghan passa le chiffon à poussière sur le cadre en argent qui entourait une photo représentant un petit garçon dans les bras d'une femme. Les yeux gris et les cheveux noirs de l'enfant ressemblaient à ceux de Cash. Son expression espiègle lui arracha un sourire. La superbe jeune femme qui le couvait d'un regard plein d'amour était-elle sa mère ? Pourquoi n'en parlait-il jamais ? Qu'était-elle devenue ? Et où était le père de Cash ?

Sa curiosité ne serait sans doute jamais satisfaite, songea-t-elle en reposant le cadre sur la commode. Cash était tellement secret.

Après une dernière inspection pour s'assurer qu'aucun grain de poussière n'avait échappé à sa vigilance, elle tira les persiennes. Une vague de tristesse l'envahit quand elle referma la porte. A présent que les deux maisons étaient propres, il était temps pour elle de songer à son départ.

Seigneur ! Comme elle regretterait Tumbling Weed ! Ici, elle avait pu se détendre et être elle-même. Si seulement la paix intérieure qu'elle avait acquise pouvait l'aider à remettre sa vie sur les rails. Et à se sentir aussi bien à Albuquerque qu'ici.

Après avoir rangé balais et chiffons, elle prit une douche, puis elle s'aperçut qu'il était pratiquement 17 heures. Il était grand temps de songer à préparer le dîner. Ce soir, elle avait opté pour un menu simple : spaghettis à la marinara et salade.

Pendant que la sauce mijotait, Meg en profita pour voir si l'éditrice lui avait répondu. Cette fois-ci, elle ouvrit directement sa messagerie, en prenant garde de ne pas consulter son blog ou les articles en ligne.

Le troisième message qui s'affichait attira immédiatement son attention. Il provenait de Lillian Henry, l'éditrice. Son cœur fit un bond dans sa poitrine et sa main trembla légèrement quand elle appuya sur la touche pour l'ouvrir.

A : ChefJiffy@myemail.com
De : Lillian.Henry@emailservice.com
Objet : livre de recettes
Bonjour Meghan,
J'ai été surprise de recevoir votre e-mail, compte tenu des événements qui se sont passés dans votre vie récemment. Je suis heureuse d'apprendre que ma proposition vous intéresse. Dites-moi quand vous serez disponible pour discuter des thèmes que vous envisagez pour la série de livres. J'attends avec impatience de recevoir quelques recettes en avant-première.
Cordialement,
Lillian

Quand elle eut fini de lire le message, Meghan se leva et exécuta une danse de joie. Une série de livres ! Waouh ! Enfin, une raison de se réjouir. Le cerveau en ébullition, elle commençait déjà à réfléchir à de nouvelles recettes et à des thèmes. Elle allait devoir sérieusement planifier les tâches. Mais l'organisation n'avait-elle pas toujours été son fort ? Maintenant, avec un bébé, son émission de télé et des livres à écrire, elle allait vraiment avoir besoin d'une stratégie pour tout mener de front.

Elle se précipita pour annoncer la nouvelle à Cash, mais, quand sa main se posa sur la poignée de la porte, elle s'immobilisa. Depuis qu'elle lui avait demandé de la laisser tranquille, il n'avait fait que ça. A part pour s'assurer qu'elle allait bien et le bébé aussi, il ne lui avait pratiquement pas adressé la parole.

Son enthousiasme retomba.

Sans personne avec qui partager son bonheur, elle retourna vers l'ordinateur. Elle survola une série d'expéditeurs dont les noms ne lui disaient rien, jusqu'à ce qu'elle tombe sur celui d'une des productrices de la chaîne.

A : ChefJiffy@myemail.com
De : Darlene.Jansen@myemail.com
Objet : Urgent !
Meghan, où êtes-vous ? Il faut que nous parlions dès que possible. Appelez-moi.
Darlene Jansen

Un sentiment de culpabilité l'envahit. Elle ne pouvait pas indéfiniment rester « portée disparue ». Elle s'était laissé bercer par la quiétude de Tumbling Weed, mais toutes les bonnes choses avaient une fin. Elle devait à présent reprendre contact avec la réalité.

Après avoir attrapé le téléphone, elle composa le numéro de sa productrice.

— Où aviez-vous disparu ? demanda celle-ci dès qu'elle comprit qui était au bout du fil. Avez-vous idée de ce qui s'est passé ici ? Les grands pontes du dernier étage ont vraiment été très contrariés quand l'émission spéciale consacrée à votre mariage a dû être annulée. Quand je pense à toute la publicité, et à l'argent que nous avons dépensé sur ce projet… et nous avons dû rediffuser une ancienne émission à la place. Inutile de vous dire que l'audimat a sérieusement chuté.

Une boule d'angoisse se forma dans la gorge de Meg. Le moment était sans doute mal choisi pour rappeler à la productrice qu'elle s'était toujours opposée au tapage organisé par la chaîne autour de son mariage. Celle-ci semblait hors d'elle, et elle jugea préférable de ne pas entamer une polémique.

— Ecoutez, Darlene, je serai en ville demain. Que diriez-vous de déjeuner avec moi ? Nous pourrions discuter de la façon dont vous voyez les choses pour la prochaine émission.

— Mon Dieu, Meghan ! Qu'est-ce qui vous a pris de quitter la cérémonie ?

Sentant que son emploi était en jeu, Meg décida de jouer

cartes sur table. Darlene comprendrait mieux son attitude une fois qu'elle connaîtrait tous les détails de l'affaire.

— Je venais de découvrir que j'étais enceinte.

Un long silence suivit son aveu. Ce n'était certainement pas la réaction qu'elle avait envisagée. Jusqu'à aujourd'hui, Darlene l'avait toujours soutenue.

— Harold a attendu que nous soyons devant l'autel pour m'annoncer qu'il ne voulait pas du bébé, poursuivit-elle. Il ne voulait plus de moi. La seule solution qui m'est venue à l'esprit a été de m'éloigner de lui, de m'enfuir de l'église.

Ne sachant plus quoi ajouter pour sa défense, elle se tut.

— Cela ne va pas nous aider, déclara Darlene d'une voix glaciale. Après votre fuite, la direction a estimé que vous n'étiez pas fiable. Ils ne veulent plus diffuser l'émission au niveau national.

— Mais mon mariage n'a rien à voir avec mes compétences professionnelles ! Il s'agit de ma vie privée.

— Ce genre de distinctions leur échappe. Ils pensent que vous êtes une égoïste capricieuse qui se dérobera au premier coup dur.

— Mais qui leur a donné cette impression ? voulut-elle savoir.

— Quelle importance ?

Son instinct lui disait qu'Harold était derrière tout ça. Il pouvait être un merveilleux allié, mais, s'il estimait que quelqu'un s'était mis sur son chemin, il était alors impitoyable. Apparemment, il pensait qu'elle était intentionnellement tombée enceinte et il avait tout fait pour lui faire perdre son emploi. Comment pouvait-il être aussi rancunier ?

Faisant son possible pour garder son sang-froid, elle arpenta la pièce. Elle devait absolument sortir de cette impasse.

— Il doit avoir un moyen de reprogrammer mon émission, déclara-t-elle. Je sais que je peux regagner mes points d'audience.

— Votre créneau est déjà pris par une nouvelle émission. Vous saviez que c'était le risque à courir si nous passions au niveau national.

Elle se rappelait les réunions avec les dirigeants de la chaîne. Ceux-ci s'étaient accordés pour estimer qu'avec ses taux d'audience actuels elle ne pouvait que faire un carton. Et à présent, tout ce beau monde la laissait tomber !

— J'ai beaucoup aimé travailler avec vous, reprit Darlene d'une voix lasse. Et je pensais que vous aviez un avenir brillant. Mais les dirigeants veulent ce qu'on leur avait promis : une animatrice concentrée sur sa carrière. Quand je vais leur annoncer que vous êtes enceinte…

Meg dut faire un effort pour retenir les larmes qui lui picotaient les yeux.

— Je suis tout à fait capable de mener de front ma carrière et ma vie de famille.

— Ça leur est égal. Ce qui compte pour eux, c'est le résultat. C'est pour ça que j'essayais de vous joindre. Pour vous prévenir qu'ils avaient décidé d'arrêter l'émission lundi.

Meg n'en croyait pas ses oreilles. C'était comme si sa vie était devenue une spirale infernale dont elle n'arrivait pas à sortir.

Cash rentra tard ce soir-là. Il ôta ses bottes pleines de terre dans l'entrée et c'est en chaussettes qu'il se dirigea vers la cuisine. Quand il pénétra dans la pièce, Meg lui tournait le dos. Il remarqua immédiatement sa posture inhabituelle : penchée en avant, son attitude exprimait un profond abattement. Lui avait-elle menti quand elle avait affirmé qu'elle allait bien, après sa chute ?

Un petit reniflement capta son attention, et son cœur se serra. Si quelque chose lui était arrivé, à elle ou au bébé, et qu'il l'avait laissée seule toute la journée, il ne se le pardonnerait jamais.

Il traversa la pièce à grandes enjambées.

— Vous allez bien ? demanda-t-il.

Elle se raidit, mais continua de lui tourner le dos.

— Oui. Votre dîner est prêt.

Il posa une main sur son épaule.

— Ce n'est pas le dîner qui m'intéresse. Vous n'allez pas bien, c'est évident.

— Allez vous laver les mains, répliqua-t-elle, toujours sans le regarder.

Son ton neutre ne fit qu'aggraver son inquiétude. Pourvu qu'il ne soit rien arrivé au bébé ! Bien qu'aucun lien de parenté ne le reliât à cet enfant, il se sentait proche de lui. Il savait ce que c'était que d'être rejeté par son père. C'était une souffrance qu'aucun enfant ne devrait connaître.

— Je ne bougerai pas tant que vous ne m'aurez pas parlé.

Pour commencer, il voulait voir son visage. D'une main ferme, il la fit pivoter sur elle-même. Ses yeux étaient injectés de sang et ses joues maculées de larmes. Instinctivement, il l'attira dans ses bras.

Il fut surpris quand elle se blottit dans ses bras et qu'elle noua les siens autour de sa taille, en appuyant sa tête contre son torse. Un frisson le parcourut au contact de ses courbes sensuelles. Il ne put s'empêcher de penser qu'elle était faite pour tenir dans ses bras.

Pressant ses lèvres contre la chevelure de sa compagne, il s'enivra de son parfum tandis que — s'abandonnant au flot de ses émotions — elle éclata en sanglots. Depuis des jours, il rêvait de plonger les doigts dans la masse soyeuse de ses cheveux. Il put enfin satisfaire son désir.

Il résista néanmoins à l'envie de transformer ce moment de tendresse et de réconfort en une étreinte plus intime. N'avait-il pas décrété une bonne fois pour toutes qu'elle était hors d'atteinte pour lui ? Que ferait une étoile montante de la télévision, enceinte de son premier enfant, avec toute la vie devant elle, avec un cow-boy sur le retour comme lui ? Ces obstacles ne diminuaient cependant en rien l'instinct de protection qu'elle éveillait en lui.

Quand les larmes de la jeune femme se tarirent, au prix d'un effort considérable, il s'écarta pour réinstaurer une certaine distance entre eux. C'était plus prudent. Ce dont elle avait besoin en ce moment, c'était d'un ami fiable, pas d'un amant.

— Meg, si ce n'est pas le bébé, dites-moi ce qui vous bouleverse à ce point ? Laissez-moi vous aider.

— Vous ne le pouvez malheureusement pas.

12

— Si c'est parce que j'ai réagi de façon excessive quand vous m'avez appris que vous étiez enceinte… Je voulais justement vous présenter mes excuses.

— Ça n'a rien à voir avec vous.

Cash lui souleva le menton. Elle leva vers lui des yeux gonflés d'avoir trop pleuré. Aussi désirables que fussent ses lèvres pulpeuses, il se retint de l'embrasser : un baiser n'arrangerait pas les choses, bien au contraire.

— Le dîner peut-il attendre un peu ? demanda-t-il.

— J'ai coupé le feu sous les casseroles.

Rassuré sur ce point, il la prit par la main et l'entraîna dans le salon, où ils s'assirent sur le canapé.

— Maintenant, dites-moi ce qui vous est arrivé, ordonna-t-il.

Constatant qu'elle recommençait à pleurer, il s'empara d'une boîte de mouchoirs en papier qu'il lui tendit en silence. Ce débordement d'émotions le laissait désemparé. Face à un cheval rétif, ou à un taurillon furieux, il savait comment réagir, mais la situation présente était inédite pour lui.

— Quelqu'un est mort ?

— Non, rien de tel, répondit-elle entre deux sanglots. Je pense que c'est simplement dû aux chamboulements hormonaux liés à la grossesse.

Il poussa un soupir de soulagement.

— Ce n'est pas grave alors, déclara-t-il en lui tapotant la main. Vous m'avez fait peur.

— J'ai reçu une réponse de l'éditrice. Elle veut me rencontrer pour discuter d'une série de livres de cuisine.

— C'est plutôt une bonne nouvelle, non ? Vous voyez que j'ai eu raison d'insister pour que vous preniez contact avec elle.

— Oui. C'est une des choses que j'aime chez vous. Vous allez droit au but.

Cash sourit. Une des choses ? Cela impliquait qu'il y en avait d'autres ? Une sensation de douce chaleur l'envahit.

— En vérifiant mes e-mails, j'ai vu que j'avais reçu un message de ma productrice, reprit-elle en roulant son mouchoir en boule dans sa main. Elle me demandait de l'appeler, ce que j'ai fait. Elle… elle m'a annoncé que le projet de diffuser mon émission au niveau national était tombé à l'eau.

Il comprenait mieux à présent pourquoi elle était bouleversée et il voulut lui insuffler un peu d'espoir.

— Je suis vraiment désolé. Peut-être que, si votre émission locale continue à avoir du succès, ils reverront leur proposition l'an prochain ?

— Vous n'avez pas compris. Il n'y a plus d'émission. Chef Jiffy a été supprimé de la grille des programmes. Je redoutais que cela n'arrive si nous passions à un niveau supérieur, mais Darlene m'avait assuré qu'avec les taux d'audience que nous avions nous ne risquions rien. Et je l'ai crue. Je pensais qu'elle était mon amie et je me suis trompée. Quelle idiote je fais ! Je me suis trompée sur tellement de gens dans ma vie !

Abasourdi, Cash se laissa retomber contre le dossier du canapé. Il résistait de toutes ses forces à l'envie de la prendre dans ses bras et de l'embrasser passionnément pour lui faire oublier tous ses problèmes. Mais à quoi bon, si en fin de compte il finissait par être une personne de plus dans la liste des gens qui l'avaient laissée tomber.

— Qu'est-ce que je vais devenir ? s'exclama-t-elle.

En son for intérieur, il pensa que c'était l'occasion pour elle de trouver un travail plus épanouissant et plus stable.

Il se tourna vers elle. La lumière qui brillait habituellement dans son regard s'était éteinte, ce qui le navra. Meg était une femme qui avait du cran. C'était la première fois qu'il la voyait baisser les bras.

— Ne vous laissez pas abattre, déclara-t-il d'un ton plein de conviction. Je suis convaincu qu'un chef aussi doué que vous retrouvera rapidement du travail. Je connais pas mal de gens et je pourrais peut-être vous aider.

— Non ! Merci, toutefois. J'ai laissé Harold s'occuper de ma carrière, et voyez où j'en suis. Cette fois-ci, je préfère me débrouiller seule.

Le comparait-elle à Harold ? Cette pensée lui fit mal. Il n'avait rien à voir avec ce salaud imbu de sa personne. Le regard qu'elle lui lança le dissuada cependant d'exprimer son indignation.

— Il vous reste encore le projet de livres, fit-il remarquer.

Il eut la satisfaction de voir ses yeux verts s'illuminer.

— C'est vrai. L'éditrice ne semblait pas préoccupée par l'annulation du mariage. Mais je n'arrive pas à croire qu'elle veuille vraiment publier toute une série de livres. Comment vais-je arriver à imaginer toutes ces nouvelles recettes ?

Cash la fixa. Elle paraissait de nouveau abattue. Décidément, ces maudites hormones influaient vraiment sur son moral.

— Bon. Que diriez-vous si nous mangions un morceau ? proposa-t-il, soucieux de lui changer les idées. Je ne sais pas pour vous, mais je réfléchis toujours mieux l'estomac plein.

— Vous avez raison. J'ai faim, admit Meg en se levant. Je vais mettre la table.

Il l'attrapa par la main et l'obligea à se rasseoir.

— Restez assise. Vous en avez suffisamment fait pour aujourd'hui, déclara-t-il. Il va falloir lever un peu le pied.

Puis il prit la télécommande et la lui tendit.

— Tenez, choisissez-nous une bonne émission à regarder.

Il était parvenu devant la porte quand elle déclara :

— Cash ? Merci.

— Ce n'est rien. Après tout, c'est vous qui l'avez préparé.

— Je ne parlais pas du dîner. Je vous remerciais de m'avoir écoutée sans me juger. Je me sens à l'abri ici, avec vous. J'ai l'impression que je peux tout vous dire, et vous me comprenez.

Ses paroles touchèrent une corde sensible en lui. Des émotions qu'il croyait à jamais éteintes renaissaient de leurs cendres.

— Je vous aiderai à vous en sortir, affirma-t-il. Nous affronterons tout cela ensemble. Je ne vous laisserai pas tomber.

— Je sais.

La foi de la jeune femme en lui donnait à Cash l'envie de soulever des montagnes. Mais était-ce bien raisonnable de faire des promesses à une femme enceinte d'un autre homme ? Surtout si l'on n'était pas sûr de pouvoir — ou de devoir — les tenir.

Meg était assise sur le canapé, ses pieds nus sur la table basse, exactement dans la position où Cash l'avait installée avant d'aller s'occuper du dîner.

Elle n'avait pas l'habitude qu'un homme la serve. Son père était vieux jeu et sa seule contribution aux tâches ménagères consistait à mettre les pieds sous la table. Puis il y avait eu Harold. Son fiancé aimait qu'on s'occupe de lui comme s'il était un roi. Au début, cela ne l'avait pas gênée. Elle pensait qu'il lui rendrait la pareille. Mais elle avait dû se rendre à l'évidence, cela ne lui serait jamais venu à l'idée. Elle en avait conclu que la plupart des hommes trouvaient normal que les femmes soient à leur service.

En comparaison, le comportement de Cash avait ravivé sa croyance en l'existence de gentlemen en ce bas monde. S'il se mariait un jour, elle espérait que sa femme se rendrait compte de la chance qu'elle avait. Soudain, la pensée d'une autre femme qui partagerait sa vie avec lui la contraria plus qu'elle n'aurait voulu. Pourquoi ? C'était vraiment ridicule ! Elle n'avait aucun droit sur lui. Ils étaient amis, un point c'est tout.

— Et voilà !

Cash revint dans le salon, une assiette de spaghettis dans une main, et un saladier dans l'autre.

Quand il lui tendit les plats, leurs doigts se touchèrent et ce simple contact lui procura un frisson délicieux qui se propagea dans tout son corps. Elle le suivit du regard quand il retourna dans la cuisine pour chercher le reste du repas. Comment un homme aussi séduisant avait-il réussi à rester célibataire ?

Le fait qu'il la traitait comme une princesse et que cela ne semblait pas le gêner le rendait encore plus irrésistible. Elle se jura que l'homme qu'elle épouserait posséderait cette qualité essentielle : la prévenance.

Quand il revint, elle augmenta le volume du téléviseur.

— J'adore cette série, déclara-t-elle. Vous allez devoir deviner qui est le meurtrier, sinon ce n'est pas drôle.

— Et si je…

— Chut…, ça commence. Nous allons rater des indices !

Il rit doucement et se cala plus confortablement sur le canapé. A quand remontait la dernière fois où elle avait regardé un épisode de sa série préférée à la maison ? Elle n'aurait su le dire. L'année écoulée n'avait été qu'une succession de dîners en ville, ou d'apparitions à des événements promotionnels organisés par la chaîne pour laquelle elle travaillait. Comme il était bon de prendre du temps pour soi !

Une heure plus tard, les assiettes et les couverts étaient empilés dans un coin de la table basse, car ni Cash ni elle ne voulait manquer une minute de la série. A la fin, c'est Cash qui trouva le coupable.

— Comme c'est vous qui avez gagné, c'est moi qui débarrasserai la table, déclara-t-elle.

— Il n'en est pas question, répliqua Cash en se levant pour s'emparer de la pile d'assiettes. Vous avez préparé le dîner, je m'occupe du reste.

— Vous êtes sérieux ? demanda-t-elle en lui emboîtant le pas.

Quand il eut déposé la vaisselle sur le comptoir, il se tourna vers elle.

— Pourriez-vous arrêter d'avoir l'air aussi choquée ? Ce n'est tout de même pas la mer à boire que d'accepter un peu d'aide.

— Dans ce cas… Je vais en profiter pour appeler ma sœur.

— Celle que vous avez appelée juste après le mariage ?

— Oui. Ella a deux ans de moins que moi. Vous devriez faire sa connaissance, un de ces jours, elle vous plairait.

Elle regretta ses paroles dès qu'elles eurent franchi ses lèvres. Elles n'étaient en tout cas pas tombées dans l'oreille d'un sourd. Cash la gratifia d'un sourire qui creusa la fossette de sa joue.

— J'aimerais beaucoup la rencontrer.

Sa réaction, tout comme sa réponse, impliquait qu'ils allaient se revoir. Or elle savait qu'ils n'avaient pas d'avenir ensemble. Une fois qu'elle aurait quitté Tumbling Weed, ce serait pour toujours.

Le regret envahit son cœur. Tant de portes se refermaient sur elle… Elle devait absolument commencer à ouvrir quelques fenêtres si elle voulait faire émerger un avenir de ce gâchis.

13

Quand Cash pénétra dans la cuisine, le lendemain matin, Meg n'était pas encore descendue. Elle devait faire la grasse matinée. Il se dirigea vers le placard où, d'ordinaire, il rangeait le café, mais il n'en trouva pas. Il finit par le découvrir dans le bas du réfrigérateur. Il sourit. Des petits changements étaient intervenus partout dans la maison, mais cela ne le gênait pas. C'était agréable de partager le lieu avec quelqu'un.

— Bonjour.

Un long bâillement suivit le salut de Meg, qui venait d'entrer dans la cuisine.

— Je n'ai pas entendu le réveil, ajouta-t-elle.

S'apprêtant à la renvoyer au lit, il pivota sur lui-même. Mais les mots moururent sur ses lèvres quand ses yeux se posèrent sur la jeune femme. Son pyjama, composé d'un haut rose et d'un short assorti, révélait ses jambes nues. Soudain, toute pensée rationnelle l'abandonna.

Elle bâilla de nouveau, avant de s'étirer et son T-shirt rose se souleva, découvrant brièvement son ventre. Il se retint *in extremis* de s'avancer vers elle pour l'enlacer.

— Désolée, je suis encore en pyjama. Quand j'ai vu l'heure, je suis descendue à toute vitesse.

— Vous êtes encore fatiguée. Vous devriez retourner vous coucher, dit-il en se détournant de la tentation qu'elle représentait. Ne vous inquiétez pas, je contrôle parfaitement la situation.

Pour appuyer ses dires, il remplit le filtre de café. Puis il mit la machine en marche.

— Avez-vous pu dormir un peu ? demanda-t-il.

— Après avoir parlé avec ma sœur, j'avoue que j'ai eu bien du mal à m'endormir.

Cash soupira. Il savait ce qui l'avait tenue éveillée. La perte de son emploi. Si seulement elle acceptait son aide. Il pourrait ainsi la décharger de certains de ses soucis.

Incapable de se taire plus longtemps, il déclara :

— Ecoutez, je vais passer quelques coups de fil ; on verra si je peux faire jouer mes relations.

Elle leva fièrement le menton.

— Nous en avons déjà parlé, répliqua-t-elle. Je n'ai pas besoin de votre aide. Je vais être mère, il est temps que j'apprenne à me débrouiller seule.

— Ce n'est qu'un petit coup de main…

— Non, merci.

De toute évidence, elle était déterminée à gagner son indépendance, et il l'admirait pour ça. Cependant, s'il voulait faire quelque chose pour elle, il devait trouver une autre tactique. En attendant, tout ce stress n'était pas bon pour elle, ou pour le bébé. Le moins qu'il puisse faire était de la distraire de ses soucis.

— Vous avez encore besoin de sommeil. Voilà ce que je vous propose : vous retournez vous coucher et je me débrouillerai pour le petit déjeuner. Mais que diriez-vous de nous préparer un pique-nique pour midi ? Je sellerai deux chevaux et nous pourrons partir vers 11 heures. Qu'en pensez-vous ?

— Je pense que c'est une excellente idée. Cela fait des années que je n'ai pas pique-niqué.

Satisfait, Cash la regarda quitter la cuisine d'une démarche légère. Une fois seul, il songea qu'elle allait lui manquer quand elle s'en irait. A part sa grand-mère, personne n'avait veillé sur lui comme Meg l'avait fait. Grâce à elle, sa maison ressemblait à un véritable foyer où il faisait bon vivre. Il devait absolument trouver un moyen de la remercier.

Bercée par le rythme du pas de Cannelle, Meg repensait à sa recherche d'emploi sur internet.

Une fois le pique-nique prêt, elle avait mis à jour son C.V., avant de l'envoyer par e-mail à plusieurs restaurants réputés d'Albuquerque.

Il était encore trop tôt pour s'inquiéter de savoir si elle recevrait des réponses, et elle était bien décidée à profiter de cette promenade à cheval, par cette magnifique journée ensoleillée, aux côtés du plus beau des cow-boys. Le paysage était splendide, et les odeurs d'herbes et de fleurs sauvages lui chatouillaient agréablement les narines.

Cash était le plus charmant des compagnons. Il parlait quand il avait quelque chose d'intéressant à dire et non pour le seul plaisir d'entendre le son de sa voix. Et il savait écouter. Avec lui, elle avait vraiment l'impression d'être unique. La réciproque était-elle vraie ? Elle l'espérait.

Après une heure de randonnée, ils arrivèrent près d'une petite rivière que bordait une prairie parsemée de fleurs sauvages. L'endroit idéal pour un pique-nique, ou un rendez-vous amoureux. Malgré elle, Meg se demanda si Cash avait une idée derrière la tête quand il l'avait emmenée ici. Elle lui glissa un regard à la dérobée.

Son compagnon arborait la même expression que d'habitude, ce qui n'empêcha pas son imagination de s'emballer. Elle se vit soudain en train de s'allonger dans l'herbe haute, où il la rejoignait pour la prendre dans ses bras et l'embrasser passionnément. Ce rêve éveillé lui fit monter une vague de chaleur aux joues.

La puissance du désir qu'il éveillait en elle la sidérait. Le fait qu'elle porte le bébé d'un autre homme et que cela ne la détourne pas de Cash la troublait profondément. Etait-elle devenue complètement dévergondée ?

— Pourquoi froncez-vous les sourcils ? L'endroit ne vous convient pas ?

La question de Cash l'arracha à ses réflexions.

— Non, c'est magnifique. Vous avez beaucoup de chance

de posséder ce petit lopin de paradis. Mais je meurs de faim, pas vous ?

— Vous plaisantez ? L'odeur du poulet grillé a été une véritable torture tout au long du chemin.

Quand il l'aida à descendre de cheval, elle sentit ses mains s'attarder un peu plus longtemps que nécessaire sur sa taille. Ou était-ce le fruit de son imagination ?

Après avoir ôté les fontes de sa selle, où se trouvait le pique-nique, il les déposa dans l'herbe à côté d'elle.

— Je vais conduire les chevaux à la rivière pour les faire boire, déclara-t-il.

— Allez-y. Le couvert sera mis quand vous reviendrez.

Tandis qu'il s'éloignait avec les chevaux, elle songea au pouvoir d'attraction qu'il exerçait sur elle. Lui-même ressentait la même chose, elle en était persuadée. Et cela ne datait pas de la minute précédente. Ce matin, dans la cuisine, la façon sans équivoque dont il l'avait dévisagée ne lui avait pas échappé. Pas plus que ne lui avaient échappé les regards avides qu'il lui jetait à la dérobée quand il pensait qu'elle ne le voyait pas.

Moins de dix minutes plus tard, Cash revint auprès de Meg. Il avait évoqué le parfum diabolique du poulet grillé, mais ce n'était rien en comparaison de la tentation que représentaient les lèvres de la jeune femme. A vrai dire, elle était bien plus appétissante que la tarte aux cerises qu'elle avait apportée pour le dessert.

Son cœur se gonfla d'émotion quand elle l'accueillit, tout sourires. Avec ses joues légèrement rosies et la lueur malicieuse qui pétillait dans ses prunelles émeraude, elle irradiait de beauté.

— Cet endroit est magique, déclara-t-elle quand il fut devant elle. J'ai l'impression de revivre.

— Je pensais qu'un changement de décor vous remonterait le moral.

Malgré l'atmosphère chargée de sensualité, le geste qu'eut

la jeune femme le prit au dépourvu. Elle s'approcha de lui et posa les mains sur son torse.

— Ce n'est pas le décor qui me ravit pour être tout à fait honnête, murmura-t-elle d'une voix douce comme le miel. C'est vous.

Quand il comprit son intention, dans un sursaut de lucidité, il détourna la tête. Les lèvres de Meg se posèrent sur sa joue et non sur sa bouche.

Rouge comme une pivoine, elle fit un bond en arrière.

— Je pensais que..., balbutia-t-elle. Désolée. Je ne vous plais donc pas ?

Comprenant que c'était son incapacité à masquer l'attirance qu'il éprouvait pour elle qui avait conduit Meg à se jeter ainsi à son cou, il baissa la tête sous le coup de la plus grande confusion.

— Vous êtes merveilleuse, au contraire, répliqua-t-il. N'allez pas vous imaginer quoi que ce soit. Ce n'est pas vous le problème, c'est moi.

— Oh ! je vois. Et vous pensez que vous allez vous en tirer aussi simplement en recourant à ce cliché éculé ?

Elle s'approcha de nouveau et le foudroya du regard.

— Je vous plais, ne le niez pas, déclara-t-elle. Vous avez seulement peur de l'admettre. Comme vous avez peur d'admettre que vous ne pouvez pas oublier le baiser de l'autre soir. Avouez que vous mourez d'envie de recommencer.

Cash détourna son regard. Elle avait raison. Elle lui plaisait. Et ce baiser le hantait au point de lui faire douter de sa santé mentale. Mais leur relation était sans issue. Alors, si quelqu'un devait être raisonnable pour deux, eh bien, ce serait lui.

— Meg, arrêtez ! Vous et moi... c'est impossible.

Comment lui faire comprendre qu'elle méritait tellement mieux qu'un type comme lui ? En baissant les yeux, il découvrit la couverture en patchwork bleu et blanc qu'elle avait déployée sur l'herbe pour le pique-nique, et il se figea, incapable de détacher son regard du motif familier. Sa gorge se noua et il eut soudain du mal à respirer.

— Pourquoi est-ce impossible ? demanda Meg avec insistance.

Il s'agenouilla au bord du kilt. Du bout des doigts, il effleura les triangles de tissu soigneusement assemblés. C'était un rappel matériel, bien réel, de la raison qui le poussait à mettre un terme à son histoire avec Meg avant même qu'elle n'ait commencé.

— Vous ne savez rien de moi, déclara-t-il.

— Dans ce cas, parlez-moi de vous. Je suis tout ouïe.

Il était conscient qu'il en avait trop dit pour faire marche arrière. Autant déballer son sac. Peut-être qu'elle comprendrait alors qu'au-delà de quelques baisers ils n'avaient pas d'avenir ensemble, même si c'était son vœu le plus cher.

— Mon arrière-grand-mère avait fabriqué ce kilt pour ma mère. Il me tenait chaud en hiver, mais, par-dessus tout, il me protégeait de la guerre entre mes parents. Quand je me cachais dessous, personne ne pouvait me voir.

Il s'arrêta un instant. Le récit de son histoire paraissait tellement invraisemblable. Combien de gens décrivaient la relation entre leurs parents comme une guerre ? Très peu certainement, du moins l'espérait-il.

Voyant que Meg s'apprêtait à lui prodiguer des paroles pleines de sympathie, il lui décocha un regard dur et elle s'abstint. Il ne voulait pas de sa compassion. Sans mot dire, elle s'agenouilla à côté de lui. Il devait absolument lui révéler son passé. C'était le seul moyen de mettre un terme à cette attirance puissante qui les poussait inexorablement l'un vers l'autre.

— Ma mère n'était pas une mauvaise femme, commença-t-il. Mais elle était très jeune quand elle est tombée enceinte. Elle n'était pas prête pour se marier et avoir un enfant. Et mon père… eh bien, c'était un sale type. Ma mère était la plus belle femme que j'aie jamais vue. Elle avait une voix magnifique et elle me chantait des berceuses pour m'endormir.

— Quels merveilleux souvenirs ! Une mère est vraiment tout aux yeux de son enfant ! J'espère que le mien gardera d'aussi belles images de moi.

— Tout n'était pas rose. Elle faisait son possible pour être une bonne mère, mais elle était incapable de s'opposer à mon père. Il la blâmait pour l'échec de sa carrière dans le rodéo. A vrai dire, il la blâmait pour tout ce qui allait de travers. Je ne comprendrai d'ailleurs jamais pourquoi elle ne l'a pas quitté. Quand nous n'avons plus eu d'argent, elle a vendu nos maigres possessions pour nous nourrir. En fait, tout reposait sur elle.

Cash passa nerveusement la main dans ses cheveux. Assailli par les souvenirs, il leva les yeux vers Meg. L'expression de la jeune femme s'était adoucie. Ses yeux avaient une étrange lueur… était-ce de l'amour ?

Son cœur manqua un battement. Non, c'était impossible. Il s'agissait certainement de compassion. C'était d'ailleurs préférable. S'il s'agissait vraiment d'amour, ils allaient au-devant d'ennuis, bien plus qu'il ne l'avait d'abord cru. Il n'avait plus le choix à présent, il devait lui révéler les aspects les plus sordides de ce passé qui l'avait marqué au fer rouge, au point de lui interdire de songer à une vie de famille comme le commun des mortels.

— Certaines personnes ne devraient pas avoir d'enfants, et mon père en faisait partie. Quand il n'y eut plus rien à vendre ou à troquer, il n'a pas envisagé un instant de chercher du travail. Non, pas lui. Il a embarqué toute la famille dans la voiture, et il nous a conduits en ville. Devant le magasin d'alcool, il m'a fait descendre de la voiture…

Incapable de regarder Meg dans les yeux, il déglutit à ce souvenir pénible.

— Je ne voulais pas le suivre, continua-t-il. J'avais neuf ans, j'étais terrifié et je voulais rester dans la voiture avec ma mère. Il m'a alors attrapé par le col de mon T-shirt et m'a tiré jusqu'à la porte du magasin. Là, il m'a fourré un revolver dans la main.

Meg laissa échapper un cri horrifié.

— Mon Dieu ! Une arme dans les mains d'un enfant ? C'est impossible ! A quoi pensait-il ? s'exclama-t-elle.

— Probablement à son prochain verre. Puis il m'a dit de tirer si quelqu'un entrait dans le magasin. Enfin, je n'en suis pas sûr, car je pleurais et je ne me souviens plus exactement de ce qui s'est passé ensuite.

Quand elle fit mine de tendre la main pour le réconforter, il recula et lui lança un regard dur.

— Vous vouliez savoir pourquoi nous n'avons rien à faire ensemble ? dit-il d'un ton brusque. Alors, écoutez.

— Je me fiche de ce que vous allez me raconter, je sais que vous êtes un homme bien. Votre histoire ne changera rien à mon opinion.

Sans tenir compte de sa protestation, il poursuivit son récit.

— Le revolver m'a glissé des mains. Mon père criait quelque chose au vendeur, et j'ai entendu un coup de feu. Je me suis enfui du magasin et j'ai rejoint ma mère dans la voiture.

Cette fois-ci, quand elle posa la main sur sa cuisse, il ne la repoussa pas. Il avait besoin qu'elle lui insuffle sa force pour la dernière partie de son récit. La compassion de Meg était comme un baume sur ses blessures à vif. Cet épisode avait hanté ses rêves pendant de longues années.

— Mon père est arrivé à son tour dans la voiture. Il avait laissé tourner le moteur. Il a crié que je n'étais qu'une poule mouillée, et je l'ai cru. Si j'avais été plus courageux, je serais resté avec lui, non ? Il a démarré sur les chapeaux de roues. Je me suis mis à l'abri, sur le plancher à l'arrière, pour éviter de recevoir un coup. Quelques secondes plus tard, les sirènes des voitures de police lancées à nos trousses ont retenti. Mes parents continuaient de se disputer. Comme il n'arrivait pas à me frapper, il a giflé ma mère. La voiture a fait une embardée et j'ai entendu ma mère crier. L'instant suivant, la voiture était pliée contre un arbre et mes parents étaient morts.

— Quelle tragédie ! C'est l'histoire la plus triste que j'aie jamais entendue. Votre père était vraiment un homme détestable.

— C'est seulement plus tard, après avoir connu mon grand-père, que j'ai compris que la pomme n'était pas tombée loin de l'arbre. L'un comme l'autre n'étaient pas faciles à vivre, c'est le moins qu'on puisse dire. Mais, quand ils avaient bu, ils devenaient vraiment méchants.

— Je comprends mieux à présent.

— Que voulez-vous dire ?

— La raison pour laquelle il n'y a pas d'alcool chez vous

ou chez Martha. Et votre réaction quand j'ai suggéré d'acheter du vin. Je suis sincèrement désolée.

Ce fut le tour de Cash de poser la main sur celle de Meg et de la presser dans un geste de réconfort.

— Vous ne pouviez pas savoir, la rassura-t-il. Mais, maintenant que vous connaissez mon histoire, vous comprenez pourquoi, avec un père et un grand-père comme les miens, il vaut mieux que je reste seul.

14

Des gouttes tombèrent sur la main de Meg. Pensant qu'il avait commencé à pleuvoir, elle leva les yeux et constata qu'aucun nuage n'obscurcissait le ciel bleu. Ce n'est qu'en posant la main sur sa joue qu'elle découvrit qu'elle était humide.

A quel moment du récit de Cash s'était-elle mise à pleurer ? Elle n'aurait su le dire. Celui-ci était très pâle à présent. Comment pouvait-elle s'y prendre pour alléger sa souffrance ? Quels mots pourraient effacer le souvenir d'une enfance aussi terrible ? « Je suis désolée » semblait bien faible pour faire comprendre à quel point elle était bouleversée par ce qui lui était arrivé.

Se redressant sur ses genoux, elle se pencha vers lui. Sans se laisser intimider par son expression fermée, elle noua les bras autour de sa nuque. Elle aurait voulu que son étreinte absorbe sa douleur.

— Cash, vous ne pouvez pas vous reprocher des événements qui sont arrivés alors que vous étiez enfant. Vous n'étiez qu'une victime, pas un complice.

Il détacha sans ménagement les bras de ses épaules.

— Vous ne comprenez pas… C'est dans mes gènes.

— Je n'en crois rien. Vous n'êtes pas comme votre père ou votre grand-père. En laissant le passé dominer votre avenir, vous renoncez à toutes les choses merveilleuses de l'existence…

— Ça suffit à présent. Ne parlons plus de cela. Je dois aller voir si les chevaux vont bien, déclara-t-il en se levant.

Meg soupira. Elle ne pouvait pas le laisser dans cet état. Comment lui faire comprendre qu'il n'était pas seul ?

— Attendez ! s'écria-t-elle en lui tendant la main. Je suis là pour vous.

Sur son visage tanné par le soleil, elle pouvait quasiment suivre les pensées contradictoires qui se succédaient dans son esprit. Il fixa un long moment sa main tendue, avant de pivoter sur lui-même et de s'éloigner, raide comme un soldat de plomb, et sans un regard en arrière.

Découragée, elle laissa retomber sa main sur ses genoux. Contrairement à ce qu'elle avait espéré, ce voyage dans les souvenirs de Cash ne les avait pas rapprochés. Comment l'aurait-il pu, quand le jeune homme était persuadé que son destin était celui d'un cow-boy solitaire ?

L'histoire de Cash dépassait tout ce qu'elle avait imaginé. Qu'il ait réussi — après ce qu'il avait vécu — à devenir un homme généreux et prévenant relevait du miracle. Paradoxalement, c'est sa générosité qui lui faisait redouter de se comporter un jour avec une femme comme son père s'était comporté avec sa mère.

Des cookies aux pépites de chocolat.

C'était la réponse de Meg à l'indifférence de Cash. Depuis que, la veille, il lui avait révélé ce passé qui le hantait, il s'était refermé sur lui-même. Leur conversation s'était limitée à quelques échanges laconiques.

Quand la porte de la cuisine donnant sur l'extérieur se referma sur Cash, un peu avant 18 heures, elle venait de recouvrir la plaque de cookies d'un torchon propre et d'enfourner une pizza mexicaine.

— J'ai préparé quelque chose de spécial pour le dessert, annonça-t-elle dans l'espoir d'éveiller sa curiosité.

— C'est gentil, répondit-il en évitant son regard.

Puis il sortit de la cuisine, sans doute pour prendre une douche avant le dîner.

Un sentiment de découragement s'abattit sur elle. Pas un sourire, pas une lueur d'intérêt dans son regard.

Elle se mordait les doigts à présent de s'être jetée à son cou lors du pique-nique. Sans ce geste ridicule, ils seraient toujours amis à l'heure qu'il était.

Il restait encore vingt minutes avant que la pizza ne soit cuite, aussi profita-t-elle de ce répit pour consulter sa messagerie. Avec un peu de chance, elle aurait reçu une réponse à ses candidatures spontanées. Il était grand temps qu'elle quitte le ranch.

Elle retint son souffle quand elle ouvrit le premier des nouveaux messages qui s'affichèrent.

A : ChefJiffy@myemail.com
De : admin@LaCantinaTurquoise.com
Objet : Candidature
Nous vous remercions d'avoir pensé à La Cantina turquoise pour proposer vos services de chef. Toutefois, aucun poste n'est vacant actuellement. Nous vous souhaitons bonne chance pour votre recherche d'emploi.

Quelle déception ! Jusqu'à cet instant, elle n'avait pas réalisé à quel point elle avait misé sur des réactions enthousiastes à sa candidature.

Avec un pincement d'appréhension, elle ouvrit les autres messages. Tous étaient polis, mais tous tenaient le même discours : merci… mais non merci.

Ses yeux commençaient à la picoter quand la voix de Cash l'arracha à ses pensées.

— Prête ?

Elle s'empressa d'éteindre l'ordinateur.

— Je vous apporte votre pizza, déclara-t-elle en ravalant ses larmes.

— Vous ne mangez pas ?

Elle pouvait sentir son regard vrillé sur elle tandis qu'elle sortait une assiette du placard. Croyait-il qu'elle allait se confier à lui, alors qu'il la traitait comme une pestiférée depuis l'épisode du pique-nique ? Pour toute réponse, elle posa brutalement l'assiette sur la table.

— Vous faites la tête ? demanda-t-il.

Bouillonnant intérieurement, elle se dirigea vers le four et sortit la pizza. Quand elle l'eut déposée sur le plan de travail, elle ôta les maniques et se tourna vers lui.

— Vous avez un sacré culot, déclara-t-elle. C'est vous qui me battez froid depuis que j'ai voulu vous embrasser, et vous osez à présent me demander si je boude ?

— Je vous ai simplement expliqué pourquoi une aventure entre nous serait une erreur. Si j'avais su… Je n'aurais jamais dû proposer ce pique-nique. Je suis désolé. Essayons de trouver un terrain d'entente, si vous le voulez bien. Maintenant, vous voulez bien dîner avec moi ?

— Je n'ai pas faim.

— Je sais que j'ai été d'humeur détestable depuis hier, déclara-t-il en s'avançant vers elle. Mais, si je vous promets que je me conduirai mieux à l'avenir, acceptez-vous de dîner avec moi ? Je pense que ce n'est pas raisonnable de ne pas manger. Si ce n'est pas pour vous, vous devez au moins penser au bébé.

— J'ai d'autres préoccupations en ce moment.

— Ah bon ? Et lesquelles ?

Leurs regards s'accrochèrent et elle vit un intérêt sincère dans les yeux de Cash. Il semblait enfin être redevenu l'homme attentionné qu'elle connaissait. Soulagée, elle respira mieux.

— Si vous tenez vraiment à le savoir, j'ai reçu quelques réponses aux e-mails de candidature que j'ai envoyés l'autre jour. Les réponses que j'ai reçues ne sont guère positives. Il semblerait que personne n'ait besoin d'un ex-Chef Jiffy.

Quand il tira une chaise pour l'inviter à s'asseoir, elle accepta avec reconnaissance.

— Oh ! Et à combien de restaurants avez-vous écrit ? demanda-t-il en s'accroupissant près d'elle. Une demi-douzaine ? Vous savez, il en reste plein d'autres auprès desquels vous pouvez postuler. Persévérez, je suis sûr que vous trouverez un boulot rapidement.

La conviction de sa voix grave finit par dénouer le nœud qui vrillait son estomac.

— Je sais que vous avez raison, déclara-t-elle. Mais, avec

le bébé en route, je suis terrifiée à l'idée de me retrouver sans emploi. Je n'ai pas beaucoup d'économies et sans travail stable…

— Arrêtez de vous faire du mauvais sang. Vous allez très bien vous en sortir, vous et le bébé. En attendant, mon offre tient toujours. Si vous avez besoin d'aide…

— Non, je vais me débrouiller. Mais merci quand même.

— Je vais vous chercher une assiette, déclara-t-il en se levant. Et ne vous avisez pas de quitter cette chaise.

Cash ne cessait de l'étonner par sa capacité à lui remonter le moral. Personne ne l'avait jamais autant soutenue. Les autres avaient toujours déboulé dans sa vie pour lui dire ce qu'elle devait faire. Mais pas Cash. Il acceptait de la laisser trouver sa propre voie.

Cash avala sa troisième tasse de café, puis il quitta la maison en étouffant un bâillement. Après sa discussion avec Meg, la veille, il avait passé une nuit agitée, tiraillé par le cas de conscience qui se présentait à lui. Devait-il tenir la promesse qu'il avait faite à Meg de ne pas interférer dans ses affaires, et la laisser trouver un travail seule ? Ou devait-il passer quelques coups de fil pour elle ?

Il avait noué de nombreux contacts au cours de sa carrière dans le rodéo. Après tout, il avait été deux fois champion du monde et les sponsors s'étaient bousculés à sa porte. Il n'avait jamais demandé de services à ses amis influents, mais il était peut-être temps de faire jouer son réseau.

Il avait rompu tout contact avec cette partie de son existence après le scandale. Mais la situation exigeait qu'il surmonte ses réticences, car c'était de l'avenir de Meg et de son bébé qu'il s'agissait.

Il prit son téléphone et composa le numéro qu'il avait griffonné sur un bout de papier. Il ne lui restait plus qu'à espérer que Meg lui pardonnerait ce qu'il s'apprêtait à faire.

— Salut, Tex. C'est Cash. Je voulais te demander un service…

Meg avait la gorge nouée quand, deux jours plus tard, elle s'assit devant l'ordinateur de Cash pour voir si des employeurs potentiels s'étaient manifestés après son nouvel envoi de C.V.

Les premiers messages qu'elle ouvrit étaient semblables aux précédents. Mais le quatrième venait d'un expéditeur inconnu.

A : ChefJiffy@myemail.com
De : Tex.Northridge1@emailRus.com
Objet : Question

Mademoiselle Finnegan, j'ai appris que vous cherchiez un emploi dans la restauration. Je suis en train d'ouvrir le Golden Mesa, un restaurant gastronomique à Albuquerque. Si vous pouviez avoir l'obligeance de m'envoyer votre C.V. et les coordonnées de gens pour qui vous avez travaillé, je serais ravi d'étudier votre candidature.

Enfin, la chance lui souriait ! Quand elle eut terminé de lire ces quelques lignes pleines de promesses, elle ne put retenir un petit cri de joie.

— Que se passe-t-il ? s'écria Cash en entrant dans la pièce. C'est le bébé ?

— Non, le rassura-t-elle.

Puis elle lui expliqua la teneur du message qu'elle venait de lire.

— Ce qui m'intrigue, cependant, c'est comment le propriétaire du restaurant a trouvé mon nom, conclut-elle.

— Hé, qu'imaginez-vous ? Vous êtes une célébrité ! Le bruit doit simplement commencer à courir que vous envisagez un changement de carrière, c'est tout. Bon, vous lui avez répondu ?

— Non, pas encore. Mais nous sommes vendredi. Même si j'écris maintenant, il ne me répondra sans doute pas avant lundi.

A peine ces paroles avaient-elles franchi ses lèvres qu'elle se rendit compte que ses deux semaines à Tumbling Weed touchaient à leur fin. Elle avait espéré que, lorsque le moment serait venu d'affronter sa famille et ses amis, elle aurait retrouvé un emploi.

— Ne vous inquiétez pas, déclara Cash, comme s'il avait suivi le cheminement de ses pensées. Je vous aiderai à survivre au week-end. Il y a sans doute d'autres séries policières dont nous pourrons deviner le coupable.

Meg lui sourit, reconnaissante du tact dont il faisait preuve pour l'inviter à rester plus longtemps sans qu'elle ait besoin de lui demander.

Tout irait bien, elle n'avait pas à s'inquiéter. Elle avait un bon pressentiment au sujet de cette offre d'emploi.

Elle retourna s'asseoir devant l'ordinateur. Il était temps de se montrer sous son meilleur jour. Elle commença à taper sa réponse enthousiaste.

15

Cash s'était dégonflé.

Devant l'enthousiasme de Meg, il avait été incapable de lui avouer que c'était son intervention qui avait déclenché l'offre providentielle de Tex. Il ne voulait pas voir se ternir la joie qui illuminait son visage. Et après tout, il n'avait fait que prendre son téléphone et glisser son nom dans la conversation. Si elle obtenait ce boulot — et il ne doutait pas qu'elle l'obtiendrait —, c'était à son talent qu'elle le devrait.

Cela n'avait toutefois pas été simple de convaincre Tex de donner sa chance à Meg. Les articles négatifs qui avaient suivi l'annulation de son émission étaient encore frais dans les esprits. Pour aplanir ces difficultés, Cash avait mentionné — sous le sceau de la confidentialité — la publication prochaine des livres de cuisine. Il avait assuré à Tex que le public allait se les arracher. De plus, la présence de Meg à l'inauguration du restaurant attirerait la foule des grands jours. Cette idée emporta l'adhésion de son ami.

A présent, Cash était impliqué jusqu'au cou. Et il ne pouvait plus faire marche arrière.

Après quelques recherches sur internet, il avait élaboré un plan d'action pour attirer un maximum de monde à l'inauguration. Il ne pouvait toutefois pas le mettre en œuvre tout seul, aussi se rappela-t-il que le numéro de la sœur de Meg était toujours dans la mémoire de son téléphone.

Quand il sortit pour l'appeler sans que Meg ne découvre à

qui il téléphonait, il pria pour qu'Ella accepte de faire confiance à un inconnu, comme Meg l'avait fait.

— Allô ? fit une voix chaleureuse à l'autre bout du fil.

— Vous êtes Ella, la sœur de Meg ?

— Oui. Qui la demande ?

— Cash Sullivan. Votre sœur vous a peut-être parlé de moi ?

— Mon Dieu ! Meg va bien ? demanda Ella d'une voix où perçait à présent l'inquiétude.

— Oui, rassurez-vous. Si je vous appelle, c'est parce que j'ai besoin de vous. Votre sœur est sur le point d'obtenir un nouveau job, comme chef d'un restaurant gastronomique qui va ouvrir bientôt… C'est vraiment une excellente opportunité. Mais son retour à la maison risque d'être difficile. Elle devra affronter ses amis, sa famille et leur expliquer pourquoi elle n'a plus ni mari ni travail, tout en se préparant à ses nouvelles responsabilités. C'est pourquoi je voudrais que nous lui donnions un petit coup de pouce pour l'aider à lancer sa nouvelle carrière.

— Nous ? Vous voulez dire vous et moi ? Mais je ne vous connais même pas !

— C'est vrai, mais vous devez me faire confiance. Pour quel motif tordu voudrais-je aider Meg ?

— Je ne voudrais pas paraître indiscrète, mais vous êtes amoureux d'elle ? demanda-t-elle après un long silence.

Soudain gêné, Cash se tut. Bon sang ! D'où lui venait cette idée farfelue ? Certes, il existait une attirance physique entre eux, mais cela n'allait pas au-delà.

— Bien sûr que non ! protesta-t-il. Votre sœur nous a beaucoup aidés, ma grand-mère et moi, et je veux lui rendre la pareille.

— Très bien. Je vous écoute.

— Attendez ! Il y a une condition, toutefois. Vous ne devez à aucun prix révéler à Meg mon rôle dans ce projet.

— Vous êtes vraiment sûr qu'il n'y a rien entre vous deux ?

— Sûr et certain. Nous sommes amis, c'est tout, mentit-il.

— Si vous le dites.

Quoi qu'elle prétende, Ella ne semblait pas convaincue par ses dénégations.

— Alors, acceptez-vous de m'aider ? demanda-t-il.

— Ça dépendra de ce que vous avez derrière la tête. Si vous commenciez par me dire ce que vous attendez de moi ?

Un sourire étirait les lèvres de Meg quand elle aperçut le ranch au détour de la piste. Elle avait l'impression de rentrer à la maison. L'entretien avec Tex Northridge s'était très bien passé. Elle lui avait laissé une proposition de menu et il lui avait promis qu'il reprendrait contact avec elle « très bientôt ».

Quand elle descendit du pick-up, elle découvrit que Cash l'attendait sous le porche. Cela lui réchauffa le cœur et son sourire s'élargit.

— Je vous demanderais bien comment s'est passé l'entretien, mais, vu votre sourire, je devine que vous avez obtenu le poste, dit-il quand elle le rejoignit.

— Ce n'est pas tout à fait le cas, mais j'ai l'impression que c'est sur la bonne voie.

— Je n'en ai pas douté un seul instant.

— Cash, pourquoi faites-vous ça ? Vous m'encouragez toujours, et vous êtes si optimiste… en ce qui concerne ma vie, fit-elle remarquer. Si seulement vous pouviez suivre vous-même vos conseils. Oubliez le passé et construisez votre avenir.

— Vous pensez toujours que c'est possible, après ce que je vous ai raconté ?

— Franchement, oui. Je ne vois aucun obstacle.

Mal à l'aise qu'elle lui parle sans détour, il fixa obstinément la pointe de ses bottes.

— Bien. Nous ferions mieux d'y aller, déclara-t-il finalement. Sinon, nous risquons d'être en retard, et vous savez que Gram déteste ça.

— Que voulez-vous dire ? Elle est rentrée ? s'exclama Meg.

La joie d'apprendre le retour de l'adorable vieille dame lui fit momentanément oublier le refus obstiné de Cash de tirer un trait sur un passé qui l'empêchait de vivre pleinement sa vie.

Impatiente de revoir Martha, elle le suivit pour remonter dans la camionnette.

Durant le déjeuner, la conversation à bâtons rompus porta essentiellement sur l'entretien de Meg et les bébés d'Amy Santiago. Cash resta inhabituellement silencieux et il s'éclipsa après avoir avalé sa dernière bouchée.

Quand la vaisselle fut terminée et la cuisine rangée, Martha la mit gentiment à la porte.

— Allez travailler sur les nouvelles recettes pour votre livre. Je suis heureuse que la cuisine de mon petit-fils serve enfin à quelqu'un. Je viendrai dîner à 18 heures. Appelez-moi si vous avez besoin d'un coup de main.

Emue, Meg sourit à Martha. Seigneur, comme les choses avaient changé ! Le dîner allait avoir lieu chez Cash et c'était elle qui était chargée de le préparer. Tandis qu'elle remontait l'allée menant à la maison de Cash, Meg réalisa que ces repas étaient désormais comptés. Elle était déjà restée au ranch plus longtemps que prévu et il était grand temps qu'elle vole de ses propres ailes. Elle devait en principe être recontactée avant la fin de la semaine. Après l'appel de M. Northridge, elle s'en irait.

Si elle hésitait à partir, toutefois, c'était parce que l'idée que Cash ferait partie de sa nouvelle vie s'était lentement insinuée en elle. Et ce, bien qu'elle fût consciente qu'il se considérait définitivement perdu pour l'amour. Si seulement elle parvenait à abattre les défenses qu'il avait érigées autour de son cœur…

De retour dans la cuisine, elle entreprit de tester des recettes inédites. Accaparée par ses essais, elle ne vit pas le temps passer et ce ne fut que lorsque Cash pénétra dans la pièce qu'elle s'aperçut qu'il était déjà 17 h 30. Martha n'allait sans doute pas tarder non plus.

— Hmmm ! Ça sent diablement bon, s'exclama-t-il.

— Merci. J'ai passé l'après-midi à concocter des nouvelles recettes pour le livre. J'espère que vous accepterez encore de me servir de cobaye.

Une fossette se creusa dans sa joue quand il lui sourit.

— Si c'est aussi délicieux que les expériences précédentes, vous pouvez compter sur moi.

— Vous savez que vous ne serez plus mon premier goûteur pour longtemps ?

Elle fut surprise de voir la lueur dans les yeux de Cash disparaître. Que se passait-il ? N'était-il pas soulagé d'apprendre qu'elle serait bientôt partie ?

Avant qu'elle n'ait trouvé un moyen de lui poser cette question délicate, il lui annonça qu'il allait se changer pour le dîner.

Elle avait fini de mettre la table quand il revint. Il sortait de la douche et, avec ses cheveux humides, il était incroyablement sexy. Sa chemise, dont les derniers boutons étaient défaits, laissait entrevoir son torse musclé. Une vague de chaleur l'envahit et elle se força à détourner son regard.

Avait-il perçu son trouble ? Le partageait-il ? Quoi qu'il en soit, comme mû par une attirance irrésistible, il s'approcha d'elle. La fragrance épicée de son eau de toilette l'enveloppa. Enivrée par sa présence si proche, elle faillit laisser tomber le bol qu'elle s'apprêtait à déposer dans l'évier. Il tendit la main pour le lui prendre et leurs doigts s'effleurèrent.

La chaleur de ce contact envoya une vibration le long de son bras, qui remonta jusqu'à sa poitrine. Elle tourna la tête vers lui. Ses lèvres masculines à la courbe sensuelle n'étaient qu'à quelques centimètres des siennes. Un besoin irrépressible de garder un souvenir de son séjour s'empara d'elle. Elle avait beau se répéter qu'elle commettait une folie, elle aspirait de tout son être à se blottir dans ses bras, à l'embrasser jusqu'à oublier le monde qui les entourait.

Le regard brûlant de Cash accrocha le sien et ils se dévisagèrent un long moment en silence. Lui aussi la désirait. A cette pensée, elle frémit d'excitation. Elle parvint cependant à ne pas faire un mouvement vers lui. Ne s'était-elle pas juré que, la prochaine fois, c'est lui qui ferait le premier pas ? Malgré la puissance de l'attirance qu'elle éprouvait pour lui, il était hors de question qu'elle essuie un nouveau rejet.

Comme s'il lisait dans ses pensées, il s'inclina vers elle et effleura ses lèvres d'un baiser léger comme un souffle.

Quand il releva la tête, elle émit un grognement de frustration. Qu'est-ce qui lui prenait ? Il ne pouvait pas s'arrêter maintenant ! Elle avait besoin d'un souvenir puissant pour combler ses nuits solitaires en perspective.

— Embrassez-moi encore, murmura-t-elle. Embrassez-moi comme si demain n'existait pas.

Le simple fait d'avouer sans détour à Cash qu'elle le désirait lui procura un sentiment grisant d'euphorie. Une lueur passionnée s'était allumée dans ses yeux et il se pencha de nouveau vers elle. Cette fois-ci, après avoir effleuré ses lèvres, il approfondit son baiser. La passion dont il faisait preuve fit éclater un feu d'artifice de sensations en elle et, bientôt, elle voulut davantage.

Emportée par un tourbillon de sensualité, elle crut entendre un toussotement au loin. Mais, comme Cash continuait à dévorer ses lèvres de baisers fiévreux, elle n'y prêta pas attention.

— Excusez-moi ?

La voix de Martha, bien réelle, mit brutalement fin à leur baiser.

— Je suis désolée de vous interrompre, poursuivit la grand-mère de Cash, mais j'ai l'impression que ça sent le brûlé.

Ils s'étaient écartés l'un de l'autre, et Meg sentit ses joues s'enflammer sous l'effet de l'embarras. Elle avait l'impression d'être une adolescente prise en faute par la directrice du lycée.

— Vous devriez ouvrir ce four, conclut Martha, sinon le dîner risque d'être fichu.

— Le dîner ! s'exclama-t-elle, revenant brutalement à la réalité.

Elle se précipita vers le four, trop heureuse de ce prétexte pour ne pas avoir à soutenir le regard de Martha.

— Gram, intervint Cash d'une voix incertaine. Nous… désolé, mais nous n'avions pas vu qu'il était si tard.

— Tu n'as pas besoin de me le dire, c'est une évidence. Quelle chance que je sois arrivée avant que la maison ne soit partie en fumée !

La pointe d'humour qu'elle perçut dans la voix de la vieille dame ne fit qu'augmenter l'embarras de Meg.

Bien que la sauce à la moutarde accrochât au fond du plat, elle réussit à sauver l'essentiel et il y en eut assez pour trois. A son vif soulagement, Martha ne fit aucune allusion au cours du dîner à la scène que son arrivée avait interrompue. En fait, la vieille dame semblait même ravie à l'idée qu'ils formaient un couple.

Il faudrait éclaircir ce malentendu, songea Meg, et le plus vite possible ! Mais, avec le goût des lèvres de Cash qui imprégnait encore sa bouche, elle se sentait incapable de mentir à Martha. Alors que ce baiser l'avait bouleversée au plus profond d'elle-même, comment convaincrait-elle quiconque qu'il ne signifiait rien pour elle ?

Meg était dans un tel état de nervosité, le vendredi matin, qu'elle fit un bond quand la sonnerie du téléphone retentit. Avant de décrocher, elle prit une profonde inspiration pour tenter de recouvrer son calme.

— Allô ? déclara-t-elle d'une voix aussi posée que possible.

— Bonjour, mademoiselle Finnegan. Tex Northridge à l'appareil…

Sa tête tournait tellement qu'elle ne retint qu'une chose de ce que lui annonça son interlocuteur : elle était engagée comme chef du Golden Mesa ! Apparemment, l'originalité du menu qu'elle avait joint à son C.V. avait séduit le propriétaire du restaurant.

Elle était encore tout étourdie par la nouvelle quand elle raccrocha. Elle avait enfin obtenu ce qu'elle cherchait depuis qu'elle était arrivée à Tumbling Weed. Un nouveau départ pour elle et pour son bébé. Mais alors, quel était ce sentiment de tristesse qui venait atténuer sa joie ?

Elle parcourut la pièce du regard. En à peine un peu plus de deux semaines, elle en était venue à considérer ce lieu comme son foyer. Ce sentiment ne venait pas que de la maison elle-même. La présence chaleureuse et attentionnée de Cash y avait énormément contribué. Mais, maintenant qu'elle avait un nouveau travail, elle n'avait plus de raison de rester ici. Or la perspective de quitter Cash lui brisait le cœur.

Refusant de s'attarder sur les sentiments qu'elle éprouvait pour le cow-boy, elle tenta de se concentrer sur son nouveau travail. Elle réalisa avec effarement que, dans son excitation, elle avait oublié de demander à M. Northridge quand elle devait lui soumettre un menu complet. Elle le rappela immédiatement.

— Je pensais que Cash vous l'avait dit, répondit-il quand elle lui eut posé la question. L'inauguration doit avoir lieu dans quelques semaines. Tout doit être prêt à ce moment-là.

Sous le choc, Meg ne parvint pas à sortir un seul son de sa bouche. Son sang se glaça dans ses veines et les questions se bousculèrent dans son esprit. Pourquoi Tex Northridge mentionnait-il Cash ? Ce dernier était-il intervenu pour qu'elle obtienne ce travail ? Mais comment ? Et pourquoi ? Non ! C'était impossible !

— Vous voulez dire que Cash est au courant ? demanda-t-elle d'une voix blanche.

— Bien sûr. Il ne vous a rien dit ? C'est un vieil ami. Je le connais du temps où il était champion de rodéo. Quand il m'a appelé, j'étais ravi de pouvoir l'aider.

Elle mit quelques secondes à encaisser le choc que ces paroles provoquèrent en elle.

— Vous voulez dire que c'était son idée ? parvint-elle enfin à articuler.

— Oui. Et croyez-moi, vous avez vraiment de la chance d'avoir un petit ami qui se démène comme ça pour vous.

Elle luttait de toutes ses forces pour ne pas se laisser submerger par la déception. Avec le sentiment qu'on l'avait poignardée en plein cœur, elle raccrocha.

A bout de forces, elle se laissa tomber sur une chaise de la cuisine et prit sa tête entre ses mains. Elle n'en revenait pas. Cash était intervenu auprès de son ami à son insu, et il avait fait exactement ce qu'elle lui avait demandé de ne pas faire.

Comment avait-il pu ainsi trahir sa confiance ?

Au fond, il ne valait pas mieux que son ex. Il l'avait manipulée pour qu'elle fasse ce qu'il pensait être le mieux pour elle. A moins que ce ne fût le mieux pour lui ?

16

Cash accéléra le pas en approchant de la maison. Son plan commençait à se mettre en place. La veille au soir, quand il avait raccompagné Gram chez elle, il lui avait avoué le rôle qu'il avait joué pour obtenir l'entretien avec Tex Northridge. Il n'avait pas eu de mal à la convaincre de battre le rappel de ses nombreuses connaissances afin qu'elles assistent à l'inauguration du restaurant. En revanche, elle avait rechigné quand il lui avait demandé de cacher à Meg à quel point lui-même était impliqué. Elle avait fini par accepter de garder le secret quand il lui avait fait part du refus de cette dernière de recevoir la moindre aide de sa part.

Il était pratiquement l'heure de déjeuner et il s'attendait à trouver Meg en train d'expérimenter une nouvelle recette dans la cuisine. Quel ne fut son étonnement en trouvant la pièce vide ! Où diable pouvait-elle donc être ? Etait-elle restée chez Gram après le petit déjeuner ?

Le calme qui régnait incita son esprit à vagabonder. Son humeur était au beau fixe depuis qu'il avait embrassé Meg, alors qu'elle le lui avait expressément demandé.

— Pourquoi souriez-vous ?

La voix sèche de Meg l'arracha à sa rêverie éveillée, et son sourire s'évanouit.

— Pour rien, répondit-il. Bien. Vous êtes prête pour aller déjeuner chez Gram ?

— Pas tout à fait. J'ai appelé Martha pour la prévenir que nous serions en retard.

— Ah bon ? Qu'est-ce qui se passe ? lança-t-il en réponse à son regard sombre.

— Figurez-vous que j'ai obtenu le poste de chef. Mais je suppose que ce n'est pas une surprise pour vous, puisque M. Northridge m'a appris que vous aviez fait des pieds et des mains pour que cela arrive.

Mince ! songea Cash en son for intérieur. De toute évidence, son secret était éventé. Et cette nouvelle ne semblait pas du tout plaire à Meg. Il ne s'était pas attendu à une réaction aussi furieuse de sa part.

Conscient que ses explications ne serviraient à rien, il se tut. Il s'était fait prendre la main dans le sac et peu importait qu'il ait agi avec les meilleures intentions. Il avait brisé la promesse qu'il lui avait faite. Allait-elle pouvoir le lui pardonner ?

— Je vous avais expressément demandé de ne pas vous mêler de mes affaires, poursuivit-elle. Mais vous ne pouviez pas me faire confiance. Je me suis vraiment trompée à votre sujet. En fin de compte, vous êtes comme mon ex. Comme lui, vous pensez savoir ce qui est le mieux pour moi. Il vous est impossible de me laisser une certaine latitude.

Furieux, Cash s'emporta. La comparaison avec Harold était un coup bas qu'il ne pouvait pas laisser passer.

— Je n'ai rien à voir avec ce salaud ! protesta-t-il. Je voulais seulement vous aider.

— Bien sûr ! Tout ça pour être sûr que je ne m'éterniserais pas chez vous ?

— Mais que me dites-vous ? C'est faux !

— Prétendez-vous que vous vouliez que je reste ?

Cash exhala un profond soupir. Certes, il connaissait la réponse qu'elle voulait l'entendre dire. Mais il ne pouvait se résoudre à prononcer les paroles enfouies au fond de son cœur.

Les hommes de la famille Sullivan avaient gâché la vie de leurs proches. Il se souvenait trop bien des tourments physiques et moraux que s'infligeaient ses parents. Et de la violence verbale de son grand-père à son encontre, quand il était venu s'installer à Tumbling Weed, à la mort de ses parents. Certes, Meg était persuadée qu'il était différent d'eux, et elle avait presque réussi à l'en convaincre lui-même… Alors, qu'est-ce qui le retenait ?

Un éclair de lucidité lui apporta la réponse qu'il cherchait. Au fond, il ne craignait pas de la faire souffrir un jour. Ce qu'il redoutait, c'était qu'une fois qu'il l'aurait fait entrer dans sa vie elle le laisserait tomber, comme presque tout le monde l'avait fait avant elle.

— Cash, dites quelque chose ! le supplia-t-elle. Vous ne pouvez nier qu'il y a quelque chose entre nous.

Il brûlait de répondre « oui ». Il voulait lui faire confiance, mais le vieil adage « chat échaudé craint l'eau froide » lui revint à la mémoire.

— Ne voyez-vous pas que vous vous cachez dans ce ranch pour échapper à la vraie vie ? s'écria-t-elle. Un homme qui s'occupe de sa grand-mère, ou d'une étrangère de passage, comme vous le faites, ne peut être que foncièrement bon.

Apparemment, elle ne démordait pas de l'idée qu'un avenir commun était à leur portée. Il devait à tout prix lui faire sortir cette notion folle de la tête.

— Meg, je ne suis pas l'homme qu'il vous faut. Mon passé n'est pas derrière moi, comme vous semblez le croire. Il continue de me hanter. Et il ruinera votre avenir.

— Non. Le passé est mort et enterré. Vous seul le maintenez en vie.

Il aurait voulu lui donner raison. Mais le reporter qui était venu fouiner au ranch semblait penser le contraire. A présent, il n'avait plus le choix, il devait lui révéler son dernier secret, le plus embarrassant d'entre tous.

— Vous vous souvenez que je vous ai raconté que j'avais mis un terme à ma carrière dans le rodéo après m'être blessé à l'épaule ? Ce n'était pas la seule raison. Mon ex-petite amie a essayé de me faire porter le chapeau dans un hold-up à Austin. Elle a failli réussir son coup d'ailleurs. Dans le milieu du rodéo, tout le monde connaissait mon histoire et celle de mon père. Même quand on a été innocenté, les ragots ont la vie dure. Le reporter qui vous cherchait l'autre jour a remis ces histoires sur le tapis quand il a sous-entendu que j'avais pu vous enlever, preuve que tout le monde n'a pas oublié.

S'il avait espéré que son aveu ouvrirait définitivement les yeux de Meg sur les casseroles qu'il traînait, il dut se rendre à l'évidence : sa confidence n'avait réussi qu'à lui attirer encore davantage la sympathie de la jeune femme.

— Vous devez redresser la tête, déclara-t-elle d'un ton convaincu en s'avançant vers lui. Et prouver à tout le monde — et plus particulièrement à vous-même — que vous valez mieux que ces racontars de presse à scandales. Vous êtes un cow-boy qui travaille dur et qui prend soin des siens.

Cash n'aurait jamais cru que quelqu'un serait prêt à se battre pour lui. Encore moins une femme aussi merveilleuse que Meg. Car elle était vraiment extraordinaire. Durant le peu de temps qu'ils avaient passé ensemble, n'avait-elle pas réussi à abattre ses défenses et à atteindre son cœur ? Avec elle, il avait l'impression d'être enfin un homme digne de ce nom.

Mais elle n'était pas faite pour Tumbling Weed. Son avenir était sous les projecteurs. Elle s'en apercevrait rapidement, et elle serait malheureuse ici.

La pensée de ce qu'il s'apprêtait à faire lui nouait l'estomac. Mais c'était pour le bonheur de Meg.

— Je pense que vous exagérez le sens de ce qui s'est passé entre nous, déclara-t-il.

— Je sais que vous avez ressenti la même chose que moi, répliqua-t-elle sans se laisser démonter.

— C'était purement physique. Rien de plus.

Il se força à soutenir le regard de la jeune femme qui avait blêmi. Seule la pensée qu'il devait tenir bon pour permettre à Meg de prendre son envol vers l'avenir radieux qui l'attendait lui insuffla le courage nécessaire.

— Je sentais que les choses devenaient trop sérieuses de votre côté, reprit-il. C'est pour ça que j'ai appelé Tex. Il est temps que vous repreniez le cours de votre existence et que vous alliez de l'avant…

— Taisez-vous ! l'interrompit-elle. Je ne veux pas en entendre davantage.

Ses yeux brillaient de larmes contenues quand elle sortit de la pièce en courant. Deux minutes plus tard, le claquement de la porte de sa chambre retentit avec une sécheresse définitive.

— Je suis désolé, murmura-t-il. C'est pour vous et pour le bébé que je l'ai fait.

Ces excuses tardives — qu'elle ne pouvait de toute façon pas entendre — se perdirent dans le silence. Il ne s'était jamais senti aussi seul au monde qu'en cet instant.

Assise devant la fenêtre de sa chambre, Meg laissa libre cours à ses larmes. Maudites hormones, qui exacerbaient sa sensibilité ! Que cela pouvait-il être d'autre ? Rien de ce que Cash lui avait dit n'était nouveau pour elle. Bien sûr, il n'y avait rien entre eux.

Il avait avoué qu'il lui avait trouvé ce travail pour se débarrasser d'elle. Les baisers, les moments de tendresse et la complicité qu'ils avaient partagés ne représentaient donc rien à ses yeux ? A cette pensée, son chagrin ne fit que s'amplifier.

De son poste d'observation, elle vit Cash sortir de la maison et monter à bord de la camionnette pour aller chez Gram. Elle sut que son séjour à Tumbling Weed s'achevait. Il était temps de rentrer chez elle pour affronter ses démons. Dans son cas, il s'agissait de sa mère et des journalistes.

17

Une tasse de café à la main, Cash se tenait devant la fenêtre de la cuisine. Même la vision du soleil couchant, qui éclaboussait l'horizon d'éclats incandescents, ne parvenait pas à adoucir ses pensées.

Trois semaines s'étaient écoulées depuis le départ de Meg. Il avait compté scrupuleusement chaque jour. Elle n'avait laissé qu'une brève note pour le remercier de son hospitalité et avait demandé à son contremaître de la raccompagner en ville. S'il regrettait qu'elle soit partie dans ces conditions, il ne pouvait l'en blâmer ; après tout, ne l'avait-il pas quasiment mise à la porte ?

Sans la présence de la jeune femme, la maison lui semblait horriblement silencieuse. Et que dire des pensées maussades qui hantaient son esprit ? Il ne cherchait même plus à se voiler la face. Il ne l'avait pas rejetée parce que c'était mieux pour elle. Il l'avait laissée partir parce qu'il avait eu peur de donner sa chance à l'amour.

Quand il porta la tasse à ses lèvres, il s'aperçut que le breuvage s'était refroidi. Avec dégoût, il jeta le contenu dans l'évier. Il avait perdu l'appétit, même pour la bonne cuisine familiale de Gram. C'était comme si manger lui rappelait immanquablement Meg.

En fait, ses paroles ne cessaient de résonner dans sa tête. Elle avait raison. Il n'avait vraiment rien en commun avec son père. Il avait accompli des choses que ce dernier n'avait jamais réussies : il possédait sa maison, il avait eu une carrière prestigieuse dans le rodéo et jamais il ne se comporterait avec les gens comme le faisait son grand-père.

Se pouvait-il que Meg ait vu juste ? Avait-il échappé à la malédiction des Sullivan ?

Mais toutes ces questions ne le mèneraient nulle part. Il avait repoussé Meg, et chaque jour il regrettait davantage sa décision, conscient de ce à quoi il avait renoncé.

Il aurait voulu passer à autre chose, l'oublier, mais ce n'était pas évident quand il consacrait une grande partie de son temps et de son énergie à faire en sorte que sa nouvelle carrière soit annoncée dans tous les médias. C'était un peu comme son cadeau d'adieu.

La sonnerie du téléphone interrompit la litanie de ses regrets.

— Cash ? Puis-je savoir ce que vous avez fait à ma sœur ?

La question avait fusé avant même qu'il n'ait eu le temps de dire « Allô ».

— Ella ? C'est vous ?

— Bien sûr que c'est moi. Combien de femmes vous appellent à propos de leur sœur ?

— Pourquoi me demandez-vous ça ? Qu'est-il arrivé à Meg ? demanda-t-il. Le…

Il s'interrompit avant d'évoquer le bébé. Meg ne lui avait-elle pas dit qu'elle comptait garder sa grossesse secrète pendant quelque temps ? Il ne fallait donc pas dévoiler le secret. Mais Ella était peut-être dans la confidence à présent.

— Le bébé va bien, répliqua-t-elle. Meg a vu le médecin en début de semaine et tout est en ordre. Mais ce qui m'inquiète surtout, c'est qu'elle ne rit plus. C'est à peine si elle sourit. Où est passée sa joie de vivre ? Elle n'était pas comme ça avant de venir dans votre ranch. Qu'est-il arrivé ? Vous lui avez brisé le cœur ?

Cash soupira. Meg n'avait plus de goût à rien ! Peut-être était-ce parce qu'il lui manquait ? En tout cas, il ne cessait de penser à elle. Alors peut-être existait-il encore un espoir pour eux ? Avant de se laisser bercer par cette douce perspective, il se ressaisit promptement. Pour l'instant, elle devait certainement le détester. Il l'avait repoussée sans vraiment lui laisser le choix.

— C'est sans doute son nouveau travail qui la rend nerveuse.

Ne vous inquiétez pas. Ça ira certainement mieux après l'inauguration du restaurant.

— Je voulais justement vous en parler. Vous imaginez le mal que j'ai pour l'empêcher d'aller sur internet ? Je pense qu'il est temps de lui dire ce qu'on prépare.

— Si tout est en place, d'accord. Dites-lui que son éditrice a accepté d'annoncer la signature de son contrat pour trois livres lors de l'inauguration du restaurant. Cela lui remontera certainement le moral.

— Je l'espère. Je n'en reviens pas que nous ayons réussi à faire autant de pub autour de l'événement.

— C'est vous qui avez tout fait. Vous pouvez vraiment être fière de vous.

— Vous savez que c'est faux, rétorqua Ella. C'est moi qui ai créé le blog, mais vous avez travaillé jour et nuit pour que les médias s'intéressent à sa nouvelle carrière. Quand Meg découvrira à quel point vous vous êtes démené pour elle…

— Je ne veux pas qu'elle sache que je continue à m'occuper de ça. Sinon, elle va penser que j'essaie de contrôler sa vie. Et elle sera certainement furieuse.

— Non. Elle vous sera reconnaissante, c'est tout.

— Croyez-moi, je connais votre sœur. Moins vous lui parlerez de moi, mieux ça vaudra.

— Décidément, votre attitude est aussi bizarre que celle de Meg. Je suis sûre que vous ne faisiez pas que goûter des recettes ensemble dans votre ranch. J'ai comme l'impression que vous me cachez des choses. Bon, vous viendrez à l'inauguration, n'est-ce pas ?

Cash acquiesça. Pour son bien et pour celui de Meg, il aurait mieux valu qu'il n'y assiste pas. Mais la perspective de la revoir une dernière fois — même de loin — était trop tentante pour y renoncer.

— J'ai promis à ma grand-mère que je l'accompagnerai.

Serrant contre elle les papiers qui lui accordaient officiellement la garde exclusive de son bébé à naître, Meg entra au pas de charge dans son appartement d'Albuquerque. Harold n'avait pas changé d'avis à propos de son enfant et il avait signé les papiers sans rechigner.

Elle n'arrivait pas à croire qu'elle avait failli épouser un homme aussi différent d'elle. Par une curieuse association d'idées, elle pensa à Cash. Elle était convaincue qu'il ferait un père merveilleux, s'il acceptait de courir ce risque.

— Il était temps que tu arrives ! s'exclama Ella en entrant dans la chambre. Si tu ne te dépêches pas, tu vas être en retard à la cérémonie.

Meg remit les papiers dans son sac et se tourna vers le miroir pour retoucher son léger maquillage.

Maintenant que l'affaire de la garde de son enfant était réglée, elle aurait dû se focaliser sur sa carrière. Mais Cash l'obsédait. Pas une fois, durant les semaines écoulées, il n'avait essayé d'entrer en contact avec elle.

L'avait-il donc si facilement rayée de sa mémoire ? Et pourquoi persistait-il à croire que son destin était de vivre en solitaire ?

Malgré le fait qu'il l'ait repoussée, elle ne pouvait tout simplement pas s'avouer vaincue. La passion qu'il mettait dans ses baisers dénotait plus qu'un simple désir physique. Ils étaient doux et pleins de tendresse. De plus, il avait suffisamment confiance en elle pour lui parler de son passé et évoquer avec elle la part vulnérable de sa personnalité. Il ne l'aurait pas fait avec n'importe qui. Il éprouvait de l'affection pour elle, et elle devait trouver le moyen de le lui faire admettre.

— Je suis tellement nerveuse que j'en mets partout ! s'exclama-t-elle en reposant l'eye-liner sur la commode. A ce rythme, je vais finir par ressembler à un clown.

Ella traversa la pièce et lui tendit un mouchoir en papier pour s'essuyer, avant de la pousser dans la salle de bains.

— Va vite te laver la figure, et nous recommencerons du début, déclara-t-elle. Le chef du Golden Mesa aura l'air fabuleux face aux photographes, nous y veillerons.

— Je n'en reviens pas que tu aies organisé tout ça, fit remarquer Meg. Tu es vraiment la meilleure des sœurs.

— Hé ! Et moi alors ? intervint Katie, sa plus jeune sœur qui venait d'entrer à son tour dans la chambre.

— Rectification ! dit Meg. Vous êtes simplement géniales, toutes les deux.

Une fois seule dans la salle de bains, elle mouilla le mouchoir en papier avec une lotion démaquillante et s'en tapota les paupières pour ôter le surplus d'eye-liner. Malgré les erreurs qu'elle avait commises dans sa vie ces derniers temps, elle pouvait au moins compter sur ses sœurs pour la soutenir, songea-t-elle. Celles-ci avaient mis leurs soucis personnels de côté et elles faisaient à présent corps avec elle. Pourquoi avait-elle cru qu'elle devrait traverser ces épreuves seule ? Son bonheur de se sentir entourée par ses proches était cependant un peu gâché par le fait que Cash manquait à l'appel.

Comme il fallait s'y attendre, sa mère avait été mortifiée quand elle avait appris les raisons de sa fuite de l'église. D'ailleurs, elle avait refusé d'assister à l'inauguration du restaurant.

Peut-être était-ce parce que sa grossesse — ou son séjour à Tumbling Weed — l'avait fait mûrir, mais Meg avait accepté la décision de sa mère. Elle avait enfin compris qu'elle l'aimait, même si leurs relations seraient toujours tendues.

Quand elle rejoignit ses sœurs dans la chambre, Meg examina son reflet dans le miroir. Elle avait les traits tirés et des cernes noirs marquaient ses yeux. Si sa sœur arrivait à lui redonner une apparence humaine, elle pouvait changer de métier et devenir maquilleuse.

— Qu'est-ce qui t'arrive ? demanda Katie en s'asseyant à côté d'elle sur le lit. On dirait que tu n'es pas heureuse d'avoir décroché ce travail génial. Je serais folle de joie si quelqu'un me donnait une brigade à commander. Tu imagines tous les desserts au chocolat que je pourrais créer ?

Meg ne put s'empêcher de sourire devant l'enthousiasme de sa sœur. Mais c'est d'une voix lasse qu'elle déclara :

— Si tu veux, on peut échanger nos places.

Ses deux sœurs se figèrent et leur sourire s'évanouit.

— Qu'y a-t-il ? Vous voulez bien arrêter de me dévisager comme si j'avais une éruption de boutons ! s'exclama-t-elle.

Ella fut la première à se ressaisir.

— Nous ne sommes pas habituées à t'entendre parler comme ça, déclara-t-elle en prenant un tube de fond de teint sur la commode. Ta carrière a toujours été si importante pour toi.

— Ouais, renchérit Katie. Et ce qui est le plus surprenant, c'est que tu n'as même pas l'air enthousiaste à propos de l'inauguration.

Meg soupira. Que lui arrivait-il ? Elle devait absolument arrêter de se conduire en rabat-joie alors que ses sœurs s'étaient démenées pour faire de cette inauguration un événement mémorable.

— Je suis désolée, s'excusa-t-elle. Ça doit être à cause de ces fichues hormones. Elles provoquent des sautes d'humeur effroyables.

— Les hormones, mon œil ! déclara Ella en commençant à appliquer du fond de teint sur son visage. Je suis prête à parier gros que ton problème est essentiellement en rapport avec un certain cow-boy du nom de Cash Sullivan.

— Je suis du même avis, acquiesça Katie qui avait entrepris de la coiffer.

Meg n'en croyait pas ses oreilles. Comment avaient-elles deviné ? Elle avait délibérément évité de parler de Cash depuis qu'elle était rentrée. Le sentiment de culpabilité que reflétait à présent l'expression d'Ella ne présageait rien de bon.

— Pourquoi me parlez-vous de cet homme ? Qu'est-ce que vous savez de lui ? voulut-elle savoir.

— J'ai promis de ne pas t'en parler, mais…

18

— Accélère, Cash ! s'écria Gram.

— Comment ? Généralement, c'est toi qui me demandes de ralentir.

— Oui, mais là, il y a urgence !

Il n'avait aucune envie d'argumenter, aussi se retint-il de demander depuis quand l'inauguration d'un restaurant était devenue une urgence. Mais il appuya sur l'accélérateur. Il avait l'impression que Meg était partie depuis une éternité. Le temps qu'il lui avait fallu pour réaliser qu'elle avait pris une place considérable dans sa vie, et plus particulièrement dans son cœur.

Il avait fini par accepter que l'existence consistait en une succession de choix. Et aujourd'hui, il s'apprêtait à faire le choix le plus important de sa vie : au lieu de vivre en ermite à Tumbling Weed, il allait chercher la femme qu'il aimait. La femme qui lui avait insufflé le désir et le courage d'admettre qu'il voulait fonder une famille.

Il en était à présent certain : Meg devait faire partie de sa vie, c'était indéniable.

Mais une question restait en suspens : voudrait-elle toujours de lui après la façon dont il s'était comporté ? Rien n'était moins sûr et sa nervosité augmentait au fur et à mesure qu'il approchait du Golden Mesa.

Paradoxalement, le tapage médiatique qu'il avait organisé autour de l'inauguration — dans le but de faire oublier l'annulation de l'émission et les articles négatifs qui avaient suivi l'épisode désastreux du mariage — signifiait que l'endroit grouillerait de journalistes.

Cette perspective ne le réjouissait guère, mais il allait devoir faire avec. N'était-ce pas Meg qui lui avait fait comprendre que, dans la vie, on n'obtenait rien sans prendre quelques risques ? Et, avec elle à ses côtés, il était convaincu qu'il pourrait être un père et un mari digne de l'amour des siens.

Les abords du restaurant grouillaient de monde et les voitures étaient garées le long des trottoirs alentour.

— Là ! Regarde ! Il y a une place ! s'écria Gram en montrant une voiture qui s'en allait.

— C'est un peu loin du restaurant, tu ne trouves pas ? Je préfère te déposer et chercher une place ensuite.

— Tu n'y penses pas ! Je peux marcher un peu, je ne suis pas encore invalide. Dépêchons-nous ! Nous n'avons pas de temps à perdre. Tu dois trouver Meghan et mettre les choses au clair avec elle.

Cash acquiesça. Sa grand-mère avait raison. Il n'avait plus beaucoup de temps pour retrouver Meg avant qu'elle ne monte sur l'estrade. Un bref coup d'œil à sa montre lui indiqua qu'il ne lui restait que sept minutes avant le début de la cérémonie.

Quand il se fut garé et qu'il eut aidé Gram à descendre de la camionnette, ils se dirigèrent vers le restaurant. Sa grand-mère était en forme pour son âge, mais il devait admettre qu'elle ne marchait pas vite. Rongeant son frein, il calqua son pas sur le sien.

— Ne m'attends pas ! Tu vois bien que je te ralentis ! s'exclama-t-elle d'un ton excédé. Dépêche-toi plutôt de retrouver la femme que tu aimes. A moins que tu n'aies changé d'avis ?

Cash secoua la tête en signe de dénégation. Bien sûr qu'il voulait avouer ses sentiments à Meg dès que possible ! Mais il hésitait à laisser sa grand-mère seule au milieu de cette foule.

— Je te promets que je ne me perdrai pas, déclara-t-elle, comme si elle avait deviné ce qui le retenait. Allez ! File maintenant !

— Merci, Gram.

Après avoir déposé un baiser sur sa joue, il partit au pas de course. Au fur et à mesure qu'il approchait du parking du restaurant, la foule était plus dense. Ella avait vraiment eu une bonne idée en promettant de nombreux cadeaux et animations. Elle avait fait distribuer des amuse-bouches et des ballons. Au son d'un orchestre de mariachis, l'ambiance était festive et bon enfant.

Tandis qu'il se frayait un passage à travers la foule, il aperçut Tex Northridge sur l'estrade. Son ami, un micro à la main, vantait les mérites du Golden Mesa. Quand il s'approcha, Cash aperçut enfin Meg qui montait à son tour sur l'estrade. Il comprit ce qui lui restait à faire.

Malgré ses résolutions, son estomac se nouait davantage à chaque pas. Il devait absolument vaincre son horreur des projecteurs et sortir de sa zone de confort. Sinon, comment pourrait-il prouver à Meg qu'il avait changé ? Il allait lui montrer qu'il avait suffisamment de courage et de force pour les soutenir, elle et son bébé.

Profondément émue, Meg s'immobilisa devant le micro. Sa voix, d'abord incertaine, se raffermit après les premiers mots.

— Merci à vous tous d'être venus aujourd'hui. Je suis profondément honorée d'avoir été choisie pour diriger les cuisines du Golden Mesa, tout comme je suis fière de l'opportunité qui m'a été offerte d'écrire une série de livres de cuisine. Tout cela est bien la preuve que les rêves peuvent devenir réalité !

Un tonnerre d'applaudissements monta de la foule.

Meg frissonna. En cet instant, elle était plus sûre que jamais de ce qu'elle devait faire. Elle allait annoncer qu'elle appréciait énormément la confiance qu'on avait placée en elle, mais qu'elle ne pouvait accepter le poste de chef au Golden Mesa.

Quand Ella lui avait avoué que c'était Cash qui se cachait derrière cette cérémonie grandiose, elle avait eu la confirmation qu'il éprouvait toujours des sentiments pour elle.

Durant les deux mois qui venaient de s'écouler, elle avait appris que la vie n'avait pas toujours besoin de suivre un plan. Parfois, les meilleures choses vous arrivaient alors que vous ne vous y attendiez pas. L'image de Cash s'imprima dans son esprit. Elle savait exactement ce qu'elle voulait. Cash ! Mais d'abord, il devait lui avouer qu'il l'aimait. Et le seul moyen pour que cela arrive était pour elle de retourner à Tumbling Weed.

Elle ressentit un pincement de frustration quand elle s'aperçut que, dans ses tentatives de réaliser ses rêves, elle était passée à côté du plus important de tous.

Elle n'avait jamais dit « je t'aime » à Cash.

La tirant de ses pensées, Tex Northridge lui prit le micro.

— Attendez un peu de voir la carte qu'elle vous a concoctée ! Vos papilles n'en reviendront pas.

Meg aperçut soudain Cash qui montait sur l'estrade. Mon Dieu ! Mais que faisait-il ici ?

— Mesdames et messieurs, poursuivit M. Northridge, afin de vous permettre de partager cette expérience culinaire inoubliable, nous avons distribué des tickets de tombola qui permettront aux heureux gagnants de dîner chez nous.

Une nouvelle salve d'applaudissements jaillit de la foule, mais Meg n'entendait que les battements sourds de son cœur. Médusée, elle regardait Cash qui s'avançait sur le devant de la scène. La pensée qu'il était prêt à affronter les photographes et les journalistes présents pour venir jusqu'à elle décuplait l'amour qu'elle éprouvait pour lui.

Comment réagir ? Elle aurait voulu courir vers lui et le protéger des photographes, mais ses jambes refusaient de bouger. Un murmure parcourut la foule. Même M. Northridge se tut quand il vit Cash les rejoindre. Quand il arriva devant elle, il mit un genou à terre et prit sa main dans la sienne. Les flashes crépitèrent alors comme un feu d'artifice.

— Cash ! Mais que faites-vous ? murmura-t-elle, abasourdie.

Le sourire magnifique qu'il lui adressa lui coupa le souffle.

— Ça ne se voit pas ? Je suis simplement venu chercher la femme que j'aime.

Stupéfaite, Meg fut prise d'un vertige. Avait-elle bien entendu ? Ou son imagination lui jouait-elle des tours ? Baissant les yeux vers lui, elle vit qu'il la fixait intensément. Non ! Elle n'avait pas rêvé. Il était tout ce qu'il y avait de plus sérieux.

— Mais… Pourquoi ? Vous n'aviez pas besoin de venir ici, devant tout le monde, balbutia-t-elle.

— Si, il le fallait. C'est vous qui m'avez fait comprendre qu'il ne servait à rien d'essayer de fuir mon passé. Je n'ai plus besoin de me cacher dans l'ombre, de peur que quelqu'un déterre toute cette histoire ancienne.

— Oh ! Cash, murmura-t-elle en essuyant les larmes qui avaient coulé le long de ses joues. Vous êtes un homme si merveilleux. A tous les points de vue. Ceux qui ne s'en rendent pas compte doivent vraiment être aveugles.

La main de Cash serra plus fortement la sienne.

— Mademoiselle Meghan Finnegan, je vous aime.

— Moi aussi, je vous aime, déclara-t-elle, trop heureuse de saisir la chance qui lui était donnée de clamer son bonheur à la face du monde.

— Alors acceptez-vous de devenir ma femme ?

Soutenant le regard vibrant rivé au sien, elle posa la main sur son ventre. Le public ignorait qu'elle attendait un enfant, mais Cash comprendrait certainement la signification de son geste.

— Vous en êtes bien sûr ? demanda-t-elle. Vous savez, j'ai beaucoup de bagages.

— Oui, et c'est ainsi que je vous aime, vous et tous vos bagages.

Emue, elle tira sur sa main pour l'obliger à se redresser. Puis elle leva un index pour lui demander de ne pas bouger. Elle se tourna alors vers Tex Northridge pour lui prendre le micro.

— Waouh ! s'exclama-t-elle. Quelle journée fabuleuse ! Je dois être… non, je suis la femme la plus heureuse au monde. Je suis vraiment comblée. Merci à tous de partager ce moment merveilleux avec moi.

Des larmes de joie s'étaient remises à couler sur ses joues.

Tex Northridge se pencha vers elle.

— Vous êtes certaine que vous voulez passer le restant de vos jours avec ce cow-boy ?

— Absolument certaine, répliqua-t-elle, un large sourire aux lèvres.

— Dans ce cas, je veux être le premier à vous féliciter, tous les deux, répondit-il en lui retournant son sourire. J'espère que Cash est conscient de la chance qu'il a d'avoir rencontré une femme aussi merveilleuse que vous.

Cash s'approcha d'elle et la prit par la taille.

— Je suis l'homme le plus heureux au monde, déclara-t-il.

Cette fois-ci, le tonnerre d'applaudissements qui se leva de la foule fut assourdissant. Des voix s'élevèrent pour crier :

— Qu'attends-tu ? Embrasse-la !

Cash l'attira dans ses bras et se pencha vers elle.

— Ils ont raison, j'ai perdu suffisamment de temps. Que pensez-vous d'abréger les fiançailles ?

Avant qu'elle n'ait pu répondre, il prit possession de ses lèvres pour un baiser passionné qui déclencha des hurlements de joie de l'assistance.

Quand il s'interrompit, ce fut le souffle court qu'elle lui répondit :

— D'accord pour les fiançailles les plus brèves possibles. Moi aussi, je suis impatiente de partir en lune de miel.